천
룡
팔
부
4

천룡팔부 4 − 필사의 일전

1판 1쇄 인쇄 2020. 5. 13.
1판 1쇄 발행 2020. 5. 25.

지은이 김용
옮긴이 이정원
발행인 고세규
편집 봉정하 디자인 지은혜 마케팅 김용환 홍보 반재서
발행처 김영사
등록 1979년 5월 17일 (제406−2003−036호)
주소 경기도 파주시 문발로 197(문발동) 우편번호 10881
전화 마케팅부 031)955−3100, 편집부 031)955−3200 | 팩스 031)955−3111

값은 뒤표지에 있습니다.
ISBN 978−89−349−9118−2 04820
　　　978−89−349−9114−4 (세트)

홈페이지 www.gimmyoung.com 블로그 blog.naver.com/gybook
페이스북 facebook.com/gybooks 이메일 bestbook@gimmyoung.com

좋은 독자가 좋은 책을 만듭니다.
김영사는 독자 여러분의 의견에 항상 귀 기울이고 있습니다.

이 도서의 국립중앙도서관 출판시도서목록(CIP)은 서지정보유통지원시스템 홈페이지
(http://seoji.nl.go.kr)와 국가자료공동목록시스템(http://www.nl.go.kr/kolisnet)에서
이용하실 수 있습니다.(CIP제어번호 : CIP2020018332)

일러두기

본문의 미주는 옮긴이의 주이다. 작품의 이해를 돕기 위한 김용 선생님의 작가 주는 •로 표기하고 미주 뒤에 수록한다.
단, 전체 내용에 대한 주일 경우 • 없이 장만 표기한다. 원서 편집자 주도 장별로 작가 주 뒤에 수록한다.

천룡팔부

김용 대하역사무협 — 이정원 옮김

天　　龍　　八　　部

필사의 일전

4

天龍八部

주신周臣의 〈인물〉여섯 폭

주신은 명나라 초기의 저명한 화가로 당인唐寅과 구영仇英의 스승이다. 감필減筆(형식적인 면을 극도로 생략한 동양화 기법) 형식으로 장권에 인물을 그린 것이며 필법이 매우 강건하고 형상에 생동감이 넘친다. 현재는 하와이대학교 박물관에 소장되어 있다. 명나라 시대에는 문인화를 중시했기 때문에 주신의 명성은 제자인 당인에 미치지 못했다. 그는 그 원인을 이렇게 해석했다. "제자인 당인보다 수천권의 책이 부족할 따름이오." 이 말의 의미는 자신이 독서량이 적어 하류사회 인물들을 묘사했기 때문에 당인에 미치지 못한다는 것이다. 이 책에서는 여섯 폭을 엄선해 수록했으며 모두가 개방 인물들로 보인다.

송宋 태조太祖 좌상坐像

송나라 개국 황제인 무장 출신의 조광윤趙匡胤은 후주後周의 시柴 세종世宗 수하에 있으면서 거란 대군과 교전할 당시 적을 함락시켜 크게 전공을 세웠다. 민간전설에 따르면 조광윤은 고대 무기 중 곤棍 사용에 능했으며 무술 중에서는 '태조장권太祖長拳'을 창시해 전파했다고 한다.

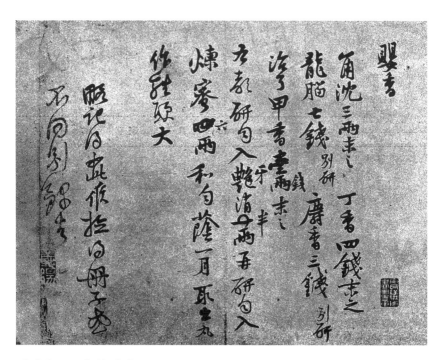

황정견黃庭堅**이 쓴 약방**藥方

황정견은 북송 시대 대서예가이자 시인, 사인詞人으로
소봉, 설신의 등과 동시대 사람이다.

송 태조 반신상半身像

평상복 차림에 영웅의 기개가 서려 있는 모습은 사실 그대로를 묘사한 것
으로 보이며 일반 제왕들의 모습과는 다르다. 이 그림과 이전 그림은 모두
북경 고궁의 남훈전南薰殿에 소장되어 있던 것으로 지금은 타이베이 고궁
박물관에 소장되어 있다.

과거지사로 인하여

날아오던 힘이 줄어들지 않고 끝까지 남아 있던 죽봉은 그대로 바닥에 꽂혀버렸다.

모든 개방 제자는 일제히 경악을 금치 못했다.

아침 해가 떠오르며 금빛 햇살 가닥가닥이 살구나무 꽃잎 사이를 뚫고 들어와 타구봉을 밝게 비추자 짙푸른 광채를 발하는 타구봉의 위력이 발산됐다.

모든 이가 고개를 돌려 바라보자 행자림 뒤에서 각이 진 큰 귀에 위엄 어린 용모의 잿빛 승포를 입은 노승이 하나 돌아나왔다.

서 장로가 외쳤다.

"천태산天台山 지광智光대사께서 왕림하셨군요. 30여 년을 뵙지 못했는데 여전히 건강하고 활기가 넘치십니다."

지광대사의 명성은 무림에서 그리 알려지지 않았기에 개방의 차세대 후배들은 그의 내력에 대해 잘 알지 못했다. 그러나 교봉과 여섯 장로 등은 모두 경건한 자세로 기립해 그에게 경의를 표했다. 과거 본인의 염원대로 바다 건너 저 멀리 낙후된 지역으로 떠나 기이한 나무껍질들을 채집해온 후, 절강浙江, 복건, 광서廣西, 광동廣東 일대의 장독瘴毒에 걸린 수많은 백성을 치료해준 일화에 대해 그들은 익히 알고 있었기 때문이다. 그는 이로 인해 두 번이나 중병에 걸려 무공을 모두 잃게 됐지만 그가 백성들에게 베푼 은덕은 실로 적지 않았다. 사람들은 앞을 다투어 다가가 예를 올렸다.

지광대사는 조전손을 향해 웃으며 말했다.

"무공이 상대방에 이르지 못할 때 얻어맞고도 반격을 하지 않는 것은 실로 힘든 일이외다. 더구나 무공이 상대방보다 강할 때 얻어맞고도 반격을 하지 않는 것은 더더욱 힘든 일이지요!"

조전손은 고개를 숙인 채 곰곰이 생각했다. 무언가 깨달은 바가 있는 듯했다.

서 장로가 말했다.

"지광대사의 명성은 만천하에 널리 퍼져 있어 존경하지 않는 이가 없습니다. 근 10여 년 동안을 강호 일에 나서지 않으셨는데 오늘 이렇게 직접 왕림하셨으니 이는 개방의 복이라 할 수 있습니다. 폐방에서 깊이 감사드립니다."

지광대사가 말했다.

"개방의 서 장로와 태산 선 판관이 절간折簡[1]에 연명聯名해서 소집을 해왔는데 노납이 어찌 감히 오지 않을 수 있겠소? 천태산과 무석은 거리가 멀지 않은 데다 두 분께서 서찰을 통해 이 일이 천하 백성들의 운명과 관계있다고 언급하였으니 응당 받들어야 마땅하지요."

교봉이 생각했다.

'이제 보니 지광대사 역시 서 장로와 선정이 청해온 것이로군.'

이런 생각도 했다.

'평소에 듣기로 지광대사는 덕망이 높으신 분이라고 하니 날 은밀히 해하려는 음모에 가담할 리가 없다. 저 어르신이 왔다는 것은 호사라 할 수 있지.'

조전손이 불쑥 끼어들었다.

"안문관 관외 난석곡 앞에서의 대전은 지광대사도 한몫을 하셨으니 한 말씀 해주시지요."

안문관 관외 '난석곡 앞에서의 대전'이란 말이 나오자 지광대사의 얼굴에는 순간 묘한 기색이 스치고 지나갔다. 마치 흥분한 것 같기도 하고, 두려워하는 것 같기도 하고, 말하기 힘들 정도로 참담해하는 것 같기도 했지만 결국에는 자비와 연민의 기색을 띤 채 탄식을 했다.

"죄과가 너무 중하오! 죄과가 너무 중해! 그 얘기를 말하자면 부끄럽소이다. 시주 여러분, 난석곡 대전은 이미 30년 전 일이거늘 어찌 오늘 다시 거론을 하시는 게요?"

서 장로가 말했다.

"지금 본방에 중대한 변고가 발생했기 때문입니다. 이 일에 연관된 서찰이 한 통 있습니다."

이 말을 하면서 그 서찰을 건네주었다.

지광대사는 서찰을 보고 잠시 생각에 잠겼다가 처음부터 다시 한번 읽고 고개를 가로저으며 말했다.

"이미 지나간 옛일이외다. 한데 이제 와서 어찌 다시 거론을 하는 게요? 노납의 의견으로는 이 서찰을 찢어 흔적을 남기지 않는 것이 좋을 듯하오."

서 장로가 말했다.

"본방의 부방주가 참사를 당했기에 이를 파헤치지 않는다면 마 부방주의 피맺힌 원한을 설욕할 수 없음은 물론, 폐방이 붕괴되는 위기를 맞이하게 될 것입니다."

지광대사가 고개를 끄덕이며 탄식했다.

"그 말도 옳은 말씀이오. 그 말도 옳은 말씀이오!"

그는 고개를 들어 하늘을 바라봤다. 하늘 끝에 비스듬히 걸려 있는 초승달이 내뿜는 쓸쓸한 달빛이 살구나무 가지 위를 비추고 있었다.

지광대사가 조전손을 힐끗 한번 바라보고 말했다.

"좋소, 노납이 지난 과오에 대해 숨김없이, 사실대로 말하도록 하겠소이다."

조전손이 말했다.

"우리는 나라와 백성을 위해 한 일이니 과오라 할 수 없소."

지광대사가 고개를 가로저었다.

"잘못은 잘못이거늘 어찌 스스로를 기만하려 하시오?"

그는 사람들을 향해 몸을 돌려 말을 꺼냈다.

"30년 전, 중원의 호걸들은 거란국에서 대규모 무사들을 소림사로 보내 사찰 내에 비밀리 소장해오던 수백 년 된 무공 도보를 탈취해가려 한다는 소식을 전해듣게 됐소이다."

사람들은 가볍게 놀라며 생각했다.

'거란의 야심이 정말 보통이 아니었구나.'

소림사 무공 절기는 중원 무술의 보배라 할 수 있었으며 당시 거란국과 송나라는 해를 거듭해가며 교전을 벌이고 있던 중이었다. 그런데 거란에서 소림사의 무공 비급을 탈취해가서 이를 널리 유포하고 또한 모든 군사에게 연마를 시킨다면 송나라 관병들이 전장에서 어찌 그들의 적수가 될 수 있었겠는가?

지광대사가 말을 이었다.

"그건 보통 문제가 아니었소. 만일 거란이 무공 도보 탈취에 성공한다면 대송은 망국의 화를 입어 황제黃帝²의 자손인 우리가 요군遼軍의 장창과 칼 아래 목숨을 잃고 멸하게 될 것이니 말이오. 소림사는 그 소식을 듣고 즉각 중원의 무림 호걸들에게 전했소이다. 사태가 워낙 긴박해 한곳에 모여 상세하게 협의할 겨를이 없었기에 거란 무사들이 안문을 경유하려 한다는 말만 듣고 각자 길을 재촉해 그곳으로 가도록 했소. 안문관 관외에서 적을 맞아 적을 섬멸하지는 못하더라도 최소한 그들의 간계가 이루어질 수 없도록 만들어야 했으니 말이오."

사람들은 거란과 전쟁을 벌인다는 말을 듣고 모두들 피가 거꾸로 솟았지만 한편으로는 겁을 먹고 덜덜 떨었다. 그 당시 송나라는 누차에 걸쳐 거란으로부터 능욕을 당하면서 전쟁이 벌어질 때마다 번번이 패하고 영토를 상실했음은 물론, 수많은 군사와 백성이 거란의 창칼 아래 죽임을 당했기 때문이었다.

지광대사는 천천히 고개를 돌려 교봉을 응시하며 말했다.

"교 방주, 방주께서는 만일 이 소식을 알았다면 어찌했을 것 같소?"

교봉은 큰 소리로 말했다.

"지광대사, 저 교봉은 견문이 좁고 재능과 덕 또한 부족해 다수를 설복하지 못하고 방내 형제들의 의혹을 샀으니 실로 부끄럽기 짝이 없습니다. 그러나 저 교봉이 아무리 무능하다 해도 혈기와 기개가 있는 사내라 그런 대의명분이 있는 일을 행하는 데 있어 결코 시비를 가리지 못하진 않습니다. 우리 대송이 요나라 개들의 굴욕을 받아 가족과 나라를 보위해야 하는 마당에 그 누가 분골쇄신하지 않겠습니까? 만일 그런 소식을 알게 됐다면 응당 본방 형제들을 이끌고 밤을 달려 저지하러 갔을 것입니다."

그의 이 말은 매우 격앙되고 기개가 넘쳐 모든 이가 감동을 받은 눈치였다.

'사내대장부라면 응당 그리해야지.'

지광대사는 고개를 끄덕였다.

"그렇다면 우리가 안문관 밖에 매복해 요인들을 습격한 행동이 교방주가 볼 때 아무 문제 없었다는 겝니까?"

교봉은 속으로 점점 화가 나기 시작했다.

'도대체 날 뭘로 보는 거지? 저 말은 분명 날 우습게 보는 것이다.'

그러나 겉으로는 절대 드러내지 않고 말했다.

"여러 선배님들의 영웅적 풍모와 강한 의협심은 저 교봉이 경모해 마지않았습니다. 제가 30년만 일찍 태어났어도 선현들을 따라 의거에 참여해 오랑캐 무리들을 모조리 베어 죽였을 텐데 그러지 못한 것이 한스러울 따름입니다."

지광대사는 그를 지그시 쳐다보다 얼굴에 의아한 듯한 기색을 띠고 천천히 말했다.

"그 당시 대부분의 사람들은 무리를 나누어 안문관으로 달려갔소. 나와 저 인형도…."

이 말을 하면서 조전손을 가리키고는 다시 말했다.

"우리는 첫 번째 무리였소. 우리 무리는 모두 스물한 명이었는데 선두에 선 형제는 나이가 그리 많지 않았소. 아마 나보다 몇 살 적었을 거요. 한데 그는 무공이 매우 탁월했고 무림에서도 존경받는 위치에 있어 다들 그를 선봉장으로 추대해 우리 무리를 그가 호령하게 됐소. 그 무리 안에는 개방의 왕 방주, 만승도萬勝刀 왕유의王維義 왕 노영웅, 황산黃山의 지절검地絶劍 학운도장鶴雲道長 등 모두 당대 무림의 일류고수들이 섞여 있었고 그 당시 노납은 아직 출가하기 전이라 군웅 틈에 섞여 들어가게 됐소. 사실 노납은 전혀 그럴 자격이 없었지만 단지 나라를 위해 적을 죽이는 데 뒤처지지 않고 미력한 힘이나마 모조리 쏟아내겠다는 마음 하나만으로 참여하게 된 것이오. 그 당시 저 인형의 무공 실력이 이 노납에 비해 무척이나 고강했소. 물론 지금은 말할 것도 없고 말이오."

조전손이 말했다.

"그랬지요. 그때 당신 무공이 나하고는 많이 차이가 났지. 최소한 이 정도는 났을걸?"

이 말을 하면서 두 손을 뻗어 손을 곧추세워 비교하는 시늉을 하는데 두 손 사이의 거리는 1척가량 됐다. 그는 곧바로 거리가 좀 부족하다 싶었는지 두 손을 조금 더 벌려 손바닥 사이 간격을 1척 반 정도 되는 모양으로 만들었다.

지광대사가 말을 이었다.

"안문관을 지날 때는 이미 황혼 녘이었소. 우리는 관문을 나가 조심스럽게 경계를 하면서 10여 리 정도를 더 나아갔지요. 갑자기 서북쪽에서 말이 내달리는 소리가 들려오는데 소리만으로 판단할 때 최소한 10여 기騎쯤 되는 것으로 보였소. 선봉장 대형이 오른손을 높이 쳐들자 모두들 걸음을 멈추었고 다들 속으로 기뻐하면서도 걱정이 되는 듯 그 누구도 말이 없었소. 기뻤던 것은 그 정보가 거짓이 아니어서 다행히 우리가 착오 없이 도착해 적시에 적을 막을 수 있게 됐다는 안도감 때문이었소. 그러나 습격에 나선 거란 무사들은 무시무시한 자들이 틀림없을 테고 '선한 자는 오지 않을 것이며 온 자는 선하지 않을 것이다'라는 말처럼 감히 중원 무학의 태산북두인 소림사를 향해 도발해오는 자들이라면 자연히 거란 내의 수천, 수만 군사들 중 선발된 무시무시한 용사들일 것임을 모두 알고 있었기에 걱정이 됐던 것이오. 대송과 거란의 전쟁에서는 여태껏 이길 때보다 질 때가 더 많았기에 그 날 전쟁에서 승리할 수 있을지 여부는 실로 예측하기가 어려웠소. 선봉장 대형이 손을 휘두르자 우리 스물한 명은 각각 산길 양옆의 큰 바위 뒤로 매복을 했소. 산골짜기 좌측은 바위들이 어지럽게 널려 있는 깊은 계곡이라 내려다보면 밑바닥이 보이지 않을 정도로 어두컴컴한 곳이었지요. 말발굽 소리는 귀에 점차 가까워졌고 이어서 일고여덟 명이 큰 소리로 노래를 부르는 소리가 들렸는데 그건 요나라 노래로 노랫소리가 아주 길고, 가락은 장엄하면서도 거칠기 짝이 없었소. 난 칼자루를 너무 꽉 움켜쥔 나머지 손바닥이 온통 땀으로 젖어버렸소. 손을 뻗어 바지의 무릎 부위에 닦아냈지만 얼마 안 돼 다시 또 젖어버릴 정도였으니 말이오. 내 옆에 매복해 있던 선봉장 대형은 내가 감정을 억누르지 못하는 걸 보고 손으로 내 어깨를 가볍게 두 번 툭툭 치더니 날 향해 웃음을 보이고는 왼손을 뻗어 허공에 일초를 날리며 오랑캐 무리들을 모조리 죽여버리자는 자세를 취하는 것이었소. 나 역시 그를 향해 웃어 보였고 그 뒤부터 마음의 안정을 찾을 수 있었소. 선두에 있던 요나라 무사의 말이 50여 장 밖에 당도했을 때 난 커다란 바위 뒤에 숨어 살짝 엿보았소. 거란 무사들은 몸에 가죽으로 된 옷을 걸치고 있었는데 어떤 자들은 손에 장모를 쥐고 있었고, 어떤 자들은 만도彎刀를 들고 있었으며, 어떤 자들은 활에 화살을 메겨놓고 있었소. 또 어떤 자들은 어깨 위에 사납게 생긴 거대한 보라매를 앉혀놓고 소리 높여 노래를 부르며 오고 있었지만 전방에 적이 매복해 있다는 사실을 전혀 눈치채지 못하고 있는 것으로 보였소. 찰나의 순간에 난 선두에 있던 거란 무사 몇 명의 얼굴을 보게 됐소. 정수리 부위를 삭발하고 머리의 일부분을 땋은 형태인 변발을 한 놈들은 턱 밑에 짙은 수염이 있어 매우 사납고 흉악한 표정으로 보였소. 그들이 점점 가까워지자 내 심장도 갈수록 빨라지기 시작해 심장이 입 밖으로 튀어나올 것처럼 느껴질 정도였소."

사람들은 여기까지 듣고 그게 30년 전 얘기인 줄 뻔히 알면서도 심장박동이 빨라지는 느낌을 받았다.

지광대사가 교봉을 향해 말했다.

"교 방주, 이 일의 승패는 대송의 국운과 중원의 수많은 백성의 생사에 관련돼 있었지만 우리는 승리를 쟁취할 수 있을지에 대한 확신이 없었소. 유리한 점이라고는 적은 노출되어 있고 우리는 숨어 있다는 것 하나뿐이었으니 말이오. 교 방주는 우리가 어찌하는 것이 옳았다고 생각하시오?"

교봉이 말했다.

"전쟁에서는 속임수를 마다하지 않는다 했습니다. 그런 양국 간의 교전에서는 강호의 도리나 무림의 규칙 같은 걸 논할 수가 없지요. 요나라 개들이 우리 대송 백성들을 살육할 때 언제 사정을 봐준 적이 있었던가요? 재하는 응당 암기를 사용해야 한다고 봅니다. 암기에는 반드시 극독을 묻혀야 하고 말입니다."

지광대사는 손을 뻗어 넓적다리를 탁 치면서 말했다.

"바로 그거요. 교 방주의 견해는 공교롭게도 당시의 우리 생각과 똑같았소. 선봉장 대형은 요나라 개들이 접근하는 것을 보고 길게 휘파람을 불었소. 그러자 우리 무리에서 가지고 있던 암기가 정신없이 날아가기 시작했소. 강표鋼鏢, 수전袖箭, 비도飛刀, 철추鐵錐… 모든 무기에는 이미 극독을 묻혀놓은 상태였소. 곧이어 '악! 으악!' 하는 요나라 개들의 비명 소리가 울려퍼지며 그곳은 아수라장으로 변해버려 거란 무사 대부분이 말 아래로 떨어져버렸소."

개방 제자들 중 일부는 박수갈채를 보내며 환호하기 시작했다.

지광 대사가 말을 이었다.

"그때 난 이미 숫자를 정확하게 헤아려놓은 상태였소. 거란 무사들 무리는 모두 19기였는데 우리가 암기를 사용해 해치운 게 12명이었고 일곱 명만 남게 됐던 것이오. 우리는 한꺼번에 달려들어 일제히 도검을 휘둘렀고 순식간에 남은 일곱 명을 모두 죽이고 단 한 사람도 살려두지 않았소."

개방 제자들 중 또 누군가 환호성을 질렀다. 그러나 교봉과 단예 등은 이런 생각을 했다.

'당신 말로는 그 거란 무사들이 거란 내의 수천, 수만 군사들 중에서 선발된 일등 용사들이라고 했는데 어찌 그렇게 손쉽게 당신들한테 당했다는 거지?'

지광대사가 길게 한숨을 쉬었다.

"거란 무사 19명을 일거에 섬멸한 우리는 기분이 매우 좋기도 했지만 한편으로는 왠지 모를 의구심을 떨칠 수 없었소이다. 뭔가 좀 모자란 듯 보이는 그 거란인들이 단 한 번의 기습에 무너지는 모습을 보자 절대 고수라 볼 수 없었던 것이오. 그렇다면 우리가 전해들은 정보는 정확하지 않았던 것일까? 또 요나라인들이 고의로 쳐놓은 유인책에 우리가 속아넘어갔던 것일까? 이런 궁리를 하고 있던 와중에 말발굽 소리가 들리며 서북쪽에서 다시 말 두 필이 내달려왔소. 이번에는 더 이상 매복을 하지 않고 그대로 맞닥뜨리겠다는 마음으로 상대가 지나는 길목을 가로막았지요. 우리 앞에 선 말 위에는 남녀 한 사람씩 두명이 타고 있었는데 건장한 몸에 당당한 모습의 남자는 조금 전 그 19명의 거란 무사들에 비해 훨씬 더 화려한 옷을 입고 있었고, 여자는 품에 영아를 안고 있는 젊은 부인이었소. 두 사람이 말고삐를 나란히 한 채 매우 친밀한 모습으로 담소를 나누고 있는 것으로 보아 한 쌍의 젊은 부부인 것 같았소. 이 거란 남녀 두 사람은 우리를 보자마자 얼굴에 의아한 기색을 띠었지만 잠시 후 19명의 무사가 바닥에 죽어 있는 것을 보자 남자가 흉악한 표정으로 돌변하며 우리를 향해 큰 소리로 호통을 치는 거였소. 거란 말로 한바탕 뭐라고 웅얼웅얼했지만 우리는 그게 무슨 말인지 알아들을 수가 없었지요. 산서山西 대동부大同府의 철탑鐵塔 방대웅方大雄 방 형이 빈철곤鑌鐵棍을 치켜들고 소리쳤소. '이 요나라 개야, 목숨을 내놓거라!' 그가 철곤을 휘둘러 그 거란 남자를 향해 공격해나가자 선봉장 대형은 왠지 의심스러운 마음에 호통을 쳤소. '방 형제, 경거망동하지 마시오. 죽여서는 안 되오. 저자를 사로잡아 확실히 물어봐야겠소.' 선봉장 대형의 이 말이 미처 끝나기도 전에 그 요나라인은 오른팔을 쭉 뻗어 방대웅이 손에 쥐고 있던 빈철곤을 움켜쥐고 바깥쪽으로 비틀어버리더군. 그러자 우두둑 소리와 함께 방대웅의 오른팔 관절이 부러져버렸고 그와 동시에 그 요나라인은 철곤을 들어 공중에서 밑으로 내려쳤소. 우리가 큰 소리로 고함을 질렀지만 이미 달려가서 구하기에는 늦은 상황이었던 터라 이내 우리 형제 일고여덟 명이 그를 향해 암기를 쏘기 시작했소. 그러나 그 요나라인이 왼손 옷소매를 한번 휘두르자 한 가닥 강풍이 일더니 일고여덟 개의 암기가 모조리 한쪽 옆으로 내팽개쳐지지 뭐겠소! 방대웅의 목숨은 이제 끝났다고 여기는 순간 뜻밖에도 그는 빈철곤을 쥔 방대웅의 몸을 들어올려 철곤과 함께 길옆으로 던져버리는 것이었소. 그러고는 뭐라고 웅얼웅얼 몇 마디를 했는데 그중 한두 마디는 우리 한어漢語였지만 발음이 정확하지 않아 알아들을 수가 없었소. 그자가 자신의 무공 실력을 드리내자 우리는 하나같이 경악을 금치 못했소. 그자의 무공은 보기 드물 정도로 고강해서 앞서 전해들은 정보가 거짓이 아니란 걸 느꼈기 때문이오. 우리는 당장 예닐곱 명이 한꺼번에 달려들어 공격을 가했고 나머지 네다섯 명은 그 젊은 부인을 향해 공격을 가하기 시작했소. 뜻밖에도 그 젊은 부인은 무공을 전혀 몰라 누군가 일검으로 그녀의 손목을 베자 품에 안고 있던 영아가 바닥에 떨어졌고, 곧이어 다른 한 명이 일도를 날려 그녀의 머리를 반으로 베어버렸소. 그 요나라인은 무공이 강하긴 했지만 일고여덟 명의 고수가 일제히 펼친 도검에 꼼짝도 할 수 없었던 터라 자기 처자를 구하러 갈 방법이 전혀 없었던 것이오. 사실 그가 처음 몇 번의 초식을 연이어 펼쳐낼 때는 우리 형제들의 무기만 빼앗아갔을 뿐 상해를 입히지는 않았소. 그러다 처자가 죽는 것을 보고는 눈시울이 붉어지면서 얼굴이 무시무시한 표정으로 일그러지는 것이었소. 난 그의 눈빛을 보는 순간 나도 모르게 간담이 서늘해져 감히 앞으로 나아갈 수가 없었소."

조전손이 말했다.

"당신 탓을 할 수는 없지! 당신 탓을 할 수는 없어!"

담파에게 말할 때를 제외하고는 말투에 언제나 비아냥과 무시로 가득해 있던 그였지만 이 말을 할 때만은 침통하면서도 미안한 감정이 서려 있었다.

지광대사가 말했다.

"그때 그 힘겨운 싸움은 이미 30년이 지났지만, 지난 30년 동안 난 꿈속에서 수백 번이나 그 광경을 다시 경험했소. 그 당시 힘든 싸움의 갖가지 정경이 내 머릿속에 아직 또렷하게 각인되어 있는 것이오. 그 요나라인은 양팔을 비스듬히 모으더니 무슨 금나수법을 사용한지는 모르겠지만 우리 두 형제가 들고 있던 무기를 빼앗아 하나로는 찌르고 하나로는 내리쳐 순식간에 두 사람을 죽여버리는 것이었소. 말 등 위에서 훌쩍 뛰어내리기도 하고 다시 말 등으로 훌쩍 올라가기도 하는 그의 민첩한 몸놀림은 마치 살아 있는 귀매를 보는 듯했소. 그렇소. 그는 정말 악마의 화신과도 같아서 동에서 번쩍하며 한 명을 죽이고, 서에서 번쩍하며 또 한 명을 죽이는데 아주 잠깐 사이에 우리 무리 21명 중 11명이 그의 손에 죽임을 당하고 말았소. 그 11명은 하나같이 무림의 고수들이었는데 말이오. 그러자 남아 있던 모든 사람 눈이 시뻘게지면서 선봉장 대형과 왕 방주 등은 너 나 할 것 없이 목숨 걸고 앞으로 나아가 그와 상대하기에 이르렀소. 그러나 그자의 무공은 상상 이상이었소. 그의 일초 일식이 도저히 예측할 수 없는 방향에서 들어오곤 했으니 말이오. 핏빛으로 물든 석양 아래 안문관 관외에 휘몰아치는 삭풍 소리와 함께 죽음을 앞두고 외치는 영웅호한들의 비명 소리가 섞여 들리면서 머리통과 사지 그리고 선혈로 물든 무기들이 허공 위로 이리저리 날아다니다 보니 그 순간에는 실력이 아무리 뛰어난 고수라 할지라도 오직 자신을 지키기에 바빴고 그 누구도 남을 도와줄 수가 없었소. 난 그런 정세를 보고 심히 겁을 먹었지만 형제들이 하나씩 참혹하게 죽어가는 모습을 보자 나도 모르게 피가 용솟음치면서 불끈 용기가 생겨 다짜고짜 말을 달려 그에게 달려들었소. 난 두 손으로 대도를 들고 그의 정수리를 향해 내리치려 했소. 그 일도로 그를 적중시키지 못한다면 내 목숨은 그의 손에 끝장나고 말 것이란 걸 알고 있었기 때문이오. 대도의 칼날이 그의 정수리에서 불과 1척가량 가까이 다가갔을 때 그 요나라인은 불시에 우리 형제 한 명을 붙잡아 그의 머리를 내 칼 밑에 가져다 대는 것이었소. 난 찰나의 순간에 그자가 강서江西 두씨삼웅杜氏三雄 중 둘째인 것을 보고 깜짝 놀라 다급하게 칼을 거두어들였소. 서둘러 대도를 거두었지만 퍽 소리와 함께 내가 타고 있는 말 머리를 내리쳐버리고 말았소. 말은 비명을 지르며 펄쩍 뛰기 시작했소. 그와 동시에 요나라인이 날린 일장 역시 날아왔지만 다행히 내 말이 바로 그 순간 펄쩍 뛰는 바람에 그의 일장을 대신 받게 됐소. 말이 아니었다면 내 근골은 모조리 부러져버리고 목숨을 부지할 수 없었을 것이오. 그 일장의 힘이 어찌나 웅후했던지 말과 함께 뒤로 벌러덩 나자빠져 튀어나간 내 몸은 하늘로 부웅 날아올라 커다란 나무 꼭대기 위로 떨어져 가지 위에 대롱대롱 매달리는 신세가 되고 말았소. 그때 난 놀라서 정신이 혼미해져 내가 죽었는지 살았는지 지금 어디에 있는지조차 알 수 없었소. 나무에 매달린 채 밑을 내려다보니 그 요나라인 주변을 에워싸고 있던 우리 형제들은 갈수록 줄어들어 대여섯 명밖에 안 남아 있더군. 물론 저기 저 인형도 거기 있었지만….”

이 말을 하면서 조전손을 바라보다 말을 이었다.

“… 그의 몸이 흔들 하며 피바다 속으로 고꾸라지는 것을 보고 목숨을 잃었을 것이라고만 생각했소.”

조전손은 고개를 가로저었다.

"그런 망신스러운 상황을 말하자니 무척이나 부끄럽지만 굳이 숨길 필요까지는 없지. 난 부상을 입은 게 아니라 놀라서 기절을 했던 거였소. 난 그 요나라인이 두杜 형의 두 다리를 움켜쥔 채 양쪽으로 벌리고는 그의 몸을 두 쪽으로 찢어 오장육부가 모두 흘러내리는 장면을 보게 됐소. 그 순간 내 심장은 멈춰버린 듯 눈앞이 캄캄해지면서 아무 생각도 나지를 않았소. 그렇소, 난 겁쟁이오. 남이 사람을 죽이는 장면을 보고 놀라서 기절을 해버렸으니 말이오."

지광대사가 말했다.

"그 요나라인이 악마처럼 모든 형제를 죽이는 모습을 보고도 두렵지 않다고 말한다면 그건 거짓말일 것이오."

그는 고개를 들어 하늘에 걸려 있는 초승달을 한번 바라보더니 다시 말을 이었다.

"그때 그 요나라인과의 대결에서 결국 단 네 사람만 남게 됐소. 선봉장 대형은 자신이 그의 손에 죽게 될 것임을 예감했는지 연신 호통을 치며 물었소. '당신은 누구요? 당신은 누구요?' 그 요나라인은 아무 대답도 하지 않고 순식간에 두 차례 교전을 더 펼쳐 다시 한 사람을 죽였소. 그러다 느닷없이 다리를 뻗어 왕 방주의 등에 있는 혈도를 걷어차더니 곧이어 왼발로 원앙연환을 펼쳐내며 선봉장 대형의 겨드랑이 아래 혈도마저 걷어차는 것이었소. 발끝으로 혈도를 걷어차는 모습을 보니 그는 혈도 위치를 정확히 아는 것은 물론 발 차는 수법 역시 상상을 초월할 정도로 기묘했소. 죽음을 눈앞에 둔 그 사람들이 내가 가장 경모하는 두 사람이 아니었다면 나도 모르게 갈채를 보낼 뻔했을 정도였으니 말이오. 그 요나라인은 적들을 모두 섬멸하자 황급히 젊은 부인의 시신 곁으로 달려가 그녀를 품에 안고 대성통곡을 하는데 그 울음소리는 처절하기 그지없었소. 난 그 울음소리를 듣고 속으로 괴로움을 참을 수 없었소. 그 악마와도 같은 요나라 개도 의외로 인간미가 있었던지 애통해하는 정이 우리 한인漢人에 결코 뒤지지 않는다는 느낌을 받았기 때문이오."

조전손이 냉랭한 어조로 말했다.

"그게 뭐 이상하다 그러시오? 야수들도 자기 자식이나 부부에 대한 정은 사람 못지않소. 요나라인 역시 사람인데 어찌 한인에 미치지 못한다 할 수 있겠소?"

개방 제자 중 몇 명이 큰 소리로 외쳤다.

"요나라 개들은 독사나 맹수보다 훨씬 더 흉폭하고 잔인한 놈들입니다. 우리 한인들과는 비교할 수 없지요."

조전손은 그저 차가운 미소만 지을 뿐 아무런 대답도 하지 않았다.

지광대사가 말을 이었다.

"그 요나라인은 한참을 울다가 아이의 시신을 품에 안고 한동안 바라보았소. 그러다 아이 시신을 엄마의 품 안에 가져다 놓고는 선봉장 대형 앞에 다가가 큰 소리로 외쳤소. '내 아내를 왜 죽인 것이오?' 뜻밖에도 그는 우리 한인 말을 할 줄 알았소. 물론 성조가 정확하진 않았지만 알아들을 수 있는 정도였소. 선봉장 대형은 노기 어린 눈으로 그를 바라봤지만 혈도를 찍힌 터라 아무 말도 할 수 없었소. 그 요나라인은 갑자기 하늘을 바라보며 큰 소리로 울부짖다 바닥에 떨어진 단도 한 자루를 집어들어 산봉우리에 있는 한 석벽 위에 뭔가를 새기기 시작했소. 그때는 날이 이미 저물어 그와의 거리가 꽤 멀었기에 뭐라고 새겼는지는 보이질 않았소."

조전손이 말했다.

"그가 새긴 건 거란문자여서 내가 봤지만 알아볼 수 없었소."

지광대사가 말했다.

"그렇소. 나도 봤지만 알아볼 순 없었소. 그때 사방은 정적에 휩싸여 있었고 석벽 위에서 사각사각 글 새기는 소리만 들려왔을 뿐 숨소리조차 감히 내뱉을 수 없었으니 말이오. 시간이 얼마나 지났는지 모르지만 그는 땡그랑하고 단도를 바닥에 집어던져버렸소. 그러고는 몸을 일으켜 아내와 아들의 시신을 안은 채 벼랑가로 걸어가더니 깊은 계곡 속으로 자신의 몸을 던져버리는 것이었소."

"헉!"

사람들은 여기까지 듣다가 모두 깜짝 놀라 비명을 내질렀다. 그 누구도 이런 상황을 예상하지 못했던 것이다.

지광대사가 말했다.

"모두들 이 말을 듣고 의아하게 여길 것이오. 당시에 그 상황을 직접 목격했던 난 더욱 의아하게 여겼으니 말이오. 그렇게 무공이 고강한 사람이라면 요나라에서도 높은 지위에 있었을 테고 중원에 와서 소림사를 습격하는 임무를 부여받았다면 필시 우두머리는 아니어도 무사 가운데 매우 중요한 인물 중 하나일 것이 틀림없다 생각했기 때문이오. 그가 우리 선봉장 대형과 왕 방주를 사로잡고 나머지 고수들까지 모조리 해치우는 대승을 거두었기에 이를 기회로 소림사를 향해 계속 나아가리라 여겼을 뿐 스스로 자결을 선택하리라고는 나도 생각지 못했소. 앞서 난 그 벼랑가로 다가가 밑을 내려다본 적이 있었소. 그곳은 운무로 가득 차 바닥이 보이지 않을 정도였으니 그곳으로 뛰어내린다면 무공이 아무리 고강한들 피와 살로 이루어진 사람이 어찌 목숨을 부지할 수 있겠소? 그때 난 너무 놀라 비명을 지르지 않을 수 없었소. 허나 그런 기이한 일이 일어난 와중에 더욱 기이한 일이 일어났소. 내가 너무 놀라 비명을 지르는 순간 난데없이 응애응애 하는 아기 울음소리가 난석곡 안에서 들려오는 것이었소. 곧이어 시커먼 물체가 골짜기 밑에서 날아와 퍽 하고 왕 방주 몸 위로 떨어지더니 아기 울음소리가 그치지 않고 계속 들리는 것이었소. 알고 보니 왕 방주 몸 위에 떨어진 것은 바로 그의 아이였던 것이오. 난 그때 비로소 공포심을 떨쳐버리고 나무 위에서 내려와 왕 방주 앞으로 달려갔소. 그 거란 아이는 그의 배 위에서 옆으로 누운 채 여전히 울어대고 있었소. 난 한참을 생각하고 나서야 알게 됐소. 원래 그 거란의 젊은 부인이 칼에 맞을 때 그 아이도 바닥에 떨어지긴 했지만 기절을 했을 뿐 아직 죽지 않은 상태였소. 그러나 그 요나라인은 슬픔에 겨운 나머지 호흡이 없는 아이를 보고 처자가 모두 죽은 줄 알고 두 시신을 안고 벼랑 밑으로 떨어져 자결을 했던 것이었소. 하지만 그 아이는 진동이 느껴지자 기절 상태에서 깨어나 소리 내서 울기 시작했던 것이오. 그 요나라인의 손놀림은 정말 보통이 아니었소. 그는 아들이 버젓이 살아 있는 상태에서 자신을 따라 골짜기 바닥에서 죽길 원치 않았던지 곧바로 아이를 벼랑 위로 던졌소. 그는 방위와 거리를 모두 기억하고 있다가 아이를 왕 방주의 배 위에 정확히 던져 아이가 다치지 않게 했던 것이오. 몸이 공중에 떠 있는 상황에서 아들이 죽지 않은 걸 보고 곧바로 던진 것이었음에도 생각을 바꾸는 순간이 지극히 빨랐을 뿐만 아니라 힘 조절에 있어서도 한 치의 오차가 없었소. 그런 기지와 무공 실력은 실로 두렵기까지 했소. 난 여러 형제들이 참혹하게 죽은 것을 보고 애통한 마음에 그 거란 아이를 들어 바위에 던져 죽여버릴 생각이었소. 아이를 들어 던지려는 순간 아이가 또 큰 소리로 울기 시작했소. 아이를 바라보니 벌겋게 달아오른 작은 뺨에 까맣게 빛나는 두 눈으로 날 바라보고 있는 것이었소. 그 눈을 쳐다보지 않고 그냥 던져서 죽여버렸다면 만사가 끝이었겠지만 귀여운 아기 얼굴을 본 순간 도저히 독수를 쓸 수가 없어 이런 생각을 하게 됐소. '아직 돌도 지나지 않은 어린아이를 해친다면 어찌 사내대장부라 할 수 있겠는가?'"

개방 제자 중 누군가가 끼어들며 입을 열었다.

"지광대사, 요나라 개들은 우리 한인 형제를 수도 없이 죽이지 않았습니까? 저는 장창을 손에 쥔 요나라 개가 우리 한인 아이를 산 채로 창끝에 꽂아놓고 말을 타고 거리를 누비며 위세를 부리는 모습을 직접 본 적 있습니다. 놈들은 죽이는데 우리는 왜 죽이지 못하는 겁니까?"

지광대사가 한숨을 내쉬었다.

"옳은 말이오. 다만 옛말에도 이런 말이 있소. '측은지심은 사람이라면 누구나 가지고 있다.' 그날 난 수많은 사람이 참혹하게 죽는 모습을 봤던 터라 또다시 내 손으로 그 아이를 죽일 수는 없었소. 내가 잘못했다고 말해도 좋고 마음이 너무 약하다고 말해도 좋소. 어쨌든 난 그 아이의 생명을 남겨두고자 했소. 곧바로 난 선봉장 대형과 왕 방주의 혈도를 풀어주기 위해 달려갔소. 그러나 일단 내 실력이 너무 부족했고,

또 발로 차서 혈도를 찍는 그 거란인의 공력이 너무나 특이했던 터라 내가 아무리 타격을 가하고, 두드리고, 문지르고, 누르고 밀어서 근육을 풀어주려 해도 온몸에 땀만 줄줄 흘러내릴 뿐이었소. 내가 할 수 있는 방법을 모조리 써봤지만 선봉장 대형과 왕 방주는 시종 꼼짝도 하지 않고 말 한 마디 하지 못했던 것이오. 더 이상 방법도 없고 거란인을 지원하는 자들이 다시 들이닥칠까 두려운 마음에 재빨리 말 세 필을 끌고 와 선봉장 대형과 왕 방주를 각각 안아 말 등 위에 올려놓았소. 그리고 난 말 한 필 위에 그 거란 영아를 안은 채 앉아서 말 두 마리를 끌고 밤을 달려 안문관으로 돌아왔소. 돌아오자마자 난 의원을 찾아가 혈도를 풀어보려 했지만 의원 역시 손을 대지 못했소. 다행히 이튿날 밤이 되어 12시진을 꽉 채우자 두 사람한테 찍혀 있던 혈도도 자연적으로 풀리게 됐소. 선봉장 대형과 왕 방주는 거란 무사들의 소림사 습격을 염려해 혈도가 풀리자마자 나와 함께 다시 안문관 관외로 나가 살펴보기로 했소. 그러나 곳곳에 널려 있는 시신들은 어젯밤 내가 떠날 때와 전혀 다르지 않았소. 난 머리를 내밀어 난석곡 아래를 내려다봤지만 어떤 단서도 찾을 수 없었소. 우리 세 사람은 희생당한 여러 형제들의 시신을 매장해주기로 했고 매장을 하면서 숫자를 헤아려봤지만 시신이 17구밖에 없다는 사실을 알게 됐소. 원래 희생당한 사람은 모두 18명이었는데 어찌 한 구가 모자랄까?"

그는 여기까지 말하고 조전손을 바라봤다.

조전손이 쓸쓸하게 웃으며 말했다.

"그중 시신 한 구는 살아서 돌아왔지. 제 발로 걸어와 지금까지도 산 송장처럼 살고 있소. 그건 바로 이 구차한 목숨인 나 '조전손이, 주오

정왕'이오."

지광대사가 말했다.

"그러나 그때 우리 세 사람 다 전혀 이상하게 생각하지 않고 그저 혼전 중에 저 인형이 난석곡 안으로 떨어졌다고만 생각했소. 있을 수 있는 일이었기 때문이오. 우리는 희생당한 여러 형제들을 매장한 후 분이 풀리지 않아 거란인들의 시신을 모조리 난석곡 안으로 던져버렸소. 그러다 선봉장 대형이 갑자기 왕 방주를 향해 말했소. '검통劍通 형, 그 거란인이 우리 두 사람을 죽이려 했다면 그야말로 식은 죽 먹기였을 텐데 왜 혈도만 찍어놓고 목숨을 살려놓았을까요?' 왕 방주가 대답했소. '그건 아무리 생각해도 모르겠소. 우리 둘은 우두머리이고 그의 처자를 죽였으니 이치대로라면 응당 우릴 죽여버리고 원수를 갚아야 옳을 텐데 말이오.' 세 사람은 아무리 상의해봐도 결과를 도출해낼 수 없었소. 그때 선봉장 대형이 말했소. '그자가 석벽 위에 새긴 문자에 무슨 깊은 의미가 있을지도 모르겠소.' 우리 세 사람 다 거란문자를 몰랐던 탓에 대책을 마련해야 했소. 해서 선봉장 대형이 계곡 물을 길어와 바닥에 응고된 피를 녹여 석벽에 바르고 백포 옷자락을 찢어 석벽의 문자를 탁본하기 시작했소. 그 거란문자들은 2촌 가까운 깊이로 바위에 깊이 파여 있었소. 단도 한 자루로 아무렇게나 새겨넣은 게 그 정도인 것을 보면 그자의 팔힘은 이미 천하무쌍이며 그 누구도 그에 미치는 자가 없었을 것이오. 세 사람 모두 그걸 보고 놀랍고도 의아해하지 않을 수 없었소. 하루 전 정경을 돌이켜 생각하니 여전히 가슴이 두근거렸던 것이오. 관내로 돌아온 후, 왕 방주가 한 우마 장수를 수소문해서 찾아냈소. 그 사람은 요나라 수도를 왕래하며 말을 판매하고 있어 거란문자를 알고 있었소. 우리는 그자에게 백포 탁본을 보여주었고 그는 우리 한문으로 번역해 종이에 적어주었소."

여기까지 말하고 그는 고개를 들어 하늘을 쳐다보더니 긴 한숨을 내쉬었다. 그리고 다시 말을 이었다.

"우리 세 사람은 그 우마 장수가 써준 역문을 서로 한 번씩 돌려봤지만 정말 믿기 힘들었소. 그 거란인은 그때 이미 자결을 결심한 상태였는데 어찌 거짓을 말하겠소? 우리는 다른 곳으로 가서 거란문에 능통한 사람을 찾아내 그에게 탁본한 글귀를 번역해 달라고 했지만 그 뜻은 역시 다르지 않았소. 에이, 만일 그 내용이 확실하다면 희생당한 형제 17명은 억울하게 죽은 것이며 그 거란인 역시 무고하게 희생된 것이고 그 거란인 부부에게는 더더욱 씻지 못할 죄를 지은 셈이 된 것이오."

사람들은 석벽 위의 문자가 무슨 뜻이었는지 빨리 알고 싶었지만 그가 질질 끌며 말을 하지 않자 몇몇 성질 급한 사람들이 서둘러 물어봤다.

"그 글자에 뭐라고 쓰여 있었습니까?"

"그들한테 왜 씻지 못할 죄를 지었다는 거죠?"

"그 거란인 부부가 왜 억울하게 죽었다는 겁니까?"

지광대사가 말했다.

"형제 여러분! 난 여러분의 궁금증을 유발하기 위해 거란문자 내용을 공개하지 않는 것이 아니오. 만일 석벽 문자가 사실이라면 선봉장 대형과 왕 방주 그리고 나의 모든 행위는 크게 잘못된 것이 확실해 고개를 들 면목이 없소. 나 지광은 무림에서 무명의 소인배에 불과한지라 잘못된 행동을 해도 별문제 없지만 선봉장 대형과 왕 방주는 그 신분과 지위가 어느 정도인지 모두 아실 것이오. 하물며 왕 방주께선 이미 별세하신 몸인데 내 어찌 함부로 두 분의 명성에 흠집을 내는 행동을 할 수 있겠소? 따라서 내용을 명확히 말씀드릴 수 없음을 용서하시오."

개방의 전임 방주인 왕검통은 그 명성이 널리 알려져 있었고 교봉과 여러 장로들 그리고 모든 제자에게 깊은 은정과 도의를 베풀었던 터라 다들 호기심이 일기는 했지만 그 얘기가 왕 방주의 명성에 흠집이 갈 수 있다는 말에 누구도 감히 물어보려 하지 않았다.

지광대사가 말을 이었다.

"상의를 거친 우리 세 사람은 그게 사실이라 믿고 싶지 않았지만 믿지 않을 수 없었소. 하여 당분간 거란 영아의 목숨을 살려놓고 소림사로 달려가 동정을 살피기로 했소. 만일 거란 무사들이 대거 습격을 한다면 그때 아이를 죽여도 늦지 않으리라 생각했던 것이오. 우리 모두 말에 올라타 밤낮을 안 가리고 말을 달려 소림사에 당도하자 그곳에는 각지에서 도움을 주기 위해 온 영웅들이 이미 적지 않게 모여 있었소. 그 문제는 우리 신주神州[3] 내 수많은 백성의 생사 안위와 관련이 있어 소식을 접한 사람은 누구든 미력한 힘이나마 보태려 했던 것이오."

지광대사는 왼쪽에서 오른쪽으로 모든 이의 얼굴을 천천히 훑다가 말했다.

"그때 소림사에서 열린 집회에는 여기 계신 연로한 영웅들께서도 대거 참석한 바 있으니 그 경과에 대한 상세한 내용은 자세히 말씀드릴 필요가 없을 거라 생각하오. 조심스럽고 삼엄한 경비 속에 각지에서 원조를 위해 온 영웅들은 점점 더 많아졌소. 그러나 9월 중앙重陽[4]을 전후한 시기부터 섣달에 이르기까지 석 달이 넘는 동안 뜻밖에도 아무런 조짐도 보이질 않았고, 그 전갈을 전해온 사람을 찾아 물어보려 했지만 그 사람 역시 찾을 수가 없었소. 우리는 그제야 그 전갈이 거짓이며 모두가 속아넘어간 것이라 단정을 내렸소. 안문관 관외 일전에서 죽은 쌍방의 적지 않은 사람들은 그야말로 억울하게 죽은 셈이 된 것이오. 그러나 얼마 지나지 않아 거란의 철기鐵騎가 침입해 하북 각지의 군사 요충지를 공격하자 모두들 거란 무사들이 소림사를 습격할 것인지 아닐지에 대해 마음에 담아두지 않을 수 없었소. 그들이 습격을 해오든 해오지 않든 거란인들은 우리 대송의 숙적이었기 때문이오. 선봉장 대형과 왕 방주 그리고 나 세 사람은 안문관 관외 사건에 대해 양심의 가책을 느끼고 있던 터였기에 소림사의 여러 장로들에게 설명한 뒤 희생당한 형제 가족들에게 부고를 알리는 외에 다른 이들에게는 언급조차 하지 않았소. 그 거란 영아 역시 소실산少室山 밑의 한 농가에 양육을 맡기게 됐소. 그 사건 이후 아이를 어떻게 처리할지 애를 먹다가 그 부모에 대해 우리가 실수를 한 이상 어린 생명을 다시 또 해칠 순 없었던 것이오. 그러나 그 아이를 키운다 해도 거란인은 어차피 우리의 원수인지라 혹시라도 호랑이 새끼를 키우는 것이 아닐까 늘 염두에 두고 있을 수밖에 없었소. 후에 선봉장 대형이 그 농가에 은자 백 냥을 주고 그 영아를 맡아서 키우되 농부 부부가 거란 영아의 부모인 것처럼 행세해달라고 부탁했소. 아이가 장성한 후에도 절대 남에게 입양한 사실을 알리지 말라고 당부하면서 말이오. 원래 자식이 없었던 농부 부부는 아주 기쁜 마음으로 승낙을 했소. 그들은 그 영아가 거란인의 골육이라는 사실을 모르고 있었소. 아이를 소실산으로 데려가기 전에 우리가 미리 한나라 아이 옷으로 갈아입혀놓았으니 말이오. 대송 백성들은 거란인을 뼈에 사무치게 증오했기에 아이가 거란 복장을 하고 있다면 분명 아이한테 해를 입힐 거라 생각했던 거요…."

교봉은 여기까지 듣다가 떨리는 목소리로 물었다.

"지광대사, 그… 그 소실산 밑의 농부가… 성… 성이 뭡니까?"

지광대사는 말했다.

"이미 짐작을 했을 테니 숨기지는 않겠소. 그 농부의 성은 교喬이고 이름은 삼괴三槐요."

교봉이 큰 소리로 울부짖었다.

"아니, 아닙니다! 헛소리 마십시오. 그런 말도 안 되는 거짓말을 날조해 사람을 무고하다니! 난 당당한 한인이거늘 어찌 거란 오랑캐일 수가 있습니까? 우리… 우리… 삼괴공은 내 친아버지입니다. 다시 한 번 헛소리를 한다면…."

이 말을 하다 돌연 양팔을 휘저으며 지광대사 앞으로 달려가서는 왼손으로 그의 멱살을 움켜쥐었다.

선정과 서 장로가 동시에 소리쳤다.

"아니 되오!"

이들은 말이 끝나기 무섭게 앞으로 달려나왔다.

교봉은 매우 빠른 몸놀림으로 지광대사와 함께 한쪽으로 비켜섰다.

선정의 아들 선중산單仲山, 선숙산, 선계산單季山 세 사람이 일제히 그의 등을 향해 덮쳐갔다. 교봉은 오른손으로 선숙산을 움켜쥐어 저 멀리 내던져버린 후, 곧바로 선중산을 들어 내던지고 세 번째로 선계산을 움켜쥔 채 바닥에 내던지더니 다리를 뻗어 그의 머릴 질끈 밟았다.

'선씨오호'는 산동 일대에서 명성을 크게 떨치고 있었다. 이 오 형제는 이미 명성을 떨친 지 오래됐던 까닭에 결코 신출내기 후배는 아니었다. 그러나 교봉은 왼손으로 지광대사를 붙잡고 있는 상태에서 오른손으로 연이어 움켜쥐고 던지기를 계속해 선가의 3대 대한을 마치 허수아비 던지듯 저 멀리 내던져 상대가 일말의 저항도 할 수 없게 만들어버린 것이다. 옆에서 지켜보던 사람들 모두 넋을 잃고 바라볼 따름이었다.

그들의 혈육인 선정과 선백산, 선소산 세 사람은 깜짝 놀라 앞으로 나서서 도우려 했지만 선계산의 머리가 밟혀 있는 것을 보고 대단한 공력을 지닌 교봉이 조금이라도 힘을 주었다간 선계산의 머리가 박살 날 것 같아 앞으로 몇 걸음 나섰을 뿐 모두 그 자리에 멈춰서고 말았다. 선정이 소리쳤다.

"교 방주, 말로 합시다! 함부로 무력을 쓰지 마시오. 우리 선가는 당신과 아무 원한도 없소. 어서 내 아들을 놓아주시오."

철면판관이 이렇게 말한다는 것은 교봉에게 애걸복걸하는 것이나 다름없는 모습이었다.

옆에 있던 서 장로가 말했다.

"교 방주, 지광대사는 강호인들로부터 존경받는 분이시오. 그분의 목숨을 해쳐서는 아니 되오."

교봉은 끓어오르는 피를 주체하지 못하고 큰 소리로 외쳤다.

"그렇소, 나 교봉은 당신네 선가와 아무 원한이 없소. 또한 지광대사의 인품은 평소에 경모해 마지않던 바요. 한데 당신들이⋯ 당신들이⋯ 날 방주 자리에서 끌어내리려 하고 있소. 그건 그렇다 치겠소. 그 야 정중히 양보하면 그뿐이오. 허나 어찌 그런 근거 없는 말을 날조해 날 중상모략하는 것이오? 나⋯ 나 교봉이 도대체 무슨 잘못을 저질렀기에 당신들이 날 이렇게 힘들게 만드는 것이오?"

쉰 목소리로 말하는 그의 마지막 몇 마디에 사람들은 동정 어린 눈길을 보내지 않을 수 없었다.

그러나 지광대사 몸에서 우두둑 소리가 들리자 모두들 그의 목숨이 경각에 달려 있으며 그의 생사는 교봉의 일념과 결부되어 있음을 알았다. 그 소리 외에는 나뭇가지를 스치는 바람 소리와 풀숲에서 우는 벌레 소리 그리고 초조함 속에 내뱉는 사람들의 숨소리뿐 그 누구도 감히 작은 소리조차 낼 수 없었다.

얼마나 지났을까! 조전손이 갑자기 흐흐하고 냉소를 머금으며 말했다.

"가소롭구나. 가소로워! 한인이라고 남보다 뛰어난 것은 아니지. 거란인이라고 개돼지보다 못한 것도 아니고! 한데 거란인이 틀림없건만 굳이 한인인 체하려 하다니 그게 무슨 의미가 있는 거지? 자기 친부모조차 인정하지 않으면서 사내대장부를 자처할 수 있을까?"

교봉은 눈을 부릅뜨고 표독한 눈으로 그를 응시하며 물었다.

"당신도 날 거란인이라고 말하는 것이오?"

조전손이 말했다.

"난 모르지. 그날 안문관 관외 일전에서 본 그 거란 무사의 용모와 신체가 당신과 아주 똑같다는 것 외에는 말이오. 그 일전을 벌일 때 나 조전손은 간이 콩알만 해질 정도로 혼비백산했던 터라 당시에 봤던 상대방의 용모는 앞으로 100년이 더 지나도 잊히지 않을 것이오. 지광대사가 그 거란 영아를 안고 가는 것도 내 이 두 눈으로 직접 목격을 한 것이오. 나 조전손은 산송장이나 마찬가지라 이 세상에 소연 한 사람 외에는 염두에 둔 사람도, 염두에 둘 일도 없거늘 당신이 개방 방주를 하건 말건 나랑 무슨 상관이 있단 말이오? 내가 뭐 하러 당신을 중상모략하겠소? 난 그 당시 당신 부모를 죽이는 데 참여한 사람인데 나한테 무슨 이득이 있어 그런 짓을 한단 말이오? 교 방주, 이 조전손의 무공 실력은 당신과 한참이나 차이 나는데 내가 살고 싶지 않아 자결이라도 하고 싶어 그러는 걸로 보이시오?"

교봉은 지광대사를 천천히 내려놓은 다음 오른발 발끝을 들어올려 거대한 선계산의 몸을 가볍게 걷어찼다. 픽 소리와 함께 선계산은 바닥을 뒹굴었고 이내 자리에서 벌떡 일어났다. 그러나 다친 곳은 전혀 없었다.

교봉은 지광대사를 바라봤다. 태연자약한 그의 모습 속에는 일말의 작위적인 모습이나 교활한 태도라고는 보이지 않았다. 그는 지광대사를 향해 물었다.

"그 후에 어찌 됐습니까?"

지광이 말했다.

"그 이후 얘기는 교 방주도 알고 있을 것이오. 그대가 일곱 살이 되던 해에 소실산에서 대추를 따다 늑대를 만났을 때, 때마침 그곳을 지나던 소림사 승려 한 명이 늑대를 죽이고 그대를 구해 치료해주었소. 그 후로 매일 그대한테 무공을 전수해주었지. 내 말이 맞지 않소이까?"

교봉이 말했다.

"그렇습니다! 그 일을 대사도 알고 계셨군요."

그 소림사 승려인 현고_{玄苦}대사는 그에게 무공을 전수하면서 그 사실을 절대 남에게 말하지 말라는 당부를 했다. 따라서 강호에서는 그가 개방 왕 방주의 직계 제자인 줄로만 알았을 뿐 그 누구도 그가 소림사와 깊은 연원이 있다는 사실을 알 수 없었다.

지광대사가 말했다.

"그 소림 승려는 선봉장 대형의 중한 부탁을 받은 것이었소. 그에게 부탁해 그대를 어려서부터 가르쳐 잘못된 길로 들어서지 못하게 했던 것이오. 그 일 때문에 나와 선봉장 대형, 왕 방주 세 사람이 언쟁을 벌인 적이 있소. 난 그대가 평범하게 농사를 지으며 살게 놔둬야지 무예를 배워 다시 강호의 은원에 휘말리게 만들 수는 없다고 주장했지만 선봉장 대형은 우리가 그대 부모에게 죄를 지었으니 그대를 영웅으로 성장시키는 것이 옳다고 했던 것이오."

교봉이 말했다.

"당신들… 당신들이 도대체 무슨 죄를 지었단 말입니까? 한인과 거란인은 어차피 서로 죽고 죽이는 관계일 뿐인데 죄를 지을 일이 뭐 있다 그러는 거죠?"

지광대사가 탄식을 하며 말했다.

"안문관 관외 석벽에 새겨진 유문遺文이 아직 지워지지 않았으니 후에 직접 가서 보도록 하시오. 선봉장 대형이 그렇게 결심을 했던 터라 왕 방주 역시 그쪽으로 치우치게 됐고 나 역시 그 의견을 꺾을 수는 없었소. 그대가 열여섯 살이 되던 해에 왕 방주를 만났고 그는 그대를 제자로 거두게 됐소. 그 후 수많은 기연과 마주하게 되면서 그대는 천부적인 자질을 바탕으로 분투노력한 끝에 마침내 비범한 능력을 지닐 수 있게 된 것이오. 허나 선봉장 대형과 왕 방주의 세세한 보살핌이 없었다면 그리 쉽지만은 않았을 것이오."

교봉은 고개를 숙이고 한참 동안이나 곰곰이 생각해봤다. 자신은 일평생 그 어떤 위기에 봉착해도 이를 전화위복의 계기로 삼았을 뿐 크게 손해를 본 적이 없었으며 수없이 많은 기회 역시 스스로 얻으려고 노력하지 않아도 자연스럽게 다가오곤 했었기에 여태까지 자신에게는 늘 밝은 빛이 비치어 평생 행운이 깃들 것이라 생각해왔다. 그런데 지광대사의 말대로라면 어떤 힘이 있는 인물이 암암리에 자신을 보살펴왔지만 자신은 전혀 몰랐다는 말이 아닌가? 그는 속으로 망연자실했다.

'만일 지광대사의 말이 사실이라면 난 한인이 아니라 거란인이다. 그리고 왕 방주는 내 은사가 아니라 내 아버지를 죽인 원수인 것이다. 암암리에 날 도와준 영웅도 호의로 날 도운 것이 아니라 양심의 가책을 느껴 속죄를 하기 위해 그렇게 했을 뿐이라는 것 아닌가? 아니야! 아니야! 거란인은 흉악하고 잔인하며 우리 한인의 원수인데 내가 어찌 거란인이 될 수 있단 말인가?'

지광대사가 말을 이었다.

"왕 방주도 처음에는 그대를 무척이나 경계했소. 그러나 후에 그대가 매우 빠른 속도로 무공을 익혔고 인품 또한 무척이나 호방하며 의협심마저 강해 사람을 인의로써 대해왔소. 더구나 왕 방주에게 정중하고 공손한 태도로 일관하며 일을 행함에 있어 서로 뜻이 통하자 그대를 진심으로 좋아하게 됐던 것이오. 그 후 그대가 점점 많은 공을 세우면서 그 명성이 자자해지자 개방의 상하 구성원들이 모두 심복을 하게 됐고, 개방 외부인들 역시 개방의 차기 방주는 그대가 아니면 안 되겠다고 생각하게 된 것이오. 그러나 왕 방주는 시종 마음을 다잡지 못하고 그대가 거란인이라는 이유로 3대 난제를 들어 시험을 했지만 그대는 그 난제를 모두 해결했소. 그럼에도 불구하고 그대가 7대 공로를 모두 세울 때까지 기다렸다 타구봉을 물려주려 한 것이오. 그해 태산대회에서 그대가 개방의 아홉 강적에게 타격을 입혀 개방의 위세가 천하를 진동하자 그는 더 망설일 이유가 없어 그대를 개방의 방주로 세우게 됐소. 노납이 아는 바로는 개방이 수백 년을 유지해오면서 그대처럼 그렇게 어렵게 방주 자리를 얻은 사람은 없었을 것이오."

교봉이 고개를 숙이며 말했다.

"전 은사인 왕 방주께서 의도적으로 절 단련시키고 많은 고생을 겪게 만들어 대임을 맡기고자 했다고 생각했는데 이제 보니⋯ 이제 보니⋯."

그는 이때쯤 되자 속으로 7, 8할 정도 확신을 갖게 됐다.

지광대사가 말했다.

"내가 아는 바는 여기까지가 끝이오. 그대가 개방의 방주 자리에 오른 이후 강호에서 이런 얘기를 들었소. 그대는 의협심을 가지고 정의를 행해 백성들을 복되게 하고 일을 행함에 있어 늘 공명정대함은 물론 개방이 창성하도록 정돈을 했다고 말이오. 난 그 말을 듣고 개인적으로 무척이나 기뻐했소. 그뿐만 아니라 거란인들의 간계를 몇 번씩이나 물리치고 거란의 거물 인사들을 수없이 제거해 우리가 호랑이 새끼를 키운다는 우려를 기우로 만들어버렸다고 하더군. 사실 이 문제는 영원토록 거론할 필요가 없었건만 도대체 누가 폭로를 했는지 모르겠소? 이는 개방이나 교 방주 자신에게 좋을 것이 하나도 없는데 말이오."

이 말을 하면서 긴 한숨을 내쉬고는 연민으로 가득한 표정을 지었다.

서 장로가 말했다.

"옛일을 빠짐없이 말씀해주신 지광대사께 감사드립니다. 마치 저희가 몸소 경험한 듯 생생하게 잘 들었습니다. 한데 이 서찰은…."

그는 그 서찰을 흔들면서 말을 이었다.

"그 선봉장 대형이 왕 방주께 쓴 서찰인데 방주 자리를 교 방주에게 물려주지 말라고 적극적으로 말리는 내용이 들어 있소. 교 방주, 방주께서 직접 훑어보시오."

이 말을 하면서 서찰을 교봉에게 건넸다.

지광대사가 말했다.

"내가 먼저 좀 봐야겠소. 원본이 맞는지 말이오."

그는 서찰을 수중에 받아들어 한번 훑어보고 말했다.

"맞소. 선봉장 대형의 필적이 분명하오."

이 말을 하면서 왼손 손가락으로 살며시 힘을 주어 서찰 말미의 서명 부위를 찢어내 입속에 넣고는 혀로 한번 말아 삼켜버렸다.

지광대사가 서찰을 찢을 때는 먼저 화톳불 쪽을 향해 몇 걸음 걸어가 교봉과 거리를 두고 다시 빛이 부족해서 잘 보이지 않는다는 듯 서찰을 눈앞에 가져다 대었다. 그 때문에 종이를 찢어 입에 넣을 때는 서찰과 입술의 거리가 1촌가량밖에 되지 않았다. 교봉은 이런 덕망 높은 노승이 그런 교활한 수법을 사용하리라고는 생각지도 못했다. 그는 포효를 하며 왼손을 내뻗어 허공에서 그의 혈도를 치고 오른손으로 서찰을 빼앗았지만 결국 한발 늦은 뒤였다. 서찰 말미의 서명은 이미 그의 목구멍 속으로 넘어가고 말았던 것이다. 교봉은 다시 일장을 펼쳐 그의 혈도를 치며 화를 냈다.

"이… 이게 무슨 짓입니까?"

지광대사가 싱긋 웃으며 말했다.

"교 방주, 자신의 내력을 알았으니 필시 부모를 죽인 원수를 갚고자 할 것이오. 왕 방주는 이미 세상을 떠났으니 말할 필요가 없고, 선봉장 대형의 이름은 당신한테 알려주고 싶지 않소. 노납은 그해 영존과 영당을 기습 공격하는 데 가담했으니 모든 죄과는 노납이 기꺼이 짊어지도록 하겠소. 원수를 갚겠다면 언제든 손을 쓰도록 하시오!"

교봉은 지그시 눈을 감는 그의 자비롭고도 장엄한 표정을 보고 속으로 비분강개했지만 자기도 모르게 숙연해지며 존경심이 들었다.

"그게 사실인지 아닌지는 아직 밝혀진 바가 없으니 대사를 죽인다 해도 당장 서두를 필요는 없습니다."

이 말을 하면서 조전손을 노려봤다.

조전손은 어깨를 추켜올리며 아무렇지 않다는 듯 말했다.

"그렇소. 나도 가담했으니 나에게도 갚아야 할 빚이 있는 거요. 언제든 기분이 내키면 편할 대로 처분하시오."

담공이 큰 소리로 말했다.

"교 방주, 모든 일은 심사숙고해야만 하오. 섣불리 일을 처리하는 건 좋지 않소. 만일 호한胡漢의 싸움을 야기하기라도 한다면 중원의 호걸들이 모두 당신을 적으로 치부할 것이오.”

조전손은 그가 정적情敵이긴 하지만 이때만은 그의 말에 맞장구를 쳤다.

교봉은 냉소를 머금었지만 마음은 몹시 심란했다. 불빛에 비춰 서찰을 읽어보자 이런 글이 적혀 있었다.

“검염 오兄형께. 며칠 밤을 충분히 논의했지만 방주 자리 이양에 관한 오형의 의도는 시종 변함이 없으신 것 같소. 허나 내가 며칠간 숙고를 해보니 그리하면 안 될 것으로 생각되오. 교 군은 재능과 기예가 탁월하여 위대한 공을 많이 세웠고 기개가 넘쳐 귀 방에 꼭 필요한 걸출한 인물일 뿐만 아니라 신주의 무림 동도 입장에서 봐도 그를 따라갈 인물이 없소. 따라서 교 군이 오형의 자리를 계승한다면 훗날 개방의 명성을 널리 펼치리란 것을 충분히 짐작할 수 있소.”

교봉은 여기까지 읽다가 선배가 자신을 매우 칭송하자 속으로 감격해하며 계속해서 읽어나갔다.

“허나 그날 안문관 관외 혈전의 공포스러웠던 광경은 아직까지 내 머릿속을 떠나지 않고 있소. 교 군은 우리와 같은 민족이 아니며 그의 부모는 우리 두 사람 손에 죽었소. 훗날 교 군이 자신의 출신 내력을 모른다면 몰라도 그게 아니라면 개방은 장차 그의 손에 멸하게 될 뿐만 아니라 중원 무림 역시 크나큰 재앙을 피할 수 없을 것이오. 당대에서는 지략과 무공 실력에 있어 교 군을 능가할 사람은 극히 적다고 할 수 있소. 귀 방의 대사인지라 외부인이 감히 간섭할 수 없다는 건 알지만 우리 두 사람은 교분이 각별하기에 말씀드리는 것이오. 이 문제는 수많은 일에 연관되어 있으니 부디 숙고하시기 바라오."

그 밑의 서명은 이미 지광대사에 의해 찢어지고 없는 상태였다.

서 장로는 교봉이 이 서찰을 다 읽고 멍하니 서서 아무 말 하지 않는 모습을 보고 다시 서찰 한 통을 건네며 말했다.

"이건 왕 방주가 친히 쓴 글이오. 교 방주가 보면 필적을 알아볼 수 있을 게요."

교봉이 그 서찰을 건네받아 보자 겉에 이런 글이 적혀 있었다.

"개방의 마 부방주, 전공 장로, 집법 장로와 그 밖의 장로에게 고한다. 방주 교봉이 만일 요나라에 붙어 한나라를 배반하고, 거란을 도와 대송을 핍박하는 행동을 한다면 개방의 모든 이가 즉각 힘을 합쳐 없애버리되 실수가 있어서는 안 된다. 독수를 쓰든 암살을 하든 무엇이든 무방하며 손을 쓴 자에 대해서는 공만 있을 뿐 죄는 없을 것이다. 왕검통 친필."

하단에 기재된 날짜는 '대송大宋 원풍元豊[5] 6년 5월 초이레'였다. 그는 그날이 바로 자신이 개방의 방주에 오른 날임을 확실히 기억하고 있었다.

교봉은 그 몇 행의 글자들이 은사인 왕검통의 친필임을 명확히 알고 있었다. 상황이 이러한데 자신의 내력을 더 이상 어찌 의심할 수 있으랴! 그러나 은사는 줄곧 자신에게 아버지처럼 대해왔고 엄한 가르침 속에도 자신을 끔찍이 아껴왔었다. 그런데 자신이 개방의 방주에 오르는 날 암암리에 이런 유지를 썼다고 어찌 생각할 수 있겠는가? 그는 비통한 가슴을 금할 수 없어 눈물이 왈칵 쏟아져 왕 방주가 쓴 서찰 위로 뚝뚝 흘려내고 말았다.

서 장로가 천천히 입을 열었다.

"교 방주, 우리의 무례함을 탓하지 마시오. 왕 방주의 이 친서는 원래 마 부방주 혼자만 알고 엄격한 관리 속에 소장 중이었으며 그 누구에게도 말한 적이 없었소. 지난 몇 년 동안 방주께선 일을 행함에 있어 공명정대하여 요나라와 내통하고 송을 배반하며 거란을 도와 한인을 핍박하는 행동은 전혀 보이지 않았고, 오히려 요나라 대장을 죽이기까지 했으니 왕 방주의 이 유지는 자연히 소용이 없었소. 그러다 마 부방주가 비명횡사를 하고 나서야 마 부인이 이 유지를 찾아낸 것이오. 본래는 다들 마 부방주가 고소의 모용 공자한테 살해당했다고 의심했기에 방주께서 대원 형제의 이 원한을 갚았더라면 방주의 출신 내력은 공개할 필요가 없었을 것이오. 이 늙은이가 심사숙고한 끝에 대국을 고려해서 이 서찰과 왕 방주의 유지를 없애버리고자 했소. 허나… 허나…."

그는 여기까지 말하고 마 부인을 바라봤다.

"첫째, 마 부인이 부군의 원한을 매우 비통하게 생각해 대원 형제의 억울한 죽음을 밝혀내지 못한다면 죽어도 눈을 감지 못하겠다고 하고 둘째, 교 방주가 호인을 비호하는 행위는 실로 본방에 위협이 되기 때문…."

교봉이 말을 끊으며 물었다.

"제가 호인을 비호하다니 어디서 나온 말입니까?"

서 장로가 말했다.

"'모용'이란 성은 호인들의 성씨요. 모용씨는 선비의 후예로 거란과 마찬가지로 오랑캐 족속이오."

교봉이 말했다.

"음… 그랬었군요. 전 몰랐습니다."

서 장로가 말을 이었다.

"셋째, 방주에게 거란인의 피가 흐른다는 사실을 방내의 제자들도 대부분 알고 이미 변란이 일어날 조짐을 보였기에 숨겨봐야 아무 이득이 없었을 것이오."

교봉은 하늘을 쳐다보며 장탄식을 내뱉었다. 한나절 동안 가슴을 짓누르던 의문 덩어리가 비로소 해소되는 느낌이었다. 그는 전관청을 향해 말했다.

"전관청, 당신은 내가 거란인의 후예란 것을 알고 반기를 든 것이로군. 그런 거였소?"

"그렇소."

"해, 송, 진, 오 사대장로가 당신 말을 믿고 날 죽이려 한 것도 사실이오?"

"그렇소. 다만 사대장로는 반신반의하며 결정을 내리지 못하다 막상 일이 가까워오자 겁을 집어먹었소."

"내 출신 내력에 대한 단서는 어디서 알게 된 것이오?"

"그 문제는 다른 사람과 연루가 되어 있어 재하가 고할 수 없으니 용서해주시오. 종이로 불을 감쌀 수 없듯이 당신이 아무리 비밀을 숨기려 해도 언젠가는 천하가 알게 된다는 걸 기억하시오. 집법 장로도 이미 알고 있었소."

삽시간에 교봉의 뇌리 속에 온갖 상념이 스치고 지나가다 순간 이런 생각을 했다.

'저들은 나한테 질투를 느끼고 말도 안 되는 헛소리를 날조해 날 중상모략하는 것이다. 나 교봉은 아무리 극복하기 힘든 난관이 있더라도 끝까지 싸워 굴복하지 않을 것이다.'

이어서 다시 이런 생각을 했다.

'은사께서 남긴 친서는 진짜가 확실하다. 지광대사처럼 덕망이 높으신 분이 나와는 아무 은원도 없는데 그런 간계를 꾸밀 리가 만무하다. 서 장로 역시 우리 방내의 원로 중신인데 어찌 본방을 전복시킬 뜻을 품을 수 있겠는가? 선정, 담공, 담파 등은 무림에서 명망이 높은 선배님들이고, 저 조전손은 비록 정신이 나간 듯해도 평범한 자는 아니다. 이 모든 이가 한목소리로 그렇게 말하는데 어찌 거짓일 수 있겠는가?'

개방의 모든 제자는 지광대사와 서 장로 등이 하는 말을 듣고 마음속으로 혼란스러웠다. 이미 사전에 그가 거란의 후예라는 말을 들었지만 시종 반신반의해온 사람도 있었고, 또 어떤 이들은 이제 막 그 사실을 알게 됐다. 그러나 확고한 증거를 보고 교봉 자신조차도 이미 믿는 듯이 보였다. 교봉은 평소에 수하들에게 은정과 도의로 대했으며 재기와 은덕 그리고 뛰어난 무공 실력을 지니고 있었기에 모두들 경복해왔던 것인데 뜻밖에도 거란의 후손일지 누가 짐작이나 했겠는가? 요나라와 송나라의 사무친 원한은 심히 깊어서 과거 수년 동안 요나라인 손에 죽은 개방 제자들이 부지기수였다. 그런데 거란 사람이 개방의 방주를 하고 있다니 정말 불가사의한 일이었다. 그러나 그를 개방에서 축출하자고 하는 말은 그 누구도 입에 담지 못했다. 그때 행자림은 정적에 휩싸이고 오직 무겁게 내쉬는 숨소리만 들릴 뿐이었다.

순간 낭랑한 여인의 목소리가 들려왔다.

"사백, 사숙 여러분. 선부께서 불의의 죽임을 당하셨지만 독수를 쓴 자가 누구인지는 아직까지 밝혀지지 않았습니다. 선부께서는 평생 성실하게 살아오시며 늘 겸손을 잃지 않았던 터라 강호에서 원한을 맺을 일이 없습니다. 천첩은 도대체 왜 선부의 목숨을 노렸는지 도저히 알 수 없습니다. 옛말에도 '물건을 잘 간수하지 않아 잃어버리면 도적질을 가르쳐주는 격이 된다'는 말이 있습니다. 혹시 선부께서 수중에 어떤 중요한 물건이 있어 누군가 그걸 얻기 위해 그런 것은 아닐까요? 남이 기밀을 누설해 대사를 그르칠까 두려워 입을 막기 위해 죽인 건 아닐까요?"

이 말을 한 건 다름 아닌 마대원의 미망인인 마 부인이었다. 이 말을 한 의도는 더 이상 명백할 수가 없었다. 마대원을 살해한 흉수가 바로 교봉이며 범행을 한 의도는 자신이 거란인이라는 증거를 없애기 위한 것이라는 뜻이었다.

교봉은 천천히 고개를 돌려 전신에 소복을 입고 호리호리한 뒷모습의 연약하고 수려하며 자그마한 체구를 지닌 그 여인을 바라보며 말했다.

"내가 마 부방주를 죽였다고 의심하시는 것입니까?"

마 부인은 줄곧 등을 돌린 채 두 눈을 내리깔고 있다가 갑자기 고개를 들어 교봉을 바라봤다. 그러나 보석처럼 빛나는 눈동자가 어둠 속에서 광채를 내며 번뜩이자 교봉은 왠지 모를 두려움이 느껴졌다. 그녀가 다시 말을 이었다.

"천첩은 아무것도 모르는 아녀자일 뿐입니다. 대중 앞에서 얼굴을 드러내는 것조차 힘든 마당에 어찌 감히 남에게 함부로 죄를 뒤집어씌울 수 있겠습니까? 단지 선부께서 억울한 죽임을 당하셨기에 여러 사백, 사숙께 옛정을 생각해서라도 진상을 밝혀내 선부의 피맺힌 원한을 풀어달라고 간청하는 것일 뿐입니다."

이 말을 하면서 사뿐히 바닥에 엎드려 교봉에게 큰절을 하기 시작했다.

그녀는 교봉이 흉수란 말은 직접적으로 하지 않았지만 한 마디 한 마디가 모두 그를 향하고 있었다. 교봉은 그녀가 자신을 향해 무릎 꿇고 절을 하는 것을 보자 속으로 화가 치밀어올랐지만 겉으로 드러낼 수가 없어 하는 수 없이 무릎을 꿇어 답례를 했다.

"형수님, 어서 일어나십시오."

행자림 왼쪽 편에서 갑자기 한 소녀의 목소리가 들렸다.

"마 부인, 의심스러운 부분이 있는데 하나만 물어봐도 되겠습니까?"

사람들은 목소리가 들리는 곳을 바라보았다. 그녀는 다름 아닌 담홍색 옷을 입은 소녀인 아주였다. 마 부인이 물었다.

"낭자가 캐묻고 싶은 게 뭐죠?"

아주가 말했다.

"캐묻는 건 아닙니다. 서 장로와 부인 말로는 마 선배님의 저 유서가 봉랍으로 단단히 밀봉되어 있었다고 들었습니다. 또 서 장로께서 뜯을 때 봉인이 제대로 되어 있었고 당시에 저 태산의 선 대협께서도 옆에 계셨기에 그 서찰이 개봉되지 않았다는 걸 증명한다고 하셨지요. 그럼 서 장로가 개봉을 하기 전에는 그 서찰 속의 내용을 아무도 본 적이 없나요?"

마 부인이 말했다.

"없어요."

아주가 말했다.

"그렇다면 그 선봉장 대협의 서찰과 왕 방주의 유서는 마 선배님 외에는 그 누구도 몰랐던 내용이니 '물건을 잘 간수하지 않아 잃어버리면 도적질을 가르쳐주는 격이 된다'는 말이나 '입을 막기 위해 죽였다'는 말을 할 수는 없을 테지요."

사람들이 그 말을 듣고 그 말에 일리가 있다고 느꼈다.

마 부인이 말했다.

"낭자는 누구기에 감히 우리 방내의 대사에 간섭하는 거죠?"

"귀 방의 대사를 저 같은 일개 하찮은 소녀가 어찌 간섭하겠어요? 다만 당신들이 우리 공자를 모함하려 하니까 소녀가 이치에 맞게 말씀드릴 수밖에 없는 겁니다."

"낭자네 공자라는 게 누구죠? 교 방주인가요?"

아주는 빙긋 웃으며 고개를 가로저었다.

"아니요. 모용 공자입니다."

"음… 그렇군요."

그녀는 더 이상 아주를 거들떠보지도 않고 고개를 돌려 집법 장로를 향해 말했다.

"백 장로, 본방의 방규는 태산과도 같습니다. 만일 장로께서 방규를 위배하신다면 어찌 되나요?"

집법 장로 백세경은 얼굴이 살짝 일그러졌지만 위엄 있게 말했다.

"방규를 알면서 위배했다면 엄중한 벌이 주어지지요."

마 부인이 말했다.

"만일 백 장로보다 지위가 높은 사람이라면요?"

백세경은 그녀가 가리키고자 하는 의미를 알고는 자기도 모르게 교봉을 힐끗 쳐다봤다.

"본방의 방규는 선조들께서 제정한 것이라 서열과 존비, 지위의 고저를 구분하지 않고 누구에게나 일률적으로 적용합니다. 공이 있으면 똑같이 상을 주고 죄가 있으면 똑같이 벌을 받아야 하는 것입니다."

마 부인이 말했다.

"저 낭자가 의심하는 게 당연하군요. 처음에는 저 역시 그렇게 생각했지만 선부께서 변고를 당하시기 전날 밤 갑자기 누군가 우리 집에 와서 도적질을 해갔습니다."

사람들 모두 깜짝 놀랐다. 누군가 물었다.

"도적질이라니요? 뭘 훔쳐갔죠? 사람을 해쳤나요?"

마 부인이 말했다.

"다친 사람은 없습니다. 다만 도적은 저급한 미혼향迷魂香을 사용해 나와 시녀 두 명을 기절시키고 온 집 안을 샅샅이 뒤져 은자 10여 냥을 훔쳐갔습니다. 그다음 날 전 선부께서 불행한 변고를 당하셨다는 비보를 전해들었는데 도적에게 은자를 도둑맞은 일 따위에 신경 쓸 겨를이 어디 있었겠습니까? 다행히 선부께서는 그 유서를 아주 은밀한 곳에 숨겨두었던 터라 도적들한테 발견되지는 않았습니다."

그녀의 이 말은 더 이상 명백할 수 없었다. 교봉 자신이나 혹은 그가 보낸 사람이 마대원 집에 있는 유서를 훔치려 한 것이며 유서를 훔치려 했다는 것은 유서의 내용을 이미 알고 마대원을 죽여서 입을 막기 위함이었음을 지적하는 것이었다. 이는 진상을 폭로하는 것이나 마찬가지였다. 그렇다면 그가 어떻게 유서의 내용을 알았는지에 관해서는 그 선봉장 대협과 왕 방주, 마 부방주가 무의식중에 비밀을 누설했을 수도 있다고 생각하면 그리 이상한 일도 아니었다.

아주는 오로지 모용복의 누명을 벗기고 교봉이 연루되지 않았기를 바라는 마음에 입을 열었다.

"좀도적이 은자 10여 냥 정도 훔쳐가는 일은 흔한 일이에요. 공교롭게 시기가 맞아떨어진 것뿐이죠."

마 부인이 말했다.

"낭자 말도 맞아요. 처음에는 나도 그렇게 생각했죠. 하지만 나중에 그 좀도적이 들어왔다 나간 창문 벽 밑에서 물건을 하나 주웠어요. 그 좀도적이 황급히 들어왔다 나가느라 떨어뜨린 거였는데 난 그 물건을 보고 심히 놀라고 당황스러웠어요. 그제야 그 사건이 심상치 않은 일이라 여기게 된 거예요."

송 장로가 말했다.

"어떤 물건이었나요? 뭐가 심상치 않다는 거죠?"

마 부인은 천천히 보자기 안에서 8~9촌가량 되는 물건 하나를 꺼내 서 장로에게 내밀며 말했다.

"여러 사백, 사숙들께서 판단해주시기 바랍니다."

서 장로가 그 물건을 받아들자 그녀는 바닥에 엎드려 대성통곡을 했다.

사람들은 서 장로를 바라봤다. 그가 그 물건을 펼치자 그건 다름 아닌 접선이었다. 서 장로는 가라앉은 목소리로 부채 면에 적힌 시 한 수를 읊었다.

북풍이 몰고 오는 눈보라가 안문관 위에 날리고	朔雪飄飄開雁門
평탄하기만 한 사막은 소용돌이에 휩싸이누나	平沙曆亂卷蓬根
적을 죽인 숫자로 공명을 논하기엔 부끄러우니	功名恥計擒生數
적들을 죽여 없애 나라의 은혜에 보답하리라	直斬樓蘭報國恩

　교봉은 이 시를 듣자마자 깜짝 놀라지 않을 수 없었다. 그는 접선을 눈여겨봤다. 부채 뒤쪽 면에는 건장한 장사가 변경에 나가 적을 죽이는 그림인 장사출새살적도壯士出塞殺敵圖가 그려져 있는 것이 보였다. 이 부채는 교봉 자신의 물건이었다. 그 고시는 은사인 왕검통이 쓴 것이고 그 그림은 서 장로가 직접 그려준 것이다. 비록 필법이 정교하진 않았지만 강렬한 협의俠義의 기운이 그림 속에 있는 '북풍이 몰고 온 눈보라'를 따라 격앙되고 용맹스럽게 표현되어 있었다. 이 부채는 그의 스물다섯 살 생일날 은사로부터 하사받은 것으로 늘 아껴오며 잘 보관해두고 있었는데 어찌 마대원 집에 떨어져 있단 말인가? 더구나 그는 천성이 대범해 몸에 부채 같은 물건을 가지고 다닌 적이 없었다.

　서 장로가 부채를 뒤집어 그 그림을 살펴보니 자신이 직접 그린 그림이 틀림없자 한숨을 길게 내쉬며 중얼거리듯 말했다.

　"우리와 동류가 아니니 그 마음도 필시 다를 것이란 말이 사실이로구나. 왕 방주! 왕 방주! 이 일은 당신이 실수한 것 같소!"

　교봉은 난데없이 자신의 출신 내력에 관해 들었건만 뜻밖에도 거란의 자손이라 하니 속으로 만감이 교차했다. 근 10년 동안 그는 매일같이 어찌하면 요나라를 물리쳐야 하며 거란의 호인들을 어찌 더 많이 죽일지 책략을 세워왔는데 갑자기 이런 충격적인 소식을 접하게 된 것이다. 평생 적지 않은 풍랑을 겪었다 해도 너무도 당황스러워 어찌할 바를 몰랐다. 그러나 마 부인이 말끝마다 자신이 마대원을 죽인 음모를 꾸몄다고 지적하는 데다 자신의 접선마저 발견됐지 않은가? 그러나 그는 오히려 평정심이 생기면서 순식간에 몇 가지 생각이 뇌리를 스치고 지나갔다.

'누군가 내 접선을 훔쳐서 나한테 뒤집어씌우려는 것이다. 이런 일로 이 교봉을 힘들게 만들지는 못하지.'

그러고는 서 장로를 향해 말했다.

"서 장로, 그 접선은 내 것입니다."

개방에서 서열이 비교적 높고 지위가 있는 사람들은 서 장로가 읊은 시구를 듣고 그게 교봉의 물건인지 알고 있었지만 그 나머지 개방 제자들은 모르고 있다가 교봉이 자인을 하자 모두 깜짝 놀랐다.

서 장로 역시 속으로 깊이 느낀 바가 있는지 중얼거리듯 말했다.

"왕 방주는 날 본인의 심복으로 여기고 있었을 텐데 비밀리에 유지를 남기는 이런 대사를 어찌 나한테 알리지 않았는지 모르겠군."

마 부인이 몸을 일으키며 말했다.

"서 장로, 왕 방주께서 말씀드리지 않은 건 서 장로를 위해서예요."

서 장로가 이해하지 못하겠다는 표정을 지으며 물었다.

"무슨 말씀이시오?"

마 부인이 처량한 표정을 지으며 말했다.

"개방에서는 오직 선부만 이 사실을 아는 바람에 참혹한 죽임을 당한 겁니다. 장로께서⋯ 사전에 이 사실을 알았다면 그 화를 벗어날 수 없었을 거예요."

교봉이 큰 소리로 말했다.

"누가 또 할 말이 있으십니까?"

그는 시선을 마 부인으로부터 서 장로로 옮겼다가 다시 백세경과 전공 장로까지 일일이 바라보면서 지나갔다. 그러나 모두들 묵묵부답 말이 없었다.

교봉은 잠깐 동안 기다리다 입을 여는 사람이 없자 말했다.

"저 교봉의 출신 내력은 정말 부끄럽기 짝이 없지만 아직 저 자신도 확신할 수 없소. 이미 여기 계신 많은 선배님께서 증인이 되어주셨지만 저 교봉이 최선을 다해 진상을 규명하도록 할 것이오. 그리고 개방의 방주 자리는 응당 퇴위하여 유능한 분에게 넘겨줄 것이오."

이 말을 하면서 손을 뻗어 등에 멘 긴 포대 안에서 반짝반짝 빛나는 청록색의 죽창 하나를 뽑았다. 이건 바로 개방 방주의 증표인 타구봉이었다. 그는 두 손으로 타구봉을 잡아 하늘 높이 추켜올리며 말했다.

"이 타구봉은 왕 방주께 물려받은 것이오. 이 교봉이 개방을 관장하면서 비록 이렇다 할 공적을 세우진 못했으나 다행히 크나큰 과오는 없었소. 나 교봉은 오늘 자리에서 물러날 것이니 이 직무를 짊어질 유능한 인물이라면 누구든 나와서 이 타구봉을 물려받으시오."

개방에서 대대로 내려오는 규칙에 따르면 새로운 방주가 취임할 때는 전임 방주가 타구봉을 수여하여야 하며 타구봉을 수여받기 전에 타구봉법을 전수해야만 했다. 설사 전임 방주가 갑자기 세상을 뜨더라도 미리 후계자를 세워놓고 타구봉법 역시 전수했기에 방주 자리에 대해서는 여태껏 분쟁이 없었다. 교봉은 한창 나이였던지라 20년쯤 후에 방내에서 소년 영웅을 택해 타구봉법을 물려주겠다고 작정하고 있었다. 그런 그가 지금 죽봉을 손에 쥐고 위풍당당한 모습으로 사람들 앞에 서 있는데 개방 제자 중 그 누가 감히 타구봉을 물려받겠다고 나서겠는가?

교봉이 연이어 세 차례나 물었지만 개방 내의 그 누구도 답을 하지 않았다.

"나 교봉의 출신 내력이 아직 밝혀지지 않은 이상 이 방주 직무는 어찌 됐건 맡을 수 없소. 서 장로, 전공과 집법 두 분 장로! 본방의 진방지보鎭幇之寶인 타구봉은 세 분께서 함께 보관해주시기 바라겠습니다. 훗날 방주가 정해지면 세 분께서 함께 타구봉법을 전수해도 늦지 않을 것이오."

서 장로가 말했다.

"그 말도 맞소이다. 타구봉법 문제는 어쩔 수 없이 훗날 다시 얘기해야 하겠소."

그는 앞으로 나아가 타구봉을 건네받으려 했다.

송 장로가 돌연 큰 소리로 고함을 쳤다.

"잠깐!"

서 장로가 깜짝 놀라 걸음을 멈추며 말했다.

"송 형제, 무슨 할 말이 있으시오?"

송 장로가 말했다.

"내가 보기엔 교 방주는 거란인이 아니오."

서 장로가 말했다.

"어찌 그리 보시오?"

송 장로가 말했다.

"그렇게 보이지 않소."

서 장로가 말했다.

"그렇게 보이지 않다니?"

송 장로가 말했다.

"거란인은 극악무도하여 잔인하고 흉악한 자들이지만 교 방주는 오히려 인의가 있는 영웅호한이오. 조금 전 우리가 그에게 반기를 들었지만 그는 우리를 위해 기꺼이 칼을 받아 피를 흘려가며 우리가 배반한 대역죄를 사면해주었소. 거란인이라면 어찌 그럴 수 있겠소?"

서 장로가 말했다.

"교 방주는 어려서부터 소림 고승과 왕 방주 손에서 자라며 가르침을 받아 이미 거란인의 잔혹한 습성을 고친 것이오."

송 장로가 말했다.

"이미 천성을 고쳤다면 그건 악인이라 할 수 없거늘 우리 방주를 맡는 것이 무슨 문제가 된다는 것이오? 내가 보기에 본방 내에서는 그누구도 그의 영웅적 기개를 따라갈 사람이 없소. 다른 사람이 방주를 맡는다면 나 송가는 절대 복종하지 않을 것이오."

개방 제자들 중에는 송 장로와 같은 생각을 가진 사람들이 많았다. 교봉은 평소에 많은 이에게 은덕을 베풀어왔기에 단지 몇 사람의 진술과 글로 된 물증만으로 방주 자리를 박탈한다는 것은 여태껏 그에게 충성을 맹세한 수많은 제자 입장에서는 받아들일 수 없는 일이었다. 송 장로가 앞장서서 마음속에 있는 말을 꺼내자 개방 내에서는 곧 수십 명이 고함을 치며 일어섰다.

"누군가 교 방주를 해치려고 음모를 꾸미는 것입니다. 그 말을 섣불리 믿을 순 없습니다."

"수십 년이 지난 옛일인데 몇몇 사람의 헛소리만 듣고 어찌 시비를 가릴 수 있습니까?"

"방주의 대위는 그렇게 함부로 바꿀 수 있는 것이 아닙니다."

"전 전심전력으로 교 방주를 따를 것입니다. 방주를 바꾼다면 내 목을 치는 한이 있어도 따르지 않을 것이오."

오 장로가 큰 소리로 말했다.

"교 방주를 따르겠다고 생각하는 사람은 이쪽 편에 서도록 하시오."

그는 왼손으로 송 장로를 끌어당기고 오른손으로는 해 장로를 끌어당기며 동쪽 편으로 걸어갔다. 이어서 대인분타와 대의분타, 대용분타 등 세 분타의 타주들 역시 동쪽 편으로 걸어갔다. 세 분타의 타주가 일어서 걸어가자 세 타주 수하 제자들도 앞다투어 그 뒤를 따랐다. 전관청과 진 장로, 집법 장로 그리고 대신, 대례 두 분타 타주들은 원래 있던 자리에 남아 꼼짝하지 않았다. 이렇게 되니 개방은 두 파로 갈려 동쪽에 5할이 서 있고 원래 있던 자리에 3할 정도가 남아 있게 됐다. 그리고 그 나머지 일원들은 누구 말에 따라야 할지 몰라 결정을 하지 못하고 망설이고 있었다. 전공 장로 여장은 일을 행함에 있어 매우 신중을 기하는 사람이었다. 이런 상황이 되자 그는 더욱 난처해하며 망설이다 결정을 내리지 못했다.

전관청이 말했다.

"형제 여러분, 교 방주는 재기와 지략이 있는 불세출의 영웅인데 경복하지 않는 이가 누가 있겠소? 허나 우리 모두 대송의 백성인데 어찌 일개 거란인의 호령에 움직일 수 있단 말이오? 교봉의 능력이 커지면

커질수록 우리 모두 더욱 위험한 처지에 놓이게 될 것이오."

해 장로가 소리쳤다.

"헛소리! 그런 말도 안 되는 헛소리는 집어치우시오! 내가 볼 때 거란인을 닮은 사람은 바로 당신이오!"

전관청이 큰 소리로 외쳤다.

"여러분은 모두 나라에 충성을 다하는 호한들이오. 설마 오랑캐의 노예가 되어 앞잡이 노릇을 하겠다는 것이오?"

그의 이 몇 마디 말은 효력이 있어 동쪽으로 향하던 인원 중 10여 명이 다시 서쪽으로 돌아갔다. 동쪽의 개방 제자들은 욕을 해대며 끌어당기느라 분란이 발생했고 삽시간에 권각을 쓰거나 무기를 꺼내며 수십 명이 어지럽게 섞여 싸우기 시작했다. 장로들이 나서서 큰 소리로 말렸지만 각자 마음이 한쪽으로 기울어져 있었고, 오 장로와 진 장로는 서로 삿대질을 해가며 욕을 해대고 있어 금방이라도 격렬한 싸움이 벌어질 듯 보였다.

교봉이 호통을 쳤다.

"형제들, 모두 멈추고 내 말을 들으시오!"

개방 제자들은 모두 분쟁을 멈추고 고개를 돌려 교봉을 바라봤다.

교봉이 큰 소리로 말했다.

"개방 방주 자리는 절대 내가 맡을 수 없소…."

송 장로가 그의 말을 끊었다.

"방주, 낙담해서는 안 됩니다…."

교봉이 고개를 가로저었다.

"낙담하는 것이 아니오. 다른 일이라면 중상모략이라 할 수 있겠지만 제 은사인 왕 방주의 필적만은 어찌 됐건 남이 조작해낼 수 없는 것이오."

그는 목소리를 높였다.

"개방은 강호의 제일대방으로 그 명성이 드높아 무림에서 존경하지 않는 자가 없을 것이오. 한데 내분이 일어나 우리끼리 살상을 한다면 어찌 주변 사람들의 비웃음을 사지 않겠소? 나 교봉이 떠나는 마당에 한마디만 고하겠소. 지금부터 그 누구를 막론하고 일권과 일각을 본방 형제들에게 사용해서는 절대 안 될 것이오."

개방 제자들은 본래 의리를 중시해왔기에 그의 이 말을 듣고 속으로 자괴감을 느끼지 않을 수 없었다.

어디선가 여인의 목소리가 들려왔다.

"만일 누구든 본방 형제를 죽인다면요?"

이 말을 한 사람은 바로 마 부인이었다.

교봉이 답했다.

"살인자는 목숨으로 대가를 치러야 하고 형제에게 상해를 입혔다면 천하가 증오할 것이오."

"그럼 됐네요."

"마 부방주가 도대체 누구에게 살해됐으며 누가 내 접선을 훔쳐가 나 교봉을 모해했는지 결국에는 그 진상이 낱낱이 밝혀지게 될 것이오. 마 부인, 이 교봉이 가진 솜씨로 부인 댁에 가서 뭔가를 훔치려 했다면 굳이 미혼향 같은 걸 사용했으리라 생각하시오? 더구나 난 절대 빈손으로 돌아오지 않았을 것이며 내 몸에 지닌 물건을 떨어뜨리고 오지도 않았을 것이오. 집에 아녀자만 두셋 있는 집은 고사하고 황궁

내원이나 승상부의 막사, 천군만마 안이라 해도 나 교봉이 취해오고 싶은 물건이 있다면 취해오지 못할 것이 없소."

이 말은 매우 기개가 넘치고 호탕했다. 모든 개방 제자 역시 그가 과거에 그런 용감무쌍한 사적들을 해냈던 실력을 잘 알고 있었기에 그 말에 일리가 있다고 느껴 그 누구도 허풍이라 여기지 않았다. 마 부인은 고개를 숙인 채 다시는 말이 없었다.

교봉은 포권을 하고 모든 이에게 일일이 예를 올리며 말했다.

"청산은 변치 않고 녹수 또한 영원히 흐르는 법! 형제 여러분, 우리 또 봅시다. 이 교봉은 한인이어도 좋고 거란인이어도 좋소. 살아 있는 동안은 단 한 명의 한인 목숨도 해치지 않을 것이오. 만약 이 맹세를 저버린다면 이 칼처럼 될 것이오."

이 말을 하고는 왼손을 뻗어내 선정을 향해 움켜쥐는 시늉을 했다.

선정은 순간 손목의 떨림이 느껴지면서 수중에 있던 단도를 잡고 있을 수가 없었다. 곧 손가락 힘이 풀리면서 단도는 뜻밖에도 교봉을 향해 날아갔다. 교봉은 오른손 무지로 중지를 비틀며 칼등을 향해 튕겨냈다.

"쨍!"

엄청난 소리와 함께 두 동강이 난 단도의 칼끝은 수 척 밖으로 날아가버리고 칼자루는 여전히 그의 손에 쥐어져 있었다. 그는 선정을 향해 말했다.

"실례했소!"

그는 칼자루를 홱 던져버리고 아무렇지 않은 듯 걸어갔다.

사람들이 아연실색하고 있을 때 일부 제자들이 큰 소리로 외쳤다.

"방주, 멈추십시오!"

"개방은 방주께서 이끌어야 합니다."

"방주, 돌아오십시오!"

"횡!"

순간 허공에서 죽봉 하나가 날아오는데 알고 보니 교봉이 손을 뒤로 돌려 타구봉을 집어던진 것이었다.

서 장로는 이를 받기 위해 팔을 뻗었지만 그의 오른손이 죽봉에 닿으려는 순간 돌연 손바닥에서부터 손목, 손목으로부터 전신에 이르기까지 마치 벼락에 맞은 듯 진동이 느껴져 황급히 손을 뗄 수밖에 없었다. 날아오던 힘이 줄어들지 않고 끝까지 남아 있던 죽봉은 그대로 바닥에 꽂혀버렸다.

모든 개방 제자는 일제히 경악을 금치 못했다. 이 '타구봉을 방주처럼 여겨라'라는 개방 방주의 상징을 바라보며 속으로 번뇌에 휩싸인 것이다.

아침 해가 떠오르며 금빛 햇살 가닥가닥이 살구나무 꽃잎 사이를 뚫고 들어와 타구봉을 밝게 비추자 짙푸른 광채를 발하는 타구봉 자체의 위력이 발산됐다.

단예가 소리쳤다.

"형님, 형님! 저도 따라가겠습니다."

그는 발을 내딛어 교봉을 쫓아가려 했지만 겨우 세 걸음을 걷고는 이대로 왕어언을 떠나는 것이 못내 아쉽게 느껴졌다. 그는 다시 그녀에게 돌아와 이리 보고 저리 보다가 결국 다시는 자리를 뜰 수 없었다. 마음속의 깊고도 여린 순정이 자연스럽게 솟아나와 그를 왕어언 앞으로 끌어당겨버린 것이다. 그는 왕어언을 향해 말했다.

"왕 낭자, 낭자들은 어디로 갈 생각이오?"

"사촌 오라버니가 억울한 누명을 쓰고 있는데 본인은 모르고 있을 거예요. 제가 가서 알려드려야죠."

단예는 가슴이 쓰려 받아들일 수 없었다.

"음… 젊은 낭자 셋이 길을 가기엔 만만치 않을 테니 내가 호송을 해드리겠소."

그리고 한마디 덧붙여 자연스럽게 변명을 했다.

"모용 공자의 영명을 익히 듣다 보니 한번 만나보고 싶기는 하오."

서 장로가 큰 소리로 말하는 소리가 들렸다.

"마 부방주의 원한을 어찌 설욕할 것인지에 대해선 충분히 시간을 두고 상의해야 할 것이오. 다만 본방에 하루라도 방주가 없어선 안 될 것이니 교… 교봉이 떠나고 난 후 방주 자리를 누가 승계할 것인지는 일각도 지체할 수 없는 대사요. 마침 모든 개방 제자가 한곳에 모여 있으니 당장이라도 토의를 해서 결정해야 하오."

송 장로가 말했다.

"본인의 의견으로는 다 같이 교 방주를 찾아가 그의 마음을 돌리고 사임하지 않도록 해야…."

그의 말이 채 끝나기도 전에 서쪽 편에 있던 누군가가 소리쳤다.

"교봉은 거란인 오랑캐인데 어찌 우두머리가 될 수 있단 말입니까? 오늘은 다들 옛정을 고려하느라 그러겠지만 다음에 만날 때는 원수가 되어 필사적으로 싸우지 않으면 안 될 것입니다."

오 장로가 냉소를 머금으며 말했다.

"네가 교 방주와 필사적으로 싸우겠다니 그럴 자격이나 있느냐?"

그자가 화를 내며 말했다.

"저 혼자는 당연히 상대가 안 될 것입니다. 열 명이면 어떻습니까? 열 명이 안 되면 백 명이면 또 어떻습니까? 개방의 의인들은 나라를 위해 충성하기로 맹세한 사람들인데 적을 두려워할 거라 생각하십니까?"

그의 이 말은 매우 비분강개해서 서쪽에 있는 일부 제자들도 갈채를 보내기 시작했다.

갈채 소리가 끝나기도 전에 갑자기 서북쪽 방향에서 누군가 음침한 목소리로 말했다.

"개방 놈들은 우리랑 혜산에서 만나기로 해놓고 약속을 지키지 않더니만 이제 보니 여기들 숨어 있었구먼. 흐흐흐 가소롭구나. 가소로워!"

그 목소리는 귀에 거슬릴 정도로 날카롭고 마치 혀가 크고 코가 막힌 사람이 말하듯 발음이 정확하지 못해 듣기가 매우 거북했다.

대의분타의 장 타주와 대용분타의 방 타주가 동시에 깜짝 놀라며 말했다.

"서 장로, 우리가 약속을 지키지 않아 상대가 찾아온 것 같습니다!"

단예 역시 기억이 나기 시작했다. 낮에 교봉과 주루에서 처음 만났을 때 누군가 그에게 보고를 하면서 내일 아침 서하의 일품당 사람과 혜산에서 만나기로 약속하는 소리를 들은 적이 있었다. 그때 교봉은 시간이 너무 촉박하다고 했지만 그래도 약속을 하긴 했었다. 이제 보니 이미 묘시가 지난 시각이었고 개방 사람들 대다수는 그 약속을 몰랐으며 알고 있는 사람들 역시 모두 방내 대사에 몰두하느라 그 약속

을 까맣게 잊고 있다 지금 상대가 비웃는 소리를 듣자 그제야 생각이
난 것이다.

서 장로가 연이어 물었다.

"무슨 약속 말이오? 상대가 누구지?"

그는 강호에서 개방과 관련된 사무를 한동안 듣지 못했던 터라 내
용을 진혀 모르고 있었다. 집법 장로가 나지막이 장 타주에게 물었다.

"교 방주가 했던 약속인가?"

장 타주가 말했다.

"네, 허나 속하가 이미 교 방주의 명을 받들어 혜산에 사람을 보내
상대에게 약속을 사흘 미루도록 했습니다."

음침한 목소리의 그자는 귀도 매우 밝아서 장 타주가 조용히 건넨
짧은 말을 모두 듣고 말했다.

"이미 약속이 정해졌는데 사흘이고 나흘이고 미루는 경우가 어디
있단 말이냐? 단 반 시진을 미루는 것도 있을 수 없는 일이다."

백세경이 노해서 말했다.

"우리 대송 개방은 당당한 대방회인데 어찌 서하의 오랑캐를 두려
워하겠느냐? 다만 본방에 긴한 일이 있어 너희 같은 문제나 일삼는 작
자들을 상대할 시간이 없었을 뿐이다. 또한 약속 시간을 바꾸는 것은
늘 있는 일이거늘 무슨 잔말이 그리 많은 게냐?"

돌연 휙 하고 누군가 살구나무 뒤에서 날아오더니 곧바로 바닥에
풀썩 떨어져 꼼짝도 하지 않았다. 얼굴이 온통 피범벅이었고 목이 그
어져 있는 것으로 보아 이미 숨을 거둔 지 한참 된 것 같았다. 개방 제
자들 모두 그게 개방 대의분타의 사謝 부방주라는 것을 알 수 있었다.

장 타주가 놀랍고도 노한 마음에 말했다.

"사 형제는 내가 약속을 연기하라고 보냈는데…."

집법 장로가 말했다.

"서 장로, 방주가 안 계시니 장로께서 잠시 방주 자리를 맡아주십시오."

그는 방내에 방주가 없다는 사실이 드러나 적에게 약하게 보이고 싶지 않았다. 서 장로는 그 뜻을 알아차리고 지금 자신이 나서지 않는다면 대국을 이끌 사람이 없다는 생각이 들어 큰 소리로 말했다.

"예로부터 양국이 교전 중이어도 사자는 참하지 않는다 했소. 폐방에서는 약속을 연기하기 위해 사람을 보낸 것인데 어찌 그의 목숨을 해친 것이오?"

그 음침한 목소리가 말했다.

"저놈은 태도가 오만방자한 데다 말투까지 무례해 우리 장군을 보고도 무릎을 꿇지 않았거늘 어찌 목숨을 살려둘 수 있겠느냐?"

개방 제자들이 이 말을 듣고 모두들 격분해서는 앞다투어 욕을 퍼부어댔다.

서 장로는 이때까지도 상대가 어떤 자들인지 모르고 있어 백세경이 '서하 오랑캐'라고 하는 말과 그자가 무슨 '우리 장군'이라고 하는 말을 듣고 우두머리가 누군지 짐작하기가 어려웠다.

"어찌 괴이쩍게 숨어 있기만 하고 나타나지를 않는 것이냐? 허튼소리 그만하고 당장 모습을 나타내라!"

"뿜뿜!"

저 멀리에서 느닷없이 나팔 소리가 들리기 시작하더니 다수의 말발굽 소리가 수 리 밖에서 어슴푸레하게 들려오기 시작했다.

서 장로는 백세경 귓가에 입을 가져다 대고 나지막이 물었다.

"저자는 누구며 무슨 일로 온 것이오?"

백세경도 나지막이 말했다.

"서하국에 무공을 가르치는 도관이 있는데 일품당이라고 합니다. 그곳은 서하국 국왕이 설립한 곳으로 고강한 무공을 지닌 인사들을 초빙해 후하게 대접을 해가며 그들을 시켜 서하국 군관들에게 무예를 전수시키고 있지요."

서 장로가 고개를 끄덕이며 말했다.

"일품당이라면 나도 알지. 그자들이 우리 대송 강산을 치겠다는 생각으로 온 것이오?"

백세경이 나지막이 말했다.

"그렇습니다. 무릇 일품당에 들어간 자들은 모두 무공에 있어 천하 일품으로 유명합니다. 일품당을 통솔하는 자는 왕야 자리에 올라 정동대장군征東大將軍이란 관직에 봉해진 혁련철수赫連鐵樹라 불리는 자입니다. 본방에서 파견한 서하 역대표 형제의 보고에 따르면 최근 혁련철수가 일품당 용사들을 인솔해 변량에 사자로 가서 우리 대송의 황상과 태후를 알현했다 합니다. 사실 배알을 하는 건 거짓이며 그 저의는 허실을 염탐하려 한 것입니다. 저들은 본방이 대송 무림의 큰 버팀목이라는 사실을 알고 본방을 일거에 섬멸해 우선 자신들의 명성과 위엄을 떨친 다음, 여세를 몰아 대군을 이끌고 침략을 하겠다는 생각이지요. 혁련철수는 변량을 떠나 곧바로 낙양의 본방 총타로 갔습니다. 마침 그때 교 방주가 우리를 인솔해서 강남으로 마 부방주의 복수를 하러 왔던 터라 서하인들이 허탕을 치게 된 겁니다. 저들은 이왕 손댄 이상 끝장을 보겠다는 심보로 강남까지 달려와 결국 교 방주와 약속을 하게 된 것이지요."

서 장로는 잠시 주저하다 나지막이 말했다.

"놈들이 아주 그럴듯한 계획을 세웠군. 우선 우리 개방을 일거에 섬멸하면 그다음에는 소림사를 공격할 것이고 그다음 중원의 각 문파와 방회를 하나둘씩 치겠다는 거요."

백세경이 말했다.

"말은 그렇다 해도 저 서하 무사들이 정말 그렇게 대단할까요? 도대체 뭘 믿고 저렇게 함부로 나서는지 모르겠습니다. 교 방주는 그런 허실에 대해 어느 정도 알고 있을 텐데 애석하게도 이런 긴급한 시점에 자리에 없으니…."

그는 여기까지 말하고 적절치 못하다 느꼈는지 이내 입을 닫았다.

그때 말발굽 소리가 가까워지면서 갑자기 나팔 소리가 빠르게 세 번 울리더니 여덟 기의 말이 두 줄로 나뉘어 숲속으로 들어왔다. 여덟 필의 말 위에 앉은 자들은 모두 손에 장창을 쥐고 있었는데 창끝에는 작은 깃발이 하나씩 매달려 있었다. 반짝거리는 창끝에 걸려 있는 왼쪽 깃발 네 폭 위에는 '서하西夏'라는 두 글자가 흰색으로 수놓아져 있었고, 오른쪽 깃발 네 폭에는 '혁련赫連'이라는 두 글자가 역시 흰색으로 수놓아져 있는 걸 어렴풋이 볼 수 있었다. 곧이어 다시 여덟 기의 말이 두 줄로 나뉘어 숲속으로 달려왔는데 말 위에 탄 네 사람은 나팔을 불고 있었고 넷은 북을 치고 있었다.

개방 제자들 모두 눈살을 찌푸렸다.

'이건 완전히 군대를 끌고 와서 교전을 벌이자는 것이로군. 이를 어찌 강호의 영웅호한들 간의 대면이라 할 수 있는가?'

나팔수와 고수 뒤로 서하 무사 여덟 명이 들어왔다. 서 장로는 이들의 표정만 보고도 상승무공을 지닌 자들임을 간파할 수 있었다.

'보아하니 이자들이 일품당 인물들인 것 같군.'

그 무사 여덟 명이 각각 좌우로 나누어 서자, 말 한 필이 천천히 행자림 안으로 들어왔다. 말 위에 탄 사람은 몸에 대홍금포大紅錦袍를 걸쳤는데 서른네다섯 정도 되는 나이에 매부리코와 팔자수염을 하고 있었다. 그자의 뒤를 바짝 붙어서 따라오던 큰 키에 커다란 코를 지닌 사내가 숲속으로 들어오자마자 호통을 쳤다.

"서하국 정동대장군께서 납시었다. 개방의 방주는 앞으로 나와 알현하라!"

사내의 목소리는 음침하고 괴상야릇했는데 바로 앞서 말을 했던 그자였다.

서 장로가 말했다.

"본방의 방주는 지금 부재중이라 이 늙은이가 방주 업무를 대리하고 있소. 우리 개방 형제들은 강호에서도 초개 같은 자들이오. 한데 서하국의 장군을 객으로 맞이하라 한다면 신분 차이가 있어 우리도 어찌할 방법이 없소. 장군께서는 우리 대송의 왕공이나 고관들이나 만나러 가보시오. 우리 같은 밥이나 빌어먹는 걸개들은 만날 일이 없소. 만일 무림 동도 신분으로 보자고 한다면 장군께서는 멀리서 온 객이니 말에서 내려 빈주賓主의 예를 갖추셔야 할 것이오."

이 몇 마디 말은 거만하거나 비굴하지 않아 상대방에게 결례를 하는 것도 아니고 자신의 신분도 충분히 고려한 것이었다. 개방 제자들 모두 생각했다.

'늙은 생강이 맵다고 하더니 과연 나이가 있으니 노련하구나.'

코 큰 사내가 말했다.

"귀 방의 방주가 부재중이라 하니 우리 장군께서 당신을 상대로 빈 주의 예를 갖출 수는 없다."

이 말을 하다 곁눈질로 땅바닥에 꽂혀 있는 타구봉을 보더니 개방 의 요긴한 물건이라는 걸 알아채고는 말했다.

"음… 저 죽봉은 아주 정교하고 빛깔이 좋구먼. 가져가서 빗자루를 만들면 괜찮겠어."

그는 팔을 들며 채찍을 휘둘러 타구봉을 향해 휘감아나갔다.

개봉 제자들이 일제히 부르짖었다.

"꺼져라!"

"빌어먹을 놈들 같으니!"

"개 같은 호인 놈들!"

그의 채찍 끝이 타구봉을 휘어감으려는 순간, 갑자기 인영이 흔들 하더니 누군가 측면에서 바람처럼 날아와 타구봉 앞을 가로막고는 손 을 뻗어 채찍을 자신의 팔에 휘어감도록 만들었다. 곧이어 두 사람이 동시에 힘을 쓰자 찌익 하는 소리를 내며 채찍 가운데가 반쪽이 나버 렸다. 바람처럼 나타난 그 사람은 손을 벌려 타구봉을 감싸쥔 채 아무 말 하지 않고 뒤로 물러섰다.

사람들은 모두 그 사람을 바라봤다. 허리가 굽고 등이 굽은 것이 여 지없이 전공 장로 여장이었다. 고강한 무공 실력을 지닌 그는 육대장로 중 우두머리 위치에 있어 방내의 귀한 물건들을 수호하기 위해 늘 앞장서왔다. 조금 전 그의 일초에 코 큰 사내가 말 등에서 끌려내려온 데다 채찍까지 반쪽이 났으니 그자가 이미 패한 것이나 다름없었다.

하지만 그 코 큰 사내는 굴욕을 당한 상황에서도 담담한 어조로 말했다.

"밥을 빌어먹는 비렁뱅이들이라 역시 인정머리라곤 없구나. 죽봉 따위 하나도 남한테 주기 아까워하다니 말이야."

서 장로가 말했다.

"서하국의 영웅호한과 폐방이 약속을 했다는데 무슨 일 때문이오?"

그 사내가 말했다.

"우리 장군께서 중원 개방에 두 문의 절기가 있다는 말을 들으셨다. 하나는 타묘봉법打猫棒法, 또 하나는 항사이십팔장降蛇二十八掌이라지? 장군께서는 그걸 보고 싶어 하신다."

개방 제자들이 듣고는 발끈하지 않을 수 없어 앞다투어 욕을 해대기 시작했다. 서 장로와 전공 장로, 집법 장로 등은 속으로 초조해졌다.

'타구봉법과 항룡이십팔장은 예로부터 방주만이 펼칠 수 있다. 상대가 이미 그 두 절기 이름을 알고 있음에도 여전히 뭔가 믿는 구석이 있어 도전하러 왔다 하니 아마 대처하기가 쉽지 않을 것 같구나.'

서 장로가 말했다.

"폐방의 타묘봉법과 항사이십팔장을 구경하는 건 전혀 어렵지 않소. 부뚜막 위의 고양이나 비루먹은 뱀이 나타나기만 하면 우리 같은 비렁뱅이들한테는 다 대처 방법이 있지요. 귀하는 고양이가 돼서 배우시겠소? 아니면 뱀이 돼서 배우시겠소?"

오 장로가 껄껄대고 웃었다.

"상대가 용이라면 우리는 용을 굴복시킬 것이오. 상대가 뱀이면 우리 비렁뱅이들이 뱀 잡는 데는 선수들이니 큰 문제가 없지!"

코 큰 사내가 말싸움에 다시 한번 패하자 다시 무슨 말을 할지 한참을 생각했다. 그 뒤에 있던 자가 거친 목소리로 말했다.

"고양이를 잡아도 좋고, 뱀을 굴복시켜도 좋다! 누가 먼저 나와서 나랑 붙어보겠느냐?"

이 말을 하면서 사람들 틈 속을 비집고 나와 두 손을 허리춤에 걸치고 섰다.

개방 제자들이 보니 이자는 추악한 생김새에 매우 흉악한 얼굴을 하고 있었다. 갑자기 단예가 나서서 큰 소리로 외쳤다.

"어이! 제자! 제자도 왔구나. 한데 사부를 보고도 어찌 절을 안 하는 것이냐?"

알고 보니 그 추악한 사내는 바로 남해악신 악노삼이었다.

그는 단예를 보고 깜짝 놀라 매우 난감한 표정을 지었다.

"아니… 넌…."

단예가 말했다.

"귀여운 제자야. 개방 방주는 나와 결의형제를 맺은 형님이시다. 저분들은 네 사백과 사숙들이시니 무례하게 굴면 안 돼. 어서 돌아가!"

남해악신이 큰 소리로 포효를 하자 사방에 있는 살구나무에서 나뭇잎들이 부르르 떨리는 소리가 들렸다. 그는 욕을 하며 말했다.

"이런 후레자식, 개 잡종! 저 많은 사백 사숙은 도대체 어디서 나타난 거야? 난 그렇게 못 해!"

단예가 말했다.

"지금 누구더러 후레자식, 개 잡종이라고 욕한 거지?"

남해악신은 흉악하기 짝이 없는 자였지만 자신이 한 말에 대해서는 어찌 됐건 책임을 지는 사람이었다. 그는 단예를 사부로 모신 적이 있는 사실에 대해 발뺌하지 않았다.

"내가 욕을 하고 싶어서 했는데 네가 무슨 상관이야? 너한테 욕한 거 아니야."

단예가 말했다.

"음… 사부를 봤는데 어찌 절을 하면서 문안 인사를 안 하는 것이냐? 습관이 돼서 그런가?"

남해악신은 노기를 참으며 앞으로 나아가 무릎을 꿇고 절을 했다.

"사부님, 별고 없으셨는지요."

그는 생각하면 생각할수록 화가 나는지 자리에서 벌떡 일어나 달려가면서 연신 노기에 찬 목소리로 울부짖었다.

그가 울부짖는 목소리는 마치 조수가 밀려나가듯이 점점 멀어져갔지만 파도가 출렁이듯 점점 강렬하게 들려와 울부짖는 소리만으로도 그자의 무공이 얼마나 대단한지 알 수 있었다. 따라서 개방에서는 전공 장로와 집법 장로 등 두세 사람만이 상대가 될 수 있을 것처럼 느껴졌다. 그런데 단예같이 저런 문약한 서생이 뜻밖에도 그의 사부라니 정말 기괴한 일이 아닐 수 없었다. 왕어언과 아주, 아벽 세 사람은 단예가 무공을 전혀 모른다는 사실을 알고 있었기에 더욱더 의아해하지 않을 수 없었다.

서하국의 여러 무사 중에서 느닷없이 한 사람이 몸을 훌쩍 날려 앞으로 나왔다. 그의 몸은 마치 대나무 장대처럼 길고 훌쩍 뛰어오르는 기세가 민첩하기 그지없었다. 양손에는 각각 기이한 형태의 무기 한 자루씩을 들었는데 자루가 3척가량 되고 끝부분은 다섯 손가락 모양을 한 강조였다. 단예는 그자가 천하사악 중 넷째인 궁흉극악 운중학이라는 사실을 알고 생각했다.

'설마 사대악인이 모두 서하에 의탁한 건 아니겠지?'

그는 의구심에 가득 찬 눈으로 서하 무사들 무리 안을 살펴봤다. 과연 무악부작 섭이랑이 어린아이 하나를 안은 채 방실대고 웃으며 서 있었다. 그러나 첫째 악인인 악관만영 단연경은 보이지 않았다. 단예는 곰곰이 생각해봤다.

'연경태자가 저 안에 없다면 이악二惡과 사악四惡 정도는 개방에서 능히 상대할 수 있을 것이다.'

알고 보니 천하사악은 대리국에서 기가 꺾여 북쪽으로 가던 중 서하국 일품당 내에서 무학의 고수를 초빙하는 사자를 만나게 됐고, 마침 따분해하던 사악은 잘됐다 싶어 곧 자진해서 일품당에 의탁을 하게 된 것이다. 이 4인의 무공이 어찌나 고강했던지 솜씨를 살짝만 보여줬는데도 곧바로 초빙을 받을 수 있었다. 이번에 동쪽 변량으로 올 때 혁련철수는 이들 4인을 대동하고 오면서 매우 신임하고 있었다. 단연경은 본인의 신분이 높다는 점을 들어 일품당에 의탁하기는 했지만 개인적으로 행동하되 그들의 속박과 호령은 받지 않겠다고 주장해 이들과 동행하지는 않았다.

운중학이 외쳤다.

"우리 장군께서 개방의 양대 절기를 구경하고 싶어 하신다. 도대체 비렁뱅이들이 진짜 실력이 있는지 아니면 모두 허풍인지 당장 나와서 진면목을 보여라!"

송 장로가 말했다.

"내가 나가서 겨뤄보겠소."

그러자 서 장로가 말했다.

"좋소! 저자는 경공에 뛰어난 자요. 송 장로, 조심하시오."

송 장로가 말했다.

"알겠습니다!"

그는 강철 지팡이를 거꾸로 쥐고는 운중학 앞 1장여 되는 곳까지 걸어가 말했다.

"본방의 절기는 사람에 따라 다르오. 귀하같이 무명소졸無名小卒을 상대하는 데 타구봉법까지 쓸 필요 있겠소? 받으시오!"

그는 강철 지팡이를 들어 휙휙 바람 소리를 내며 운중학의 왼쪽 어깨를 향해 비스듬히 내리찍었다. 송 장로는 작고 통통한 몸집이었지만 수중에 있는 강철 지팡이의 길이는 1장이 넘어 일단 한번 휘두르면 비록 운중학처럼 키가 큰 사람일지라도 여전히 허공에서 밑으로 내려찍을 수가 있었다. 운중학이 몸을 비스듬히 피하자 퍽 소리와 함께 흙이 사방으로 튀었다. 강철 지팡이는 땅바닥을 찍어 지팡이 끝이 1척가량이나 파묻혔다. 운중학은 진력이 그에 많이 미치지 못한다 판단하고 동에 번쩍 서에 번쩍 경공을 펼치면서 이리저리 움직였다. 송 장로는 하얀 그림자 무리가 일 정도로 강철 지팡이를 휘둘렀지만 시종 운중학의 옷자락조차 건드리지 못했다.

단예가 넋을 잃고 보는 순간 갑자기 교태 어린 목소리가 귓가에 들려왔다.

"단 공자, 우리가 누구를 도와야 하죠?"

단예가 고개를 옆으로 돌려보자 그 말을 한 사람은 다름 아닌 왕어언이었다. 순간 정신이 혼미해진 그는 재빨리 대답했다.

"누구를… 돕다니 무슨 말이오?"

왕어언이 말했다.

"저 호리호리한 사람은 공자 제자의 친구이고 저 작고 뚱뚱한 걸개는 당신 의형의 수하잖아요. 저 두 사람이 갈수록 험하게 싸우는데 우리가 누굴 도와야 하느냐는 말이에요."

단예가 말했다.

"내 제자는 악인이오. 저 깡마른 사내는 인품이 더 나쁜 자요. 도울 필요 없소."

왕어언이 망설이다 말했다.

"음! 하지만 개방 사람들은 당신 의형을 쫓아버려 방주 자리를 내놓게 했고 또 우리 사촌 오라버니한테 누명을 씌웠어요. 그래서 저 사람들이 싫어요."

이런 소녀 같은 마음을 지닌 그녀에게는 자기 사촌 오라버니한테 잘못하면 누구든 천하제일 악인이었다. 그녀는 말을 이었다.

"저 작고 뚱뚱한 노인이 펼치는 무공은 오태산五台山 이십사로二十四路 복마장伏魔杖이에요. 몸이 너무 왜소해서 진왕편석秦王鞭石과 대붕전시大鵬展翅 두 초식은 정교하게 펼쳐내지 못하네요. 저 노인은 우측 하반신을 공략하면 꼼짝도 못할 거예요. 저 호리호리한 사내가 그걸 알아채지 못했을 뿐이에요. 저 작은 노인의 하반신이 견고하다고 생각하고 있어요. 사실은 그렇지 않은데 말이에요."

그녀의 목소리는 매우 작았지만 장중에 있는 내공이 강한 고수들은 모두 들을 수 있었다. 이들 대부분은 송 장로의 무공 기법을 알고 있었지만 그의 초식에 약점이 어디 있는지는 알아볼 수 없었다. 그러나 왕어언의 지적을 듣자 그게 확실하게 느껴졌다. 송 장로가 진왕편석과 대붕전시 두 초식을 펼칠 때는 용맹스럽기는 해도 안정적이지 못해 하반신에 약점이 있는 게 확실했기 때문이다.

운중학은 왕어언을 힐끗 쳐다보며 찬사를 보냈다.

"어린 계집이 예쁘게 생긴 데다 저 정도 보는 눈이 있다면 내 마누라로 삼을 만하지!"

그는 이 말을 하면서 수중의 강조로 송 장로의 하반신을 향해 빠르게 공격해 들어갔다. 세 번째 초식을 날릴 때 송 장로는 이를 미처 막아내지 못하고 찌익 하며 대퇴부가 강조에 긁혀 길게 뻗은 상처가 나면서 선혈을 줄줄 흘리기 시작했다.

왕어언은 운중학이 자신의 미모를 칭찬하는 소리를 듣고 무척이나 기뻐했다. 그의 경박한 말투에 대해서는 아무렇지 않게 생각하는 듯 미소를 지었다.

"본인이 추한지도 모르나 봐요? 당신이 뭐 괜찮다 그래요? 당신 같은 사람한테는 시집 안 가요."

운중학이 득의양양한 목소리로 말했다.

"왜 안 온다는 게냐? 마음에 둔 기생오라비 같은 사내놈이라도 있나 보지? 네가 마음에 둔 놈을 먼저 죽여버린 다음 시집을 오나 안 오나 두고 보자고!"

이 말은 왕어언의 심기를 건드렸던 터라 그녀는 고개를 돌려버리고 다시는 거들떠보지도 않았다.

운중학이 비위를 맞추는 말 몇 마디를 하려던 순간 개방의 오 장로가 훌쩍 뛰어 나타나 귀두도를 쳐들고 왼쪽으로 네 번, 오른쪽으로 네 번 벤 다음 다시 위로 네 번 깎아치고 아래로 네 번 깎아쳤다. 바로 사사일십육도四四一十六刀 초식을 펼쳐 맹렬한 기세로 공격을 가한 것이다. 운중학은 그가 펼치는 도법의 길을 몰라 동쪽으로 피했다가 서쪽으로 숨고 머리를 움츠렸다 발로 뛰면서 순간 낭패에 빠져버리고 말았다.

왕어언이 웃으며 말했다.

"오 장로의 저 사상육합도법四象六合刀法에는 팔괘八卦 생극生剋의 변화가 포함되어 있는데 저 호리호리한 사내는 그걸 모르는 것 같아요. 저 사내가 학사팔타鶴蛇八打를 구사할 줄 아는지 모르겠지만 만약 구사할 줄 안다면 사상육합도법을 능히 깨뜨릴 수 있을 텐데 말이에요."

개방 제자들은 그녀가 또 운중학을 거드는 말을 하자 모두들 노기를 띤 얼굴로 노려봤다. 운중학이 초식을 바꿔 긴 다리를 먼 곳에 내뻗으며 강조를 횡으로 긋자 흡사 한 마리 선학仙鶴처럼 보였다. 왕어언은 단예의 귀에 입을 모아 나지막이 말했다.

"저 깡마르고 키 큰 사내가 나한테 속아넘어갔어요. 그의 왼손이 칼에 잘려나갈지도 몰라요."

단예가 의아한 듯 말했다.

"사실이오?"

오 장로의 도법은 둔탁하게만 보였다. 비스듬히 베고 옆으로 깎아치는 모습이 불규칙적이었고 출수도 갈수록 느려졌다. 그러다 별안간 재빠르게 삼도三刀를 날리자 백광이 번뜩였다. 운중학이 악 하고 비명을 지르더니 왼손 손등을 칼끝에 맞아 왼손 강조를 잡고 있지 못하고 땡그랑 바닥에 떨어뜨렸다. 그나마 그의 몸놀림이 워낙 민첩해 뒤로 급히 물러선 덕분에 오 장로가 이어서 펼쳐낸 삼도는 피할 수 있었다.

오 장로는 왕어언 곁으로 다가가 칼을 곧추세우며 말했다.

"고맙소, 낭자!"

왕어언이 웃으며 말했다.

"오 장로의 기문삼재도奇門三才刀는 정말 정묘하기 이를 데 없네요!"

오 장로가 깜짝 놀라며 생각했다.

'뜻밖이로군. 내 도법을 알고 있다니.'

원래 왕어언은 오 장로의 기문삼재도를 일부러 사상육합도라고 말했다. 그녀는 운중학이 그의 여러 초식 중 필시 학사팔도를 펼칠 것이라 짐작하고 그가 자기도 모르게 번번이 제압을 당하도록 유도했던 것이다. 과연 그는 하마터면 왼손이 잘려나갈 뻔한 지경에까지 이르렀다.

혁련철수 옆에 서서 음침하고 괴기스러운 목소리로 말하던 코 큰 사내의 이름은 노아해努兒海였다. 그는 왕어언의 몇 마디에 송 장로가 운중학에게 부상을 입고, 또 그녀의 몇 마디에 운중학이 오 장로에게 치명상을 입는 모습을 보더니 혁련철수를 향해 말했다.

"장군, 저 한인 소낭자가 보통이 아닌 듯합니다. 일품당으로 잡아가서 아는 지식을 모두 털어놓게 한다면 쓸모가 있을 것 같습니다."

혁련철수가 말했다.

"그거 좋구나. 네가 가서 잡아오도록 해라."

노아해는 머리를 긁적이며 생각했다.

'장군 성격은 알다가도 모르겠어. 내가 매번 무슨 계책을 낼 때마다 늘 "그거 좋구나, 네가 가서 처리해라" 이렇게만 말하잖아. 계책을 내는 건 몰라도 그걸 처리하는 게 쉽지 않은데 말이야. 보아하니 저 소낭자의 무공이 가늠할 수 없을 정도로 심후한 것 같은데 사람들 앞에서 괜히 추한 꼴을 보여 망신이나 당하지 않을까 모르겠구나. 오늘은 어쨌거나 이 비렁뱅이들 무리를 섬멸해야 하니까 우선 강수를 쓰는 게 좋겠다.'

그러고는 왼손으로 손짓을 하자 수하 네 명이 재빨리 몸을 돌려 그의 곁에서 떨어졌다.

노아해는 몇 걸음 걸어가다 말했다.

"서 장로, 우리 장군께서는 타구봉법과 항룡이십팔장을 보고 싶어 하시니 어서 개방의 진보를 펼쳐 보이시오. 정 못 하겠다면 우리는 당신들을 상대할 시간이 없으니 이만 물러가보도록 하겠소."

서 장로가 냉랭한 웃음을 지으며 말했다.

"귀국의 일품당 고수들은 무공이 무슨 일품이니 뭐니 하면서 허풍을 치더니만 이제 보니 평범하기 그지없는 그저 그런 소인배일 뿐이었구려. 타구봉법과 항룡이십팔장을 알아보기에는 아직 자격이 안 되는 것 같소."

노아해가 말했다.

"어찌해야 알아볼 자격이 생긴다는 것이오?"

서 장로가 말했다.

"우선 우리 중용되지 않은 걸개 제자들을 모두 물리쳐야 개방의 우두머리가 나설 수 있을 것이오…."

여기까지 말을 막 끝냈을 때 갑자기 큰 기침이 나오더니 이어서 두 눈에 통증이 느껴져 눈을 뜰 수가 없고 눈물이 마구 쏟아져 내리기 시작했다. 그는 깜짝 놀라 재빨리 몸을 날려 호흡을 참으며 연달아 세 번 발차기를 날렸다. 노아해는 이 새하얀 수염의 늙은이가 말을 하면서 공격을 가하리라고는 생각지도 못했다. 더구나 몸놀림이 이렇게 민첩할 줄은 더더욱 생각지 못했던 터라 다급하게 피하긴 했지만 가슴의 급소만 피했을 뿐 어깨를 제대로 차일 수밖에 없었다. 그는 다시 두 번의 발차기가 날아오는 틈을 타 뒤로 도망칠 수 있었다. 서 장로가 다시 또 몸을 날려 공격하려는 찰나 몸은 이미 허공에 떠 있었지만 수족이 저리고 마비되면서 그대로 둔탁하게 바닥에 떨어져버리고 말았다.

개방 제자들은 앞다투어 비명을 질렀다.

"큰일 났다. 놈들이 흉계를 꾸몄다!"

"눈에 뭐가 들어간 거야?"

"눈을 뜰 수가 없어!"

모두들 눈에 통증을 느끼며 눈물을 하염없이 쏟아냈다. 왕어언과 아주, 아벽 세 사람도 똑같이 눈을 뜰 수가 없었다.

알고 보니 서하인들이 위기에 봉착하자 행자림 속에 비소청풍悲酥清風을 살포했던 것이다. 비소청풍은 무색무취의 독기毒氣로 서하국 대설산大雪山 환희곡歡喜谷에서 나오는 독물을 채집해 액체로 제조한 것이었다. 평소 병 안에 담아두었다가 이를 살포시에는 사전에 자기편 사람들 코를 해약으로 막아놓고 병뚜껑을 여는데, 독액이 기화되면서 뿜어져 나와 마치 미풍처럼 몸에 닿게 되고 아무리 예민한 사람이라도 이를 알아챌 방법이 없었다. 일단 눈에 통증이 오면 독기는 이미 뇌 속으로 들어간 것이다. 이 독기는 중독이 된 후에 눈물이 비처럼 쏟아진다고 해서 '비悲', 전신을 꼼짝 못한다고 해서 '소酥', 독기가 무색무취라고 해서 '청풍淸風', 이를 합쳐서 비소청풍이란 이름이 붙여졌다.

여기저기서 쿵, 아이고 하는 소리가 끊이지 않으며 개방 제자들이 앞다투어 바닥에 쓰러졌다.

단예는 망고주합을 복식해 만독이 침범할 수 없기에 비소청풍이 코에 들어갔지만 눈물이 비처럼 쏟아지지도, 전신을 꼼짝 못하지도 않았다. 그는 개방 사람들과 왕어언, 아주, 아벽 등이 모두 곤궁에 빠진 모습을 보자 순간 어찌 된 일인지 알 수 없어 속으로 놀라서 어찌할 바를 몰라 했다.

노아해가 큰 소리로 호통을 치며 수하 무사들을 지휘해 개방 제자들을 포박하고 자신은 왕어언 옆으로 다가가 손을 뻗어 그의 손목을 잡았다.

단예가 호통을 쳤다.

"무슨 짓이오?"

다급한 마음에 그는 오른손 식지를 재빨리 내뻗었다.

"피육! 피육!"

그러자 한 가닥 진기가 손가락 끝에서 격발되어 나가며 요란한 소리가 울려퍼졌다. 그건 바로 대리단씨의 육맥신검이었다. 노아해는 아무렇지 않다는 듯 여전히 왕어언의 손목을 움켜쥐려 하다 돌연 우두둑 소리와 함께 그의 오른팔 뼈가 난데없이 부러져버리고 힘없이 축 늘어지자 비명을 지르며 몸을 펄쩍펄쩍 뛰었다.

단예는 몸을 굽혀 왕어언의 가녀린 허리를 끌어안은 채 능파미보를 전개해 비스듬히 앞으로 세 걸음 나아갔다 옆으로 두 걸음 내딛으며 사람들 숲속을 뚫고 나갔다.

섭이랑이 오른손을 휘둘러 그의 등짝을 향해 독침을 쏘았다. 이 독침은 조준이 정확했고 날아가는 기세 또한 대단해서 단예가 도저히 피할 수 없는 상황이었다. 그러나 그의 보법이 갑자기 비스듬히 나아가다 다시 갑자기 뒤로 물러나자 독침이 다다를 때쯤 그의 몸은 이미 오른쪽으로 3척 밖에 가 있었다. 서하 무사 중 고수 세 명이 말 등에서 훌쩍 뛰어내려 호통을 치면서 쫓아오기 시작했다. 단예는 그중 말 한 필 옆으로 다가가 우선 왕어언을 안장에 횡으로 얹어놓고 자신도 곧바로 말 위로 뛰어올라 말을 몰고 쏜살같이 도망치기 시작했다.

이미 행자림 사방의 요로를 점하고 있던 서하 무사들은 돌연 단예가 탄 말이 황급히 내달려오는 것을 보고 즉각 활을 쐈지만 행자림에 막혀 그들이 쏜 낭아우전狼牙羽箭 열 발 모두 살구나무에 박혀버리고 말았다.

17

오늘의 의미가 되다

두 사람은 말에서 내린 뒤 살구나무에 말을 묶어놓았다. 단예는 도자기 병을 들고 살금살금 숲 안으로 들어갔다.

단예가 사방을 둘러봤지만 그 안은 텅 비어 있고 사람이라고는 없었다.

두 사람은 함께 말에 올라 한참을 내달렸지만 눈앞에는 온통 살구나무들뿐이었다. 얼마 지나지 않아 서하 무사들을 이미 모두 따돌려 그림자도 보이지 않았다.

단예가 물었다.

"왕 낭자, 좀 어떠시오?"

"중독이 돼서 몸에 힘이 하나도 없어요."

단예는 중독이란 말을 듣고는 깜짝 놀라 다급하게 물었다.

"심각한 상태요? 해약을 어디 가서 찾아야 하오?"

"저도 몰라요. 우선은 말을 달려 안전한 곳에 가서 얘기해요."

"어디로 가면 안전하겠소?"

"저도 몰라요."

단예는 곰곰이 생각했다.

'예전에 내가 안전하게 보호하겠다고 큰소리를 쳐놓지 않았던가? 한데 그런 걸 물어보다니 말이나 될 법한 소리인가?'

그는 별도리가 없자 말이 달리는 대로 정처 없이 나아가는 수밖에 없었다.

한 식경을 내달리다 더 이상 추격하는 무사들 목소리가 들리지 않자 점차 마음이 놓이기 시작했다. 그때 추적추적 비가 내리기 시작했다. 단예는 얼마 가지 않아 또 물었다.

"왕 낭자, 이제 좀 어떻소?"

"괜찮아요."

단예는 아름다운 여인과의 동행이 말할 수 없이 기뻤지만 그녀가 무서운 독에 중독됐을까 두렵기도 했다. 그는 자기도 모르게 미소가 지어졌다가 다시 근심에 휩싸이며 이런 생각을 했다.

'왕 낭자를 구하는 데만 전념하다 보니 아벽 누이를 구하지 못했구나. 내가 이토록 편애하는 것만 봐도 두 사람을 대하는 내 속마음에 큰 차이가 있다는 뜻이다.'

비는 갈수록 세차게 내렸다. 단예는 장포를 벗어 왕어언을 덮어줬지만 그것도 잠시, 얼마 지나지 않아 두 사람은 겉옷 속옷 가릴 것 없이 비에 흠뻑 젖어버리고 말았다. 단예가 다시 물었다.

"왕 낭자, 이제 좀 어떠시오?"

왕어언이 한숨을 내쉬며 말했다.

"너무 춥고 온몸이 다 젖었어요. 어디든 비를 피할 수 있는 곳 좀 찾아보세요."

"알았소! 알았소! 살구나무, 봄비, 강남… 이런 단어만 들으면 정말 아름다운 것 같은데 몸이 힘드니 그리 편치 않은 시간인 것 같소."

단예가 듣기에 왕어언이 하는 말은 마치 황제가 하달한 성지聖旨와도 같았다. 그녀가 비를 피할 수 있는 곳을 찾아보라고 말하자 아직 위험을 벗어난 상황이 아니었음에도 연신 알았다고 대답을 하다가 다시 바보 같은 생각을 떠올렸다.

'왕 낭자가 마음속으로 그리워하는 사람은 그녀 사촌 오라버니 모용복뿐이다. 난 오늘 그녀와 똑같은 위험천만한 일을 당했지만 최선을 다해 그녀를 보호했다. 내가 그녀를 위해 죽는다면 그녀는 남은 일생에 가끔씩은 나 단예를 어느 정도 그리워할 것이다. 훗날 그녀가 모용복과 혼인을 하고 아들딸을 낳아 원두막 밑에서 자식들과 과거를 얘기하거나 혹은 오늘 일을 거론할 수도 있다. 그때 그녀는 백발이 성성한 모습으로 '단 공자'라는 세 글자를 언급하면서 눈물을 줄줄 흘리겠지….'

넋을 잃고 이런 생각을 하니 눈시울이 붉어지지 않을 수 없었다.

왕어언이 고개를 돌려보니 단예가 고뇌에 찬 표정을 지으며 비를 피할 생각조차 하지 않는 모습을 보고 물었다.

"왜 그래요? 비를 피할 곳이 없나요?"

단예가 중얼대며 말했다.

"그때 그대는 그대의 딸에게 말하겠지…."

왕어언이 의아한 듯 물었다.

"제 딸이라니요?"

단예는 깜짝 놀라며 그제야 정신이 들었다. 곧 그녀를 보고 웃으며 말했다.

"미안하오. 내가 쓸데없는 생각을 하고 있었소."

사방을 이리저리 둘러보다 동북쪽에 커다란 방앗간이 하나 보였다. 작은 개울물에 물레방아가 돌아가는데 누군가 쌀을 빻고 있는 것으로 보였다.

"저기 가면 비를 피할 수 있겠소."

그는 고삐를 당겨 방앗간 앞으로 내달려갔다. 그때 장대 같은 비가 후두두둑 퍼부으며 사방에서 물보라가 뿌옇게 피어올랐다.

말에서 훌쩍 뛰어내려 왕어언을 보니 얼굴이 창백하게 변해 있었다. 그는 측은한 마음이 들어 다시 물었다.

"배가 아픈 것이오? 열이 있소? 두통이오?"

왕어언이 고개를 절레절레 흔들며 빙긋 웃었다.

"다 아니에요."

"에이. 서하인들이 살포한 게 무슨 독인지 몰라도 해약이 있으면 좋을 텐데."

"이 비 좀 봐요! 우선 저 좀 말에서 내려주시고 안에 들어가서 얘기해요."

단예가 재빨리 답했다.

"아… 알겠소. 알겠소! 나 좀 봐. 이렇게 멍청하다니까!"

왕어언이 빙긋 웃으며 생각했다.

'원래 멍청하잖아요?'

단예는 그녀의 미소를 보고 자기도 모르게 넋을 놓아버려 하마터면 방앗간 문을 미는 것조차 잊어 문에 이마를 부딪힐 뻔했다. 그는 방앗간 문을 밀어 열어놓고 왕어언이 말에서 내리는 걸 도와주러 돌아갔다. 그는 시종 그녀의 아리따운 얼굴에서 눈을 떼지 못해 방앗간 문 앞에 도랑이 있다는 사실도 예상치 못했다. 그가 왼발을 앞으로 내딛어 도랑 속으로 빠지려는 순간 왕어언이 보고 다급하게 소리쳤다.

"조심해요!"

그러나 이미 때는 늦었다. 단예가 비명을 지르며 도랑 속으로 고꾸라져 널따란 진흙 바닥 속에 엎어지고 말았다. 그는 다급하게 발버둥을 치며 일어나 얼굴과 손 그리고 온몸이 온통 진흙투성이로 변한 모습으로 왕어언을 향해 연신 사과를 해댔다.

"미안하오. 미안하오. 다… 당신은 괜찮소?"

왕어언이 말했다.

"에이. 나보다 당신이 문제죠. 넘어진 데는 안 아파요?"

단예는 그녀가 자신에게 관심을 보이자 너무 기뻐서 넋이 나갈 지경이었다. 그는 재빨리 말했다.

"아니오. 괜찮소. 넘어진 데가 아프다 해도 아무 상관 없소!"

그는 손을 내밀어 왕어언을 말에서 내리도록 부축하려다 불현듯 자기 손바닥이 진흙투성이인 것을 보자 황급히 손을 빼며 말했다.

"아니 되오! 가서 깨끗하게 씻고 와서 부축하겠소."

왕어언이 한숨을 내쉬며 말했다.

"참 소심하기 짝이 없네요. 온몸이 흠뻑 젖었는데 진흙 좀 더 묻는다고 뭐가 어때서 그래요?"

단예가 겸연쩍은 웃음을 지었다.

"내가 하는 일이 이렇게 엉망진창이오. 낭자를 제대로 모시지 못하니 말이오."

이 말을 하며 개울물에 진흙 묻은 손을 씻고 나서야 왕어언을 부축해 말에서 내려주고는 방앗간으로 들어갔다.

두 사람이 안으로 들어가자 쌀을 빻는 돌공이가 아래위로 올라갔다 내려갔다 하며 돌절구 속의 쌀알을 끊임없이 찧고 있는 모습만 보일 뿐 사람이라고는 보이지 않았다. 단예가 소리쳤다.

"아무도 없소?"

갑자기 한쪽 구석의 볏짚 더미 속에서 두 사람이 비명을 질렀다.

"아이고!"

깜짝 놀란 두 사람이 몸을 일으키는데 다름 아닌 남자 한 명과 여자 한 명이었다. 열여덟아홉 살 정도 되는 농가의 젊은이들로 보이는 두 사람은 옷이 흐트러져 있고 머리에는 온통 지푸라기가 붙어 있었다. 두 사람은 시뻘겋게 달아오른 얼굴로 부끄러운 마음에 매우 당혹스러워하고 있었다. 알고 보니 두 사람은 한 쌍의 연인으로 방앗간에서 쌀을 찧고 있던 농가 처녀가 그녀를 찾아온 총각과 사랑을 나누던 중이었다. 이들은 큰비가 오자 방앗간에 올 사람이 없다 생각하고 아무 거리낌 없이 과감한 정분을 나누던 중이라 단예와 왕어언이 밖에서 한참 동안이나 얘기하는 것도 듣지 못했던 것이다.

단예가 포권을 하며 말했다.

"실례했소, 실례했소! 비를 피하러 왔을 뿐이오. 두 분께서는 하시던 일이 있으면 계속하시오. 우린 신경 쓰지 말고."

왕어언이 생각했다.

'저 책벌레가 또 바보 같은 소리를 하네. 저 두 사람더러 우리 앞에서 어떻게 할 일을 하라는 거야?'

그녀는 두 남녀의 상태를 보고 부끄러운 나머지 더 이상 쳐다볼 수가 없었다.

단예는 오로지 왕어언에게만 온 정신이 팔려 있었던 터라 그들에겐 아무 관심도 없었다. 그는 왕어언을 부축해 의자에 앉히며 말했다.

"온몸이 흠뻑 젖었는데 어찌해야 좋겠소?"

왕어언은 얼굴이 더욱 새빨갛게 달아올랐다. 그녀는 불현듯 생각이 났는지 귀밑머리에서 커다란 구슬 두 개가 달려 있는 금비녀 하나를 뽑아 그 농가 처녀를 향해 말했다.

"언니, 제 비녀를 드릴 테니까 수고스럽지만 갈아입을 옷 한 벌만 빌려주시겠어요?"

그 농가 처녀는 진주 구슬 두 개가 얼마나 귀한 물건인지는 몰랐지만 황금이 가치가 있다는 건 알고 있어 이를 믿지 못하고 말했다.

"갈아입을 옷은 가져다드릴게요. 그… 그 금비녀는 필요 없어요."

이렇게 말하고 옆에 있던 나무 사다리를 타고 올라갔다.

왕어언이 말했다.

"언니, 이리 좀 와보세요."

그 농가 처녀는 이미 사다리 계단을 네다섯 개 올라갔다가 다시 내려와 그녀 앞으로 걸어갔다. 왕어언은 금비녀를 그녀의 손에 쥐여주며 말했다.

"이 금비녀는 진짜 드리는 거예요. 그러니까 절 데려가서 옷 좀 갈아입게 해주세요. 네?"

그 농가 처녀는 왕어언의 귀여운 미모를 보고 처음부터 도와주려 했는데 금비녀까지 얻게 되자 너무 기뻤다. 그녀는 몇 번이나 받지 않겠다고 거절하다가 못 이기는 척 받아들였다. 그러고는 즉시 그녀를 부축해 위층 누각에 올라가 옷을 갈아입게 해주었다. 누각 위에는 볏짚과 쌀을 고르는 체, 대나무 키, 마대 같은 농기구들이 가득 쌓여 있었다. 그 농가 처녀는 헌옷 몇 벌을 깁던 중이었는데 농가 총각이 오자 한쪽 편에 던져놓고 신경도 안 쓰다가 마침 왕어언한테 주게 된 것이다.

농가 총각이 잔뜩 움츠러든 상태로 몰래 단예를 훔쳐보며 여전히 어쩔 줄을 몰라 하고 있자 단예가 빙긋 웃으며 물었다.

"형씨, 성이 어찌 되시오?"

그 총각이 말했다.

"전… 금金씨요."

단예가 말했다.

"금 대형이셨군요."

그 총각이 말했다.

"그렇게 부르지 마십시오. 전 금아이金阿二라고 합니다. 제 형님이 금아대金阿大라 금 대형으로 불리거든요."

단예가 말했다.

"어, 네… 금 이형….."

여기까지 얘기하는 순간 갑자기 말발굽 소리가 들려오면서 10여 기의 말들이 방앗간을 향해 급히 내달려오고 있었다. 단예는 깜짝 놀라 몸을 벌떡 일으키며 소리쳤다.

"왕 낭자, 적들이 뒤쫓아왔소!"

왕어언은 그 농가 처녀의 도움으로 막 윗저고리를 벗어 젖은 옷을 짜고 몸을 닦고 있던 중이었다. 그녀 역시 말발굽 소리를 듣고 너무도 당황스러워 어찌할 바를 모르고 있었다.

말 몇 필이 순식간에 문밖까지 와서는 누군가 외쳤다.

"이건 우리 말이 분명하다. 그 녀석과 계집이 여기 숨어 있다."

왕어언과 단예는 각각 누각 위와 밑에서 동시에 속을 태우며 생각했다.

'말을 진작 방앗간 안으로 들여놓을 걸 그랬어.'

그때 쾅 소리와 함께 누군가 나무판자 문을 걷어차자 서하 무사 서너 명이 안으로 우르르 들어왔다.

단예는 왕어언을 보호해야 한다는 마음이 앞서 재빨리 누각 위로 올라갔다. 왕어언은 미처 옷을 갈아입지 못해 젖은 옷을 들어 앞가슴을 가릴 수밖에 없었다. 그러나 그녀는 중독이 된 후 수족이 시큰거리고 힘이 빠져 있던 터라 가슴을 가리기 위해 젖은 옷을 든 왼손이 밑으로 처지고 말았다. 단예는 황급히 몸을 돌리고 놀란 목소리로 말했다.

"송구하오, 낭자한테 무례를 범하다니. 실례했소, 실례했소!"

왕어언이 다급하게 말했다.

"어떡해요?"

그때 무사 하나가 금아이에게 묻는 소리가 들렸다.

"그 계집이 위에 있느냐?"

금아이가 말했다.

"남의 낭자가 어디 있는지는 어찌 물어보십니까?"

그 무사가 퍽 하고 일권을 가격하자 그 총각이 1장 밖으로 나동그라졌다. 고집스러운 성격의 금아이가 대뜸 욕설을 퍼붓기 시작했다.

그 농가 처녀가 부르짖었다.

"아이 오라버니. 아무한테나 그리 욕하지 마세요."

총각에게 마음을 두고 있던 농가 처녀는 그를 말리러 내려왔으나 뜻밖에도 그 무사는 칼을 휘둘러 금아이의 머리를 반쪽으로 베어버렸다. 그 농가 처녀는 너무 놀란 나머지 사다리 위에서 떼굴떼굴 굴러떨어지고 말았다. 또 다른 무사 하나가 그녀를 들어 안고 음흉하게 웃으며 말했다.

"이 계집이 제 발로 걸어왔구나."

그러고는 찌익 소리를 내며 그녀의 옷을 찢어버렸다. 농가 처녀가 손을 뻗어 그의 얼굴을 무섭게 할퀴어버리자 그 무사의 얼굴에는 다섯 줄의 혈흔이 났다. 그 무사가 대로해 일권으로 그녀의 가슴을 힘껏 내리치자 그녀는 늑골이 모두 부러져버리며 그 자리에서 숨을 거두고 말았다.

단예는 누각 밑에서 참혹한 비명 소리가 들리자 고개를 내밀어 쳐다봤다. 그는 농가 젊은이들이 순식간에 비명횡사하는 모습을 보고 너무도 가슴이 아팠다.

'다 내 탓이오. 내가 당신들 두 사람을 비참하게 죽게 만들었소.'

무사 하나가 사다리를 타고 올라오는 모습을 본 단예는 잽싸게 사다리를 바깥쪽으로 밀어버렸다. 이때 사다리는 누각 위에 걸쳐져 있던 터라 그대로 바깥쪽으로 넘어가버렸다. 그 무사는 바닥으로 훌쩍 뛰어내리더니 사다리를 붙잡아 다시 누각 바닥에 걸쳤다. 단예가 다시 밀려고 하자 또 다른 무사 하나가 오른손을 휘날리며 단예를 향해 수전 한 발을 집어던졌다. 단예가 이를 피하지 못하고 퍽 소리와 함께 수전 촉에 왼쪽 어깨를 맞고 말았다. 첫 번째 무사는 단예가 손을 뻗어 어깨를 감싸는 틈에 사다리를 걸쳐놓고 한 발에 세 계단씩 뛰어올라왔다.

왕어언은 단예 뒤에 있는 곡식 더미 위에 앉아 있다가 무사가 주먹으로 농가 처녀를 죽이는 모습과 사다리 위로 훌쩍 뛰어오르는 신법을 보고 말했다.

"오른손 식지로 그의 아랫배에 있는 하완혈下脘穴을 찍어요."

단예는 대리에서 북명신공과 육맥신검을 배우며 사람 몸의 각 혈도를 또렷이 기억하고 있었다. 왕어언의 고함 소리를 들었을 때 그 무사의 왼발은 이미 누각 위를 디딘 상태였다. 이런 긴박한 순간에 더 이상 생각할 겨를이 어디 있겠는가? 그는 식지를 뻗어 그의 아랫배에 있는 하완혈을 찍어갔다. 그 무사는 위로 황급히 뛰어올라오느라 아랫배에 문호門戶가 열려 있었다. 그는 비명 소리와 함께 몸을 꼿꼿이 세운 채 뒤쪽으로 그대로 넘어지며 공중에 떨어져 즉사했다.

단예가 소리쳤다.

"기이하구나, 기이해!"

이때 얼굴이 온통 곱슬곱슬한 수염으로 가득한 서하 무사 하나가 대도를 마구 휘둘러 상반신을 가려가며 사다리 위로 올라오자 단예가 다급하게 물었다.

"저자는 어디를 찍어야 하오? 어디를 찍소?"

왕어언이 깜짝 놀라며 말했다.

"아유. 큰일 났어요."

단예가 말했다.

"큰일이라니 뭐가 말이오?"

왕어언이 말했다.

"저자의 도세刀勢가 보통이 아니에요. 저자 가슴에 있는 단중혈을 찍으려면 손가락이 혈도에 닿기도 전에 손목이 먼저 잘려나가고 말 거예요."

그녀가 막 이 말을 하는 순간 그 곱슬 수염 무사가 이미 누각 위까지 올라왔다. 단예는 왕어언을 보호해야겠다는 일념하에 자기 손목이 잘리든 말든 오른손을 내뻗어 급히 내경을 운용하고는 손가락으로 그의 가슴에 있는 단중혈을 향해 찍어갔다. 그 무사는 대도를 들어 그의 손목을 향해 베어갔지만 칼이 채 닿기도 전에 단예의 손가락 내경이 먼저 그의 가슴에 이르렀다. 그 무사는 윽 하고 큰 소리로 비명을 지르고는 뒤로 벌렁 나자빠졌다. 그의 가슴에 뚫린 작은 구멍에서 선혈이 뿜어져 나왔는데 그 높이가 2척에 달했다.

단예가 순식간에 연달아 두 명을 제거하자 나머지 무사들은 감히 더 이상 올라오지 못하고 누각 밑에 모여 뭔가를 상의하기에 바빴다.

왕어언이 말했다.

"단 공자, 우선 어깨에 박힌 수전부터 뽑아내요."

단예가 기쁜 마음에 생각했다.

'왕 낭자가 화살이 박힌 내 어깨 상처에까지 관심을 보이다니 의외로구나.'

이런 생각을 하며 손을 뻗어 수전을 뽑아냈다. 그 화살은 1촌가량 박혀 어깨뼈까지 닿아 있었기에 힘을 주어 뽑아내면 통증이 심한 게 당연했다. 그러나 그는 너무 기쁜 나머지 이를 전혀 개의치 않았다.

"왕 낭자, 저들이 또 올라오려 하는데 어찌 대처하면 좋겠소?"

이 말을 하면서 한편으로 고개를 돌려 왕어언을 바라봤다. 순간 그녀의 흐트러진 옷이 보이자 다급하게 고개를 돌렸다.

"아이고, 송구하오!"

왕어언은 부끄러운 마음에 만면에 홍조를 띠었다. 그녀는 아무리 기를 써도 옷 입을 힘이 없자 불현듯 무슨 생각이 났는지 볏짚 더미 속으로 파고들어가 머리만 내놓고 웃었다.

"상관없어요. 이제 고개를 돌려요."

단예는 천천히 몸을 틀면서 잔뜩 신경을 써서 대비했다. 그녀가 옷을 제대로 입지 않아 속살이 드러나 있기라도 하다면 재빨리 고개를 돌려 피할 생각이었다. 얼굴을 반쯤 돌리고 곁눈질로 힐끗 쳐다보는 순간 창문 밖에 서하 무사 하나가 말 등 위에 서서 주위를 기웃거리며 누각 안으로 뛰어들어오려 하는 모습이 보였다. 그는 다급하게 말했다.

"저쪽에 적이 있소!"

왕어언은 생각했다.

'단 공자의 무공 실력이 어느 정도인지 모르겠군.'

그러고는 말했다.

"들고 있는 수전을 던져요."

단예는 그녀 말대로 손을 휘둘러 조금 전에 어깨에서 뽑아낸 수전을 던졌다. 그는 암기를 쓰는 데는 문외한이었던 터라 수전을 던지면서 조준이라고는 전혀 하지 않아 수전은 서하 무사 머리에서 2척도 미치지 못하는 곳에 떨어지고 말았다. 사실 그 무사는 전혀 신경 쓰지 않아도 되는 상황이었지만 단예가 수전을 던지는 힘이 매우 강했고 또 그 작은 수전이 날아가면서 내는 윙윙 소리에 잔뜩 겁을 집어먹어 당장 몸을 낮춘 채 말안장 위에 웅크리며 피했다.

왕어언은 고개를 삐쭉 내밀어 자세히 살펴보다 말했다.

"저자는 서하인들이 즐겨 하는 씨름의 고수예요. 저자한테 붙잡히면 손날로 저자의 정수리를 내려치세요. 그럼 이길 수 있어요."

단예가 말했다.

"그거 아주 쉽군요."

이렇게 답하며 창문으로 걸어갔다. 그 무사는 말안장 위에서 몸을 솟구쳐 창문 격자를 부숴버리고 들어왔다. 단예가 비명을 질렀다.

"어찌 감히 여기까지 들어온단 말이냐?"

그 무사는 한어를 몰랐던 터라 눈만 멀뚱멀뚱 뜨고 노려보다 왼손을 내밀어 단예의 가슴팍을 비틀어 잡았다. 그자의 솜씨는 무척이나 민첩해서 한번 비튼 후에 곧이어 손목을 위로 치켜들며 단예를 허공에 들어올렸다. 단예는 손날을 세워 일장으로 퍽 하고 그의 정수리를 가격했다. 그 무사는 본래 단예를 들어올린 다음 누각 바닥 위에 힘껏 내동댕이쳐서 반쯤 죽여놓을 생각이었지만 뜻밖에도 먼저 날아온 그의 일장에 자신의 두개골이 박살나 죽을 줄은 상상도 하지 못했다.

단예는 사람을 또 한 명 죽이자 내심 당황스러워하면서도 갈수록 두려운 생각이 들었다. 그는 서하 무사들을 향해 소리쳤다.

"더 이상 살인을 하고 싶지 않소! 더 이상 살인을 하게 만들지 말고 어서들 돌아가시오!"

그는 이 말을 내뱉자마자 나자빠져 죽은 고수들의 시신들을 힘껏 밀어 누각 밑으로 떨어뜨렸다.

방앗간까지 뒤쫓아온 서하 무사들은 모두 15명이었으며 남아 있는 12명 중 넷은 일품당의 고수들로 둘은 한인, 둘은 서하인이었다. 네 명의 고수들은 단예의 무공이 어떨 때는 고강하기 그지없다가도 어떨 때는 유치하고도 우습기 짝이 없는 것을 보고 그 깊이를 가늠할 수 없다는 생각이 들었다. 그렇다 보니 모두들 경거망동할 수가 없어 한곳에 모여 목소리를 낮추고 어찌할 것인지 논의하고 있었다. 나머지 여

덩 명의 서하 무사가 무슨 꿍꿍이속인지 갑자기 방앗간 안에 있던 볏 짚을 한데 모아 불을 지르려 했다.

왕어언이 깜짝 놀라 말했다.

"큰일이에요. 저들이 불을 지르려고 해요!"

단예는 발을 동동 구르며 말했다.

"그럼 어찌해야 하오?"

방앗간의 물레가 개울물에 의해 움직이며 끊임없이 돌아가고 또 돌아가는 모습이 보였다. 그의 마음 역시 물레처럼 정신없이 돌아가고 있었다.

그때 한인 한 명이 소리쳤다.

"저 소낭자는 절대 죽이지 말고 반드시 생포하라는 대장군의 명이 계셨다. 방화는 잠시 멈춰라!"

이 말이 끝나기 무섭게 곧바로 소리 높여 부르짖었다.

"이봐, 잡종 꼬마! 그리고 소낭자! 빨리 내려와서 투항하지 않으면 당장 불을 질러버릴 것이다. 그럼 너희들은 산 채로 불에 타 통구이가 되고 말 거야."

그가 연이어 세 번이나 이 말을 외쳤지만 단예와 왕어언은 모른 체할 수밖에 없었다. 그자는 불이 붙은 화절자火折子[6]를 들어 손에 쥔 볏짚 한 줌에 불을 붙이고 말했다.

"그래도 항복하지 않겠다면 불을 질러버릴 것이다."

이 말을 하고 불씨를 흔들며 볏짚 더미를 향해 던지려는 자세를 취했다.

단예는 정세가 위급하게 느껴지자 말했다.

"내가 가서 손을 쓰지 못하도록 공격해보겠소."

그는 곧바로 발을 내딛어 물레 위에 올라갔다. 직경이 2장을 넘는 어마어마한 크기의 이 물레는 방앗간 천장보다도 높았다. 단예는 양손으로 물레바퀴의 물레날개를 잡은 다음 돌아가는 바퀴를 따라 천천히 내려갔다.

그 한인 무사는 여전히 시끄럽게 떠들어대면서 단예와 왕어언의 투항을 종용하고 있었다. 그런데 단예가 슬며시 누각 위에서 내려와 손가락을 뻗어내 그의 등을 찍을 줄 어찌 알았으랴? 그가 펼친 것은 육맥신검 중 상양검 검법이었다. 원래는 일지에 끝내야 했지만 기습을 노려야 한다는 생각에 초조해진 나머지 기세가 약화되면서 진기 내력을 쏟아낼 수 없었다. 그가 내력을 쏟아낼 수 있는지 없는지 여부는 순전히 심리적인 힘에 의지해야 했기에 전심전력으로 운용을 하지 않으면 힘을 쏟아낼 수 없었던 것이다. 한인 무사는 등에서 뭔가 가볍게 건드리는 느낌이 들어 고개를 돌려봤다. 그런데 어느 틈에 나타난 단예가 자신을 향해 손가락을 들어 찍어오는 것이 아닌가!

단예가 연달아 셋이나 죽이는 모습을 본 한인 무사는 그가 오른손을 마구 휘두르며 다가오자 또 다른 사술邪術을 펼치고 있다는 생각에 꺼림칙한 기분이 들어 재빨리 왼쪽으로 피했다. 단예는 일지를 다시 내뻗었지만 여전히 아무 반응이 없자 할 말을 잃고 말았다.

한인 무사가 호통을 쳤다.

"더러운 자식! 정정당당하지 못하게 무슨 짓이냐?"

이 말을 하면서 왼손을 넓게 벌려 그의 얼굴을 움켜잡으려 했다. 단예는 몸을 움츠리며 두 손을 마구 휘두르다 공교롭게도 물레날개를 붙잡아 물레바퀴를 따라 다시 위로 올라가게 됐다. 단예의 얼굴을 움켜잡으려던 한인 무사의 손은 단예가 사라지자 허공을 갈랐다. 순간 흩날리는 나무 부스러기와 함께 그자가 움켜잡은 물레날개에 커다란 구멍이 생기고 말았다.

왕어언이 말했다.

"저자 등 뒤로 돌아가서 등짝의 일곱 번째 척추 관절 아래 있는 지양혈至陽穴을 공략하면 꼼짝 못할 거예요. 저자는 진남晉南 호조문虎爪門 제자예요. 지양혈까지는 연마하지 못했을 거예요."

단예는 공중에서 소리쳤다.

"그거 좋소!"

그는 물레바퀴를 잡은 채 다시 방앗간 대당大堂으로 내려갔다.

그의 두 발이 땅에 닿기도 전에 서하 무사들 중 세 명이 동시에 손을 뻗어 그를 잡으려 했다. 단예는 오른손을 연신 내저으며 말했다.

"재하는 많은 적을 대적할 수 없소. 아무리 영웅호한이라도 다수를 상대해 이길 순 없지. 난 저자하고만 싸우겠소."

이 말을 하면서 몸을 비스듬히 기울인 채 능파미보 보법을 펼쳤다. 몇 번 번뜩이자 순식간에 그 한인 무사 뒤로 다가갔다. 단예는 세 사람이 자신을 바짝 뒤쫓아 공격해오는 것을 보고 당황해서 어쩔 줄을 몰라 하다 크게 고함을 쳤다.

"받아라!"

"피육! 피육!"

단예가 내력을 찍어내자 굉음이 울려퍼지며 한인 무사의 지양혈에 적중했다. 한인 무사는 윽 하는 비명 소리조차 내지 못하고 그 자리에 엎어져 즉사해버렸다.

단예는 그자가 죽었는지 살았는지 모르지만 왠지 속으로 미안한 생각이 들었다. 그는 곧바로 물레방아에 올라타 왕어언 곁으로 가려 했지만 이미 때는 늦었다. 서하 무사 하나가 자신의 퇴로를 막고 칼을 들어 내리찍는 것이었다. 단예가 소리쳤다.

"아이고, 죽었다! 호인들이 내 퇴로를 차단했구나. 십면매복十面埋伏으로 해하垓下에서 당한 꼴이로다. 대사를 그르쳤어!"

이 말과 동시에 왼쪽으로 비스듬히 뛰어넘자 그 일도는 허공을 갈랐다. 방앗간 안의 서하 무사 11명이 그를 에워싸고 일제히 도검을 휘두르기 시작했다.

단예가 소리쳤다.

"왕 낭자, 내세에서 다시 봅시다. 나 단예는 사면초가에 빠져 이 한 몸조차 보전하기 어려우니 어쩔 수 없이 황천길에서 당신을 기다려야만 하겠소."

입으로는 야단법석을 떨며 극도의 곤궁에 빠진 듯 말했으나 발밑에서는 여전히 교묘하기 이를 데 없는 능파미보 보법을 펼치고 있었다.

왕어언은 넋이 나간 채 바라보다 물었다.

"단 공자, 지금 펼치는 보법은 능파미보 아닌가요? 전 이름만 들어봤지 처음 봐요."

단예가 기뻐하며 말했다.

"그렇소, 그렇소! 낭자, 잘 보시오. 내가 처음부터 끝까지 제대로 시연을 해서 보여드리겠소. 허나 끝까지 시연해 보일 수 있는지는 내 머리의 조화에 달려 있소."

그는 당장 두루마리에서 보고 배운 보법을 첫 번째 걸음부터 시작해 발걸음을 내딛었다.

11명의 서하 무사들은 권각을 날리고 도검을 휘둘러댔지만 그의 옷자락 하나 건드릴 수가 없었다. 11명의 무사들이 너도나도 고함을 쳤다.

"이봐, 넌 거기를 막아!"

"넌 동북쪽을 지켜! 인정사정 봐주지 말고 손을 써라!"

"아이고, 이런! 이 후레자식이 이쪽으로 빠져나갔잖아!"

단예는 앞으로 한 발, 뒤로 한 걸음 옮겨가면서 물레방아와 저구杵臼 옆을 정신없이 돌아다녔다. 총명하고 박학다식한 왕어언도 아무래도 알아볼 수가 없어 소리쳤다.

"상대를 피하는 게 우선이에요. 시연 같은 건 할 필요 없어요."

단예가 말했다.

"좋은 기회니까 놓치지 마시오. 시간은 지금뿐이오. 한순간 황천길로 가고 나면 다신 보지 못할 것이오."

그는 자신의 생사 따위는 돌보지 않고 처음부터 끝까지 그녀에게 펼쳐 보이고자 애썼다. 자신이 마음에 둔 사람한테 능파미보를 제대로 보여주고 싶었던 것이다. 그런데 이렇게 연정에 빠져 눈이 먼 행동을 한 덕에 뜻밖의 행운이 찾아올 줄 누가 알았으랴! 적이 공격해오기를 기다렸다가 교묘한 보법으로 피할 생각만 했다면 첫째, 그는 무공을 모르기에 상대편 고수가 허허실실 펼치는 초식의 변화를 예측하기 힘들어 아무리 피하려 해도 피할 수 없었을 것이며 둘째, 적이 11명이나 되다 보니 한 명은 피해도 두 번째 사람을 피하지 못했을 것이며,

두 명을 피한다 해도 세 번째 사람이 펼치는 공격은 피하기 어려웠을 것이다. 그러나 그는 자기 멋대로 걸음을 내딛고 적은 신경도 쓰지 않아 11명의 적이 한 명 한 명 각자 그를 추적하는 상황으로 바뀌어버렸다. 이 능파미보는 매 한 걸음마다 남이 절대 생각하지 못하는 곳만 내딛었다. 그의 왼발이 동쪽을 향해 뛰어가 단단히 딛고 있다고 생각하면 뜻밖에도 몸은 이미 서북쪽에 있었다. 11명의 무사들은 몸놀림이 갈수록 빨라졌지만 대부분 자기편을 향해 초식을 날렸고 나머지는 허탕만 치고 있었다.

무사 갑甲과 을乙, 병丙 세 명이 물레방아 옆에 서 있는 단예를 보고 그를 향해 일제히 권각과 도검을 날리자 무사 정丁과 무戊, 기己 역시 각자 무기를 들어 그가 있는 방향을 향해 공격했다. 단예가 잠시 피해 있던 곳에서 돌연 방향을 바꾸자 우당탕, 쾅, 챙, 좌당 하는 소리를 내며 갑, 을, 병, 정… 각 무사들이 각자 무기를 들고 자기편끼리 서로 휘두르고 막는 형세가 되어버려 손발이 조금이라도 느린 서하 무사 몇 명은 자기편에게 부상을 당하는 상황을 맞이했다.

왕어언이 수 초를 지켜보다 그 이치를 알아차리고는 단예를 향해 소리쳤다.

"단 공자, 공자의 보법은 너무 교묘하고 복잡해서 단번에 알아보지 못하겠어요. 처음부터 끝까지 모두 펼친 다음 다시 한번 더 펼쳐보세요."

단예가 말했다.

"알았소! 낭자의 분부라면 뭐든 따를 것이오."

단예는 때마침 팔팔 육십사괘 방위를 모두 내딛은 터라 다시 처음부터 보법을 펼치기 시작했다.

왕어언은 곰곰이 생각했다.

'단 공자가 당분간은 목숨을 부지할 수 있겠지만 지금의 저 위기에서 어찌해야 빠져나올 수 있을까? 안 그래도 옷을 안 입고 있어 부끄러워 죽을 지경인데… 지금으로서는 단 공자가 지력을 쓰도록 만들어서 서하 무사들 11명을 일격에 죽이는 방법밖에는 없겠다.'

그녀는 당장 단예의 보법에서 눈을 떼고 서하 무사 11명의 무공 기술을 자세히 살폈다.

"턱!"

둔탁한 소리와 함께 누군가 나무 사다리를 누각 위에 걸쳐놓는 소리가 들렸다. 서하 무사 하나가 다시 누각 위로 올라오려는 것이었다. 시간이 꽤 흘렀지만 무사 11명이 단예를 당해내지 못하자 그중 우두머리가 수하에게 왕어언부터 생포하라 명한 것이다.

왕어언이 깜짝 놀라 비명을 질렀다.

"어머!"

단예가 비명 소리를 듣고 힐끗 쳐다보니 서하 무사 하나가 누각 위로 올라가는 모습이 보였다. 그는 다급하게 물었다.

"어디를 공격해야 하오?"

왕어언이 답했다.

"지실혈志室穴을 움켜쥐는 게 상책이에요."

단예는 앞으로 달려가 그의 허리 뒤쪽에 있는 지실혈을 움켜쥐고 어떻게 처리해야 할 줄 몰라 손이 가는 대로 집어던져버렸다. 그런데 공교롭게도 그는 쌀을 찧고 있던 절구통 안으로 들어가버리고 말았다. 방앗간 안에는 200근에 달하는 돌공이가 물레에 의해 움직이며 끊임없이 쿵덕쿵덕 찧어 돌절구 안의 낟알들을 이미 극히 미세한 쌀가루로 빻아놓은 상태였다. 하지만 관리하는 사람이 없자 돌공이는 여전히 평소처럼 돌절구 안을 내리찧고 있었다. 서하 무사의 몸이 돌절구 안에 들어간 사이 어김없이 내리찧던 돌공이가 내려오면서 빠직하고 그의 머리를 깨버리자 머릿속에서 골이 터져 나와 절구 속의 쌀가루는 피로 흥건히 젖어버렸다.

그 서하 무사들 우두머리가 수하들을 재촉해 다시 한번 명을 내리자 서하 무사 세 명이 앞다투어 사다리에 올라탔다. 왕어언이 비명을 질렀다.

"똑같이 처리해요!"

단예는 손을 뻗어 다시 한 무사의 지실혈을 움켜쥐고 힘껏 던져 그를 돌절구 안으로 집어넣었다. 이번에는 아까와 달리 의도적으로 던졌지만 적당한 힘을 가하지 못해 낙하지점이 정확하지 않았고 돌공이가 내려가면서 이번에는 그의 허리를 가격했다. 참혹한 비명 소리가 혼을 빼놓을 정도로 울려퍼졌지만 이번에는 즉사하지 않았다. 돌공이가 다시 또 내려가자 그자의 참혹한 비명 소리가 다시 한번 울려퍼졌다.

단예는 멍하니 있다 또 다른 서하 무사 둘이 사다리를 타고 기어올라가자 깜짝 놀라 소리쳤다.

"안 돼! 어서 내려와!"

이 말과 함께 왼손 손가락을 마구 휘두르자 너무 당황했던 나머지 진기가 격동하면서 육맥신검의 위력이 뿜어져 나왔다.

"피육! 피육!"

날카로운 소리와 함께 단예의 손끝을 떠난 양검이 두 사람의 등짝을 찔렀고 두 사람은 곧바로 사다리에서 떨어져버렸다.

　남아 있던 서하 무사 일곱 명은 단예가 빈손으로 허공을 찍어 사람을 죽이는 모습을 코앞에서 보면서도 그런 무공은 평생 듣도 보도 못한 것이라 깜짝 놀라지 않을 수 없었다. 그들은 단예가 이 무공을 원하는 대로 할 수 있는 것이 아니라 진짜 원할 때는 구사하지 못하고 다급할 때에는 조준도 안 돼서 가끔씩밖에 효과를 보지 못한다는 사실을 모르고 있었다. 일곱 무사는 이미 겁을 먹을 대로 먹었지만 그렇다고 이대로 물러날 수는 없는 일이었다.

　왕어언은 높은 곳에서 내려다보고 있어 대당에서 벌어지는 싸움을 똑똑하게 볼 수 있었다. 적이 일곱 명밖에 남지 않았지만 그중 셋은 무공 실력이 대단했다. 그 서하인이 호통을 치며 지휘하는 것으로 봐서는 그자가 은연중 이 무리의 우두머리인 것 같아 소리쳤다.

　"단 공자, 우선은 저 노란 옷의 가죽 모자를 쓴 사람부터 없애야 해요. 그자 뒤통수에 있는 옥침玉枕과 천주天柱 두 혈도를 어찌 찍을지 생각해봐요."

　단예가 말했다.

　"명에 따르겠습니다."

　이렇게 답을 하는 즉시 그자를 향해 달려들었다.

　그 서하인은 속으로 깜짝 놀랐다.

　'옥침과 천주 두 혈도는 바로 조문이 있는 곳이 아닌가? 저 어린 낭자가 그걸 어찌 아는 거지?'

　그는 단예가 달려드는 것을 보고 곧장 단도를 세로로 베며 접근하지 못하도록 했다. 단예는 연이어 몇 번이나 달려들었지만 몸 뒤로 다가갈 방법은 없고 오히려 그의 단도에 부상을 입을 뻔했다. 그자는 왕어언이 혈도를 외치는 소리에 겁을 집어먹고 자신의 뒤통수에 있는 조문을 방어하는 데 급급했다. 그게 아니었다면 단예는 이미 그자에게 당했을지도 모르는 일이었다. 단예가 소리쳤다.

"왕 낭자! 이자는 보통이 아니오! 등 뒤로 접근할 수가 없소."

"저 잿빛 장포를 걸친 사람의 조문은 목에 있는 염천혈廉泉穴이에요. 저기 노란 수염은 무공 분파가 잘 안 보여요. 가슴 쪽을 손가락으로 몇 번 눌러보세요."

"명에 따르겠소!"

단예는 연달아 손가락을 펼쳐 그자의 가슴을 향해 찍어갔다. 그러나 그가 펼쳐낸 몇 번의 지법은 제대로 구사되긴 했지만 내경의 힘이 전무했다. 하지만 그 노란 수염 무사가 어찌 그걸 알겠는가? 그는 재빨리 몸을 낮춰 단예의 삼지三指를 피해갔다. 단예가 네 번째 지법을 펼치는 사이 뜻밖에도 그는 하늘로 날아올라 아래쪽으로 일장을 후려갈기는데 그 장력이 얼마나 무시무시한지 단예의 온몸을 덮어버릴 정도였다.

단예는 호흡이 가빠지고 어지럽다는 느낌이 들자 깜짝 놀란 나머지 눈을 감고 두 손을 마구 휘둘러댔다. 그러자 피육피육피육 소리가 끊임없이 이어지며 소상, 상양, 중충, 관충, 소충, 소택 육맥신검이 일제히 쏟아져 나가 그 노란 수염 무사의 몸에 여섯 개의 구멍을 내버렸다. 하지만 노란 수염 무사가 이미 후려갈긴 장력은 소멸되지를 않아 퍽 하고 그의 일장이 단예의 어깨를 가격했다.

순간 단예는 전신의 진기가 격동했다. 노란 수염 무사의 장력이 강맹하긴 했지만 그의 심후한 내력이 저항을 하자 뜻밖에도 부상을 입기는커녕 오히려 노란 수염 무사를 1장 밖으로 튕겨 보냈다.

왕어언은 단예가 멀쩡한지도 모르고 순간 깜짝 놀랐다.

"단 공자, 괜찮으세요? 다친 데 없어요?"

단예가 눈을 떠보니 노란 수염 무사는 바닥에 벌렁 나자빠진 채 가슴과 아랫배의 작은 여섯 개 구멍에서 선혈을 뿜어내고 있었다. 그는 흉악하기 이를 데 없는 표정으로 여전히 숨이 끊어지지 않은 상태에서 두 눈을 부릅뜬 채 자신을 노려보고 있었다. 단예는 놀라서 가슴이 쿵쾅쿵쾅 뛰었다.

"난 죽이고 싶지 않았소. 당신이 제 발로… 제 발로 날 찾아와 이렇게 된 것이오."

이 말과 함께 발로는 능파미보를 펼쳐 대당을 이리저리 빠르게 옮겨다니며 남아 있는 여섯 사람에게 일일이 포권으로 읍을 했다.

"영웅호한 여러분. 재하 단예는 여러분과 과거에는 물론 근자에도 아무 원한이 없었소. 부디 사람을 궁지에 몰아넣지 말고 이제 그만 가주시오. 나… 난… 더 이상 사람을 죽이고 싶지 않소. 이… 이렇게… 많은 사람을 죽여 자비의 도를 잃었으니 실로 송구할 따름이오. 어서들 물러가시오. 저 단예가 진 걸로 하겠소. 제… 제발 용서해주시오."

이 말을 하면서 몸을 돌리는 순간, 문 쪽에 또 다른 서하 무사 한 명이 서 있는데 언제 들어왔는지 알 수가 없었다. 그자는 평범한 몸에 다른 서하 무사들과 같은 색 옷을 입었지만 누렇게 뜬 얼굴과 목석처럼 무표정한 모습이 마치 죽은 사람처럼 보였다. 단예는 속으로 오싹한 느낌이 들었다.

'저자는 사람이야, 귀신이야? 혹시… 혹시… 나한테 맞아 죽은 서하 무사의 망령이 사라지지 않고 원귀寃鬼로 나타난 것인가?'

단예는 떨리는 음성으로 말했다.

"다… 당신은 누구요? 어… 어쩌려는 거요?"

그 서하 무사는 몸을 꼿꼿이 세운 채 아무 대답 없이 꼼짝도 하지 않고 그 자리에 있었다. 단예는 몸을 비스듬히 움직여 옆에 있던 서하 무사 뒤쪽 허리에 있는 지실혈을 움켜쥐고 그 괴인을 향해 집어던졌다. 그가 몸을 슬쩍 옆으로 피하자 쿵 소리와 함께 서하 무사의 머리가 벽에 부딪혀 두개골이 박살나 죽어버렸다. 단예는 한숨을 내쉬며 말했다.

"귀신이 아니라 사람이로군."

그 새로 온 괴객을 제외하고 이제 서하 무사는 다섯 명밖에 남지 않았다. 그중 서하인 한 명과 한인 한 명은 일품당의 고수였다. 남은 평범한 무사들 세 명은 자기편 사람들이 하나씩 줄어들자 모두 물러갈 생각을 하고 있었다. 그중 하나가 문 쪽으로 다가가 문을 밀자 그 서하 고수가 호통을 쳤다.

"무슨 짓이냐?"

서하 고수는 삼도를 날리며 단예를 향해 베어갔다.

단예는 시퍼런 빛이 번뜩이는 상대방의 예리한 칼날이 계속 얼굴 앞에 흔들리자 자신의 몸이 언제 토막 나버릴지 몰라 두렵기 그지없었다.

"나… 난폭하기 짝이 없구나. 내가 네 옥침혈과 천주혈을 찍으면 꼼짝도 못할 것이다. 좋은 말로 충고하건대 지금이라도… 어서 무사들을 물리도록 해라. 그게 서로를 위해 좋을 것이다."

그자는 단예의 협박에도 굴하지 않고 도초를 점점 더 바짝 죄면서 단예의 급소를 노리고 들어갔다. 단예가 보법에 속도를 붙여 움직이지 않았다면 그의 매 일도에 꼼짝없이 당하고 말았을 것이다.

줄곧 뒤쪽에 물러나 있던 한인 고수는 단예가 쩔쩔매면서 피하기만 하고 전혀 반격의 여지가 없는 모습을 보자 뭔가 묘안이 떠오른 듯 돌절구 옆으로 달려가 이미 곱게 빻아진 쌀가루를 양손에 움켜쥐고 단예의 면전을 향해 내던졌다. 단예의 보법이 워낙 교묘했던 터라 그 두 번의 쌀가루 투척은 단예에게 적중되지 않았다. 한인 고수는 두 움큼을 던진 다음 곧바로 두 움큼을 더 던지고, 다시 두 움큼을 또 던졌다. 대당에는 쌀가루 부스러기가 사방에 휘날리며 순식간에 연무로 가득 찬 것처럼 변해버렸다.

단예가 비명을 질렀다.

"아이고, 큰일 났다! 큰일 났어! 앞을 볼 수가 없어!"

왕어언 역시 사태의 심각성을 깨달았다. 단예가 수많은 고수 사이에서 무사히 버틸 수 있는 이유는 저 신묘하기 이를 데 없는 능파미보 덕이라고 생각하고 있었다. 적이 그를 향해 초식을 날려 공격하면 시종 앞에 보이다 홀연히 뒤에 나타나곤 하면서 무기와 권각이 날아오는 지점과 그의 몸 사이에는 언제나 적당한 거리가 있었던 것이다. 하지만 지금 대당 안에는 쌀가루 부스러기가 자욱하게 깔려 있어 모두들 임의의 초식으로 앞이 안 보이는 상태로 마구 휘두른다면 그의 몸에 걸릴 수 있는 가능성이 있었다. 만일 여러 무사들이 처음 공격할 때부터 단예가 어디 있는지 상관하지 않고 각자 알아서 각자의 무공을 펼쳤다면 벌써 단예는 이미 수십 토막이 나 있었을 것이다.

단예는 두 눈에 쌀가루 부스러기가 덮여 눈을 뜰 수가 없자 미친 듯이 뛰기 시작했다. 그러다 공교롭게도 물레 근처에 이르러 물레날개를 붙잡고 올라가게 됐다. 그때 악, 으악 하는 두 번의 참혹한 비명 소리가 들리며 서하 무사 두 사람이 서하 고수가 마구 휘두른 칼에 잘못 맞아 죽고 말았다. 곧이어 두 번의 챙 하는 소리가 들려오며 누군가 소리쳤다.

"나야!"

또 한 사람이 말했다.

"조심해! 나야!"

다름 아닌 서하 고수와 한인 고수가 도검을 교차시키며 2합을 겨뤘던 것이다. 이어서 으악 하는 비명 소리가 들렸다. 마지막 남은 서하 무사가 누구에게 급소를 차였는지 몰라도 밖을 향해 날아가며 죽기 전에 지른 비명 소리였다. 그 소리를 듣자 단예는 모골이 송연해지며 온몸이 부들부들 떨렸다. 그는 떨리는 목소리로 말했다.

"이… 이봐요! 당신네 무사들이 갈수록 줄어드는데 어찌 계속 덤비는 거요? 사람을 궁지에 몰아넣으면 안 되는 법이오. 내가 당신들을 용서했으니 그걸로 끝인 거요."

그 한인 고수는 목소리를 듣고 방위를 판별한 듯 오른손을 휘둘러 단예를 향해 강표 하나를 던졌다. 이 일표는 본래 조준이 정확했지만 물레가 끊임없이 돌다 보니 강표가 날아들었을 때 단예는 이미 물레와 함께 내려가고 있었다. 퍽 소리와 함께 강표가 그의 소맷자락 끝부분을 물레날개 위에 꽂았다. 단예가 깜짝 놀라 생각했다.

'난 암기를 피하는 방법은 모르는데 적이 강표나 수전을 쏜다면 재 앙이라 할 수 있다.'

그는 겁에 질린 나머지 손에 힘이 빠져 물레날개를 잡고 있던 손가 락을 놓치고 밑으로 쿵 떨어져버렸다.

한인 고수는 연무 속에서도 뭐가 어슴푸레 보이는지 단예를 덮치려 달려들었다. 단예는 순간 그자의 염천혈을 찍으라고 했던 왕어언의 말 이 기억났다. 그러나 워낙 당황스러운 상황이었고 혈도는 알아도 평소 에 꾸준히 연마를 하지 않았던 터라 허둥지둥 손가락을 뻗어 그의 염 천혈을 찍었지만 위치가 전혀 맞지 않아 왼쪽 아래쪽으로 치우쳐버렸 다. 뜻밖에도 그가 찍은 혈도는 기호혈氣戶穴이었다. 기호혈은 사람을 웃게 만드는 소혈笑穴이라 진기가 거꾸로 흐르면서 웃음을 참지 못하 게 만든다. 그의 일검이 연이어 단예를 향해 찔러갔지만 입으로는 히 히, 하하, 헤헤, 크크 하며 끊임없이 폭소를 터뜨렸다.

서하 고수가 물었다.

"용鎔 형, 어찌 웃는 거요?"

한인 고수는 대답을 못하고 계속해서 웃기만 할 뿐이었다. 서하 고 수는 내막도 모르고 버럭 화를 냈다.

"적을 앞둔 마당에 지금 무슨 수작을 부리는 게요?"

한인 고수가 웃음을 참지 못하며 말했다.

"하하… 난… 그게… 하하. 크크…."

그는 검을 곧추세워 단예의 등짝을 찔러갔다. 단예가 왼쪽으로 비 스듬히 피하며 걸어갔지만 그때 그 옆에 있던 서하 고수 역시 제대로 보이지 않는 연무 속에서 마침 그쪽을 향해 돌진해가고 있었다. 두 사람은 가슴끼리 정면으로 부딪치고 말았다.

서하 고수는 단예의 몸에 부딪히자 재빨리 왼손으로 금나수를 펼쳐 단예의 오른팔을 움켜쥐었다. 그는 상대의 장기가 보법에 있다 느끼고 그를 붙잡아두는 게 이기는 방법이라 여겨 오른손에 들고 있던 단도를 던져버리고 단예의 왼팔마저 움켜쥐었다. 단예가 비명을 질렀다.

"아파!"

그는 소리를 치며 힘껏 뿌리쳤지만 마치 강철 고리같이 단단한 서하 고수의 양손을 어찌 뿌리쳐 빠져나갈 수 있겠는가?

한인 고수는 끊임없이 웃어대다 이때다 싶어 검을 곧추세워 단예의 등짝을 향해 질풍처럼 찔러갔다. 서하 고수가 생각했다.

'이런! 저 일검으로 수 촌만 찌른다면 이놈의 목숨을 빼앗을 수 있다. 하지만 저 자식이 의리를 저버리고 혼자 공을 독차지하기 위해 1척 가까이 찔러 넣는다면 나까지 죽을 수도 있어.'

이런 생각을 하고는 당장 단예를 잡아당기며 뒤로 한 발 물러섰다.

한인 고수가 여전히 폭소를 터뜨리며 한걸음에 달려와 검을 뻗어 찌르려는 순간 느닷없이 쾅 하는 일성과 함께 물레날개가 그의 뒤통수를 후려쳐 그 자리에 뻗어버리고 말았다. 한인 고수는 순간 기절했지만 아직 숨이 끊어지지 않은 상태로 하하거리며 계속 웃어대는데 웃음소리에 힘이 없어 매우 기괴하게 들렸다. 물레가 천천히 돌아가다 두 번째 날개가 쾅 하고 다시 그의 가슴을 때렸다. 그의 웃음소리는 약간 작아졌고 물레날개에 일고여덟 번 부딪힌 후에는 하하하는 웃음소리가 코 고는 소리처럼 작아졌다.

왕어언은 단예가 서하 고수에게 잡혀 빠져나오지 못하는 것을 보고 초조하기 이를 데 없었다. 더구나 대문 옆에 아직 무시무시한 얼굴의 서하 무사 하나가 더 서 있는 게 생각났다. 그가 도검을 휘두르기라도 한다면 단예는 그 자리에서 목숨을 잃고 말 것이었다. 그녀는 당황한 나머지 큰 소리로 부르짖었다.

"단 공자를 해치지 말아요. 모두… 모두 천천히 상의해봐요."

서하 고수는 단예를 단단히 붙잡고 오른팔을 가로로 들었다. 그의 가슴에 강한 압력을 가해 그의 늑골을 부러뜨리거나 혹은 숨 쉬기 힘들게 만들어 질식사를 시키겠다는 생각이었다. 단예는 극도의 두려움에 휩싸였다. 그에게 잡힌 곳은 왼 손목과 오른팔이라 상대의 내력을 흡입하는 북명신공조차 펼칠 수 없었다. 그는 하는 수 없이 필사적으로 왼손 손가락을 뻗어 마구 찍어댔다. 매 일지가 모두 허공에 찍힐 뿐 가슴에 느껴지는 압박은 갈수록 심해져 점점 숨을 쉬기 힘들어졌다.

이런 위기의 순간 갑자기 피육 피육 하고 몇 번의 소리가 들리다 서하 고수가 윽 하고 가벼운 비명 소리를 지르며 말했다.

"대단한 실력이군. 결국에는 찍었어. 내… 내 옥침…."

그러고는 양손의 힘이 점점 풀리며 고개가 축 처지더니 담장에 기대 죽어버리고 말았다.

이상한 생각이 들어 그의 몸 뒤로 돌아가보니 과연 그의 뒤통수에 있는 옥침혈의 작은 구멍에서 선혈이 줄줄 흘러내리고 있었다. 그 상처는 바로 자신의 육맥신검에 의한 것이었다. 그는 순간 이해할 수가 없었다. 위기의 순간에 공력이 응집되면서 일지가 점출된 것이고 그 진기가 벽에 맞고 반사되면서 그 서하 고수의 뒤통수에 적중됐다는 사실을 스스로도 몰랐던 것이다. 서하 고수는 공력이 고강한 데다 반사된 진기의 힘은 이미 크게 약화돼서 그에게 상처를 입힐 수 있는 정도는 아니었다. 그러나 마지막 한 가닥 진기가 공교롭게도 벽에 반사돼 튀기면서 그의 옥침혈을 찍었던 것이다. 옥침혈은 그의 조문이 있는 가장 부드러운 곳이라 단예의 진기가 약하긴 했지만 단 한 번의 일지로 목숨을 빼앗을 수 있었다.

단예는 놀랍고도 기쁜 마음에 서하 고수의 시신을 놓고 소리쳤다.

"왕 낭자, 왕 낭자! 적들이 모두 다 죽었소!"

별안간 뒤에서 아주 냉랭한 목소리가 들려왔다.

"아직 다 죽지 않았다!"

단예가 깜짝 놀라 고개를 돌려보니 그 목석같은 표정을 하고 있던 서하 무사의 모습이 보였다. 그는 속으로 생각했다.

'당신이 있다는 걸 잊었군. 내가 지실혈을 움켜쥐어 없애버려주겠다.'

그러고는 빙긋 웃었다.

"노형께서는 어서 돌아가시오. 난 더 이상 사람을 죽이고 싶지 않소."

"날 죽일 실력이 있을까?"

그의 말투는 매우 오만방자했다. 단예는 더 이상 살상을 하고 싶지 않아 포권을 하며 말했다.

"재하는 노형의 적수가 되지 못하니 부디 은정을 베푸시어 용서해주시기 바라겠소!"

"히죽거리며 말하는 걸 보니 진심으로 용서를 구하는 것 같지가 않구나. 단가의 일양지와 육맥신검은 그 명성이 천하에 퍼져 있는데, 거기에 저 낭자의 요결 지시까지 받으니 과연 대단하기 짝이 없는데 그래? 재하가 한 수 가르침을 받아보지.”

그의 이 말은 글자 한 자 한 자가 모두 같은 억양인 데다 말의 높낮이는 물론 운율조차 없어 듣기에 매우 거북했다. 한어를 아는 외국인이 낱말을 써서 문장을 만들어내긴 하지만 성조를 부자연스럽게 구사하는 것으로 보였다.

단예는 원래 무공을 좋아하지 않는 성격이었다. 오늘 그 많은 사람을 죽인 것도 사실은 급박한 상황이라 어쩔 수 없었던 것이다. 따라서 제대로 맞서서 대결을 벌이는 상황만은 피할 수 있다면 피하고 싶었다. 그는 당장 공손하게 읍을 하고 진심 어린 마음으로 간절하게 말했다.

“귀하께서 내려주신 꾸지람이 옳습니다. 재하가 용서를 구하면서 공손하지 못했으니 이렇게 사죄드리겠소. 재하는 평생 무공을 배워본 적이 없소. 조금 전 사람들을 해친 건 요행일 뿐이며 목숨을 보전한 것만으로도 이미 만족해하고 있소. 한데 어찌 감히 또 잘난 척을 하며 귀하게 이기고자 하겠소?”

그 서하 무사는 흐흐하고 냉소를 머금으며 말했다.

“평생 무공을 배운 적이 없다면서 손을 한번 들었는데 서하 일품당의 사대고수는 물론 나머지 무사들 11명까지 모두 죽여버렸단 말이냐? 무공을 배웠다고 말한다면 무림에 어디 살아남을 사람이 있겠느냐?”

단예는 동에서 서로 한번 쭉 훑어봤지만 방앗간 안에 어수선하게 널려 있는 건 모두 시체들뿐이었다. 그는 시체들 하나하나가 피로 범벅이 되어 있는 걸 보고 괴로움을 금할 수 없어 자기도 모르게 손으로 얼굴을 가렸다.

"어… 어쩌다 내가 이 많은 사람을 죽였지? 난… 난 죽이고 싶지 않았는데 이를 어쩌지? 이를 어째?"

서하 무사는 차갑게 몇 번 웃다가 곁눈질로 단예가 한 그 말이 진심인지 아닌지 살폈다. 단예가 눈물을 흘리며 말했다.

"저 사람들 모두 부모와 처자가 있을 텐데 얼마 전까지만 해도 팔팔하게 살아 있던 사람들이 나한테 죽임을 당했으니 내… 내가… 여러 인형들한테 어찌 사죄를 해야 하지?"

여기까지 말하고는 슬픈 마음에 가슴을 퍽퍽 두드렸다. 그는 눈물을 비처럼 쏟아내며 흐느꼈다.

"저들은 정말 날 죽이려 한 것이 아니라 명령을 받고 파견돼 날 잡아가기 위해 온 것일 뿐이야. 난 저들과 일면식도 없는데 어찌 대뜸 독수를 쓸 수가 있느냔 말이야?"

그는 원래 심성이 착한 데다 어려서부터 불경을 익혀 개미 한 마리조차 해치지 못하는 성격이었다. 그런데 오늘과 같은 이런 엄청난 일을 저지를 줄 누가 알았겠는가?

그 서하 무사가 다시 냉랭하게 웃었다.

"고양이가 쥐 생각하듯 그렇게 위선적인 모습으로 운다고 죄가 사해질 거라 생각하는 것이냐?"

단예가 눈물을 훔치며 말했다.

"맞소. 사람도 죽이고 죄까지 범했는데 지금 눈물을 흘린들 무슨 득이 있겠소? 저 시체들이나 고이 묻어줘야겠소."

왕어언이 생각했다.

'저 10여 구의 시신을 일일이 묻어주려면 얼마나 많은 시간이 걸릴지 모르는데?'

이런 생각에 외쳤다.

"단 공자, 더 많은 적이 몰려올 거예요. 서둘러 떠나는 게 좋겠어요."

단예가 말했다.

"알겠소!"

그리고 몸을 돌려 사다리 위로 올라가려 했다.

그러자 그 서하 무사가 말했다.

"아직 날 죽이지도 않았는데 어찌 그냥 가겠다는 것이냐?"

단예가 고개를 가로저었다.

"당신을 죽일 수 없소. 더구나 난 당신 적수가 되지 않소."

"아직 싸우지도 않았는데 어찌 적수가 안 되는지 알겠느냐? 왕 낭자가 능파미보까지 전수해줬는데 말이야. 껄껄… 과연 평범하지가 않아."

단예는 능파미보는 왕어언한테 전수받은 것이 아니라고 말하고 싶었지만 그런 일을 군이 처음 보는 자한테 말하고 싶지는 않았다.

"그렇소. 난 원래 무공이라고는 모르는 사람이오. 난 그저 왕 낭자가 지시해주는 대로 움직인 덕에 위기를 탈출할 수 있었소."

"아주 좋다. 난 여기서 기다릴 테니 가서 날 죽이는 요결을 지시받고 오너라."

"당신을 죽이고 싶지 않소."

"네가 날 죽이지 않겠다면 내가 널 죽일 것이다."

그는 대뜸 바닥에 있던 단도 한 자루를 집어들었다. 돌연 대당 안에 백광이 번뜩이며 1장이 넘는 범위 안이 칼날 빛으로 가득 찼다. 단예가 미처 사다리에 발을 내딛기도 전에 그의 칼등이 자신의 어깨를 둔탁하게 두드렸다.

"헉!"

깜짝 놀란 단예가 휘청하면서 하마터면 넘어질 뻔하자 서하 무사는 단예의 발걸음이 어수선한 틈을 타 재빨리 달려들어 단도의 칼끝을 그의 뒷목에 가져다 댔다. 단예는 너무나 두려운 나머지 꼼짝도 못하고 멍하니 서 있을 따름이었다.

서하 무사가 말했다.

"어서 가서 네 사부한테 가르침을 받아라. 저 여자가 어떤 방법으로 날 죽일지 봐야겠다."

이 말을 하면서 단도를 거두고 오른쪽 다리로 슬쩍 걷어차자 단예는 그자의 발길질에 곤두박질쳐버리고 말았다.

왕어언이 소리쳤다.

"단 공자, 어서 올라와요."

"알았소!"

사다리를 타고 올라가며 뒤를 돌아다보니 단도를 거두고 앉아 있는 그자의 얼굴은 여전히 강시처럼 아무런 표정도 없었다. 단예 따위는 안중에도 없다는 듯한 모습이라 사다리를 타고 올라가는 틈에 배후에서 기습할 것 같지는 않아 보였다. 단예는 누각 위에 올라 나지막이 말했다.

"왕 낭자, 저자는 상대가 되질 않소. 어서 도망칠 방법을 생각해봅시다."

127

"밑에서 지키고 있으니 도망갈 수는 없어요. 일단 저 옷부터 좀 주세요."

"알겠소!"

손을 쭉 뻗어 농가 처녀가 남기고 간 헌 옷을 집어들자 왕어언이 말했다.

"눈을 감고 걸어오세요. 좋아요! 멈춰요. 그걸 입혀주세요. 눈은 뜨면 안 돼요."

단예는 일일이 그녀가 시키는 그대로 했다. 그는 원래 성실하고도 고결한 군자가 아니던가! 왕어언에 대해서는 천신天神처럼 숭배할 뿐 감히 추호의 거스름도 있을 수 없었다. 다만 그녀가 옷을 걸치고 있지 않다고 생각하니 가슴이 콩닥거리지 않을 수 없었다.

왕어언은 그가 옷을 다 입혀줄 때까지 기다렸다 말했다.

"됐어요. 저 좀 부축해주세요."

단예는 눈을 떠도 된다는 그녀의 호령을 듣지 못했던 터라 여전히 두 눈을 감은 채 부축을 하라는 말만 듣고 오른손을 뻗어냈다. 순간 그의 손은 뜻밖에도 그녀의 뺨에 닿아 매끈하고 부드러운 감촉이 느껴지는 것이었다. 깜짝 놀란 그는 재빨리 손을 움츠리며 연이어 말했다.

"송… 송구하오, 송구하오!"

왕어언은 그가 옷을 대신 입혀줄 때 이미 부끄러운 마음에 양볼을 빨갛게 붉히고 있다가 눈을 감은 채 손으로 자신의 얼굴을 만지자 더욱 부끄러워 어쩔 줄 몰라 했다.

"이봐요, 저 좀 부축해달라니까요!"

"네! 네! 알겠소!"

그는 눈을 꼭 감고 있어 두 손을 어느 쪽에 둬야 할지를 몰랐다. 그녀 몸을 만질까 두려워 어찌해야 할 바를 모르고 난감해할 따름이었다. 왕어언 역시 심신이 요동을 쳤지만 한참이 지난 후에야 눈을 뜨란 말을 하지 않았다는 생각이 나자 화를 내며 말했다.

"눈은 왜 감고 있는 거죠?"

그 서하 무사가 밑에서 킬킬대고 차갑게 웃었다.

"가서 날 죽일 무공을 배워오라고 했지, 둘이 시시덕거리면서 집적대라고는 안 했다."

단예가 눈을 뜨자 왕어언의 양볼이 불과 수 촌밖에 되지 않는 바로 코앞에 있었다. 그녀는 두 볼이 불덩이처럼 달아올라 부끄러워 어쩔 줄을 몰라 하고 있었다. 그는 넋이 빠진 채 멍하니 그녀를 응시하느라 서하 무사가 무슨 말을 했는지도 전혀 듣지 못했다. 왕어언이 말했다.

"절 부축해서 여기 앉혀주세요."

단예가 서둘러 답했다.

"네! 네! 알겠소!"

그는 황공해서 어쩔 줄 몰라 하며 그녀를 부축해 의자에 앉혔다.

왕어언은 두 손을 부르르 떨며 몸에 걸친 옷을 가까스로 잡아당겼다. 곧이어 고개를 숙인 채 뭔가를 곰곰이 생각하다 한참 후에 입을 열었다.

"저자는 자신의 무공 기교를 드러내지 않았어요. 전… 전 어찌해야 물리칠 수 있을지 모르겠어요."

"보통 실력이 아닐 것이오. 그렇지 않소?"

"조금 전 당신과 겨룰 때 모두 17종류의 다른 문파 무공을 펼쳤어요."

단예가 의아한 듯 물었다.

"뭐요? 그 짧은 시간에 17종류의 다른 무공을 펼쳤단 말이오?"

"그래요. 저자가 조금 전에 단도를 사용해 당신을 꼼짝 못하게 만든 상태에서 동쪽으로 일도를 벤 것은 소림사의 항마도법降摩刀法이고, 서쪽으로 일도를 가른 것은 광서廣西 여산동黎山洞 여黎 노인의 자도십팔로柴刀十八路예요. 그리고 회전을 하면서 깎아친 그 일도는 강남 사가史家의 회풍불류도回風拂柳刀예요. 그다음 연이어 펼친 십일도十一刀는 모두 11종 문파의 도법이에요. 후에 칼등으로 당신 어깨를 두드린 건 영파寧波 천동사天童寺의 심관心觀 노화상이 창안한 자비도慈悲刀인데 적을 제압만 하고 죽이지는 않는 초식이죠. 그리고 저자가 칼을 당신 목에 가져다 댄 건 현 조정인 대송의 금도金刀 양영공楊令公[7]이 전장에 나가 적을 사로잡을 때 썼던 초식인 후산삼절초後山三絶招 중 하나예요. 원래는 자루가 긴 대감도大砍刀로 펼치는 초식인데 저자는 단도로 바꿔서 사용한 거예요. 마지막에 발을 날려 당신을 곤두박질치게 만든 건 바로 서하 회인回人들의 탄퇴彈腿예요."

그녀는 일초 일초를 마치 훤히 꿰뚫고 있다는 듯 그 원류 문파까지 모조리 설명했지만, 이 방면에 문외한인 단예는 어리둥절하며 끼어들 자리가 없어 듣고만 있을 뿐이었다.

왕어언은 고개를 돌려 한참을 생각하다 말했다.

"당신은 적수가 되지 못해요. 패배를 인정하세요."

"난 벌써 인정했소."

그러고는 목청 높여 외쳤다.

"이봐요! 난 어찌해도 당신한테 이길 수 없소. 노형, 여기서 그만두는 게 어떻겠소?"

그 서하 무사가 냉랭하게 웃었다.

"네 목숨을 살려두는 건 어렵지 않다. 다만 한 가지 조건이 있다."

단예가 재빨리 물었다.

"무슨 조건이오?"

"오늘 이후로 내 얼굴을 보기만 하면 바닥에 엎드려 나한테 고두삼배를 하고 큰 소리로 외쳐야 한다. '어르신! 소인의 개 같은 목숨을 살려주십시오!'"

단예는 그 말을 듣고 화가 치밀어올랐다.

"선비는 죽일 수는 있어도 욕되게 만들어서는 안 되는 법이오. 나더러 당신한테 고두를 하고 애걸복걸을 하라니 어림없는 생각 마시오. 날 죽이려면 지금 당장 죽이시오!"

"정말 죽음이 두렵지 않으냐?"

"죽음이야 당연히 두렵소. 허나 당신을 볼 때마다 무릎을 꿇고 고두를 하라니 말이나 되는 소리요?"

그자가 차갑게 웃었다.

"날 볼 때마다 무릎을 꿇고 고두를 한다고 해도 너한테 억울할 것은 전혀 없다. 내가 만일 훗날 중원의 황제가 된다면 어차피 넌 날 보고 무릎 꿇고 고두를 해야 할 것 아니겠느냐?"

왕어언은 그가 '내가 만일 훗날 중원의 황제가 된다면'이라고 한 말을 듣고 속으로 두려움이 느껴졌다.

'어찌 저자도 그 말을 하는 거지?'

단예가 말했다.

"황제를 보고 고두를 하는 건 또 다른 문제요. 그건 예를 행하는 것이지 용서를 구하는 건 아니지 않소?"

"그 말은 그럼 내가 제시한 조건에 응하지 않겠다는 것이냐?"

단예는 고개를 절레절레 흔들었다.

"미안하기 짝이 없지만 그 조건은 받아들일 수 없소. 부탁이니 노형께서 조금만 양해해주시오."

"좋다. 그럼 내려와라. 단칼에 죽여주마."

단예는 왕어언을 힐끗 쳐다보자 마음이 괴로웠다.

"굳이 날 죽이겠다면 달리 방법이 없소. 다만 나도 한 가지만 부탁할 것이 있소."

"무엇이냐?"

"여기 이 낭자는 지금 기독奇毒에 중독되어 사지의 기력이 모두 빠진 상태라 당장 걸을 수가 없소. 허니 당신이 편의를 봐주어 이 낭자 집인 태호의 만타산장까지 바래다주시기 바라오."

그자는 깔깔대고 웃었다.

"내가 왜 그런 편의를 봐줘야 하느냐? 서하의 정동대장군께서 하달하신 군령에 따르면 저 박학다식한 낭자를 생포해오는 자는 누구든 황금 1천 냥을 상으로 내리고 만호후萬戶侯에 봉한다고 했다."

"이럽시다. 내가 서찰 한 통을 써줄 테니 당신이 이 낭자를 집까지 바래다준 다음 그 서찰을 지니고 대리국으로 가서 황금 5천 냥을 받아가시오. 만호후 역시 착오 없이 봉해드릴 것이오."

그자는 껄껄대며 큰 소리로 웃었다.

"내가 세 살짜리 어린애인 줄 아느냐? 네가 뭐라고? 네 녀석이 쓴 서찰 한 통을 가지고 나한테 황금 5천 냥에 만호후의 관직까지 봉하게 할 수 있다고?"

단예는 그런 조치로는 남이 믿기 힘들 거라고 생각했다. 그는 달리 방법이 없자 두 손을 연신 비벼대며 말했다.

"그… 그럼… 어찌합니까? 이 한 몸 죽는 거야 아쉬울 것 없지만 만일 이 낭자가 타향을 유랑하다 비적들 손에 들어간다면 난 죽어도 속죄하지 못할 것이오."

왕어언은 진심을 다한 그의 말을 듣고 자기도 모르게 감동을 받아 큰 소리로 서하 무사를 향해 말했다.

"이봐요, 나한테 무례한 짓을 하면 우리 사촌 오라버니가 와서 복수해줄 거예요. 그럼 당신네 서하국은 발칵 뒤집혀서 사람들은 물론 개나 닭까지 불안에 떨게 될 거예요."

"사촌 오라버니가 누구더냐?"

"우리 사촌 오라버니는 중원 무림에서 명성이 자자한 고소모용의 우두머리인 모용 공자예요. '상대가 쓴 방법을 상대에게 펼친다.' 아마 당신도 이 말은 들어봤을 거예요. 나한테 함부로 하면 그분이 당신한테 열 배로 갚아주실 거예요."

그자가 냉랭하게 웃었다.

"모용 공자가 만약 너와 저 기생오라비 같은 녀석이 그토록 다정한 것을 보면 어찌 널 위해 복수를 하겠느냐?"

왕어언이 만면에 홍조를 띠며 말했다.

"허튼소리 말아요. 난 저 단 공자하고 아무런 관… 관계도 아니에요…."

그녀는 재빨리 말을 돌렸다.

"이봐요, 장군 나리! 존성대명이 어찌 되시죠? 나한테 말해줄 수 있나요?"

"말 못할 게 뭐 있겠느냐? 본관은 이름을 숨기지 않는다. 난 서하의 이연종李延宗이다."

"음… '이'씨로군요. 그건 서하의 국성이죠."

"어찌 국성일 뿐이겠느냐? 난 정충보국精忠報國으로 요나라를 삼키고 송나라를 멸할 것이며, 또한 토번을 제거하고 대리를 합병할 것이다."

단예가 나서서 말했다.

"귀하는 아주 대단한 포부를 지니신 것 같소. 이 장군, 들어보시오. 당신은 각 문파의 절예에 정통하니 무공을 연성해 천하제일이 되는 건 결코 어려운 일이 아닐 것이오. 다만 천하를 통일하는 문제는 무공이 천하제일이라 해서 가능한 일이 아니오."

이연종은 비웃으며 아무 대답도 하지 않았다.

왕어언이 말했다.

"무공으로 천하제일이 되려면 당신은 아직 부족해요."

이연종이 말했다.

"어찌 그리 보는 것이냐?"

왕어언이 말했다.

"제 개인적인 견해로는 당대에 단 두 사람의 무공이 당신보다 위에 있어요."

이연종이 한 걸음 앞으로 내딛으며 고개를 위로 들어 물었다.

"두 사람이라니?"

"첫 번째는 개방의 전임 방주인 교봉, 교 방주예요."

이연종이 차갑게 비웃었다.

"명성은 있으나 아직 명실상부한 것은 아니다. 두 번째는?"

"두 번째는 우리 사촌 오라버니인 강남의 모용복, 모용 공자예요."

이연종은 고개를 절레절레 흔들었다.

"그자 역시 꼭 그렇다고 볼 수 없다. 한데 교봉을 모용복보다 첫 번째로 꼽은 것은 공과 사를 구별해 그리한 것이냐?"

"무슨 공과 사를 구별한다고 그러죠?"

"만일 공적인 것이라면 네가 교봉의 무공을 모용복보다 확실히 위에 있다고 보기 때문인 것이고, 만일 사적인 것이라면 모용복이 너와 친척 간이니 가족이 아닌 사람을 먼저 꼽은 것이라는 얘기다."

"공적으로나 사적으로 모두 같아요. 난 당연히 우리 사촌 오라버니가 교 방주를 이기기 바라죠. 다만 지금 당장은 불가능해요."

"당장은 불가능하겠지만 교봉이 정통한 것은 단지 한 문파의 무예일 뿐이다. 네 사촌 오라버니는 천하 무학을 두루 알고 있어 장차 그 기예가 나날이 발전할 것이므로 천하제일이 될 수 있을 것이다."

왕어언이 한숨을 푸욱 내쉬었다.

"그래도 그렇게는 안 돼요. 다가오는 장래의 천하제일은 아마 여기이 단 공자일 거예요."

이연종은 고개를 뒤로 젖혀 큰 소리로 깔깔대고 웃었다.

"농도 아주 그럴듯하게 하는구나. 저 책벌레는 네 지시를 받고 능파미보 하나 배운 것에 불과하지 않더냐? 설마 머리를 감싸쥐고 쥐새끼처럼 도망가다가 거북이가 목을 움츠리듯 목숨을 건지는 실력을 가지고 천하제일이라 말하는 것은 아니겠지?"

왕어언은 이렇게 말하고 싶었다.

'단 공자의 능파미보 무공은 내가 가르쳐준 것이 아니에요. 그의 웅후한 내력과 탄탄한 기초를 따라갈 사람은 없어요.'

그러나 생각을 바꿨다.

'저자는 도량이 좁은 사람 같다. 만일 내가 사실대로 말하면 아마 단 공자를 죽여버리고 말 것이야. 차라리 저자를 자극해봐야겠어.'

"단 공자가 제 지시대로 열심히 무공을 연마한다면 3년 후쯤 교 방주를 능가하진 못해도 귀하를 능가하는 것쯤은 식은 죽 먹기예요."

"좋다. 낭자 말을 믿어보겠다. 훗날의 화근을 남기느니 오늘 단칼에 죽이는 게 낫지. 단 공자, 내려와라! 널 죽여야겠다."

단예가 다급하게 고개를 가로저었다.

"당연히 내려가지 않을 것이오. 다… 당신도 올라오지 마시오. 서로 잘못되지 않으려면…."

왕어언은 괜한 재주를 피우려다 그자를 자극하지도 못하고 괜히 일을 그르칠 줄은 생각지도 못했다. 그녀는 하는 수 없이 냉랭하게 웃었다.

"이제 보니 두려운 거로군요. 3년 후에 당신을 능가할까 봐 두려운 거예요."

"격장지계激將之計를 써서 저놈의 목숨을 부지하게 만들려 하는구나. 하하… 나 이연종이 누군데 어찌 그런 하찮은 수작에 넘어갈 수 있겠느냐? 저놈을 살려두는 건 어렵지 않으나 아까 말했듯이 날 만날 때마다 고두를 하고 용서를 빈다면 절대 죽이진 않을 것이다."

왕어언이 단예를 힐끗 쳐다봤지만 고두를 하고 용서를 비는 행동은 절대 할 것 같지가 않았다. 당장 중요한 것은 목숨을 구하는 일뿐이라 나지막이 물었다.

"단 공자, 공자 손가락의 검기가 어떨 때는 영험하다가 어떨 때는 신통치가 않은 건 무슨 이유 때문이죠?"

"나도 모르겠소."

"있는 힘을 다해 다시 한번 시도해보세요. 검기로 그의 오른팔을 찔러 저 단도부터 뺏은 다음 저자를 꽉 안고 육양융설공을 펼쳐서 저자의 공력을 없애버리는 거예요."

단예가 의아한 듯 말했다.

"육양융설공이라니 무슨 말이오?"

"전에 만타산장에서 엄 마마를 제압하고 절 구할 때 대리단씨의 신공을 펼쳤다고 했잖아요?"

단예는 그제야 기억이 났다. 그날 왕어언이 자신의 북명신공을 무림인이라면 언급하기 싫어하는 화공대법으로 알고 있어 순간 해명할 겨를이 없자 그게 대리단씨의 가전 무학인 육양융설공이라고 둘러댄 적이 있었다. 입에서 나오는 대로 얘기하다 보니 벌써 잊어버리고 있었건만 천하 각 문파의 무공에 관해 기억하지 못하는 게 전혀 없는 왕어언이 그런 대단한 신공에 대해서는 오죽했겠는가?

단예는 고개를 끄덕였다. 속으로 그 방법 외에는 달리 방도가 없다고 생각했지만 그 요결에 대해서는 전혀 자신이 없었던 터라 어찌 됐건 거의 희망이 없다 할 수 있었다. 그는 옷매무시를 단정하게 하고 말했다.

"왕 낭자, 재하가 무능하여 낭자를 댁까지 바래다주지 못하는 점에 대해서는 실로 부끄럽고도 유감스럽게 생각하오. 훗날 낭자가 댁까지 돌아가 사촌 오라버니와 혼례를 올리면 만타산장에 재하가 심어놓은 산다화 옆에 술 몇 잔 부어주시는 것만 기억해주시오. 그럼 그것으로 낭자를 위한 축하주를 마신 셈 칠 것이오."

왕어언은 자신이 훗날 사촌 오라버니와 혼인을 할 것이라는 단예의 말에 무척 기쁘기는 했지만 그가 이대로 죽임을 당한다고 생각하니 마음속으로 처연한 생각이 들었다.

"단 공자, 목숨을 구해준 은혜는 제가 평생토록 잊지 않겠어요."

단예는 생각했다.

'훗날 당신이 모용 공자와 혼인하는 모습을 내 눈으로 직접 보게 된다면 난 크나큰 상심에 발광을 하며 괴로워할 테니 어차피 목숨을 부지하긴 어려울 것이오. 차라리 오늘 당신을 위해 죽는 것이 마음이 더 편할지도 모르겠소.'

이런 생각을 하다 고개를 돌려 그녀를 향해 가벼운 미소를 짓고는 한 걸음 한 걸음 사다리 계단을 타고 내려갔다. 문득 이런 생각이 뇌리를 스치고 지나갔다.

'내가 이렇게 사지로 걸어가는 모습을 완 누이가 봤다면 그녀는 날 붙잡고 놓아주지 않았을 텐데… 아마 나와 함께 죽겠다고 나섰을 것이다. 왕 낭자처럼 저렇게 아무렇지 않은 듯 태연자약하진 않았겠지….'

단예는 사다리 밑으로 내려가 이연종을 노려보며 말했다.

"이 장군, 날 죽이지 않으면 안 되겠다 했으니 어서 손을 쓰시오!"

이 말을 하고 걸음을 앞으로 내딛었다. 능파미보를 펼쳐간 것이다. 이연종은 단도를 휘둘러 삼도를 베어갔다. 이때 펼친 초식 역시 세 종류의 다른 문파 도법이었다.

왕어언도 그리 기이하게 여기지는 않았다. 각종 병기들 중 칼을 이용한 도법을 펼치는 문파가 가장 많았던 터라 무학에 일가견이 있는 사람이라면 연이어 칠, 팔십초를 펼칠 때는 어느 특정 문파의 도법을 두 번째 초식에까지 중복해 펼치지 않을 수도 있기 때문이었다. 단예가 능파미보를 펼치기 시작하자 그 변화는 정교하고 기이하기 이를 데 없었다.

이연종은 그의 도세로 단예를 가두기 위해 몇 번씩이나 그를 에워쌌지만 어찌 된 일인지 그는 귀신처럼 테두리 밖으로 벗어나곤 했다. 단예가 의외로 오래 버티는 것을 본 왕어언은 속으로 약간의 희망을 품기 시작했다. 그가 기이한 능력을 발휘해 위기를 벗어나기만 바랐던 것이다.

단예는 암암리에 공력을 돋우어 오른손 다섯 손가락으로 동시에 진기를 쏘아내려 했지만 웬지는 몰라도 매번 팔에서 멈추었다가는 이내 다시 들어가버렸다. 진기는 여전히 의지대로 운행된다 해도 내력 운용법을 연마한 적이 없었기에 속으로 두렵고 초조한 상태가 아닌 경우에는 경력이 쏟아져 나오지를 않았던 것이다. 그나마 이제 숙달 단계에 이른 능파미보는 거침이 없었기에 이연종이 아무리 빨리 칼을 휘둘러도 시종 그의 몸을 벨 수가 없었다.

이연종은 그가 해괴하기 짝이 없는 지력으로 서하의 고수들을 연달아 죽이는 모습을 봤기에 그가 또 손가락을 이리저리 내뻗는 것을 보고 뭔가 다른 수작을 부리는 것으로 생각했다. 그가 내력을 펼쳐내지 못한다는 걸 모르고 사술을 펼치기 전에 행하는 주문 같은 것으로만 알았던 것이다. 그가 제반 요령들을 한데 모아 주문을 모두 외우고 나면 상대를 죽이는 무형의 사술을 펼쳐낼 것이라 생각하자 머리가 쭈뼛 서지 않을 수 없었다.

'저 녀석의 저 기이한 각법脚法을 제외한 다른 무공들은 극히 평범하지만 그 무형의 사술만은 무시무시하지 않았던가? 그렇다면 저놈이 사술을 펼치기 전에 죽여야만 한다. 허나 놈의 각법이 워낙 빨라 이 칼로는 도저히 벨 수가 없으니 어찌하면 좋단 말인가?'

이런 생각을 하는 동안 별안간 묘안이 떠오른 듯 갑자기 손을 뒤로 뻗쳐 물레방아를 향해 일장을 날렸다. 그러고는 큼지막하게 부순 나무 물레날개를 왼손으로 들어 단예의 다리를 향해 집어던졌다. 그러나 바람처럼 능파미보를 펼치고 있던 단예가 그가 던진 나뭇조각에 맞을 리는 없었다. 이연종은 주먹을 날리고 일장으로 베어가며 방앗간 안에 있는 각종 집기들과 용기, 대나무 체와 쌀 포대 등을 모조리 부수어 손에 움켜쥐고 단예의 발밑을 향해 마구 내던졌다.

방앗간 안에는 이미 10여 구의 시신들이 어지럽게 널려 있었다. 거기에 깨진 집기들이 수없이 더해졌으니 단예가 발을 디딜 곳이 어디 있겠는가? 그의 능파미보는 마치 바람이 수면 위를 지나듯 진퇴가 우아하게 이루어져야 제대로 펼칠 수 있었지만 이젠 한 걸음 걸을 때마다 장애물이 방해를 하니 발에 걸리지 않으려면 시신의 머리와 몸을 밟을 수밖에 없는 지경이 되어 버렸다. '능파미보'가 시체를 밟고 뒷걸음질치는 '답시궐보踏屍蹶步'로 바뀌어버렸으니 '시원한 바람이 불어오듯 자유롭게 나부껴라' 같은 요결을 어찌 펼쳐낼 수 있겠는가? 그는 잠깐이라도 걸음을 늦추면 목숨을 잃는다는 사실을 알고 있었기에 아예 바닥도 보지 않고 숙련된 각법에 의해서만 걸었다. 한 걸음은 높게, 다음 걸음은 낮게, 그리고 발바닥에서 이상한 괴성이 들리거나 발가락 끝에 이상한 물체가 밟혀도 전혀 신경 쓰지 않았다.

왕어언 역시 뭔가 잘못됐다고 느껴 소리쳤다.

"단 공자, 어서 대문 밖으로 달려가 알아서 도망가세요. 여기서 저자와 계속 싸우다가는 목숨을 부지하지 못할 거예요."

단예가 소리쳤다.

"나 단가가 누군가에게 죽임을 당하지 않고서는 상상도 못할 일이오. 내 숨이 붙어 있는 한 응당 낭자를 보호할 것이오."

이연종이 냉소를 머금었다.

"무공 실력은 형편없어도 정은 많은 놈이로구나. 왕 낭자에 대해 그토록 깊은 정과 두터운 사랑이 있다니 말이다."

단예가 고개를 절레절레 흔들었다.

"아니오. 아니오! 왕 낭자는 신선 같은 존재인데 이 단예 같은 일개 범부가 어찌 감히 정을 논하고 사랑을 얘기할 수 있겠소? 왕 낭자는 날 존중하는 마음에 함께 그녀 사촌 오라버니를 찾으러 오겠다고 하였으니 난 그 지우지은知遇之恩에 보답하려는 것뿐이오."

"음… 낭자가 널 따라온 것이 낭자 사촌 오라버니 모용 공자를 찾기 위해서라고? 그럼 저 낭자 마음속에 너란 존재는 전혀 없다는 게로구나. 그런 허황된 망상은 마치 두꺼비가 백조를 먹으려 하는 것과 같은 과욕에 불과한 것 아니더냐? 하하… 하하…! 정말 가소롭도다."

단예는 결코 동요하지 않고 정색을 했다.

"그렇다면 내가 두꺼비고 왕 낭자는 백조라는 말이니 아주 적당한 비유인 것 같소. 허나 나란 두꺼비는 다른 두꺼비와 달라서 백조를 몇 번 보는 것만으로도 만족할 뿐 그 외 다른 생각일랑 전혀 없소."

이연종은 '나란 두꺼비는 다른 두꺼비와 다르다'란 그의 말을 듣자 웃음을 참지 못하고 큰 소리로 웃어젖혔다. 그런데 한 가지 이상한 점은 그가 그토록 큰 소리로 웃는데도 불구하고 그의 얼굴 근육은 여전히 경직된 상태 그대로였고 웃는 티가 조금도 나지 않는다는 것이었다. 단예는 전에 연경태자가 이런 식으로 말을 하면서 입술조차 움직이지 않는 걸 본 적이 있었던 터라 이연종의 용모가 괴이하긴 했지만 그리 이상하다 느끼지는 않았다.

"목석처럼 무표정한 얼굴만 들어 당신을 연경태자와 비교한다면 많이 모자라다 할 수 있소. 그의 제자가 되기도 부족할 것이오."

"연경태자가 누구냐?"

"대리국의 고수 중 하나요. 그의 무공에 비하면 당신 무공은 한참 부족하지."

사실 단예는 남들 무공의 고저를 판별한 능력은 없었지만 어차피 얼마 안 있어 그의 손에 죽을 생각을 하니 듣기 싫은 말 좀 몇 마디 더 해서 화나게 만드는 것도 괜찮다고 생각했다.

이연종이 차갑게 비웃었다.

"흥! 내 무공의 고강한 정도를 너 같은 녀석이 어찌 분간해낸다는 말이냐?"

그는 입으로 이 말을 하면서 손으로는 단도를 이리저리 마구 휘둘러 더욱 세차게 몰아붙였다.

왕어언은 단예가 몸을 휘청거리면서 발걸음이 아래위로 흔들려 궁

142

지에 빠진 상황을 보고 소리쳤다.

"단 공자, 어서 문밖으로 나가요. 날 보호하려면 문밖에 있어도 똑같아요."

"당신은 꼼짝도 하지 못하는데 여기 혼자 남겨두고 가면 안심이 되질 않소. 더구나 여긴 시체들이 널려 있소. 당신 같은 아녀자가 얼마나 무섭겠소? 그냥 여기서 당신 곁에 있는 게 낫소."

왕어언은 한숨을 내쉬며 생각했다.

'정말 바보 같은 사람이야. 내가 시체를 무서워하는지 안 하는지는 돌보면서 자신이 곧 있으면 목숨을 잃는다는 생각은 안 하다니.'

그때 단예는 발밑에 이런저런 것들이 걸리면서 상대의 칼끝에 정수리와 몸 주변이 몇 번씩이나 털끝만큼의 차이로 스쳐 지나갔다. 그는 진작부터 겁에 질려 벌벌 떨면서 끊임없이 생각을 바꾸고 있었다.

'저자가 이렇게 계속 일도를 날리다 내 머리를 반으로 갈라버린다면 그땐 끝장이 아닌가? 대장부라면 굽힐 수도 있고 펼 수도 있어야 하는 법이다. 왕 낭자를 위해 무릎 꿇고 절을 해서 목숨만 살려달라고 애원을 하자.'

속으로는 이렇게 생각했지만 끝내 입에 담을 수 없었다.

이연종이 냉랭한 미소를 지었다.

"보아하니 겁에 질려 달아날 생각뿐이로구나."

"죽고 사는 건 대사 중 대사인데 어느 누가 겁내지 않겠소? 일단 죽고 나면 모든 게 끝이 아니오? 나도 도망치고 싶지만 이제 도망칠 수가 없소."

"어째서?"

"더 말해야 득 될 것이 없소. 내가 하나부터 열까지 셀 테니 그때까지 날 죽이지 못하면 더 이상 귀찮게 하지 마시오. 당신도 날 못 죽이고 나도 당신을 죽일 수 없소. 서로 억지스럽게 숨바꼭질이나 하고 있으면 왕 낭자가 옆에서 보고 얼마나 답답하고 짜증이 나겠소?"

그는 이연종이 동의하는지에 대한 대답도 기다리지 않고 수를 세기 시작했다.

"하나, 둘, 셋….."

이연종이 웃으며 말했다.

"천하에 너처럼 시시한 녀석이 다 있다니. 그야말로 무도武道를 모욕하는 짓이로다."

이 말이 끝나기 무섭게 삼도를 연이어 베어갔다. 단예는 발걸음에 속도를 붙이면서 입으로는 숫자를 더욱 빨리 세기 시작했다.

"일곱, 여덟, 아홉, 열, 열하나, 열둘, 열셋… 이제 끝났소. 내가 숫자를 열셋까지 셌는데도 여전히 날 죽이지 못해놓고 패배를 인정하지 않다니. 내 보기엔 아까부터 배가 고프고 목도 마른 것 같은데 우리 무석성 내 송학루에 가서 한잔하는 게 어떻겠소? 가서 한잔 술에 산해진미나 먹으면 얼마나 한가롭고 즐겁겠소?"

단예는 그만두려 하지 않는 이연종을 술과 음식으로 꾀어볼 생각이었다.

이연종이 생각했다.

'내 평생 수많은 적을 상대해봤지만 저런 녀석은 처음이다. 저 녀석은 영리한 것 같으면서도 아니고, 멍청한 것 같으면서도 그렇지 않아. 무공 역시 고강한 것 같지만 고강하지 않고 보잘것없는 것 같지만 그렇지도 않다. 한마디로 보기 드문 녀석이야. 녀석과 이대로 무의미한 싸움을 지속한다면 어찌 될지 모르는 일이 아닌가? 더구나 조금이라도 부주의하면 저놈의 사술에 걸려 오히려 내가 목숨을 잃을지도 모른다. 다른 계책을 강구해야겠다.'

그는 단예가 왕어언에게 관심이 매우 많다는 걸 알고 대뜸 고개를 들어 누각을 향해 고함을 쳤다.

"아주 좋아. 단칼에 그 계집을 죽여버리고 어서 내려와 날 도와라."

단예는 또 다른 적이 누각에 올라가 왕어언을 위협하는 줄 알고 깜짝 놀라 황급히 고개를 쳐들었다. 딴 데 신경을 쓰느라 그의 발걸음이 약간 느려진 순간 이연종은 횡으로 발길질을 해서 쓰러뜨려 왼발로 그의 가슴을 밟고 목에 단도를 가져다 댔다. 단예는 손을 뻗어 내력을 찍어내려 했지만 이연종이 오른손에 살며시 힘을 가해 그의 목살 안으로 칼날을 수 푼 찔러넣었다.

"어디 움직여봐라. 내 당장 네 목을 베어버릴 것이다."

이때 단예는 누각 위에 적이 없는 것을 보고 빙긋 웃었다.

"이제 보니 날 속인 게로군. 왕 낭자는 아무 이상 없지 않소?"

왕어언은 그가 위험한 지경에 빠졌는데도 불구하고 자신이 무사한 것에 기뻐하는 모습을 보고 외쳤다.

"이 장군, 당신이 단 공자를 죽이고 나면 나도 죽여야만 할 거예요. 그러지 않으면 언젠가 내가 당신을 죽여 단 공자의 복수를 할 테니까."

이연종이 어리둥절해하며 말했다.

"네 사촌 오라버니를 시켜 날 찾아오겠다 하지 않았느냐?"

"우리 사촌 오라버니 무공은 당신보다 위에 있다고 할 수 없어요. 하지만 난 당신을 죽일 자신이 있어요."

이연종이 냉소를 머금었다.

"어찌 그리 보느냐?"

"당신이 무학에 대해 아는 바가 많다 하지만 그래봐야 내 반에도 못 미쳐요. 처음에는 당신의 복잡한 도법을 보고 탄복했어요. 그러나 50초를 본 이후에는 그저 그렇다고 느꼈어요. 얼마 안 되는 당신 재주를 모두 써버렸다고 말하면 너무 무정하다 할지 모르겠지만 어찌 됐건 당신이 아는 바는 나보다 적어요."

"내가 펼친 도법은 지금까지 단 일초도 동일한 문파의 초식이 없다. 한데 네가 어떻게 알고 내가 아는 바가 너보다 못하다 하느냐? 또한 아직 드러내지 않은 수많은 초식이 나한테 있는지 어찌 안단 말이냐?"

왕어언이 말했다.

"조금 전 당신이 청해靑海 옥수파玉樹派의 대막비사大漠飛沙 일초를 펼친 후 단 공자가 빠른 걸음으로 지나갈 때 당신이 태을파太乙派의 우의도羽衣刀 제17초를 펼치고 다시 영비파靈飛派의 청풍서래淸風徐來를 펼쳤다면 진작 단 공자를 쓰러뜨렸을 거예요. 그런데 왜 하필 겉만 번지르르하고 실속도 없는 산서山西의 학가도법郝家刀法을 썼으며 왜 단 공자가 나한테 정신이 팔리도록 속이는 간계를 써서 이겼던 거죠? 내가 볼 때 당신은 도가道家의 명문 도법刀法에 대해서는 전혀 모르고 있어요."

이연종이 그녀의 말에 대꾸했다.

"도가의 명문 도법?"

"그래요. 당신은 아마 도가에는 오로지 뛰어난 검법劍法만 있고 명문 도법이 있다는 걸 모르고 있는 것 같아요. 강함 속에 부드러움이 있는 또 다른 무공을 말이에요."

이연종이 차갑게 웃으며 말했다.

"그 말은 자부심으로 가득하군. 그리 말하는 걸 보니 이 단가한테 깊은 연정을 느끼고 있나 보구나?"

왕어언이 얼굴을 붉혔다.

"무슨 깊은 연정이 있다 그래요? 저분과는 연정 같은 얘기를 논할 사이가 아니에요. 그저 날 위해 죽겠다고 나섰으니 당연히 복수를 해주려고 결심한 것뿐이에요."

"지금 한 말 후회하지 않겠느냐?"

"당연히 후회하지 않아요."

이연종이 흐흐하고 차갑게 웃고는 품 안에서 도자기 병 하나를 꺼내 단예 몸 위에 던졌다. 그리고 스르륵 단도를 칼집에 꽂아넣고 신형이 한번 흔들 하자 그는 이미 문밖으로 나가 있었다. 말 울음소리가 한번 들리고 곧이어 말발굽 소리가 들려오더니 그자를 태운 말은 점점 멀어져가며 그대로 사라져버렸다.

단예는 몸을 일으켜 목에 난 칼자국을 어루만졌다. 여전히 약간의 통증이 느껴졌지만 모든 게 꿈만 같았다. 왕어언 역시 생각지도 못한 듯 보였다. 한 사람은 누각 위에서, 또 한 사람은 누각 밑에서 서로의 얼굴을 이리저리 쳐다보며 기뻐하면서도 어리둥절해했다.

한참 후에 단예가 입을 열었다.

"그자가 갔소."

왕어언 역시 말했다.

17. 오늘의 의미가 되다

"갔네요."

단예가 웃으며 말했다.

"묘한 일이오. 정말 묘한 일이야. 날 죽이지 않고 가다니. 왕 낭자, 낭자가 무학에 대한 조예가 그자보다 깊다 보니 당신이 두려웠던가 보오."

왕어언이 말했다.

"꼭 그렇진 않아요. 그자가 당신을 죽인 다음 다시 단칼에 날 죽여버리면 깨끗하게 끝났을 것 아니겠어요?"

단예가 머리를 긁적거리며 말했다.

"그 말도 맞소. 허나… 허나… 음… 그자가 신선 같은 당신 얼굴을 보고 어찌 감히 죽일 수 있었겠소?"

왕어언은 얼굴을 붉히며 생각했다.

'당신 같은 책벌레는 날 신선이라 여겨도 저런 악랄하기 이를 데 없는 서하 무인이 화용월모花容月貌를 어찌 알아 그런 아량을 베풀겠어요?'

그녀는 뜻밖에도 암암리에 자화자찬을 하고 있다는 생각에 부끄러움을 감출 수 없었다.

갑자기 애교를 부리며 부끄러워하는 그녀의 모습을 본 단예는 연유를 알 수 없었다.

"난 내 목숨을 마다하고 당신을 온전하게 보호하려 애썼는데 뜻밖에도 당신은 당신대로 아무 탈이 없고 내 이 하찮은 목숨도 부지할 수 있게 됐으니 정말 잘됐소."

그는 앞으로 한 걸음 걸어가다 텅 소리와 함께 작은 도자기 병 하나를 땅에 떨어뜨렸다. 바로 이연종이 그의 몸 위에 던져준 것이었다. 그 병을 주워보니 병에 이런 글이 적혀 있었다.

'비소청풍, 냄새를 맡는 즉시 해독.'

단예가 혼자 중얼거렸다.

"비소청풍이 뭐지? 음… 해약인가 보군."

병뚜껑을 열자 견디기 힘들 정도로 지독한 냄새가 콧속으로 들어왔다. 그는 순간 어지럽게 느껴져 몸을 비틀거리다 급히 병뚜껑을 닫으며 외쳤다.

"속았소! 속았어! 냄새가 아주 지독하오! 어물전에 들어갈 때보다 비린내가 더 심한 것 같소."

"제가 맡아볼 테니 줘보세요. 독으로 독을 공격하면 효과를 볼 수 있을지도 몰라요."

"알았소!"

그는 도자기 병을 들고 누각 위로 올라가 말했다.

"냄새가 너무 고약해서 맡기 어렵소. 그래도 맡아보시겠소?"

왕어언이 고개를 끄덕였다.

단예는 병뚜껑을 열어 그녀의 코 밑에 가져다 댔다. 왕어언은 힘껏 냄새를 맡고는 깜짝 놀랐다.

"아유, 냄새가 정말 지독하네요."

단예가 말했다.

"그거 보시오. 내가 쓸모없을 거라 했지 않소?"

이 말을 마치고 도자기 병을 품속에 집어넣으려 했다. 왕어언이 말했다.

"다시 한번 맡아볼게요."

단예는 도자기 병을 다시 그녀의 코 밑에 가져다 대면서도 이 해약이 효과가 있을지에 대해서는 기대하지도 않았다.

왕어언은 이맛살을 찌푸리며 콧구멍을 감싸쥐고 웃었다.

"수족을 움직이지 못하면 못했지 이런 고약한 냄새는 더는 못 맡겠어요… 어? 내 손! 내 손이 움직여요!"

그녀는 자기도 모르는 사이에 오른손을 들어올려 콧구멍을 감싸쥐고 있었다. 그 전까지만 해도 몸에 걸치고 있던 옷을 매무시하는 것만도 그 얼마나 힘들었던가?

그녀는 너무도 기쁜 나머지 단예의 손에서 도자기 병을 받아 다시 힘껏 들이마셨다. 이 지독한 냄새에 확실한 효과가 있다는 걸 안 이상 더는 두려울 것이 없었다. 몇 번을 더 들이마시고 나자 온몸이 축 처지고 무기력한 느낌은 점차 사라져버렸다.

"잠깐 내려가 계세요. 옷 좀 갈아입어야겠어요."

단예가 재빨리 답했다.

"네, 네!"

그러고는 빠른 걸음으로 내려가보니 바닥에는 온통 시체들이 널려 있었다. 그 농가 젊은이 한 쌍 외에 나머지를 모두 자기 손으로 죽였다고 생각하니 가슴속으로 끝없는 회한이 몰려와 스스로를 원망하고 한탄했다. 서하 무사 하나가 여전히 눈을 커다랗게 부릅뜨고 노려보는데 말 그대로 죽어서도 눈을 감지 못한 것이었다. 그는 깊이 읍을 하고 말했다.

"내가 노형을 죽이지 않았다면 노형이 날 죽였을 것이오. 그럼 여기서 눈을 부릅뜨고 노려보는 사람은 노형이 아니라 이 단예가 됐겠지. 재하도 어쩔 수가 없었소. 마음속으로는 매우 송구스럽게 생각하고 있으니 훗날 대리로 돌아가면 필히 고승을 초빙해 염불을 외고 인형 여러분들을 제도濟度[8]하도록 하겠소."

그는 고개를 돌려 그 농가 젊은이 남녀 시체를 한번 쳐다본 후 다시 여러 서하 무사들 시체를 향해 말했다.

"당신들이 죽이려 했던 사람은 나였고, 잡으려 했던 사람은 왕 낭자였는데 어찌 무고한 생명들을 해친 것이오?"

왕어언은 옷을 갈아입은 후 젖은 옷을 들고 사다리를 내려왔지만 여전히 손발이 시큰하고 힘이 없었다. 그녀는 단예가 바닥에 널린 시체들을 향해 끊임없이 중얼거리는 모습을 보고 방긋 웃었다.

"지금 뭐라고 그러는 거예요?"

단예가 말했다.

"내가 이 많은 사람을 죽였으니 마음이 편치 않소."

왕어언은 머뭇거리다 말했다.

"단 공자, 그 이가라는 서하 무사가 저한테 왜 해약을 줬을까요?"

단예가 말했다.

"그건… 그건… 나도 잘 모르겠소… 어… 알았다. 그… 그자는…."

그는 '그자'라는 말만 연이어 내뱉을 뿐이었지만 원래는 이런 말을 이어서 하려고 했다.

'그자는 당신한테 연모의 감정이 솟아났던 거요.'

그러나 그렇게 거칠고 우악스럽기 짝이 없는 일개 서하 무사가 왕어언에게 연심이 솟아났다고 말하면 이 어찌 가인에 대한 무례라 할 수 있지 않겠는가? 그녀가 빼어난 미모를 지니고 있다 보니 누구든 아름다운 것을 사랑하는 마음을 갖는 것은 당연한 일이겠지만 사람들마다 하나같이 그녀를 연모한다면 그녀에 대한 이 단예의 연정이 뭐 그리 진귀하다 할 수 있겠는가? 그럼 나 단예 역시 천하의 평범한 남자들과 다를 것이 없다는 말이 아닌가? 에이, 그녀를 위해 기꺼이 죽겠다고 한 것이 뭐 그리 대단하다고. 하물며 난 그녀를 위해 죽은 것도 아니지 않은가? 여기까지 생각하다 말을 이었다.

"나… 나도 모르겠소."

"또 다른 서하 무사들 무리가 들이닥칠지 몰라요. 이곳을 빨리 빠져나가는 게 좋겠어요. 어디로 가면 좋을까요?"

마음속으로는 당연히 사촌 오라버니를 찾으러 가길 원했지만 그렇게 단도직입적으로 말을 내뱉기에는 왠지 낯이 뜨겁게 느껴졌다.

단예는 그녀의 심사를 아주 정확히 파악하고 있었다.

"어디로 가면 좋겠소?"

이 질문을 하면서도 마음이 쓰리고 아팠다. 그녀가 '사촌 오라버니를 찾으러 가야겠어요'라고 말한다면 그 역시 '내가 함께 가겠소' 하며 눈 딱 감고 답할 수밖에 없었다.

왕어언은 수중에 있는 도자기 병을 만지작거리다 얼굴을 붉혔다.

"그게… 그게…."

그러다 한참 후에야 말했다.

"개방의 여러 영웅호한들이 모두 이 비소청풍에 중독됐잖아요? 만일 우리 사촌 오라버니가 여기 있었다면 이 해약을 가져가 그들에게 냄새를 맡게 했을 거예요. 더구나 아주와 아벽도 아직 적들 수중에 있을 테니까…."

단예는 몸을 일으키며 큰 소리로 말했다.

"그렇소. 아주와 아벽 두 낭자가 위험에 처했으니 당장이라도 구할 방법을 생각해봐야 하오."

이미 아벽을 누이로 인정하고 있던 단예는 그녀가 변고를 당했을까 염려되어 속히 가서 구해야겠다고 생각했다.

왕어언은 이런 생각을 했다.

'이건 아주 위험한 일이야. 우리 두 사람 실력만으로 어찌 서하 무사들 수중에 있는 사람들을 구할 수 있겠어? 하지만 아주와 아벽은 사촌 오라버니 심복 시녀인 데다 그 애들이 적 수중에 있는데 구해내지 않을 수는 없지. 모든 건 상황에 따라 처리할 수밖에 없다.'

이런 생각을 하고는 말했다.

"좋아요. 어서 가요!"

단예는 바닥에 널린 시체들을 가리키며 말했다.

"어쨌든 이 사람들은 안장을 해주는 게 옳지 않겠소? 각자 이름이라도 알아볼 수 있게 무덤 위에 묘비도 세워주고 말이오. 그럼 훗날 이들 가족이 유골을 찾아 고향 땅으로 옮기려 할 때도 쉽게 찾을 수 있을 것이오."

왕어언은 큭 하고 웃었다.

"좋아요. 당신은 여기 남아서 장례를 치러주세요. 염殮을 하고, 출빈出殯9을 하고, 부고訃告를 돌리고, 조문을 받고, 제문을 읽어주고, 만련挽聯10을 쓰고, 법사法事를 치르고, 아귀餓鬼한테 시주도 하세요. 그리고 초이레니 두이레니 뭐니에다 칠칠사십구일에 사십구재四十九齋를 지내준 다음 다시 저 사람들 가족들한테 통보해서 고향으로 이장하라고 하세요."

단예는 조소의 의미가 담긴 그녀의 말을 듣자 자신이 생각해도 잘못됐다 느껴 눈웃음을 치며 말했다.

"낭자가 보기에는 어찌해야 좋겠소?"

"불을 질러 깨끗이 태워버리는 게 좋지 않겠어요?"

"그건… 음… 도의에 어긋나는 것이 아니오?"

그는 한참을 머뭇거리다 아무리 생각해도 별다른 대책이 없자 하는 수 없이 불씨를 찾아 방앗간 안의 볏짚에 불을 붙였다. 두 사람이 방앗간 밖에 나오자 삽시간에 불길이 하늘로 오르며 화염에 휩싸여버렸다.

단예는 공손하게 무릎을 꿇고 머리를 조아렸다.

"색신色身은 무상하여 오래 보전할 수 없는 법이오. 여러 인형들께서 오늘 내 손에 목숨을 잃게 된 것은 전생의 업보라 여기고 부디 혼백이라도 극락왕생하여 영원토록 윤회의 고통에서 해탈하시오. 원망은 마시오! 원망은 마시오!"

한참을 이렇게 중얼거리고는 그제야 몸을 일으켰다.

방앗간 밖의 나무에 10여 필의 말이 묶여 있었는데 모두 서하 무사들이 타고 온 것들이었다. 단예와 왕어언은 각자 한 필씩 나눠 타고 큰길을 따라 나아갔다. 그때 저 멀리서 어슴푸레하게 징소리와 함께 시끌벅적한 사람들 소리가 들려왔다. 주변의 농민들이 불을 끄기 위해 달려온 것이다.

단예가 말했다.

"멀쩡한 방앗간이 나 때문에 전소되어 마음이 무척이나 불편하오."

"사람이 왜 그리 나약해요? 또 무슨 말이 그렇게 많은 거죠? 저희 어머니께서는 아녀자일 뿐이지만 일을 행함에 있어서는 무척 명쾌해서 한번 한다면 하는 성격이셨어요. 당신은 사내대장부가 어찌 그리 근심도 많고 소심한 거예요?"

단예가 생각했다.

'당신 어머니는 살인을 밥 먹듯이 하고 인육을 비료로 삼는 사람인데 내가 어찌 그분과 비교될 수 있소?'

이런 생각을 하다 말했다.

"내가 그 많은 사람을 죽이고 또 불을 질러 그 시신들과 방앗간까지 태워버렸으니 지금까지도 가슴이 조마조마하오."

왕어언이 고개를 끄덕였다.

"음… 그건 그래요. 앞으로 익숙해지면 아무렇지 않을 거예요."

단예는 깜짝 놀라 연신 손을 가로저었다.

"그건 절대 안 될 일이오. 살인과 방화는 한 번만으로도 지나친데 그 짓을 다시 하란 말이오?"

왕어언은 그와 어깨를 나란히 하고 말을 타고 가다가 고개를 돌려 그를 바라보고 의아하다는 듯한 표정을 지었다.

"강호에서 살인 방화가 일어나는 게 어제오늘 일이던가요? 단 공자, 공자는 그럼 앞으로 깨끗이 손 씻고 더 이상 강호 일에 간여하지 않을 건가요?"

"우리 백부님과 아버지께서 무공을 가르치려 애쓰셨지만 난 어떻게든 배우려 하지 않았소. 허나 발등에 불이 떨어지다 보니 어쩔 수 없이 배우게 된 것이오. 에이, 이를 어찌하면 좋을지 모르겠소."

왕어언이 빙그레 웃음을 지었다.

"공자는 글공부를 해서 장차 학사學士나 재상宰相 같은 관리가 되는 게 꿈인가요? 그래요?"

"그건 아니오. 벼슬자리에 오르는 것도 별 흥미 없소."

"그럼 뭘 하고 싶은 거예요? 설마 공자도 우리 사촌 오라버니처럼 온종일 황제가 되겠다는 생각을 하고 있는 건가요?"

단예가 이상한 듯 물었다.

"모용 공자가 황제를 꿈꾼단 말이오?"

왕어언의 얼굴이 살짝 붉어졌다. 무의식중에 사촌 오라버니의 비밀을 털어놓았기 때문이다. 그녀는 방앗간 사건으로 단예와 사지를 탈출하고 환난을 함께 겪으면서 그의 성격이 겸손하고 온화하다 느끼자 그 앞에서는 무슨 말이든 할 수 있게 됐다. 그러나 모용복이 오로지 연나라를 재건하겠다는 큰 뜻을 품고 있다는 사실만은 절대 누설할 수 없었기에 재빨리 말을 돌렸다.

"그냥 한번 해본 말이에요. 다른 사람한테는 절대 말하지 말아요. 우리 사촌 오라버니 앞에서 언급하는 건 더더욱 안 돼요. 안 그러면 날 많이 꾸짖으실 거예요."

단예는 한동안 난감해하다 생각했다.

'이렇게까지 쩔쩔매다니… 당신 사촌 오라버니가 꾸짖겠다면 꾸짖으라고 내버려두면 될 일인 것을….'

이런 생각을 하면서 입으로는 이렇게 답했다.

"알았소. 난 당신 사촌 오라버니 일에 괜한 참견을 하고 싶지 않소. 그분이 황제가 된다고 해도 좋고 걸개가 된다고 해도 좋소. 내가 관여할 바는 아니지."

왕어언은 약간 언짢아하는 듯한 그의 말투를 듣고 목소리를 부드럽게 바꾸었다.

"단 공자, 화나셨어요?"

단예는 그녀와 알고 지낸 이래 그녀가 마음속으로 생각하고 입으로 말하는 모든 것이 사촌 오라버니인 모용 공자에 관한 것이었지만 지금 이 순간 처음으로 부드럽고 온화한 어투로 자신에게 호의를 보이며 말하자 자기도 모르게 기분이 좋아졌다. 그는 기분이 너무 좋은 나머지 하마터면 말안장 위에서 떨어질 뻔했다가 황급히 몸을 바로잡고 웃었다.

"아니오. 아니오! 무슨 화가 났다 그러시오? 왕 낭자, 난 평생토록 영원히 당신한테 화를 내지 않을 것이오."

왕어언의 감정은 온전히 그녀의 사촌 오라버니한테 가 있었다. 단예가 비록 목숨을 돌보지 않고 그녀를 구해내긴 했지만 그녀는 목숨을 구해준 은덕에 대해 고마워하고 그의 의협심을 탄복해할 뿐이었다. 그러나 '평생토록 영원히 당신한테 화를 내지 않을 것이오'라고 한 그의 이 말은 말투가 매우 진지해서 마치 맹세를 다짐하는 것 같지 않은가? 그녀는 그제야 문득 깨달았다.

'저… 저 사람이 나한테 사랑 고백을 하는 건가?'

그는 부끄러움을 금할 수 없어 만면에 홍조를 띠며 천천히 고개를 숙이고 나지막이 말했다.

"화가 안 났으면 됐어요."

단예는 속으로 너무나도 기뻐 순간 무슨 말을 하면 좋을지 몰라 주저하다가 잠시 후 말했다.

"난 황제가 되고 싶지도 않고 벼슬을 하고 싶지도 않소. 난 아무것도 되고 싶지 않고 그저 영원히 지금과 같았으면 좋겠소. 그것으로 만족할 뿐 더 이상 바라는 건 없소."

이른바 '영원히 지금과 같았으면'이란 말은 바로 그녀와 말을 타고 나란히 가는 것이었다.

왕어언은 그와 더 이상 말을 나누고 싶지 않았다. 그녀는 그 고운 얼굴이 굳어지더니 대뜸 정색을 하며 말했다.

"단 공자, 오늘 절 구해준 은덕은 영원히 잊지 않겠어요. 하지만 제마음은… 제 마음은 벌써 다른 사람에게 가 있어요. 부디 말씀하실 때 예를 갖추어 훗날 다시 볼 수 있는 여지를 남겨주세요. 그러지 않으면…."

그러지 않으면 어쩌하겠다는 말은 그녀도 쉽게 하지 못했다.

그녀의 이 몇 마디 말에 단예는 무지막지하게 무거운 몽둥이로 뒤통수를 한 대 얻어맞은 듯 눈앞에 별똥이 날아다니는 바람에 하마터면 까무러칠 뻔했다.

그녀의 이 말은 더 이상 명백할 수가 없었다.

'내 마음은 이미 모용 공자한테 가 있어요. 오늘 이후로 연모에 관한 말은 입 밖에 내지 마세요. 그러지 않으면 다시는 당신을 만날 수 없어요. 나한테 은혜를 베풀었다고 마음까지 뺏을 수 있으리란 망상은 갖지 말아요.'

이 몇 마디 말은 결코 과분하지 않았고 단예 역시 그녀의 마음을 모르는 바가 아니었지만 그녀 입으로 직접 그 말을 하자 받아들이기 어려웠다. 그는 왕어언의 표정을 몰래 훔쳐봤다. 그러나 그녀의 엄숙한 얼굴은 대리 석동 안에 있던 옥상과 너무도 똑같아 왠지 모르게 불행이 닥친 듯한 느낌이 들었다.

'단예야, 단예야! 넌 이미 저 낭자를 만난 거야. 그리고 저 낭자에겐 마음에 둔 사람이 있어. 그 때문에 넌 평생 말로 다 표현할 수 없는 고통에 시달리도록 점지되어 있는 거야.'

두 사람은 아무 말 없이 묵묵히 말 머리를 나란히 하고 가면서 그 누구도 입을 열지 않았다.

왕어언이 생각했다.

'저 사람은 아마 화가 나 있을 거야. 그것도 아주 많이. 그래도 그냥 모르는 체하는 게 낫겠어. 지금 내가 먼저 사과를 하면 앞으로도 계속 나한테 쓸데없는 말을 해댈 거야. 그럼 어찌 대처할지도 난감하고 만일 사촌 오라버니 귀에 들어가기라도 한다면 오라버니께서 기분 나빠하실 거야.'

단예 역시 생각했다.

'내가 또 속에 있는 말을 털어놓는다면 어찌 저 낭자한테 불경하고 시시한 놈이 돼 버리지 않겠는가? 지금부터 나 단예는 죽는 한이 있어도 말을 붙이지 않을 것이다.'

왕어언이 생각했다.

'한 마디도 하지 않고 말만 몰아가고 있는 걸 보니 아주와 아벽을 구하려면 어디로 가야 하는지 알고 있나 보다.'

단예 역시 같은 생각을 했다.

'한 마디도 하지 않고 말만 몰아가고 있는 걸 보니 아주와 아벽을 구하려면 어디로 가야 하는지 알고 있나 보다.'

한 식경쯤 지나 두 갈래 길에 당도하자 두 사람은 약속이나 한 듯 동시에 말했다.

"왼쪽이에요? 오른쪽이에요?"

두 사람은 의혹의 눈길을 교환한 후 동시에 말했다.

"길 몰라요? 아이, 난 당신이 아는 줄 알았어요."

이 몇 마디 말이 동시에 튀어나오자 두 사람은 매우 재미있다는 듯 일제히 폭소를 터뜨렸다.

그러나 두 사람은 강호사江湖事에 대해선 문외한이라 잠시 상의를 해봐도 그녀들을 구하려면 어디로 가야 하는지는 알 수가 없었다. 마침내 단예가 말했다.

"그들이 잡아간 개방 사람들 숫자가 적지 않소. 따라서 죽이지 않았다면 어딘가에 가두어뒀을 테니 어쨌든 종적을 찾을 수 있을 것이오. 그때 그 행자림으로 돌아가 살펴보고 얘기합시다."

"행자림으로 돌아가자고요? 만일 그 서하 무사들이 거기 남아 있다면 화를 자초하는 일 아닐까요?"

"조금 전 아주 큰 비가 왔으니 모두 가고 없을 것이오. 이럽시다. 낭자는 숲 밖에서 기다리고 계시오. 내가 몰래 들어가서 한번 둘러보겠소. 적이 정말 있다면 오던 길로 도망치도록 합시다."

두 사람은 상의를 통해 단예가 능파미보를 펼쳐 아주와 아벽 두 사람 앞에 달려가 그 고약한 냄새가 나는 해약을 두 사람한테 맡게 해서 해독을 시켜준 다음 다시 구해낼 방법을 생각하기로 입을 맞췄다.

두 사람이 길을 기억해내며 말을 내달리자 얼마 지나지 않아 행자림 밖에 당도할 수 있었다. 두 사람은 말에서 내려 말을 살구나무 한 그루에 묶어놓았다. 단예는 도자기 병을 손에 들고 살금살금 숲 안으로 들어갔다.

숲속은 온통 진흙투성이인 데다 그 위에 살구나무 꽃잎이 떨어져 있었고 풀숲 위에는 물방울이 잔뜩 고여 있었다. 단예가 사방을 둘러봤지만 그 안은 텅 비어 있고 사람이라고는 없었다. 그는 소리쳤다.

"왕 낭자, 아무도 없소."

왕어언은 숲 안으로 들어와 말했다.

"역시 다 갔어요. 무석성 안에 가서 소식을 탐문해봐요."

"그럽시다."

단예는 그녀와 또 말 머리를 나란히 하고 동행한다고 생각하니 좀 더 길을 가야 하지만 속으로는 너무 기뻐 자기도 모르게 웃는 얼굴이 드러나고 말았다.

18

오랑캐와의 은원, 그리고 영웅의 눈물

현자가 느닷없이 큰 소리로 염불을 외었다.

"아미타불! 죄과로다, 죄과야!"

이 말을 내뱉자마자 세 노승은 홀연히 몸을 훌쩍 날리더니 불상 뒤로
돌아가 일제히 교봉을 향해 일장을 날렸다.

두 사람은 말고삐를 당겨가며 천천히 무석 쪽을 향해 나아갔다. 수 마장을 나아가다 돌연 길옆 소나무 위에 시체 한 구가 걸려 있는 게 보였다. 복장을 보니 서하 무사인 것 같았다. 다시 수 마장을 더 나아 가다 산비탈 옆에 또 두 구의 서하 무사 시체가 나타났는데 상처 부위 의 피가 아직 마르지 않은 것으로 보아 죽은 지 얼마 안 된 것 같았다. 단예가 말했다.

"이 서하인들이 적을 만난 것 같은데. 왕 낭자, 누가 죽인 것 같소?"

왕어언이 말했다.

"무공이 극히 고강한 자예요. 사람을 죽이면서 힘도 하나 안 들인 것 같아요. 정말 대단한 솜씨예요. 어? 저쪽에 누가 오는데요?"

큰길 위에 말 두 필이 말 머리를 같이해서 오고 있는데 말 위에 앉 아 있는 사람은 붉은색 옷을 입은 사람과 녹색 옷을 입은 사람이었다. 다름 아닌 아주와 아벽이었다. 단예는 너무 기뻐 소리쳤다.

"아주, 아벽! 아벽 누… 낭자. 빠져나오셨구려! 좋소. 훌륭하오! 아 주 훌륭해!"

네 사람은 말을 몰고 한데 모이자 모두 다 기뻐서 어쩔 줄을 몰라 했다. 아주가 말했다.

"왕 낭자, 단 공자. 어찌 다시 돌아오시는 거예요? 저하고 아벽은 두

분을 찾으러 가는 길이었어요."

단예가 말했다.

"우리도 낭자들을 찾으러 가는 길이었소."

이 말을 하면서 왕어언을 힐끗 쳐다봤다. 그녀와 함께 '우리'라는 말을 할 수 있어 무척이나 영광스럽게 여겨졌던 것이다. 왕어언이 물었다.

"너희들은 어떻게 탈출했니? 그 고약한 냄새가 나는 병이 있었어?"

아주가 웃으며 말했다.

"정말 너무 고약해서 죽는 줄 알았어요, 낭자. 낭자도 그걸 맡으셨어요? 낭자도 교 방주가 구해주셨나요?"

왕어언이 말했다.

"아니. 난 단 공자가 구해줬어. 너희들은 교 방주가 구해줬다고?"

단예는 그녀가 친히 '난 단 공자가 구해줬어'라고 말하자 마치 온몸이 구름 속에 떠 있는 듯 가벼워지고 순간 눈앞이 핑 돌면서 어지러워하마터면 말 등에서 떨어질 뻔했다.

아주가 말했다.

"네. 저와 아벽은 중독이 돼서 혼미한 정신으로 꼼짝도 못하고 있다가 개방 사람들하고 같이 서하인들한테 묶여서 말 등에 걸쳐졌어요. 그렇게 얼마를 가다가 하늘에서 억수 같은 비가 내리자 사람들이 모두 흩어져서 각자 비 피할 곳을 찾아가게 됐고 몇몇 서하 무사들이 저랑 아벽을 저쪽에 있는 정자 안으로 데려가서 비가 멈출 때까지 쉬다가 나왔죠. 바로 그때 뒤에서 누군가 말을 타고 달려왔는데 바로 교 방주였어요. 교 방주는 우리 두 사람이 서하인들에게 묶여 있는 걸 보고 의아해하며 무슨 말을 하려는 순간 나하고 아벽이 소리쳤어요. '교 방주! 살려주세요!' 그 서하 무사들은 교 방주라는 한 마디 말을 듣고 너도나도 무기를 뽑아 그를 향해 죽일 듯 달려갔죠. 결국 어떤 자들은 소나무 위에 걸리고, 어떤 자들은 산비탈 밑에 굴러떨어지고, 어떤 자들은 개울 안에 빠지고 난리가 아니었어요."

왕어언이 웃으며 말했다.

"그럼 그게 조금 전 일이구나. 그렇지?"

아주가 말했다.

"네. 제가 교 방주한테 그랬어요. '교 방주, 우리 자매가 중독됐어요. 수고스럽지만 서하 오랑캐들 몸에서 해약 좀 찾아주세요.' 결국 교 방주가 서하 무사 시체에서 작은 도자기 병 하나를 찾아냈죠. 그 냄새가 어떤지는 말씀드릴 필요 없겠죠?"

왕어언이 물었다.

"교 방주는?"

아주가 말했다.

"교 방주는 개방 사람들이 모두 중독돼서 잡혀 있다는 말을 듣고 구하러 가야겠다면서 황급히 떠났어요. 그분은 또 근심 어린 눈빛으로 단 공자 소식도 물어보셨어요."

단예가 한숨을 내쉬었다.

"우리 의형은 의리를 매우 중히 여기시지요."

그는 아벽을 힐끗 쳐다보며 그녀를 구해내지 못해 미안한 마음이 들었다.

'의형제를 맺든 의남매를 맺든 당연히 의리가 있어야지!'

아주가 말했다.

"개방 사람들은 뭐가 옳고 뭐가 그른지 모르는 것 같아요. 그렇게 훌륭한 방주를 내쫓아버리고 나서 곤욕을 치르고 있으니 말이에요. 당해도 싸요. 제가 볼 때는요, 교 방주가 가서 구할 필요가 전혀 없어요. 고생을 좀 더 하게 놔둬야 해요. 그래도 방주를 내쫓나 어디 봐야겠어요."

단예가 말했다.

"우리 의형은 의리를 매우 중히 여기시는 분이라 남들이 의형을 배반할지언정 본인은 절대 남을 배반하지 않소."

아벽이 물었다.

"왕 낭자. 이제 우린 어디로 가죠?"

왕어언이 말했다.

"나와 단 공자는 너희 둘을 구하러 오는 중이었어. 이제 네 명 모두 무사하니 이보다 더 좋을 순 없지. 개방 문제는 우리와 상관없으니까 이제 너희 집 공자를 찾아 소림사로 가는 게 좋겠다."

아주와 아벽 두 사람 역시 모용 공자를 염려하고 있던 터라 그녀의 이 말을 듣자 일제히 손뼉을 치며 좋아했다. 단예는 속에서 질투심이 끓어올랐지만 겉으로는 유유히 말했다.

"당신들 공자는 나 역시 매우 앙모하고 있어 꼭 한번 뵙고 싶소. 나도 당장 별일이 없으니 당신들을 따라 소림사에 한번 가봐야겠소."

네 사람은 말 머리를 돌려 북쪽으로 향했다. 왕어언은 아주, 아벽 두 사람과 웃고 떠들면서 방앗간에서 무슨 일을 당했고, 단예가 어찌 적을 맞았으며 서하 무사인 이연종이 어찌 목숨을 살려주고 해약을 줬는지 여러 정황들을 상세하게 설명해줬다. 아주와 아벽이 그 말을 듣고 놀라서 어처구니없다는 표정을 지었다.

세 소녀가 재미있는 부분을 말할 때는 깔깔대고 웃다가 때때로 고개를 돌려 단예를 쳐다보며 옷소매로 입을 가렸다. 그러나 함부로 시시덕거리며 웃지는 않았다. 단예는 그녀들이 자신이 했던 바보 같은 짓에 대해 얘기하고 있다는 걸 알고 있었다. 속으로 자신이 추한 꼴을 수없이 보이긴 했지만 결국에는 그래도 왕어언을 보호했기에 자기도 모르게 창피하게 느끼면서도 한편으로는 자부심을 느꼈다. 세 소녀끼리는 저토록 친밀한데 자신은 남처럼 대하는 것을 본 그는 지금도 이러한데 나중에 모용 공자를 만나면 당연히 더 몸 둘 곳 없는 신세가 될 것이라 느껴졌다. 더구나 모용복은 그때 그 포부동이란 자처럼 자신을 가차 없이 쫓아버릴지도 모른다. 설사 쫓아버리지 않는다 해도 자신은 부득불 멀찌감치 피해 있어야 하는 상황이 되지 않겠는가? 이런 생각을 하니 실로 흥미가 확 떨어지고 어찌해야 할지를 몰랐다.

수 마장을 나아가다 커다란 뽕나무 숲을 뚫고 지나자 갑자기 숲 옆에서 소년 둘이 엉엉 울어대는 소리가 들려왔다. 네 사람이 말을 몰고 나아가보니 열네다섯 살 정도 되는 소사미 둘이 피범벅이 된 승포를 입고 있었다. 그중 한 명은 얼굴에 부상까지 입은 상태였다. 아벽이 부드러운 목소리로 물었다.

"소스님, 누가 그런 거예요? 어쩌다 이리 다쳤죠?"

얼굴에 부상을 당한 소사미가 말했다.

"우리 절에 오랑캐 악인들 여럿이 와서 우리 사부님을 죽이고 우리 두 사람을 내쫓았습니다."

네 사람은 '오랑캐 악인'이란 말을 듣고 서로 얼굴을 쳐다보며 생각했다.

'그 서하인들인가?'

아주가 물었다.

"소스님들이 있는 절이 어디죠? 어떤 오랑캐 악인을 말하는 거예요?"

그 소사미가 말했다.

"저희는 천녕사天寧寺 사람들입니다. 바로 저기요….'

이 말을 하고 손가락으로 동북쪽을 가리키며 다시 말했다.

"그 오랑캐들이 백 명이 넘는 걸개들을 끌고 절 안에 비를 피하러 왔다가 술과 고기를 내오라고 하며 닭과 소를 잡아야겠다고 했습니다. 우리 사부님께서 그건 죄과이니 절 안에서 소를 잡는 건 절대 안 된다고 하셨어요. 그러자 그자들이 사부님과 절 안에 있던 10여 명의 사형들을 모조리 죽여버렸습니다. 흑흑… 흑흑….'

아주가 물었다.

"이제 다들 갔나요?"

그 소사미가 뽕나무 숲 뒤에서 모락모락 피어오르는 연기를 가리키며 말했다.

"지금 쇠고기를 삶고 있어요. 크나큰 죄과로다! 보살님께서 보우하시어 저 오랑캐들을 아비지옥阿鼻地獄으로 떨어뜨려주시옵소서.'

아주가 말했다.

"어서 빨리 여길 떠나 멀리 도망가요. 그 오랑캐 놈들한테 붙잡히면 두 사람을 죽여서 먹을지도 몰라요.'

소사미 둘은 깜짝 놀라 비틀거리며 황급히 자리를 떠났다.

아벽이 말했다.

"개방 사람들이 모두 천녕사 안에 갇혀 있는데 교 방주는 무석성 안으로 갔으니 허탕을 치고 말겠어요."

단예가 말했다.

"우리가 개방 사람들을 구해냅시다. 그 고약한 냄새를 맡게 해주면
될 것이오."

교봉이 자신을 구해준 은덕에 감격하고 있던 아주는 갑자기 기상천
외한 생각을 해냈다.

"왕 낭자, 제가 교 방주로 변장한 다음 절 안으로 잠입해 그 고약한
해약을 걸개들이 맡도록 할게요. 그 사람들이 위기에서 벗어나면 분명
교 방주께 고마워할 거예요."

왕어언이 빙그레 웃었다.

"교 방주는 몸집이 큰데 네가 어찌 변장을 하겠다고 그래?"

아주가 웃으며 말했다.

"어려울수록 이 아주의 실력이 돋보이는 거죠."

왕어언이 말했다.

"교 방주로 변장을 한다고 해도 그의 절세 신공까지 흉내 내진 못해.
천녕사 내에는 서하 일품당 고수들이 널려 있는데 네가 어찌 마음대
로 드나들 수 있겠니? 내 생각엔 절에서 잡일을 하는 화공승火工僧이나
채소 파는 노파로 분장을 하면 쉽게 잠입할 수 있을 것 같은데?"

아주가 말했다.

"채소 파는 노파는 재미없어요. 그건 안 할래요."

왕어언은 단예를 바라보고 무슨 말을 하려다 참았다.

단예가 물었다.

"낭자, 무슨 할 말 있으시오?"

왕어언이 말했다.

"단 공자한테 다른 누군가로 변장해서 아주와 함께 천녕사에 들어가도록 청하려고 했지만 생각해보니 적절치 않다고 느꼈어요."

"나더러 누구로 변장하라는 것이오?"

"개방의 영웅들은 의심병이 많아서 우리 사촌 오라버니와 교 방주가 암암리에 결탁해 마 부방주를 죽였다고 누명을 씌우고 있어요. 만약… 만약… 우리 사촌 오라버니와 교 방주가 가서 그들을 구출해낸다면 그들도 더 이상 의심을 하지 않을 거예요."

단예는 질투심이 느껴졌지만 꾹 참고 말했다.

"나더러 낭자 사촌 오라버니로 변장을 하라는 것이오?"

왕어언이 얼굴을 붉히며 말했다.

"천녕사 안에 있는 적들은 고강한 자들이에요. 두 사람이 그렇게 변장하고 들어가도 매우 위험할 거예요. 그냥 들어가지 않는 게 좋겠어요."

단예는 생각했다.

'당신이 시키는 것이라면 난 뭐든 하겠소. 분골쇄신을 해서라도 사양치 않을 것이오.'

문득 이런 생각이 들었다.

'내가 왕 낭자의 사촌 오라버니로 변장하면 나에 대한 태도도 약간 달라질지 모른다. 그럼 나한테 잠깐이라도 상냥하게 대하는 상황을 누릴 수 있으니 그것도 괜찮지.'

이런 생각도 들었다.

'단예야, 단예야. 넌 정말 뻔뻔스러운 소인배로구나. 남의 신분을 빌려 여인의 마음을 훔치려 하다니. 이 어찌 비열한 짓이 아니더냐? 하지만 왕 낭자는 속으로 내가 그녀의 사촌 오라버니로 변장하길 바라고 있어. 가인의 명을 어찌 따르지 않을 수 있겠어?'

이런 생각을 하고 말했다.

"위험할 게 뭐 있겠소? 줄행랑을 놓는 게 이 단예가 자랑하는 장기 아니오?"

"제가 적절치 못하다고 말한 건 우리 사촌 오라버니가 적을 아주 손쉽게 해치울 뿐 줄행랑을 친 적이 없기 때문이에요."

단예는 그 말을 듣자 한 줄기 싸늘한 기운이 정수리를 타고 밑으로 덮쳐 내려갔다. 그는 생각했다.

'당신 사촌 오라버니는 대영웅이자 대호걸이니 내가 그 사람으로 변장할 자격이 없지. 그를 흉내 냈다가 사람들 앞에서 추한 꼴을 보이기라도 하면 그의 명성에 먹칠을 하는 꼴이 될 테니 말이다.'

아벽은 단예가 의기소침해하는 모습을 보고 위안을 했다.

"적은 숫자가 많고 우리는 적으니까 잠시 물러나 있는 것도 상관없어요. 우린 사람을 구하려는 것뿐이지 무공을 겨루려는 게 아니니까요."

아주는 예쁜 두 눈으로 단예를 아래위로 훑어보다 고개를 끄덕이며 말했다.

"단 공자, 우리 모용 공자로 변장하는 건 원래 쉽지가 않아요. 하지만 다행히 개방 사람들은 우리 공자의 본모습이나 그분의 목소리와 웃는 모습이 어떠한지 모르니까 대충만 해도 될 것 같은데요."

단예가 말했다.

"낭자는 능력이 있으니 교 방주로 변장하는 것이 적합하오. 안 그랬다가는 교 방주를 아침저녁으로 봐왔던 개방 사람들한테 약간의 허점만 있어도 꼬리를 밟히고 말 것이오."

아주가 빙긋 웃었다.

"교 방주는 건장하고 잘생긴 사람이라 변장하기가 오히려 쉬워요. 우리 집 공자는 공자와 몸매가 비슷하고 나이도 큰 차이 없는 데다 둘다 곱게 자란 도련님에 글공부를 한 선비라 단 공자 본래의 모습을 버리고 모용 공자로 변하라고 하는 게 훨씬 더 어렵죠."

단예가 탄식을 하며 말했다.

"모용 공자는 인중용봉人中龍鳳[11]이라 할 수 있는 뛰어난 인재인데 어찌 남이 그대로 흉내를 낼 수가 있겠소? 내 생각엔 비슷하지 않게 변장하는 게 낫소. 그러지 않았다가 나중에 내가 줄행랑이라도 치면 모용 공자의 명성에 먹칠을 하는 결과를 낳을 것이 아니겠소?"

왕어언이 얼굴을 붉히며 나지막이 말했다.

"단 공자, 제가 말을 잘못해서 아직 화가 나 있는 건가요?"

단예가 다급하게 말했다.

"아니, 아니오! 내가 어찌 낭자한테 화를 내겠소?"

왕어언은 우아하게 웃으며 말했다.

"아주, 변장은 어디 가서 할 거야?"

아주가 말했다.

"우선 작은 마을부터 찾아봐야 해요. 그래야 필요한 물건을 살 수 있을 테니까요."

네 사람은 말 머리를 돌려 서쪽으로 향했다. 7~8리 정도 갔을까? 한 마을에 도착했는데 마랑교馬郞橋라 불리는 곳이었다. 너무 작은 마을이라 객점을 찾을 수 없자 아주가 좋은 방법을 생각해냈다. 강에 정박해 있는 배 한 척을 빌려 옷가지를 사가지고 와서 선실을 닫고 그 안에서 변장을 하자는 것이었다. 강남에는 곳곳에 작은 강이 있어 배들이 매우 많았다. 북쪽 지방에서 가축을 이용하는 것만큼이나 흔한 것이었다.

그녀는 우선 단예 옷부터 바꿔 입혔다. 오른손에는 접선을 쥐어 들게 하고 푸른색 장포를 입혔으며 왼손 손가락에는 반지를 끼워줬다. 아주가 말했다.

"우리 집 공자께서 끼고 계신 건 한옥漢玉 반지인데 어디 가서 그걸 사겠어요? 청전석青田石으로 대체를 했는데 그것도 괜찮아요."

단예는 씁쓸한 웃음만 짓다가 생각했다.

'모용복은 아름다운 순백의 미옥美玉인데 난 청전 같은 조악한 돌멩이라니 이 세 낭자가 마음속으로 생각하는 모용복과 나의 몸값이 이와 같지 않겠는가?'

아주는 그의 얼굴에 밀가루 반죽을 발라 코를 높이고 뺨은 약간 풍성하게 만들었다. 그리고 붓으로 눈썹과 눈언저리를 고쳐 그렸다. 변장이 끝나자 아주는 싱긋 웃으며 왕어언에게 물었다.

"낭자, 비슷하지 않은 곳이 또 어디 있나 말씀해보세요."

왕어언은 대답도 하지 않은 채 넋을 잃고 단예만 쳐다봤다. 그녀의 눈빛 속에는 깊은 애정이 가득 담겨 있었다. 모용복 얼굴을 보자 그리운 마음이 요동치는 것으로 보였다.

단예는 이렇게 넋이 빠진 듯 자신에게 마음을 뺏긴 것 같은 그녀의 눈빛과 마주치자 흔들리는 마음을 금할 수 없었다. 이런 생각이 들었다.

'그녀가 지금 바라보는 사람은 모용복이지 나 단예가 결코 아니야.'

또 이런 생각도 들었다.

'그 모용복이란 자가 얼마나 준수하게 생겼는지, 또 나보다 백배쯤 나은지 애석하게도 내 얼굴을 볼 수가 없구나.'

속으로 기쁘기도 했다가 화가 나기도 했다.

두 사람은 너 한번 나 한번 쳐다보며 각자 수많은 생각이 봇물처럼 밀려들어 아주와 아벽이 선실로 옷을 갈아입으러 간 것조차 모르고 있었다.

한참 후에 갑자기 한 남자 목소리가 거칠게 들려왔다.

"아, 여기 있었군. 이 형이 자넬 찾느라 힘들었네."

단예가 깜짝 놀라 고개를 들어보니 말하는 사람은 바로 교봉이었다. 그는 너무도 기쁜 나머지 말했다.

"형님, 형님이셨군요. 마침 잘됐습니다. 우리가 지금 형님으로 변장해서 사람들을 구하러 가려던 참입니다. 이제 형님이 오셨으니 아주 누이가 변장할 필요는 없겠습니다."

교봉이 말했다.

"개방 형제들은 날 방에서 축출했네. 나 교봉은 그들이 죽든 말든 안중에도 없다네. 현제! 자자, 우리 형제 둘은 뭍에 가서 한잔하세. 가서 스무 사발은 마셔야지."

단예가 다급하게 말했다.

"형님, 개방의 여러 호걸들이 과거에는 다 좋은 형제가 아니었습니까? 그래도 가서 구하시지요."

교봉이 버럭 화를 냈다.

"자네 같은 책벌레가 뭘 안다고 그러나? 자, 나랑 술이나 마시러

가세!"

이 말을 하고 단예의 손목을 잡았다. 단예는 하는 수 없이 말했다.

"좋습니다. 일단 형님을 모시고 한잔하고 다 마신 후에 사람들을 구하러 가시죠!"

순간 그를 움켜잡은 손이 너무 작고 손바닥 살갗이 매우 부드러워 의아한 생각이 들었다.

교봉이 돌연 호호하며 나긋나긋하게 웃는데 그 목소리가 무척이나 낭랑하고 부드러웠다. 건장한 사내 몸에서 그런 소녀 같은 웃음소리가 나오니 끔찍하기 이를 데 없었다. 단예는 순간 멍하니 서 있다 이내 뭔가를 깨닫고 웃었다.

"아주 낭자, 낭자의 역용술易容術은 정말 신기에 가깝군요. 말하는 목소리마저 그렇게 비슷하게 내다니 말이오."

아주는 교봉 목소리를 흉내 내며 말했다.

"현제, 이제 가보세. 그 고약한 도자기 병을 잘 가져가도록 하게."

그녀는 왕어언과 아벽을 향해 말했다.

"두 낭자께서는 여기서 좋은 소식이 오기만 기다리고 계시오."

그러고는 단예의 손을 잡고 성큼성큼 뭍 위로 올라갔다. 그녀가 손에 뭘 발랐는지 모르지만 희고 보드라운 그녀의 작은 손이 단예에게 내뻗는 순간에는 거무죽죽하게 변해 있어 비록 교봉의 손바닥처럼 우악스럽게 크진 않았지만 남들이 보면 전혀 분간하기가 어려울 정도였다.

왕어언은 단예의 뒷모습을 바라보며 생각했다.

'저분이 정말 우리 사촌 오라버니라면 얼마나 좋을까. 사촌 오라버

니. 오라버니도 지금 절 그리워하고 계시나요?'

아주와 단예는 말을 끌고 천녕사에서 5리쯤 떨어진 곳에 당도했다. 두 사람은 절 안에 있는 서하 무사들이 말발굽 소리를 들을까 두려워, 타고 가던 말을 한 농가의 외양간 안에 묶어두고 걸어서 들어가기 시작했다.

아주가 말했다.

"모용 형제, 절에 도착하면 내가 큰소리를 쳐서 상대를 협박할 테니 형제는 기회를 틈타 고약한 병을 개방 형제들한테 주고 해독할 수 있도록 하시오."

그녀가 이 말을 할 때는 무척이나 거칠고 투박해서 영락없는 교봉의 말투였다. 단예는 웃음으로 답을 했다.

두 사람이 성큼성큼 걸어가 천녕사 밖에 당도하니 절 입구에 10여 명의 서하 무사들이 손에 장도를 쥐고 서 있었는데 무척 험상궂게 생긴 자들이었다. 아주와 단예는 이 모습을 보자 심장이 두근거리고 당황스럽기 이를 데 없었다. 아주가 나지막이 말했다.

"단 공자, 이따가 공자가 날 끌고 재빨리 도망치세요. 저자들이 우리와 겨루자고 하면 상대하기 힘들 거예요."

단예가 답했다.

"알겠소."

이 말을 하는 단예의 목소리는 떨리고 있었다. 속으로도 두렵기는 매한가지였다.

두 사람이 소곤대면서 상의를 하며 머리를 내밀고 두리번거릴 때

절 입구에 있던 서하 무사 하나가 그걸 보고 큰 소리로 호통을 쳤다.

"뭐 하는 녀석들인데 여기서 수상쩍은 행동을 하느냐? 첩자더냐?"

이런 호통 소리와 함께 무사 네 명이 쏜살같이 달려왔다.

아주는 달리 방법이 없자 하는 수 없이 가슴을 내밀고 성큼성큼 앞으로 나아가 거친 목소리로 말했다.

"어서 가서 너희 장군한테 고해라. 개방의 교봉과 강남 모용복이 서하의 혁련 대장군을 만나러 왔다고 말이다!"

맨 앞에 있던 무사 하나가 그 말을 듣고 깜짝 놀라 황급히 포권으로 몸을 굽혔다.

"개방의 교 방주께서 왕림하셨군요. 실례했습니다. 소인이 속히 가서 고하겠습니다."

그는 빠른 걸음으로 몸을 돌려 안으로 들어갔다. 나머지 무사들은 아주 공손하게 팔을 늘어뜨리고 시립하고 있었다.

얼마 지나지 않아 나팔 소리가 울려퍼지고 절 문이 활짝 열리자 서하 일품당 당주인 혁련철수가 노아해 등 여러 고수들을 대동하고 모습을 드러냈다. 섭이랑과 남해악신, 운중학 세 사람 역시 그 안에 포함되어 있었다. 가슴이 쿵쾅쿵쾅 뛰기 시작한 단예는 고개를 밑으로 내리깔고 감히 똑바로 쳐다보지 못했다.

혁련철수가 말했다.

"고소모용의 대명은 익히 들어 알고 있소. '상대가 쓴 방법을 상대에게 펼친다'란 말은 널리 알려져 있지요. 오늘 이렇게 고아한 현인을 만나뵙게 되어 영광이오."

이 말을 하면서 단예를 향해 포권으로 예를 올렸다. 그는 서하 일품당이 이미 개방과 원수가 됐기에 교봉에 대해서는 의례적인 예를 갖출 필요가 없다고 생각했다.

단예가 황급히 답례를 했다.

"혁련 대장군의 위명은 사해四海에 널리 퍼져 있어 재하가 진작부터 서하 일품당의 여러 영웅호걸들을 만나뵙고자 했소. 오늘 이렇게 불시에 찾아온 점에 대해서는 너그럽게 용서해주시오."

이렇게 그럴듯한 겉치레 말은 원래 그의 장기 중 하나였기에 한 치의 허점이라고는 없었다.

혁련철수가 말했다.

"무림에 떠도는 말 중에 '북교봉, 남모용'이란 말은 익히 들었소. 이는 중원의 영웅호걸 중 첫손으로 꼽히는 두 분이라는 말인데 오늘 이렇게 동시에 왕림하셨으니 대단한 행운이오. 자, 들어가시지요."

그러고는 몸을 틀어 비켜주며 두 사람을 대전으로 안내했다.

아주와 단예는 눈 딱 감고 혁련철수와 어깨를 나란히 한 채 걸어갔다. 단예는 생각했다.

'이 서하 장군은 말하는 태도가 어찌 우리 교 대형보다 모용 공자를 더 존중하는 것 같지? 설마 모용복의 무공과 인품이 정말 교 대형보다 훨씬 뛰어나다는 건가? 내가 볼 때는 그렇지 않아! 그렇지 않아!'

갑자기 귀에 거슬리는 기괴한 목소리가 들렸다.

"그렇지 않아. 그렇지 않아!"

단예는 순간 깜짝 놀랐다. 고개를 돌려보니 그 말을 한 사람은 바로 남해악신이었다. 그는 콩알처럼 작은 눈으로 실눈을 뜨고 단예를 이리저리 훑어보다 고개를 절레절레 흔들었다. 단예는 두근거리는 심장박동 소리를 느끼며 생각했다.

'큰일이구나. 큰일이야! 저 인간이 눈치챘나 보다.'

이때 남해악신의 목소리가 들렸다.

"뼈대 무게가 석 냥도 안 돼 보이는데 무슨 쓸모가 있을까? 이봐. 대답해봐라. 사람들이 널 '상대가 쓴 방법을 상대에게 펼친다'고 하던데 나 악노이는 믿지 못하겠다."

단예가 곧 마음을 놓았다.

'날 알아본 게 아니었어.'

남해악신이 말을 이었다.

"나도 출수를 할 생각은 없다. 그냥 묻기만 하는 거야. 나 악노이가 자랑하는 능력이 뭔지 아느냐? 네가 무슨 빌어먹을 무공으로 날 상대해야 제기랄 '노부가 쓴 방법을 노부에게 펼친다'는 말이 성립된다는 말이냐?"

이 말을 하는 남해악신은 두 손을 허리에 올려놓고 오만방자한 태도를 취했다.

혁련철수는 소리를 질러 제지하려다 순간 생각을 바꾸었다. 모용복의 명성이 자자하긴 하지만 그게 명실상부한 것인지 여부를 저 정신 나간 남해악신을 통해 시험해보는 것도 무방하겠다 싶었기에 끼어들지 않았던 것이다.

이 말을 하는 동안 사람들은 이미 대전 안으로 들어갔다. 혁련철수가 단예를 상석으로 안내했지만 단예는 이 자리를 아주에게 양보했다.

남해악신이 큰 소리로 말했다.

"이봐, 모용복 너! 어디 한번 말해봐라! 내가 제일 잘하는 무공이 뭐더냐?"

단예가 빙긋 웃으며 생각했다.

'다른 사람이 물어보면 어찌 답할지 몰랐을 것이다. 한데 공교롭게
도 당신이 묻는구먼.'

그는 접선을 펼쳐 천천히 몇 번 흔들며 말했다.

"남해악신 악노삼. 당신이 자랑하는 재주는 우두둑 소리를 내서 상
대의 목을 비틀어 꺾어버리는 것 아니오? 근자에 공력이 많이 진보해
서 요즘 가장 만족스럽게 여기는 무공은 악미편과 악취전이지. 내가
당신을 상대하려면 당연히 악미편이나 악취전을 사용하게 될 것이오."

그가 첫마디에 악미편과 악취전이란 명칭을 얘기하자 남해악신은
입이 딱 벌어져 다물지 못한 것은 물론 옆에 있던 섭이랑과 운중학마
저 의아해하는 표정을 지었다. 이 두 무기는 남해악신이 새로 만들어
연마한 것으로 남들 앞에서 펼친 적이라고는 없고 대리 무량산 봉우
리 위에서 운중학과 겨룰 때 딱 한 번 써봤을 뿐이었다. 당시에는 목완
청을 제외하고 그 누구도 본 사람이 없었다. 그러나 목완청이 이미 그
사실을 지금 눈앞에 있는 가짜 모용 공자에게 낱낱이 알려줬다는 사
실을 이들이 어찌 상상이나 할 수 있겠는가?

남해악신이 고개를 돌려 다시 단예를 아래위로 자세히 훑었다. 그
는 사람이 흉악하고 잔인하긴 했지만 영웅호한에 대해서만은 존경심
을 가지고 있었다. 잠시 후 그는 무지를 추켜세웠다.

"대단한 실력이구먼!"

단예가 웃으며 말했다.

"부끄럽소."

18. 오랑캐와의 은원, 그리고 영웅의 눈물

남해악신은 생각했다.

'이놈이 내가 새로 연마한 내 비장의 무기마저 얘기한다면 그 나머지 무공에 대해서는 물어볼 필요도 없겠구나. 큰형님께서 여기 없는 게 애석하구나. 안 그랬으면 제대로 시험을 해볼 수 있었을 텐데. 아! 맞다!'

그는 큰 소리로 말했다.

"모용 공자. 네가 내 무공을 펼칠 수 있다는 건 진기한 일이 아니다. 만약 우리 사부님이 오셨다면 그분의 무공만은 펼쳐내지 못할 것이다."

단예가 빙긋 웃었다.

"당신 사부가 누구요? 무슨 대단한 재주를 가지고 있다는 것이오?"

남해악신은 득의양양한 모습으로 웃었다.

"나한테 무공을 전수해주신 원래 사부님은 이미 세상을 뜨셨고 실력도 웬만하니 말하지 않겠다. 허나 내가 새로 모신 사부님은 실력이 굉장하지. 다른 건 몰라도 능파미보 하나만큼은 천하에서 둘째가라면 서러워하실 분이다."

단예가 잠시 머뭇거리다 말했다.

"능파미보라… 음… 확실히 대단한 무공이긴 하지. 대리의 단 공자가 뜻밖에도 귀하를 제자로 거두었다니 정말 믿을 수가 없소."

남해악신이 다급하게 말했다.

"내가 널 속여 무엇 하겠느냐? 여기 있는 수많은 사람이 직접 들었다. 단 공자가 친히 날 제자라고 불렀단 말이다."

단예는 속으로 웃으며 생각했다.

'처음에는 죽어도 날 사부로 모시지 않겠다고 해놓고 이제 와서 내

가 제자로 인정하지 않을까 봐 두려운가 보군.'

이런 생각을 하고는 말했다.

"음. 그렇다면 귀하는 필시 사부의 절기를 배웠겠군? 감축드리겠소! 감축드리겠소!"

남해악신은 장난감 딸랑이를 흔들 듯이 머리를 절레절레 흔들었다.

"아니! 아니야! 넌 천하 무공에 대해 모르는 게 없다고 자처하지 않았더냐? 네가 능파미보를 세 걸음만 걸을 줄 안다면 이 악노이가 승복하겠다."

단예가 빙긋 웃으며 말했다.

"능파미보가 어렵긴 하지만 재하도 몇 걸음은 배웠소. 악노삼 나리, 어디 한번 날 잡아보시오."

그는 장삼을 펄럭이며 대전 가운데로 나가 섰다.

서하의 모든 호걸은 능파미보란 무공을 생전 들어본 적이 없었다. 그런데 남해악신이 그렇게 대단하다고 침이 마르도록 칭찬하자 이를 구경하기 위해 다들 대전의 네 귀퉁이로 나누어 서서 단예가 어떤 기예를 펼치는지 구경하고자 했다.

남해악신이 호통을 내지르며 왼손을 앞으로 뻗쳐내고 오른손을 왼손바닥 밑에서 끌어올리며 단예를 움켜잡으려 했다. 단예는 비스듬히 두 걸음을 내딛다 뒤로 반걸음 물러섰다. 그의 신형은 마치 바람에 흔들리는 연잎 같아서 이를 아주 가볍게 피할 수 있었다. 그러자 픽 소리와 함께 남해악신이 내뻗은 오른손 다섯 손가락이 기세를 멈추지 못하고 대전의 둥근 기둥에 수 촌가량 박혀버리고 말았다. 옆에서 지켜보던 사람들은 그의 가공할 공력을 보고 모두 놀라움을 감추지 못했

18. 오랑캐와의 은원, 그리고 영웅의 눈물

다. 남해악신은 자신의 재빠른 일격이 적중되지 않자 더욱 크게 호통을 치며 몸을 훌쩍 날려 공중에서 덮쳐들었다. 단예는 이를 비웃기라도 하듯 아무렇지 않게 팔괘보법을 내딛어 자연스럽게 걸어갔다. 남해악신이 속도를 내서 덮쳐가며 호통 소리 또한 갈수록 크게 내자 마치 맹수가 달려드는 모습처럼 보였다.

단예는 곁눈질로 그의 흉악한 얼굴을 보고 숨이 턱 막혀 황급히 고개를 돌렸다. 그러고는 소맷자락 속에서 수건 하나를 꺼내 자신의 눈을 가리며 말했다.

"내가 눈을 가리고 걸어도 날 붙잡지 못할 것이오."

남해악신은 발걸음에 더더욱 속도를 내서 쌍장을 휘두르며 단예를 향해 맹렬하게 가격해갔다. 그러나 그의 공격은 번번이 간발의 차이로 빗나갔다. 지켜보던 사람들 모두 단예 대신 겁에 질려 벌벌 떨며 손에 땀을 쥐었다. 단예에게 관심이 깊은 아주는 더더욱 가슴을 졸여가며 지켜보다 갑자기 거친 목소리로 외쳤다.

"남해악신! 모용 공자의 능파미보가 당신 사부에 비해 어떤 것 같소?"

남해악신이 어리둥절해하다 가슴에 끓어오르던 화가 풀어졌는지 발걸음을 멈추었다.

"대단하구나! 대단해! 눈을 가리고도 그런 괴상한 걸음을 걸을 수 있다니… 아마 우리 사부도 그렇게는 못할 것이다. 좋아! 고소모용은 역시 명불허전이로군. 나 남해악신이 승복하겠다!"

단예는 눈을 가렸던 수건을 벗고 자리로 돌아와 앉았다. 대전에는 순간 우레와도 같은 박수갈채가 터져 나왔다.

혁련철수는 두 사람이 자리에 앉기를 기다렸다가 찻잔을 들었다.

"차 좀 드시오. 두 영웅께서는 어인 일로 왕림하셨는지 모르겠소."

아주가 말했다.

"폐방의 우리 형제들이 장군께 무슨 죄를 지었는지는 모르겠으나 장군께서 파견한 고수들이 상승무공으로 우리 형제들을 여기 잡아왔다는 얘길 들었소. 외람되지만 장군께서 우리 형제들을 석방해주시기 바라오."

그녀는 '장군께서 파견한 고수들이 상승무공으로 우리 형제들을 여기 잡아왔다'란 말을 강조했다. 서하인들이 독을 쓰는 비열한 방법으로 사람을 잡아왔다는 사실을 비꼬았던 것이다.

혁련철수는 씩 웃으며 말했다.

"그 말은 맞는 말이오. 조금 전 모용 공자 솜씨를 보니 과연 명불허전이오. 교 방주는 모용 공자와 함께 명성이 자자하신 분이니 여기 있는 사람들에게 한 수만 가르침을 내려주시어 우리 서하인들이 기쁘게 승복할 수 있게 해주시오. 그럼 귀 방의 여러 영웅호한들을 풀어드리겠소."

아주는 속으로 초조한 마음이 들었다.

'나더러 교 방주 솜씨를 흉내 내라니 이는 당장 꼬리가 잡힐 짓이 아니던가?'

어떤 구실을 댈지 생각하는 도중 갑자기 손발이 시큰거리고 힘이 빠져 손가락을 움직이려 해도 이미 꼼짝도 하지 않았다. 앞서 중독이 됐을 때와 별반 다를 것이 없었던 것이다. 그녀는 당혹감을 감출 수 없었다.

'큰일 났다. 이 순간에 저 서하 악인들이 또 이런 상투적인 방법을 쓸 줄은 생각지도 못했어. 이제 어쩌면 좋지?'

만독에 내성을 지닌 단예는 이를 전혀 느끼지 못했지만 아주가 의자에 축 늘어져 앉아 있는 걸 보고 그녀가 또 중독됐다는 사실을 알아차렸다. 그는 재빨리 품 안에 있던 도자기 병을 꺼내 뚜껑을 열고 그녀의 코끝에 가져다 댔다. 아주는 몇 번 깊이 들이마시더니 아직 중독이 심하지 않았는지 마비된 사지가 곧바로 풀렸다. 손을 뻗어 병을 가져가 계속 냄새를 맡던 아주는 뭔가 이상한 생각이 들었다. 어찌 적들이 출수를 해서 방해를 하지 않는 거지? 서하인들을 바라보니 하나같이 의자에 축 늘어져서 꼼짝하지 못하고 눈알만 데굴데굴 굴리고 있었다.

단예가 말했다.

"기이한 일이로다! 이자들이 스스로 놓은 덫에 걸려들었단 말인가? 어찌 자신들이 쓴 방법을 자신들에게 펼쳤단 말인가?"

아주는 앞으로 걸어가 혁련철수를 떠밀어봤다.

몸이 기울어지며 의자에 비스듬히 늘어지는 모습을 보니 정말 중독이 된 것 같았다. 다만 아직 말은 할 수 있는지 고함을 쳤다.

"누구냐? 누가 함부로 비소청풍을 쓴 것이냐? 어서 해약을 가져와라. 해약을 가져와!"

몇 번이나 고함을 쳤지만 그의 수하들은 하나같이 맥이 빠져 쓰러진 채 말했다.

"장군께 아뢰옵니다. 속하도 꼼짝할 수가 없습니다."

노아해가 말했다.

"내부에 첩자가 있는 게 분명하다. 그렇지 않고서야 어찌 이 비소청풍의 복잡한 사용법을 알 수 있단 말이냐?"

혁련철수가 노발대발하며 말했다.

"맞다! 누구냐? 당장 밝혀내도록 해라! 그놈을 잡아 갈기갈기 찢어 죽여라!"

노아해가 말했다.

"네! 허나 지금 당장은 해약을 꺼내는 게 우선입니다."

혁련철수가 말했다.

"그 말이 맞다. 어서 가서 해약을 가져와라!"

노아해가 이맛살을 찌푸리며 곁눈질로 아주 손에 든 도자기 병을 쳐다봤다.

"교 방주, 수고스럽지만 그 병 안에 있는 해약을 우리가 맡게 해주시오. 우리 장군께서 후사하실 것입니다."

아주가 웃으며 말했다.

"난 가서 본방 형제들을 구하는 게 급선무요. 누가 당신네 장군의 후사를 탐한다고 했소?"

노아해가 다시 말했다.

"모용 공자, 나한테도 작은 병이 하나 있소. 수고스럽지만 그걸 꺼내 뚜껑을 열고 냄새를 맡게 해주시오."

단예가 그의 품 안에 손을 뻗어 작은 병 하나를 꺼냈다. 과연 해약이었다.

"해약을 꺼냈지만 당신한테 맡게 해줄 순 없소."

그는 아주와 어깨를 나란히 하고 후전後殿으로 걸어가 동쪽 곁채 방문을 열어젖혔다. 그 안에는 사람으로 가득 차 있었는데 모두가 서하 인들에게 잡혀온 개방 사람들이었다.

아주가 안으로 들어가자 오 장로가 큰 소리로 부르짖기 시작했다.

"교 방주, 오셨군요. 천만다행입니다."

아주는 해약을 꺼내 냄새를 맡게 하고 말했다.

"이건 해약이오. 우리 형제들한테 차례대로 중독된 독을 풀어주시오."

오 장로가 크게 기뻐하며 손발이 움직일 수 있을 때까지 기다렸다 도자기 병을 이용해 송 장로를 해독해주었다. 단예 역시 노아해의 해 약을 이용해 서 장로를 해독해주었다.

아주가 말했다.

"사람들이 이리 많은데 이렇게 하나씩 해독을 하다 언제 끝나겠소? 오 장로, 서하인들 몸을 수색해서 해약이 더 있는지 살펴보시오."

오 장로가 답했다.

"네!"

그는 빠른 걸음으로 대전을 향했다. 곧이어 대전 안에서 큰 소리로 욕을 하는 소리, 버럭 호통을 치는 소리, 철썩철썩 하며 뺨을 때리는 소리들이 들려왔다. 오 장로가 해약을 찾으면서 서하인들에게 화풀이 를 하는 것으로 보였다. 얼마 지나지 않아 그는 작은 도자기 병 여섯 개를 들고 돌아와 활짝 웃었다.

"화려한 복장을 하고 있는 놈들만 골라 뒤졌더니 과연 제대로 갖춰 입은 놈들 몸에서는 이 해약이 나오더군요. 하하… 나쁜 놈들. 꼴좋더 구면요."

단예가 웃으며 물었다.

"어찌 그러시오?"

"놈들마다 따귀 두 대씩을 때려줬소. 해약을 가지고 있는 놈들은 특별히 세게 때리고."

그는 갑자기 단예를 처음 봤다는 듯 물었다.

"여기 형씨께서는 존성대명이 어찌 되시오? 구해주시어 고맙소."

단예가 말했다.

"재하는 복성이 모용이오. 너무 늦게 와서 여러분들을 힘들게 했으니 용서해주시오!"

개방 사람들은 눈앞에 있는 이 사람이 그 이름도 유명한 '고소모용'이라는 말을 듣고 경악을 금치 못했다.

송 장로가 말했다.

"우리가 눈이 삐었소. 모용 공자가 마 부방주를 죽였다고 누명을 씌웠으니 말이오. 오늘 모용 공자와 교 방주께서 구하러 오지 않았다면 우리 모두 저 악독한 서하의 개들 손에서 어떤 최후를 맞이했을지 모르는 일이오."

오 장로가 큰 소리로 말했다.

"교 방주, 군자는 소인배의 과오를 문제 삼지 않는다고 했소. 부디 다시 돌아와 방주가 되어주시오."

전관청이 냉랭한 어조로 말했다.

"교 나리와 모용 공자는 과연 절친한 벗이었군."

그가 교 방주라고 하지 않고 '교 나리'라고 칭한 것은 더 이상 그를 방주로 인정하지 않는다는 의미였다. 또한 그와 모용 공자가 과연 절친한 벗이라고 한 말은 심히 무섭기 짝이 없는 말이었다. 개방 사람들은 교봉이 모용복의 손을 빌려 마대원을 제거한 것이라 의심하고 있었지만 교봉은 줄곧 모용복과의 관계를 부인해왔다. 그런데 오늘 두 사람이 천녕사에 함께 왔고 스스럼없이 웃고 떠드는 친밀한 모습을 하고 있으니 결코 처음 본 사이는 아니란 것이 아닌가!

아주는 속으로 이들 모두 교봉과 오랜 기간 교분이 있었던 사람들이라 얼마 안 있으면 허점이 드러날 것이라 생각했다. 해서 재빨리 끼어들었다.

"방내의 대사는 천천히 상의해도 늦지 않소. 난 저 서하의 개들한테 가봐야겠소."

이 말을 하며 대전으로 걸어갔다. 단예도 그 뒤를 따라나섰다.

두 사람이 대전 안으로 들어가자 혁련철수가 입에 거품을 물고 욕을 퍼붓고 있었다.

"어서 가서 밝혀내란 말이다! 우리를 배반한 그 망할 놈의 서하인이 누군지 말이다! 내 돌아가서 놈의 가산을 몰수하고 그 집의 남녀노소는 물론 개나 닭까지 씨를 말려버릴 것이다. 빌어먹을! 서하인이 어찌 외인을 도와 내 비소청풍을 훔치고 함부로 살포를 했단 말이냐?"

단예는 어리둥절해하다 생각했다.

'어떤 서하인을 욕하는 거지?'

혁련철수의 욕을 듣던 노아해가 뭐라고 대답하자 혁련철수가 다시 말했다.

"벽에다 그런 글을 써놓았다는 건 우리를 비웃는 게 확실하지 않으냐?"

단예와 아주가 고개를 들어보니 회벽 위에 힘이 넘치는 필체로 생동감이 넘쳐흐르는 듯한 네 줄의 글이 적혀 있었다.

상대가 쓴 방법을	以彼之道
상대에게 펼치니	還施彼身
사람을 혼미하게 만드는 독풍을	迷人毒風
그대로 돌려주노라	原璧歸君

먹물이 줄줄 흐르고 아직 마르지 않은 것으로 보아 글을 쓴 사람은 떠난 지 오래되지 않은 것 같았다.

단예는 깜짝 놀라 말했다.

"저… 저건 모용 공자가 쓴 것인가?"

아주가 나지막이 말했다.

"당신이 모용 공자라는 사실을 잊지 말아요. 우리 공자께선 남들의 글자체도 따라 쓸 수 있어요. 저 글이 우리 공자가 쓴 건지는 저도 분간하지 못해요."

단예는 노아해를 향해 물었다.

"저건 누가 쓴 것이오?"

노아해는 대답을 하지 않았다. 속으로 개방 사람들이 자기들을 어떻게 처리할지 근심만 하고 있을 뿐이었다. 그들은 개방의 군호群豪를 잡아온 후 모진 고문과 모욕을 가하는 등 온갖 못된 짓을 다 저질렀던 터라 그들이 상대가 쓴 방법을 상대에게 펼친다면 견디기가 매우 어려울 것이라 생각한 것이다.

아주는 개방의 군호가 속속 대전에 당도하자 나지막이 말했다.

191

"대사를 끝냈으니 우린 갑시다!"

그러고는 큰 소리로 말했다.

"난 모용 공자와 함께 다른 긴한 일을 처리하러 가봐야만 하오. 훗날 다시 봅시다."

이렇게 말하고 빠른 걸음으로 대전을 나섰다. 오 장로 등이 큰 소리로 외쳤다.

"방주, 잠깐 기다리시오! 방주, 기다리시오!"

아주가 어찌 멈출 수 있겠는가! 그녀는 오히려 단예와 함께 점점 더 빨리 걸어갔다. 개방의 군호는 교봉에 대해 줄곧 경외심을 가지고 있었기에 그 누구도 감히 나서서 막지 못했다.

두 사람이 1마장쯤 걸어나갔을 때 아주가 웃으며 말했다.

"단 공자, 정말 공교롭기 그지없네요. 그 추팔괴 같은 제자가 마침 공자한테 능파미보를 시연해 보이라고 하다니 말이에요. 게다가 자기 사부보다 더 낫다고 했잖아요?"

"음!"

단예의 짧은 대답에 아주가 다시 물었다.

"그런데 미약은 누가 뿌렸나 모르겠어요? 그 서하 장군이 말끝마다 첩자라고 말하는 걸 보니까 서하인들 내부 소행 같아요."

단예는 갑자기 누군가가 생각난 듯 말했다.

"혹시 이연종 아닐까요? 방앗간에서 만났던 그 서하 무사 말이오."

이연종을 직접 보지 못했던 아주는 어찌 대답해야 할지 몰랐다.

"가서 왕 낭자한테 얘기하고 의논해봐요."

그렇게 앞으로 달려가는 도중 말발굽 소리가 들려오며 큰길에서 말한 필이 질풍같이 달려왔다. 단예가 멀리서 바라보니 다름 아닌 교봉이었다. 그는 기쁜 마음에 외쳤다.

"저건 교 대형이요!"

이 말이 끝나기 무섭게 곧바로 그를 부르려고 입을 열려는 순간 아주가 황급히 그의 옷소매를 잡아끌었다.

"소리치지 마세요! 진짜가 왔어요!"

그러고는 몸을 돌리자 단예는 순간 깨달았다.

'아주가 교 대형 모습으로 변장을 했으니 형님한테 보인다면 그리 좋을 건 없지.'

얼마 되지 않아 교봉이 말을 달려 가까이 다가왔다. 단예는 감히 정면으로 쳐다볼 수가 없어 혼자 생각했다.

'교 대형과 개방의 군호가 마주치면 진상이 밝혀지고 말 텐데, 아주의 이 못된 장난을 나무라지 않을까 모르겠구나.'

교봉은 아주와 아벽 두 소녀를 구한 후 개방 형제들이 서하인들한테 잡혀갔다는 얘기를 듣고 초조한 마음에 도처를 찾아헤매고 다녔다. 그러나 강남 마을은 사방에 논과 뽕밭이 있고 수로와 육로가 종횡으로 교차되어 있어 북방처럼 길이 단순하지가 않았다. 교봉은 온종일 찾아헤매다 아주 어렵게 천녕사의 두 소사미를 만나게 됐고, 그들에게 정확한 위치를 물어보고 난 뒤 이제야 천녕사를 향해 달려오는 길이었다. 그는 모용복으로 변장한 단예의 의기양양한 태도와 준수한 용모를 보고 생각했다.

'저 공자는 우리 단예 형제와 느낌이 비슷하구나.'

다만 아주가 이미 등을 돌리고 있었던 까닭에 교봉은 유심히 살펴볼 생각을 하지 않고 개방 형제들에 대한 걱정이 앞선 나머지 채찍질을 해가며 질풍처럼 스쳐 지나갈 따름이었다.

천녕사 밖에 당도하자 10여 명의 개방 제자들이 서하 무사들을 하나하나 묶어 절 안에서 끌고 나오고 있었다. 교봉은 크게 기뻐했다.

'개방 형제들이 벌써 승부를 뒤집어버렸구나.'

개방 제자들은 교봉이 다시 돌아오자 앞다투어 마중을 나갔다.

"방주, 이 오랑캐 놈들을 어찌 처리할지 명을 내려주십시오."

교봉이 말했다.

"난 이미 개방 사람이 아니니 '방주'라는 호칭은 더 이상 붙이지 말게. 다친 사람들은 없는 건가?"

절 안에 있던 서 장로 등이 전갈을 받고 재빨리 영접을 나왔다. 그 밖에 지광대사와 조전손, 담씨 부부, 선정 부자 등 함께 중독된 상태로 잡혔던 사람들도 모두 구출이 됐다. 그들은 교봉을 보고 부끄러운 빛을 띠거나 혹은 희색이 만면한 얼굴로 맞이했다. 송 장로가 큰 소리로 말했다.

"방주, 어제 행자림에서는 서하에 파견했던 본방의 첩자가 보내온 긴급 군정을 서 장로가 사사로운 결정으로 방주께 보여드리지 않았던 것이오. 그게 뭔지 아십니까? 서 장로! 어서 꺼내서 방주께 보여드리세요."

그 말속에는 그를 나무라는 듯한 의미가 담겨 있었다.

서 장로는 멋쩍은 기색으로 납환 속에 감추어둔 작은 종이 뭉텅이를 꺼내며 한숨을 쉬었다.

"내 잘못이오."

이 말을 하며 교봉에게 건넸다.

교봉은 고개를 가로저으며 받지 않았다. 송 장로는 서 장로 손에서 종이 뭉텅이를 뺏어 꼬깃꼬깃하게 말린 얇은 종이를 펼쳐 큰 소리로 읽었다.

"방주께 아뢰옵니다. 속하가 탐문한바, 서하의 혁련철수 장군이 대규모 일품당 고수들을 이끌고 중원으로 들어와 우리 개방과 대결을 벌이려 하고 있습니다. 그들은 무시무시한 독기를 가지고 있어 일단 냄새가 없는 이 독기를 살포하면 부지불식간에 사람을 꼼짝도 못하게 만든다고 합니다. 그들과 대면할 때는 필히 콧구멍부터 막거나 먼저 그들의 우두머리부터 때려눕히고 고약하기 이를 데 없는 냄새를 가진 해약을 뺏어야 합니다. 그러지 않으면 매우 위험합니다. 이는 중요하고 또 중요합니다. 대신분타 속하 역대표易大彪 올림."

송 장로가 전갈을 다 읽자 오 장로와 해 장로 등은 일제히 서 장로를 노기 어린 눈으로 째려봤다. 해 장로가 말했다.

"역대표 형제가 이런 화급한 전갈을 적시에 보내왔지만 애석하게도 우리는 적시에 뜯어보지 못했소. 다행히 여러 형제들이 곤욕을 당하긴 했지만 해를 입은 사람이 없소. 방주, 우리 모두 방주께 사죄를 드려야겠소. 교 방주는 대인대의大仁大義한 분이시오. 에이. 정말 드릴 말씀이 없소이다."

오 장로가 말했다.

"방주, 방주가 떠나자마자 우리 모두가 놈들의 간계에 빠져버렸소. 만일 방주와 모용 공자가 적시에 구하러 오지 않았다면 개방의 모든 제자가 전멸해버렸을 것이오. 교 방주가 다시 돌아와 대국을 주재해주지 않는다면 우리의 우두머리가 될 사람은 그 누구도 없소."

교봉이 의아한 듯 물었다.

"모용 공자라니 무슨 말이오?"

오 장로가 말했다.

"전관청 저자가 허튼소리를 해대는데 그의 말은 절대 듣지 마시오. 벗을 사귀는 게 뭐 어려운 일이겠소? 난 교 방주와 모용 공자가 오늘 알게 됐을 거라 믿고 있소."

교봉이 말했다.

"모용 공자라니요? 모용복을 말하는 것이오? 난 얼굴 한번 본 적이 없소."

서 장로와 해, 송, 진, 오 네 명의 장로들은 서로의 얼굴을 쳐다보며 놀라서 어리둥절해하며 생각했다.

'조금 아까 방주가 모용 공자와 함께 달려와 해약을 나눠줘놓고 어찌 지금 갑자기 모용 공자를 모른다고 하는 거지?'

송 장로가 잠시 골똘히 생각하다 문득 깨달았다.

"아! 맞다! 조금 전에 그 젊은 공자가 자칭 성이 모용이라 했지만 모용복이라고는 하지 않았소. 천하에 모용이란 복성을 쓰는 사람이 어디 한둘이겠소? 그리 이상할 것은 없소."

진 장로가 말했다.

"그가 벽 위에 '상대가 쓴 방법을 상대에게 펼친다'고 직접 적었는데 모용복이 아니면 누구란 말이오?"

갑자기 귀에 거슬리는 기괴한 목소리가 들려왔다.

"그 어린 공자는 무슨 무공이든 모두 구사할 줄 알았다. 더구나 각종 무공이 원래 당사자보다 훨씬 더 정묘하기 이를 데 없었는데 그 공자가 모용복이 아니면 또 누구겠느냐? 당연히 모용복이지! 모용복이 틀림없어!"

사람들은 그 말을 한 사람을 쳐다봤다. 쥐처럼 생긴 눈에 짧은 수염을 기르고 누런 얼굴을 한 남해악신이었다. 그는 중독이 된 후 포박된 상태였지만 참다못해 남의 대화에 끼어든 것이다.

교봉이 의아한 듯 말했다.

"모용복이 여기 왔었다고?"

남해악신이 화를 내며 말했다.

"어디서 허튼소리야? 조금 전에 너랑 모용복이 손잡고 같이 와서 무슨 괴상한 수작을 부렸는지 모르지만 노부를 미약으로 마비시켜버렸지 않느냐? 어서 노부를 풀어줘라. 그러지 않으면 흐흥! 흐흥….."

그는 흐흥 하는 소리를 연이어 몇 번 내뱉었다. '그러지 않으면' 하고 그다음에 어찌할지에 대해서는 뭐라 말할지 몰라 이리저리 생각만 하다 할 수 없이 흐흥 하고 콧방귀만 뀌는 것이었다.

교봉이 말했다.

"보아하니 당신도 무림의 고수 같은데 어찌 그런 허튼소리를 하는 게요? 내가 언제 왔다는 것이오? 더구나 모용복과 손을 잡고 같이 들어왔다니 그게 무슨 황당무계한 소리요?"

남해악신이 버럭 화를 내며 호통을 쳤다.

"교봉! 이런 빌어먹을 교봉! 일방의 방주라는 사실이 무색하게 어찌 감히 그런 새빨간 거짓말을 내뱉는 것이냐? 이봐! 이봐! 조금 전에 교봉이 왔었어? 안 왔었어? 우리 장군이 그놈을 앉혀놓고 차까지 대접했잖아?"

모든 서하인이 말했다.

"맞아! 모용복이 능파미보를 시연할 때 교봉이 옆에서 박수갈채를 보냈는데 그럼 그게 다 가짜란 말이야?"

오 장로는 교봉의 옷자락을 잡아당기며 나지막이 말했다.

"방주, 정직한 사람은 떳떳하지 못한 행동을 하지 않는다고 했소. 조금 전 일은 절대 잡아뗄 수가 없소."

교봉이 쓴웃음을 지으며 말했다.

"오 사형四兄, 설마 조금 전에 오 사형도 내가 온 걸 봤단 말이오?"

오 장로가 해약이 담긴 작은 도자기 병을 건네주며 말했다.

"방주, 이 병을 돌려주겠소. 장차 유용하게 쓸 수 있을 것이오."

"돌려주다니? 어찌 돌려준다고 하는 겁니까?"

"이 해약은 조금 전에 방주가 준 것이오. 잊었소?"

"뭐요? 오 사형, 정말 조금 전에 날 봤단 말이오?"

오 장로는 교봉이 끝까지 발뺌하는 것을 보고 속으로 불쾌하면서도 불안하기까지 했다.

교봉이 아무리 총명하고 능력이 뛰어나다 한들 누군가 자신으로 변장해 조금 전 천녕사에 와서 개방 형제들을 구해줬을 거라고 어찌 짐작할 수 있겠는가? 그는 이 안에 필시 중대한 음모가 숨겨져 있을 것이라 짐작했다. 오 장로와 송 장로 등은 모두 솔직해서 결코 비열한 수작을 부릴 사람들이 아니었다. 이런 음모를 계획한 사람은 보통이 아니라 주도면밀하게 일을 계획했을 것이며 그렇다면 자신이 행한 모든 행위가 사람들 눈에는 황당무계하고 사악한 인간으로 보이게 만들었을 것이다.

개방의 군호는 자신들을 구해준 교봉에게 하나같이 감격해하고 있었지만 그가 한사코 부인을 하자 다들 놀라면서도 왠지 모를 의혹을 품게 됐다. 어떤 이들은 그가 요 며칠 갖가지 변고를 당해 정신적으로 혼란한 상황에 빠졌을 거라 짐작했으며, 또 어떤 이들은 교봉이 서하인들에 대처하기 위한 또 다른 계책이 있어 서하의 적들 앞에서 그 사실을 인정하지 않으려 하는 것이라 여겼고, 또 어떤 이들은 마대원을 모용복의 손을 빌려 살해한 게 확실하지만 그런 간계가 들통날까 두려워 아예 모용복이란 자를 모른다고 입을 다무는 것이라 생각했으며, 또 어떤 이들은 그가 개방의 방주 자리에 복귀할 생각에 어떤 계책을 마련한 것이라 예상했다. 심지어 그가 거란을 위해 힘쓰는 까닭에 서하에 반하는 것이 송나라에 해가 되는 것이라 믿는 이들도 있었다. 이들 모두 각자 생각하는 바는 달랐지만 얼굴에는 동정심과 존경심, 슬픔, 분노와 원망, 경멸, 적대감 등 각양각색의 표정이 담겨 있었다.

교봉은 장탄식을 하며 말했다.

"여러분 모두 이제 위험에서 벗어났으니 나 교봉은 이만 물러가보겠소."

이 말을 하면서 포권을 하고 말 위에 올라 채찍을 휘두르며 쏜살같이 내달려갔다.

갑자기 서 장로의 외침 소리가 들렸다.

"교봉, 타구봉은 두고 가시오!"

교봉이 순간 고삐를 당겨 말을 세우고 말했다.

"타구봉? 그건 행자림에서 이미 내놓지 않았습니까?"

서 장로가 말했다.

"우리가 저들한테 잡혀가면서 타구봉이 서하의 개들 수중에 들어갔소. 한데 지금 아무리 찾아봐도 보이지 않아 교 방주가 가져갔을 거라 생각했소."

교봉이 앙천대소하며 구슬픈 목소리로 외쳤다.

"나 교봉은 개방과 더 이상 아무 연고도 없거늘 타구봉을 가져다 뭐에 쓰겠습니까? 서 장로, 당신마저 날 소인배로 보는군요."

이 말을 마치고 두 다리를 오므리자 가랑이 밑의 말이 네 발굽을 휘날리며 북쪽을 향해 내달렸다.

교봉은 어려서부터 부모의 사랑을 받으며 자라오다 후에 소림사 승려인 현고대사로부터 무예를 전수받고 다시 개방의 왕 방주를 사부로 모시게 됐다. 그는 강호를 유랑하며 수많은 난관에 봉착했지만 사부는 물론 여러 벗들 중 그를 진심으로 대하지 않은 사람이 없었다. 그러나 이번 이틀 동안 천지에 돌연 풍파가 일어 여태껏 명망 높고 성실과 인의로 가득하기로 소문난 방주가 백성을 해치는 매국노에 후안무치하고 신의가 없는 소인배로 알려지게 될 줄은 몰랐다. 그는 말이 가는 대로 정처 없이 나아갔다. 마음속으로 혼란스럽기 짝이 없었다.

'내가 정말 거란인이라면 과거 10여 년 동안 적지 않은 거란인들을 죽이고 수많은 거란의 계략을 무너뜨렸으니 이 어찌 크나큰 불충이 아닐 수 있겠는가? 만일 내 부모가 안문관 관외에서 한인들에 의해 죽임을 당했다면 난 오히려 부모를 죽인 원수를 사부로 모시고 30년 동안 다른 사람을 아버지, 어머니로 삼았으니 이 어찌 크나큰 불효가 아닐 수 있겠는가? 교봉아! 교봉아! 네가 그렇게 불충과 불효를 해놓고 무슨 면목으로 천지에 서 있을 수 있단 말이냐? 삼괴공이 내 부친이 아니라면 나 자신도 교봉이 아니란 말이지 않은가? 내 성은 뭐지? 내 친부께서 나한테 어떤 이름을 붙여주셨을까? 하하… 난 불충불효한 사람일 뿐만 아니라 성도 이름도 없는 놈이 아닌가?'

생각을 바꿔 이런 생각을 했다.

'어쩌면 이 모든 것이 간악한 누군가의 모함일지도 모른다. 당당한 대장부인 나 교봉이 신세를 망쳐 영원히 회복할 수 없도록 만들기 위해 함정에 빠뜨린 것이다. 만일 순간의 분노를 참지 못해 지금 이대로 개방 일에 일절 관여하지 않고 타의에 의해 물러난다면 이 어찌 간악한 자의 음모를 실현시켜주는 꼴이 되지 않겠는가? 음… 어찌 됐건 기필코 진실을 명백히 밝혀내야 한다.'

속으로 이런 궁리를 하다가 우선 하남 소실산으로 가서 삼괴공에게 자신의 내력을 물어보고, 그다음엔 소림사로 가서 무공을 전수한 은사인 현고대사를 알현해 진상을 밝혀달라고 청하기로 했다. 이 두 사람은 자신을 평소 사랑으로 보살펴주신 분들이기에 절대 사실을 숨기지 않을 것이라 여겼다.

계획이 서자 모든 번뇌가 사라졌다. 개방의 방주였을 때는 강호를 유랑하며 사해를 집처럼 여기지 않았는가! 이젠 더 이상 각지 분타에 가서 숙식을 해결할 수도 없을뿐더러 그들에게 민폐를 끼치지 않기 위해서라도 오히려 피해 다녀야만 했다. 겨우 이틀을 움직였는데 가진 돈이 모두 떨어졌다. 그는 하는 수 없이 서하인들한테 빼앗아온 말을 팔아 노자로 썼다.

18. 오랑캐와의 은원, 그리고 영웅의 눈물

그리고 다시 하루가 채 되지 않아 숭산 부근에 도착해 곧장 소실산을 향해 걸어갔다. 그곳은 그가 소년기를 보낸 곳으로 곳곳의 풍경들이 모두 옛날 그대로였다. 그가 개방 방주 자리에 오른 뒤부터 개방은 강호의 제일대방, 소림파는 무림의 제일대파第一大派로서 개방의 방주가 소림에 오면 종종 지나친 의식을 갖춰 사람을 깜짝 놀라게 만들곤 했다. 따라서 그는 이곳에 오는 대신 매년 사람을 보내 부모님과 은사께 옷가지와 음식을 바쳐 경의를 표하고 안부를 물었을 뿐이었다. 이제 다시 고향으로 돌아왔건만 자신은 지금 남들의 의심을 받는 곤경에 빠져 있지 않은가! 이제 곧 있으면 자신의 출신 내력에 관한 수수께끼가 밝혀질 것이라 생각하니 냉정하고도 침착한 그였지만 속으로는 두려움을 감출 길 없었다.

그가 과거에 거주하던 곳은 소실산의 양지바른 산비탈 옆이었다. 교봉이 빠른 걸음으로 산비탈을 돌아나가자 채소밭 옆의 커다란 대추나무 밑에 초립草笠 하나와 낡은 찻주전자 하나가 놓여 있는데 찻주전자 손잡이는 이미 떨어져 나가고 없었다. 교봉은 그게 부친인 교삼괴의 물건이라는 걸 알아보고 순간 가슴이 따뜻해져오는 느낌을 받았다.

'아버지께서 워낙 검소하시다 보니 이런 깨진 찻주전자를 수십 년 동안 사용하시며 여전히 버리지를 못하고 계시는구나.'

그 대추나무를 보자 문득 어린 시절 대추가 익을 무렵 부친이 그의 조막손을 잡고 함께 대추를 따던 추억이 떠올랐다. 빨갛게 익은 대추는 속이 꽉 차 껍질이 터지면 훨씬 달고 과즙도 많았다. 고향을 떠나온 뒤에는 그렇게 맛있는 대추를 맛본 적이 없었다. 교봉은 생각했다.

'설사 그분들이 내 친부모가 아니라 해도 날 키워주신 은혜는 평생

갚아도 갚지 못할 것이다. 내 출신 내력의 진상이 어떠하든지 간에 난 절대 호칭을 바꾸지 않을 것이다.'

그는 세 칸으로 된 토담집 앞으로 걸어갔다. 집 밖의 대나무 돗자리 위에는 햇볕에 말리려고 널어둔 채소들이 한가득이었고, 암탉 한 마리가 병아리 떼를 몰고 풀밭에서 모이를 쪼아대고 있었다. 그는 입에 옅은 미소를 머금었다.

'오늘 밤에는 어머니가 닭을 잡아 요리를 하시겠구나. 오랜만에 보는 아들한테 먹이려고 말이야.'

그는 큰 소리로 외쳤다.

"아버지, 어머니! 아들이 왔습니다!"

이렇게 두 번을 외쳤지만 아무 소리도 들리지 않자 생각했다.

'아. 맞다! 노인네들 둘 다 귀가 안 들려서 못 듣나 보다.'

판자문을 밀어젖히고 들어가니 안채에는 집을 떠날 때와 마찬가지로 나무 탁자와 의자, 쟁기와 괭이 등이 그대로 놓여 있었지만 인적은 보이지 않았다.

교봉은 다시 크게 외쳤다.

"아버지! 어머니!"

여전히 아무 대답도 없자 그는 의아한 생각이 들어 혼자 중얼거렸다.

"다들 어디 가신 거지?"

그러다 고개를 내밀어 침실 안을 둘러봤다. 그는 순간 깜짝 놀랐다. 교삼괴 부부 두 사람이 바닥에 길게 누워 꼼짝도 하지 않는 것이었다.

교봉은 급히 안으로 달려들어가 모친부터 일으켜 살펴봤지만 이미 호흡이 끊어져 있었다. 몸이 아직 따뜻한 것으로 보아 죽은 지 얼마 안

된 것으로 보였다. 다시 부친을 안아 일으켜보니 역시 매한가지였다. 교봉은 놀라서 당황하면서도 비통하기 그지없었다. 부친의 시신을 안고 밖으로 나가 햇빛 아래 자세히 살펴보니 가슴 부위의 늑골이 모두 부러져 있었다. 무학의 고수가 펼친 무시무시한 장력에 당한 것이 틀림없었다. 모친의 시신을 보니 역시 마찬가지였다. 교봉은 혼란스러웠다.

'우리 부모님은 충직하고 성실한 농가의 부부였는데 어찌 무학의 고수한테 이런 독수를 당한 거지? 필시 내가 원인일 것이다.'

그는 방 세 칸과 앞마당, 뒷마당 그리고 지붕 위까지 샅샅이 살펴보며 흉수가 어떤 인물인지 알아내려 했지만 손을 쓴 사람은 뜻밖에도 발자국 하나 남기지 않았다. 교봉의 얼굴은 눈물범벅이 되어버렸다. 생각하면 할수록 슬픔이 밀려와 큰 소리로 펑펑 울어댔다.

이렇게 울고 있는 사이 등 뒤에서 누군가의 목소리가 들려왔다.

"애석하구나. 애석해! 우리가 한발 늦었어."

교봉은 재빨리 몸을 돌렸다. 그곳에는 중년의 승려 네 명이 있었는데 복장으로 보아 소림사 사람들인 것 같았다. 교봉은 과거 소림파 무예를 배우긴 했지만 그에게 무공을 전수한 현고대사는 매일 밤 그의 집을 직접 방문해 가르쳤기에 소림사 승려들 대부분을 알지 못했다. 그는 너무나 비통스러운 나머지 외부 사람이 온 걸 보고도 갑작스레 눈물을 거둘 수 없었다.

키가 큰 승려 하나가 노기로 가득한 얼굴로 호통을 쳤다.

"교봉! 정말 개돼지만도 못한 놈이로다! 교삼괴 부부가 네 친부모는 아니라 해도 널 10여 년 동안이나 길러준 은혜를 경시할 수 없거늘 어찌 이리 모질게 살해를 한 것이냐?"

교봉이 흐느끼며 말했다.

"재하는 조금 전 집에 돌아와 부모님이 살해당한 것을 보고 흉수를 찾아내 부모님의 원수를 갚으려 하는 중인데 대사께선 어찌 그런 말씀을 하십니까?"

그 승려가 버럭 화를 냈다.

"거란인은 탐욕스러운 야심이 있다 하더니 과연 금수나 마찬가지로구나! 네가 제 손으로 자신의 의부모를 살해할 줄은 몰랐다. 우리가 한발 늦은 것이 한이로다. 교가야! 네가 이곳 소실산에 와서 행패를 부릴수 있다고 생각한다면 그건 크나큰 오산이다."

이 말을 하면서 획 하고 교봉의 가슴팍을 향해 일장을 후려갈겼다.

교봉이 재빨리 피하려 하는 순간 등 뒤에서 바람 소리가 일며 누군가 뒤쪽에서 기습을 가해왔다. 그는 제대로 알지도 못하는 소림사 승려들과 대결을 펼치고 싶지 않아 왼발을 찍어 훌쩍 뛰어오르며 가볍게 1장 밖으로 움직였다. 등 뒤에는 과연 또 한 명의 소림승이 발로 허공을 차나가고 있었다.

소림승 네 명은 자신들이 펼친 일격을 소봉이 가볍게 피하자 깜짝놀랐다. 그중 키가 큰 승려가 욕을 쏟아부었다.

"그렇게 무공이 강하면서 어찌 그런 짓을 한 것이냐? 네가 의부모를 죽여 입을 막는다고 네 출신 내력을 숨길 수 있을 거라 생각했느냐? 애석하게도 네가 거란인의 종자란 사실은 이미 무림에 널리 퍼져 있다. 강호의 그 어느 누가 모른다고 이런 짓을 한 것이냐? 네가 그런 대역무도한 짓을 행한다면 네 죄과만 더욱 늘어날 뿐이다!"

또 다른 승려가 욕을 해댔다.

"넌 마대원을 죽인 것도 모자라 또다시 교삼괴 부부마저 죽였다. 흐흥! 네가 저지른 그 추악한 짓을 감출 수 있을 거라 생각하느냐?"

교봉은 두 승려가 그토록 욕설을 퍼부어대는데도 불구하고 가슴속이 오직 슬픔으로 가득 찬 나머지 전혀 화가 나지 않았다. 그는 평소에도 큰일이 닥치면 어떻게 처리할지에 대해 잘 알고 있었다. 어려운 일을 수없이 겪은 그였기에 이 순간도 침착하게 대처할 수 있었다. 그는 포권으로 예를 올리며 말했다.

"네 분 대사께서는 법명이 어찌 되시는지 가르침을 내려주십시오. 소림사 고승들이십니까?"

성격이 좋아 보이는 보통 체격의 한 화상이 나섰다.

"우리 모두 소림 제자들이다. 에이. 네 의부모는 평생 충직하고 성실한 분들이셨건만 이런 처참한 지경에 이를 줄 몰랐다. 교봉, 너희 거란인들은 손을 써도 매우 악랄하게 쓰는 것 같구나."

교봉이 생각했다.

'저들이 법명을 밝히려 하지 않는 걸 보니 더 물어야 득이 될 게 없다. 저 키 큰 화상이 구하려고 왔는데 한발 늦었다고 말했다는 건 어딘가에서 소식을 듣고 구하러 왔다는 건데 과연 누가 그런 소식을 알린 것일까? 또한 우리 부모님이 위험에 닥치리라는 걸 어찌 예견했을까?'

이런 생각을 하고 말했다.

"네 분 대사께서 자비로운 마음을 품고 하산해 부모님을 구하려 하셨는데 안타깝게도 한발 늦으셨습니다…."

그 키 큰 승려는 성격이 불같았다. 그는 국 사발만 한 왕주먹을 들어 교봉을 향해 휙 하고 일권을 날리며 호통을 쳤다.

"우리가 한발 늦는 바람에 네놈이 이런 패륜을 행하게 만들고 말았다. 그래서 네가 이렇게 득의양양해하며 비아냥거리는 말을 해대는 것 아니더냐?"

교봉은 그들 네 사람이 호의를 가지고 있다는 걸 알고 있었다. 소식을 듣고 자기 부모를 구하기 위해 즉시 달려왔으니 말이다. 따라서 그들과는 굳이 대결을 벌이고 싶지 않았지만 그들을 제압하지 않는다면 영원히 진상을 밝힐 수 없겠다는 생각이 들어 말했다.

"재하가 네 분의 호의에 감사드립니다. 오늘은 저도 어쩔 수 없이 실례를 해야겠습니다."

이 말을 하고 바람처럼 몸을 돌리며 손을 뻗어 세 번째 승려의 어깻죽지를 향해 일장을 내려쳤다. 그 승려가 큰 소리로 호통을 쳤다.

"해보자는 것이냐?"

이 한마디가 채 끝나기도 전에 그는 어깨에 교봉의 일장을 맞고 바닥에 맥없이 쓰러지고 말았다.

교봉은 소림파 무공을 전수받았기에 이 승려들의 무공 기술에 대해 훤히 꿰뚫고 있었다. 그는 네 명의 승려를 일일이 쓰러뜨린 다음 말했다.

"실례했습니다! 네 분 대사께 묻겠습니다. 구하러 왔다가 한발 늦었다고 말씀하셨는데 우리 부모님이 재난을 당하실 거라는 소식은 어찌 들으셨습니까? 그런 기별을 누가 네 분 대사께 전한 겁니까?"

키 큰 승려가 화를 내며 말했다.

"기별해준 사람을 알아내면 또 독수를 써서 죽일 것이 아니냐? 소림 제자가 어찌 너 같은 천박한 거란 개의 자백 강요에 굴할 수 있단 말이냐? 네가 어떤 고문을 가한다 해도 상관없다. 내 입에서 무슨 말이든 얻어낼 생각은 하지 마라!"

교봉은 속으로 안타까운 마음을 금할 수 없었다.

'오해가 갈수록 깊어지는구나. 내가 무슨 질문을 하건 이들은 자백을 강요하는 것이라고 믿을 것이다.'

그는 손으로 등을 몇 번 찍어 한 사람씩 봉쇄된 혈도를 풀어주었다.

"살인멸구殺人滅口를 하려 했다면 지금이라도 당장 네 분의 목숨을 취했을 것입니다. 사건의 진상은 언젠가 낱낱이 밝혀지게 될 겁니다."

그때 산비탈 옆에서 누군가 차갑게 웃으며 말하는 소리가 들려왔다.

"살인멸구를 하는 게 그리 쉽지만은 않을 것이다!"

교봉이 고개를 들어보니 산비탈 옆에 소림승 10여 명이 모두 손에 무기를 들고 서 있었다. 맨 앞에 있는 승려 두 사람 모두 나이가 쉰 전후 정도로 보였는데 손에는 각각 방편산을 한 자루씩 들고 있었다. 산鏟 끝에 있는 정련 강철인 월아月牙에서는 서슬 퍼런 한광寒光이 번뜩였다. 그 두 승려의 형형한 눈빛만 봐도 내공이 매우 심후하다는 걸 단번에 알 수 있었다. 교봉은 두렵진 않았지만 지금 온 사람들의 무공이 약하지 않아 일단 교전이 일어나면 수 명의 사상자가 나오지 않는 한 쉽게 자리를 뜰 수 없다는 걸 알기에 즉시 두 손으로 포권을 하며 말했다.

"교봉이 무례한 점에 대해 여러 대사들께 사죄드립니다."

이 말을 하고는 갑자기 몸을 뒤로 날리더니 등짝으로 판자문을 부수고 토담집 안으로 들어가버렸다.

이런 변고는 순식간에 벌어진 일이라 모든 승려가 일제히 깜짝 놀라 소리쳤다. 그중 대여섯 명이 달려가 문 옆에 이른 순간 한 가닥 강풍이 문안에서 휘몰아쳐 나왔다. 이 대여섯 명의 승려가 각자 왼 손바닥을 들어 장력을 펼쳐 막자 펑 하는 폭발음과 함께 흙먼지가 휘날렸다. 문안에서 내뻗은 장력은 강맹하기 그지없어 그 대여섯 승려 모두 뒤로 네다섯 발짝 물러날 수밖에 없었다. 곧이어 몸을 바로 하고 섰지만 가슴속의 기혈이 소용돌이치는 느낌이 들었다. 그들은 서로의 얼굴을 쳐다보며 속으로 깨달았다.

'교봉의 일장은 힘이 어마어마하지만 여력을 남겨둔 것 같구나. 두 번째 장력으로 다시 덮쳐온다면 도저히 막을 수 없을 것이다.'

모두들 그가 극악무도한 자라고 믿고 있었기에 그가 힘을 모아 다시 장력을 펼칠 것이라고만 생각했을 뿐 일장에 사정을 두고 해치려 하지 않았다는 생각은 하지 못하고 있었다.

이에 모든 승려가 기세를 축적해 경계하기 시작했다. 한참 후에 앞장을 섰던 두 승려가 방편산을 들어 동시에 쌍룡입동雙龍入洞 초식을 펼쳐냈다. 두 승려는 강풍을 일으키며 방편산을 든 채 어깨를 나란히 하고 토담집 안으로 뛰어들어갔다. 두 방편산이 마주치는 챙 소리와 함께 생성된 빛무리가 온몸을 감쌌다. 그러나 집 안은 텅 비어 있고 교봉은 그림자도 보이지 않았다. 더욱 기이한 건 교삼괴 부부의 시신마저 종적을 감추어버린 것이다.

방편산을 쓰는 두 승려는 소림사 계율원戒律院에서 소림파 제자들의 행동을 감시 감독하는 지계승持戒僧과 수율승守律僧이었다. 평소 강호를 떠돌며 문하 제자들의 공과를 사찰하는 일을 하고 있어 몸에 지닌 무공 실력이 매우 고강했고 견문 역시 다른 동료들에 비할 수 없을 정도로 넓었다. 그 두 사람은 교봉이 순식간에 종적을 감추어버린 것을 보고 절대 있을 수 없는 일이라 여겼지만 놀랍게도 교삼괴 부부의 시신까지 들고 사라져버리자 더욱 불가사의하게 생각했다. 모든 승려는 앞마당과 뒷마당 그리고 아랫목과 부뚜막 주변을 샅샅이 뒤졌다. 계율원의 두 승려가 재빨리 산 밑을 향해 추격해 내려가 20리가 넘는 거리를 뒤쫓았지만 교봉의 종적을 어찌 찾을 수 있겠는가!

교봉은 부모의 시신을 든 채 모두의 예상을 깨고 오히려 소실산 위쪽으로 내달려갔다. 그는 사람이 오르기 힘든 무성한 수목 천지의 가파른 비탈길을 향해 뛰어올라가 그곳에 부모님을 고이 묻어드렸다. 그리고 무릎을 꿇어 공손하게 여덟 번 큰절을 한 다음 마음속으로 빌었다.

'아버지, 어머니! 누가 이런 독수를 써서 두 분 목숨을 해쳤는지 몰라도 소자가 기필코 흉수를 잡아 두 분 묘소 앞에 그놈에게서 도려낸 심장을 제물로 바치겠습니다.'

이번에 고향에 돌아오면서 자신이 한발 늦는 바람에 다시는 부모님 얼굴을 볼 수 없게 됐다는 생각이 들었다. 그렇지 않았다면 자신이 이렇게 건장하게 잘 자란 모습을 부모님께서 보고 무척이나 기뻐하셨을 터였다. 세 사람이 단 하루라도 함께 모일 수 있었다면 잠깐이나마 행복했을 텐데⋯. 이런 생각을 하니 눈물을 참을 수 없었다. 어릴 때부터 강직한 성격을 지니고 있던 그는 눈물을 흘리는 일이 극히 적었지만 상심과 비통이 극에 달한 오늘은 샘솟듯 흘러나오는 눈물을 막을 수 없었다.

불현듯 스쳐 지나가는 생각이 있었다.

'아이고, 큰일이다! 은사이신 현고대사도 위험에 처했을지 모르겠구나.'

그는 순간 몇 가지 일들이 생각났다.

'흉수가 부모님을 죽인 시간이 결코 우연이라 할 수 없다. 마침 내가 집에 오기 반 시진 전에 손을 썼다는 건 사전에 모의를 했다는 뜻이다. 부모님께 손을 쓴 다음 곧바로 소림사 승려들한테 달려가 내가 소실산에 와서 부모님을 죽여 입을 봉하려 한다고 통지한 거지. 그 소림사 승려들은 의협심이 넘치는 사람들이라 우리 부모님을 구할 생각으로 왔다가 날 마주치게 된 것이다. 현세에 내 출신 내력의 진상을 아는 또 한 사람이 바로 현고대사이니 그 흉수가 또 독수를 써서 그 죄를 나한테 뒤집어씌우려 할 것이 분명하다.'

현고대사가 자신 때문에 변고를 당할지도 모른다는 생각을 하자 초조해지지 않을 수 없었다. 그는 당장 걸음을 재촉해 소림사를 향해 내달렸다. 소림사 안에는 고수들이 구름같이 많은 데다 달마당達磨堂 내에도 비범한 절기를 지닌 노승들이 몇 명 있었다. 따라서 자신이 모습을 드러낸다면 중승衆僧들이 무더기로 달려들어 그곳을 벗어나기 쉽지 않다는 사실을 잘 알고 있었다. 해서 그는 최대한 황량하고 외진 오솔길만을 골라 내달렸다. 오솔길을 돌아 산에 올라가는 길은 거의 두 배 가까이 멀어 한 시진을 넘게 내달린 끝에야 소림사 후문에 당도할 수 있었다. 그때 날은 이미 저물어 어두컴컴했다. 그는 기쁘면서도 걱정이 됐다. 기뻤던 것은 어둠이 짙어졌으니 몸을 숨기기에 용이하다는 것이었고, 걱정스러웠던 것은 흉수가 어둠을 틈타 기습을 가한다면 종적을 발견하기 쉽지 않으리라는 생각 때문이었다.

그동안 강호를 누벼오면서 호적수를 만나는 일은 매우 드물었지만 이번에 만나게 될 적은 고강한 무공을 지녔음은 물론 심산心算마저 뛰어나고 악독해서 도저히 가늠이 되질 않는 상대였다. 소림사가 비록 호랑이 굴이나 마찬가지일 정도로 위험한 곳이기는 해도 현고대사를 해치러 오는 사람에 대한 대비는 없을 테니 누가 기습을 가한다면 암수를 피하기 어려울 것이다. 교봉은 자신이 이미 중대한 혐의를 받고 있다는 사실을 알고 있었다. 만약 현고대사가 이미 독수에 당한 상태이고 흉수 얼굴을 본 사람이 없는 상황에서 자신이 몰래 절 안으로 잠입한 사실이 밝혀지기라도 한다면 그는 입이 열 개라도 할 말이 없어지게 된다. 그가 흉수라는 혐의를 피하기 위해선 지금 당장 소림사를 떠나 멀리 가버려야 하겠지만 첫째, 은사의 안위가 염려됐고 둘째, 여기서 진범을 잡아 부모님의 원수를 갚고 이 간계에 대한 진상을 밝혀야만 하기에 이 정도 위험을 무릅쓰는 일은 돌볼 겨를이 없었다.

그는 소실산에서 10여 년을 살았지만 소림사 안에는 들어가본 적이 없어 절 안의 전당이나 정원이 어디 있는지 전혀 모르고 있었다. 더구나 현고대사가 어디 기거하는지조차 알지 못했다.

'사부님께서 무탈하시기만 바랄 뿐이다. 사부님 얼굴을 뵈면 그간의 경과를 고하고 필히 조심하시라고 말씀드려야 한다. 그리고 내 출신 내력에 대해서도 물어봐야 한다. 사부님은 진범이 누구인지 짐작하고 계실지도 몰라.'

소림사 안의 전당들은 수십 채나 돼서 동쪽에 하나, 서쪽에 하나 그리고 산비탈 이곳저곳에 흩어져 있었다. 현고대사는 소림사 내에서 어떤 사무도 관장하지 않았다. 현玄 자 항렬의 승려는 아무리 적어도 20여 명은 족히 되고 옷 색깔도 서로 다른데 이 암흑 속에서 어디 가야 찾을 수 있단 말인가? 교봉은 이리저리 궁리를 해봤다.

'유일한 방법은 소림 승려 하나를 잡아 현고 사부님께 데려가달라고 다그치는 것이다. 나중에 사부님을 뵙고 나면 어쩔 수 없는 일이었다고 설명하고 정중하게 사죄를 하면 되겠지. 하지만 소림 승려들은 대부분 사부를 존중하고 의리를 중시하는데 내가 현고 사부님께 이롭지 못한 자라고 생각한다면 어디 계신지 죽어도 말하지 않을 것이다. 음, 아무래도 주방의 화공을 찾아가 안내해달라고 해야겠다. 하지만 그 사람들이 꼭 우리 사부님이 계신 곳을 안다고 할 순 없잖아?'

순간 갈팡질팡하다가 결국 각 전당의 사랑채 창밖에서 무슨 단서가 될 만한 것이 있는지 몰래 엿들어보기로 했다. 그는 우람한 몸집에 비해 몸놀림은 힘차고 날렵했다. 높은 곳에 올랐다 낮은 곳에 엎드리는 그의 동작들은 마치 사향고양이 같아서 아무에게도 발각되지 않았다.

한 길로 계속 찾아나가다가 작은 객사 옆을 지날 때였다. 갑자기 창문 안에서 누군가의 목소리가 들렸다.

"사숙, 방장께서 증도원證道院으로 급히 오라 하십니다. 긴한 일이 있다 합니다."

또 다른 나이 들어 보이는 목소리가 들렸다.

"알았다! 곧 가마."

교봉이 생각했다.

'방장께서 사람들을 모아 긴한 일을 상의한다면 우리 사부님도 가

실지 모르겠다. 일단 저 화상을 따라 증도원으로 가자.'

끼익 소리가 들리며 판자문이 열리고 승려 두 명이 걸어나왔다. 연로해 보이는 노승 한 명은 서쪽으로 걸어가고 어려 보이는 승려는 황급히 동쪽을 향해 뛰어가는데 다른 사람에게 또 전갈을 전하러 가는 듯했다.

교봉은 생각했다.

'방장이 저 노승에게 긴한 일을 상의하자고 청했다는 건 필시 서열이나 지위가 높은 사람이다. 소림사는 다른 사원寺院들과는 달리 서열이 높은 사람일수록 무공 실력 또한 심후하니까.'

그는 감히 그 뒤를 바짝 따라가지 못하고 그의 뒷모습을 바라보며 멀찌감치 뒤에서 미행했다. 그 노승은 서쪽을 향해 가더니 서쪽 맨 끝에 있는 대전으로 들어갔다. 교봉은 그가 대전 안으로 들어가 문을 닫을 때까지 기다렸다가 그제야 집 뒤쪽으로 돌아 들어갔다. 그러고는 사방에 아무도 없다는 것을 확인하고 나서 창문 밑으로 기어갔다.

그는 분해서 울화가 치밀었다.

'나 교봉은 강호를 떠돌아다니기 시작한 이래 무림의 정파 동도들을 대할 때 무엇 하나 공명정대하고 당당하지 않은 것이 없지 않았던가? 한데 오늘 이렇게 남몰래 잠입해 누구한테 발각될까 전전긍긍하고 있다니 정말 나 교봉의 명성이 땅에 떨어져버리고 말았구나. 앞으로 어찌 얼굴을 들고 다녀야 하지?'

곧바로 생각을 바꿨다.

'과거 사부님께서는 무예를 전수해주시기 위해 매일 밤 하산하시면서 비가 오나 바람이 부나 단 하룻밤도 거르지 않으셨다. 그토록 깊은

은혜는 분골쇄신으로 갚아야만 하거늘 이런 치욕이 무슨 대수던가?'

그때, 문밖에서 발소리가 들리고 앞다투어 네 사람이 달려오더니, 얼마 지나지 않아 다시 두 사람이 더 달려왔다. 창호지에 비치는 그림자로 보아 10여 명쯤 모인 것 같았다. 교봉은 생각했다.

'이들이 상의하는 문제가 소림파 내 극비 사안일 텐데 내가 엿듣기라도 한다면 의도한 건 아니라도 타당치 않은 행동이다. 아무래도 멀찌감치 가 있는 게 좋겠어. 사부님께서 안에 계신다면 이 안에는 고수들이 운집해 있을 테니 아무리 대단한 흉수라도 함부로 해치지는 못할 거야. 집회가 끝나고 다른 승려들이 모두 돌아가면 그때 다시 사부님을 만나뵙는 것으로 하자.'

그렇게 살며시 물러가려 할 때, 별안간 대전 안에 있던 10여 명의 승려들이 일제히 염불을 외기 시작했다. 교봉은 그들이 외는 것이 어떤 경문인지 몰랐지만 들리는 목소리만으로 보아 매우 장엄하고 숙연했으며 그중 몇 명의 경소리 속에는 슬픔과 괴로움이 서려 있었다. 그 경문을 유난히 오랫동안 외는 것을 보고 그는 뭔가 의아한 점이 느껴져 속으로 곰곰이 생각해봤다.

'무슨 법사法事를 행하는 것 같기도 하고 참선을 하면서 경전을 연구하는 것 같기도 한데? 그렇다면 사부님께서는 여기 안 계실지도 모르겠구나.'

그는 귀를 기울여 들어봤다. 과연 일제히 경전을 외는 여러 승려들 목소리 속에서 현고대사의 침착하면서도 굵직한 목소리는 들리지 않았다.

그는 순간 더 기다려야 할지 말지 결정을 내리지 못했다. 그때 경소리가 멈추더니 누군가의 위엄 있는 목소리가 들려왔다.

"현고 사제! 무슨 할 말이 더 있는가?"

교봉이 크게 기뻐하며 생각했다.

'사부님께서는 역시 여기 계셨구나. 다행히 무탈하셨어. 이제 보니 조금 전에는 염불을 함께 외지 않았던 거야.'

곧이어 누군가의 굵직한 목소리가 들려오기 시작했다. 교봉은 그 목소리를 듣고 바로 그의 수업 사부인 현고대사임을 알 수 있었다. 그의 목소리가 들려왔다.

"소제가 계戒를 받던 날 선사先師께서 현고라는 이름을 지어주셨습니다. 부처님께서 말씀하신 팔고八苦는 곧 생生, 노老, 병病, 사死, 원증회怨憎會12, 애별리愛別離13, 구부득求不得14, 오음치성五陰熾盛15입니다. 소제는 이 팔고에서 해탈하기 위해 노력했으나 말씀드리기 부끄럽게도 자신만 해탈하려 애썼을 뿐 남을 해탈시키지는 못했습니다. 원증회의 고통은 인생에 있어 필수 불가결한 경계입니다. 전생의 인연으로 심어진 바는 응당 업보가 있기 마련이지요. 사형, 사제 여러분! 전 이제 전생의 죄업을 갚으려 하는 것이니 응당 기뻐해야 마땅할 것입니다."

교봉이 듣기에 그의 목소리는 매우 차분했다. 다만 그가 말한 내용들 중에는 불가의 언어들이 많아 그 의미를 정확히 알 수는 없었다.

위엄 어린 그 목소리가 다시 들려왔다.

"현비 사제가 달포 전 간인의 손에 목숨을 잃어 우리가 범인을 잡으려고 전력을 다했으니 이는 부처님께서 말씀하신 '성내지도 말고 노여워하지도 말라'는 계율을 위배한 셈이네. 그러나 마魔를 굴복시키고 간인을 주멸하는 것이 세인을 널리 구하는 길이며, 우리 같은 사람들이 무공을 배운 본뜻은 홍법弘法[16]이니 부처님의 대자대비하신 마음을 배워 중생의 고난을 해소해주는 것이기에….”

교봉은 생각했다.

'저 위엄 있는 목소리는 필시 소림사 방장인 현자대사일 것이다.'

그의 목소리가 계속 들려왔다.

“… 마의 우두머리를 제거하는 것이 바로 수많은 세인을 구제하는 것이네. 사제, 그자가 고소모용 아니던가?”

교봉은 생각했다.

'이 일도 고소모용씨와 연루돼 있구나. 소림파 현비대사가 대리국 경내에서 암수를 당했다더니 설마 이들 역시 모용 공자가 쓴 독수라고 의심하고 있는 건가?'

그때 현고대사가 답했다.

“방장 사형, 소제는 사형과 여러 사형제들이 저로 인해 마음을 쓰길 원치 않습니다. 그리되면 소제의 업보만 늘어날 뿐입니다. 그자가 칼만 내려놓을 수 있다면 '고개만 돌리면 피안彼岸'이란 부처님 말씀처럼 해탈할 수 있겠지만, 만일 잘못을 깨닫지 못한다면 헛되이 애만 쓰는 결과를 가져오게 될 뿐입니다. 그자의 용모가 어떤지에 대해서는 더 말할 필요가 없습니다.”

방장 현자대사가 말했다.

“맞네. 사제의 큰 깨달음이 이 사형의 지나친 집착을 하승下乘[17]에 빠지게 만드는군.”

“소제는 잠시 정좌해서 묵상을 하며 참회하고자 합니다.”

“알겠네. 사제, 몸조심하게.”

판자문이 끼익 하고 열리자 큰 키에 깡마른 노승 하나가 천천히 걸어나왔다. 그가 1장가량 걸어나오자 그 뒤로 모두 17명의 승려가 우르르 빠져나왔다. 18명의 승려들은 모두 두 손을 합장하고 고개를 숙인 채 묵념을 하는데 표정이 하나같이 장엄하기 그지없었다.

승려 무리가 멀리 떠나간 뒤 대전 안은 쥐 죽은 듯 조용해졌다. 교봉은 주변의 이런 정경으로 인해 두려움이 몰려와 순간 몸을 드러내놓고 문을 두드릴 수 없었다. 갑자기 현고대사 목소리가 들려왔다.

"멀리서 온 가객이 어찌 들어오지 않고 배회하는 것이오?"

교봉은 깜짝 놀라 생각했다.

'내가 이렇게 기를 모아 숨죽이고 있으면 누구든 나와 지척에 있다 해도 여기 숨어 있다는 건 눈치챌 수가 없지 않은가? 사부님 귀가 이렇게 밝으시다는 건 내공 수련을 엄청나게 하셨다는 뜻이지.'

그는 문 앞으로 공손하게 걸어가 말했다.

"사부님, 강녕하셨습니까? 제자 교봉이 사부님을 뵈옵니다!"

현고는 어 하는 가벼운 소리를 냈다.

"봉아峰兒라고? 내가 마침 네 생각을 하고 있었다. 네 얼굴이 보고 싶었다. 어서 들어오너라!"

그 목소리는 희열로 가득해 있었다.

교봉 역시 기쁜 마음에 재빨리 안으로 들어가 무릎 꿇고 큰절을 올렸다.

"제자가 평소 사부님을 제대로 모시지 못했음에도 늘 염려해주시어 감사드립니다. 강건하신 사부님 모습을 뵈오니 기쁘기 한량없습니다."

이 말을 하면서 고개를 들어 현고대사를 바라보았다.

현고대사는 얼굴에 미소를 띠고 있었지만 등잔불 밑에 비친 교봉의 얼굴을 바라보더니 돌연 안색이 변해 몸을 일으켰다. 그러고는 떨리는 목소리로 말했다.

"너… 너… 너였구나. 네가 교봉이야. 내… 내가 직접 가르쳐낸 제자…."

그러나 그의 얼굴은 공포와 고통 그리고 깊은 연민과 안타까움이 섞여 있는 듯한 표정이었다.

교봉은 순식간에 표정이 변하는 사부의 얼굴을 보고 깜짝 놀랐다.

"사부님, 제가 교봉입니다."

"좋아, 좋아, 좋아!"

연이어 세 번을 '좋아!'라는 말을 하고 더 이상 아무 말이 없었다.

교봉은 감히 더 물어볼 수가 없어 어떤 가르침을 내리는지 조용히 기다렸다. 한참을 기다렸지만 어찌 된 일인지 현고대사는 시종 아무 말이 없었다. 교봉은 다시 그의 안색을 살폈다. 얼굴 근육이 뻣뻣하게 굳은 채 조금 전과 같은 표정을 짓고 있는 모습에 그는 깜짝 놀라지 않을 수 없었다. 손을 뻗어 그의 손을 만져보니 차가운 느낌이 들었다. 황급히 그의 코 밑에 손을 가져다 대보니 이미 숨을 거둔 상태였다. 순간 교봉은 놀라서 어안이 벙벙해지고 머릿속이 갑자기 혼란스러워졌다.

'사부님께서 날 보고 놀라서 돌아가셨단 말인가? 그럴 리가 없어. 내가 두려울 게 뭐 있다고? 필시 부상을 당하신 상태였을 것이다.'

하지만 사부의 몸을 감히 검시할 수도 없는 노릇이었다.

그는 정신을 가다듬고 마음의 결정을 내렸다.

'내가 이대로 조용히 피해버린다면 당당한 사내대장부의 행실이라 할 수 없다. 오늘 이 사건은 어떤 위험이 있다 하더라도 진상을 밝혀내야만 한다.'

그는 당장 대전 밖으로 나가 큰 소리로 외쳤다.

"방장 대사, 현고 사부님께서 원적에 드셨습니다! 현고 사부님께서 원적에 드셨습니다!"

이 두 마디 외침 소리는 저 멀리까지 전해져 나가 산골짜기에 울려 퍼지면서 소림사 경내 전체에 들렸다. 그의 이 외침은 웅후했지만 극한의 비통함이 배어 있었다.

아직 각자 방사로 돌아가기 전이었던 현자 방장 등 일행은 교봉의 외침 소리가 들리자 일제히 몸을 돌려 빠른 걸음으로 증도원에 돌아왔다. 그들은 건장한 체구의 한 사내가 원문 옆에 서서 옷소매로 눈물을 닦는 것을 보고 모두들 의아하게 생각했다. 현자는 현고의 안위가 염려된 나머지 사내에겐 눈길조차 주지 않고 재빨리 대전 안으로 들어갔다. 그는 현고가 넘어지지도 않고 꼿꼿하게 서 있는 모습을 보고 더욱 놀랐다. 모든 승려는 일제히 안으로 들어가 고개를 숙인 채 염불을 외기 시작했다.

교봉은 맨 마지막에 대전 안으로 들어가 무릎을 꿇고 속으로 다짐했다.

'사부님, 제자의 전갈이 늦어 벌써 독수를 당하신 거로군요. 제자와 그 간인과의 원한은 더욱 깊어지게 됐습니다. 이 제자가 그 어떤 난관이 있더라도 그 간인을 잡아 갈기갈기 찢어 죽여 사부님의 원수를 갚겠습니다.'

현자 방장은 염불을 다 외고 난 후 눈을 돌려 교봉의 용모를 훑어보더니 깜짝 놀라 물었다.

"조금 전에 고함을 친 사람이 시주셨소?"

교봉이 말했다.

"네! 제자 교봉입니다! 사부님께서 원적에 드시는 걸 보고 비통한 마음에 방장 대사를 놀라게 해드렸나 봅니다."

현자가 교봉의 말을 듣고 몸을 흠칫 떨면서 얼굴에 범상치 않은 기색을 띠고는 그를 의심스러운 눈길로 한참을 바라보았다.

"방주… 시… 시… 시주가 개방의… 전임 방주요?"

교봉은 그가 '개방의 전임 방주'라고 하는 말을 듣고 생각했다.

'강호에서는 소식이 매우 빨리 전파된다. 이분께선 이미 내가 개방 방주가 아니라는 걸 알고 계시구나. 그렇다면 내가 개방에서 축출된 연유에 대해서도 알고 계실 것이다.'

"맞습니다!"

"시주께서는 어찌 이 야심한 밤에 폐사에 난입을 한 것이며 또 현고 사제가 원적에 든 건 어찌 보셨소이까?"

교봉은 마음에 묻어둔 말이 수없이 많았지만 순간 어찌 얘기해야 할지 몰라 이렇게 답했다.

"현고대사께선 이 제자에게 무예를 전수해주신 은사이십니다. 한데 은사께서 무슨 부상을 입으셨던 건지 모르겠습니다. 도대체 누가 독수를 쓴 겁니까?"

현자 방장이 눈물을 흘리며 말했다.

"현고 사제는 급습을 당했소. 누군가의 일장에 가슴을 맞아 늑골이 부러지고 오장이 파열됐으나 워낙 내공이 심후한 덕에 지금까지 버틸 수 있었던 것이오. 우리가 급습을 가한 흉수가 누군지 묻자 안면이 있는 사람은 아니라 하여 흉수의 용모와 나이를 물었소이다. 한데 사제는 불가의 팔고八苦를 거론하며 원증회가 그중 하나의 고통이고 원수를 만나게 됐으니 이제 해탈을 할 수 있겠다며 흉수의 인상착의에 대해서는 절대 말하지 않았소."

교봉이 문득 생각이 난 듯 말했다.

"그럼 조금 전 여러 승려들께서는 사부님이 중상을 입은 사실을 알고 염불을 외어 사부님의 극락왕생을 축원한 것이로군요."

그는 다시 눈물을 머금고 말을 이었다.

"여러 고승들께서는 자비를 품고 계시어 원한을 염두에 두지 않으시겠지요. 제자는 속가인이니 기필코 독수를 쓴 범인을 잡아 갈기갈기 찢어 죽여서 사부님의 원수를 갚을 것입니다. 한데 귀 사는 경비가 삼엄한데 흉수가 어찌 난입해 들어온 것입니까?"

현자가 주저하며 답을 하지 못하고 있자 느닷없이 왜소한 몸의 한 노승이 차가운 목소리로 말했다.

"시주께서 소림에 난입을 했는데도 미리 알아채고 막지를 못했으니 그 흉수는 당연히 이곳이 무인지경인 것처럼 마음껏 왕래할 수 있지 않았겠소이까?"

교봉이 몸을 굽혀 포권을 했다.

"사태가 긴박한 나머지 산문 밖에서 미리 뵙겠다고 통보할 겨를이 없어 결례를 범했으니 여러 대사들께서 양해해주십시오. 제자는 소림 출신으로 연원이 깊습니다. 감히 무례하게 행동할 뜻은 추호도 없었습니다."

그가 말한 마지막 두 마디는 소림파의 체면이 깎이면 자기의 체면 역시 함께 깎이는 것이며 자신이 소림 후원에 난입한 건 알고 있지만 스스로 고함을 칠 때가 돼서야 누군가에게 발각됐고, 이 사실이 밖에 알려진다면 소림파의 체면은 크나큰 손상을 입게 된다는 뜻에서 한 소리였다.

바로 이때 소사미 하나가 뜨거운 약사발 하나를 받쳐들고 대전 안 으로 들어와 현고의 시신을 향해 말했다.

"사부님, 약 드십시오."

그는 현고의 시중을 드는 사미였는데 약왕원藥王院에서 상처를 치료 하는 영약인 구전회춘탕九轉回春湯을 달여 사부님께 드리려고 가져오는 길이었다. 그는 현고가 직립 상태로 서 있어 이미 죽었다는 사실을 모 르고 있었던 것이다.

교봉은 비통한 마음에 오열을 했다.

"사부님께서는….."

그 소사미가 고개를 돌려 그를 보고는 갑자기 깜짝 놀라 큰 소리로 외쳤다.

"당신이! 당신이… 또 오다니!"

"쨍그랑!"

소사미가 약사발을 바닥에 떨어뜨리자 도자기 파편과 약즙이 사방 으로 튀어 날아갔다. 그 소사미는 뒤로 훌쩍 두 걸음 물러서서 벽에 기 댄 채 날카로운 목소리로 말했다.

"저자예요! 사부님을 해친 자가 바로 저자예요!"

그의 이 부르짖음에 모든 이가 놀라지 않을 수 없었다. 교봉은 더욱 당황한 나머지 큰 소리로 외쳤다.

"무슨 말이냐?"

그 소사미는 불과 열두세 살 남짓한 나이였는데 교봉을 보고 매우 두려운 듯 현자 방장 뒤에 숨어 그의 옷소매를 잡아끌면서 소리쳤다.

"방장 사부님! 방장 사부님!"

현자가 말했다.

"청송靑松, 겁내지 말고 어서 말해봐라. 저 시주가 사부에게 손을 썼다고 말하는 것이냐?"

소사미 청송이 말했다.

"네! 저 사람이 손바닥으로 사부님의 가슴을 때리는 걸 제가 창문 틈으로 봤습니다. 사부님, 사부님! 어서 반격하세요!"

이때까지만 해도 소사미는 여전히 현고가 이미 죽었다는 사실을 모르고 있었다. 현자 방장이 말했다.

"자세히 보도록 하거라. 사람 잘못 보지 말고!"

청송이 말했다.

"제가 똑똑히 봤습니다. 누빈 잿빛 장포를 걸치고 각진 얼굴에 위로 추켜올라간 눈썹과 큰 입, 큰 귀까지 바로 저 사람이에요. 방장 사부님, 어서 공격하세요! 어서요!"

교봉은 한 줄기 오싹한 기운이 등줄기를 타고 밑으로 쏟아져 내려왔다.

'맞았어! 그 흉수가 내 모습으로 변장을 한 게로구나. 나한테 뒤집어씌울 생각에…. 사부님은 내가 돌아왔다는 소리를 듣고 기분이 좋으셨지만 내 얼굴을 보고 난 다음 내가 사부님을 해친 흉수와 모습이 같은 걸 보고 그제야 말씀하셨지. "너… 너… 너였구나. 네가 교봉이야. 내… 내가 직접 가르쳐낸 제자….' 사부님과 난 10여 년이나 보지 못하고 지냈으니 어린아이에서 성인으로 변한 모습이 많이 달랐을 것이다.'

그는 또 현고대사가 임종 전에 연이어 했던 세 번의 '좋아!'란 말이 생각나자 가슴을 칼로 도려내는 듯한 기분이 들었다.

'사부님께서는 심한 독수에 맞고도 적이 누군지 모르셨다가 흉수와 같은 모습의 내 얼굴을 보고 너무 비통한 나머지 슬픔에 겨워 돌아가신 것이다. 사부님께서는 중상을 입어 위독한 상태였으니 깊이 생각할 수 없으셨을 거야. 정말 내가 사부님을 해쳤다면 어찌 다시 와서 얼굴을 보였겠느냔 말이다.'

갑자기 떠들썩한 목소리가 들리면서 한 무리의 승려들이 빠른 걸음으로 달려와 증도원 밖에 멈추어섰다. 그중 승려 둘이 몸을 굽혀 공손하게 안으로 들어왔는데 다름 아닌 소실산 밑에서 교봉과 대결을 펼쳤던 지계, 수율 두 승려였다. 그 지계승이 입을 열었다.

"방장께 아뢰옵니다…."

이 말을 하다 교봉을 발견한 그는 놀라면서도 의아한 그리고 분노로 가득한 얼굴로 그가 이곳에 어찌 있는지 모르겠다는 표정을 지었다. 나머지 승려들 역시 모두 눈을 부라리며 교봉을 매섭게 노려봤다.

현자 방장이 장엄한 기색으로 다소곳이 말했다.

"시주께서 지금은 개방에 없다지만 어쨌든 무림에서는 명망이 높은 인물이시오. 오늘 폐사에 왕림하여 현고 사제가 죽음에 이르도록 출수를 한 이유가 뭔지 모르겠소. 부디 가르침을 내려주시오."

교봉이 장탄식을 하며 현고대사 시신 앞에 엎드려 절했다.

"사부님, 돌아가시기 전에 사부님께서는 제자가 손을 썼다 생각해한을 품은 채 돌아가셨지요. 이 제자가 감히 사부님을 해칠 수는 없으나 간인이 사부님을 해친 이유는 바로 이 제자로 기인한 것입니다. 제자는 오늘 죽음으로 은사께 사죄한다 해도 전혀 애석함이 없지만 그리한다면 사부님의 원수는 갚을 길이 없습니다. 제자가 소림의 존엄을 침범한다 해도 사부님께서 용서해주시기 바랍니다."

"퐁! 퐁!"

말이 끝나기 무섭게 별안간 두 번의 소리와 함께 긴 숨을 내뱉자 등잔불 두 개가 꺼져 대전 안은 칠흑 같은 어둠에 휩싸였다.

교봉이 현고대사 앞에 엎드려 추도를 하는 동안 이미 빠져나갈 계책을 마련해놓았던 것이다. 그는 등잔불을 불어 *끄*자마자 왼손을 휘둘러 수율승의 등짝을 후려쳤다. 내상을 입히지 않으려고 가볍게 날린 일장이었지만 육중한 몸의 수율승은 문을 부수며 밖으로 날아가버렸다.

암흑 속의 승려들은 바람 소리만 듣고 교봉이 문밖으로 도망간다고 생각해 각자 금나수법을 펼쳐 문밖으로 날아간 수율승을 사로잡았다. 승려들 모두 교봉에게 치명적인 수를 써서 죽이기보다는 일단 생포를 해서 그가 현고대사를 해친 이유에 대해 상세히 캐물어야겠다고 생각한 것이다. 그 10여 명의 고승들은 소림사의 일류고수들로 금나수법조차도 각자 달라 자기들만의 독특한 기술을 가지고 있었다. 순간 금룡수擒龍手, 응조수鷹爪手, 호조공虎爪功, 금강지金剛指, 악석장握石掌 등 각

226
천룡팔부

양각색의 소림파 최고의 금나수법들이 수율승 몸에 펼쳐졌다. 고승들의 무공은 대단하기 짝이 없어 암흑 속에서 바람 소리만 듣고 출수를 하는데도 한 치의 오차가 없었다. 그 바람에 수율승은 혹독한 고역을 치러야만 했다. 삽시간에 전신의 요혈이 갖가지 금나수법에 의해 점혈되고 몸은 하늘 높이 매달린 채 비명 소리 한번 지르지 못했던 것이다. 아마 이런 경험은 난생처음 해보았을 것이다.

이 고승들은 워낙 경험이 많아 임기응변 능력에 있어서는 타의 추종을 불허했다. 당장 누군가 몸을 지붕 위로 날려 옥상을 감시했고 증도원의 각 통로 앞문과 뒷문도 순식간에 고수 승려들이 지켜서서 경계를 하기 시작했다.

소사미 청송이 재빨리 부싯돌을 가져와 대전 안의 등잔불에 불을 붙이고 나서야 모든 승려는 자신들이 잡은 사람이 수율승이란 사실을 알게 됐다.

달마원 수석승인 현난玄難대사가 전 사찰의 모든 승려에게 명을 하달해 각자 원위치로 돌아가 지키되 함부로 나서지 않도록 했다. 승려들 모두 교봉이 아무리 대담하다 해도 소림사 같은 호랑이 굴에 감히 자기 혼자 살인을 하겠다고 난입하진 않았을 것이며, 필시 또 다른 공범이 있어 혼란한 틈을 타서 다시 난입할 것이 분명하니 그의 조호리산調虎離山 계에 속을 수는 없다고 생각했다.

증도원 내의 10여 고승과 지계승이 인솔하는 승려 무리들은 곧바로 증도원 인근 곳곳을 샅샅이 수색하기 시작했다. 돌멩이 하나까지 모두 뒤집어보고 풀숲 곳곳을 곤봉으로 후려쳐가며 이 잡듯 뒤졌다. 이러다 보니 다들 자비심으로 가득한 호생지덕好生之德을 지닌 대화상들이라지만 두꺼비와 두더지, 메뚜기, 개미같이 살아 있는 짐승들을 적지 않게 살생하는 결과를 낳게 됐다.

한 시진 넘게 바삐 움직여 땅속만 빼놓고는 샅샅이 뒤졌지만 교봉을 어찌 찾아낼 수 있겠는가? 승려들 모두 혀를 끌끌 차며 연신 이상하다는 말만 할 뿐이었다. 간혹 서슴지 않고 욕을 내뱉으며 불가의 십계 중 '악어惡語를 하지 말라'는 계율조차 돌보지 않았다. 곧 현고대사의 법체法體는 사리원舍利院에 옮겨져 화장되고 수율승에 대해서는 약왕원에 가서 치료를 받도록 했다. 승려들은 모두 의기소침한 상태로 묵묵히 서로를 마주보고 이번 사태로 인해 체면이 많이 깎였다며 서로를 질책했다. 소림사는 고수들이 운집해 있는 데다 이 10여 고승들의 무공 실력과 명성은 무림에서 하나같이 쟁쟁했건만 적수공권赤手空券으로 나타난 교봉이 마음대로 휘젓고 다니는데도 살상을 하거나 생포하기는커녕 어찌 도망갔는지 짐작조차 못했으니 말이다.

교봉은 변고가 일어나면 승려들이 분명 도처를 수색하면서도 조금 전 모여 있던 증도원 안은 오히려 신경 쓰지 않을 것이라 짐작했다. 그는 수율승을 일장으로 후려친 후 재빨리 몸을 움츠려 조용히 현고대사가 생전에 사용했던 침상 밑으로 기어들어갔다. 그러고는 열 손가락을 침상 판 틈새에 끼워 승려 중 누군가가 침상 밑을 훑어봐도 보이지 않을 정도로 몸을 침상 판에 바짝 붙였다. 현고대사의 법체가 옮겨지고 집사승이 증도원의 판자문을 닫아건 후에는 아무도 그 안으로 들어오지 않았다.

교봉은 침상 밑에 횡으로 누웠다. 그는 밤새 소란스럽게 떠드는 승려 무리들의 목소리가 잠잠해지자 생각했다.

'날이 밝을 때까지 기다렸다가는 빠져나가기가 더욱 쉽지 않을 것이다. 지금이 아니면 언제 나갈 수 있겠는가?'

이런 생각을 하고 침상 밑에서 살며시 기어나와 판자문을 가볍게 밀고 나가서는 재빨리 나무 뒤에 숨었다.

지금 당장은 소란스러운 소리가 그쳤지만 소림 고승들이 이대로 물러서서 경계를 게을리하지는 않을 것이란 생각이 들었다. 증도원은 소림사에서 가장 서쪽에 있는 곳으로 서쪽을 향해 더 가면 깊은 산속으로 들어갈 수 있었다. 소림사를 벗어나기만 한다면 승려들은 삼삼오오 분산이 될 테니 설령 그들과 마주친다 해도 교봉을 막을 수는 없을 것이다. 그러나 그는 속된 사람이 아니었기에 소림 승려들과의 대적을 원치 않았다. 다만 훗날 진범을 잡아 소림사에 끌고 와서 자초지종을 설명하기만 바랄 뿐이었다. 오늘 승려 한 사람에게 또 손을 써서 한 번 더 이겨봐야 의미 없는 원수만 한 명 늘어나는 결과를 가져올 것이다. 더구나 자신의 실수로 살상을 하는 건 더욱 상상할 수 없는 일이었다. 자신이 절의 서쪽에서 실종됐으니 승려들의 경비가 가장 삼엄한 곳은 필시 절 서쪽에서 소실산으로 통하는 산길일 것이다. 그는 대충 따져보다 가장 안전한 경로는 오히려 절을 가로질러 동쪽 방향에서 절을 빠져나가는 것이란 생각이 들었다.

그는 몸을 낮춰 나무를 가림막 삼아 조용히 걸어갔다. 전당 네 개를 가로질러 보리수 뒤에 몸을 숨기는 순간 갑자기 반대편 나무 뒤에 승려 둘이 엎드려 있는 모습이 보였다. 그 승려 둘은 꼼짝도 하지 않고 어둠 속에 있어 절대 알아차리기 힘들었지만 예리한 눈을 가진 교봉은 한 승려의 손에 쥔 계도戒刀에서 미미하게 번뜩이는 빛을 보고 생각했다.

'정말 위험했다! 방금 전에 조금만 빨리 걸어갔어도 꼼짝없이 들켜버리고 말았을 것이다.'

그렇게 나무 뒤를 한참을 지키고 있었지만 승려 둘은 시종 꼼짝도 하지 않았다. 이런 수주대토 계책은 오히려 두렵기 짝이 없었다. 이 상태에서 조금이라도 움직였다가는 두 승려한테 발각될 수도 있기 때문이다. 그렇다고 이대로 장기적으로 대치를 하며 시종 꼼짝도 하지 않을 수는 없는 일이 아닌가!

그는 잠시 주저하다가 작은 돌멩이 하나를 집어들어 서쪽을 향해 퉁겼다. 이때 힘 조절이 얼마나 교묘했던지 처음엔 천천히 날아가다 나중에는 재빨리 움직여서 돌이 날아갈 때는 아무 소리도 나지 않다가 7~8장 밖에 이르러 강력한 파공성이 일었다. 날아간 돌멩이가 커다란 나무 한 그루 위를 가격하자 몸을 숨기고 있던 두 승려는 그 나무 쪽을 향해 질풍처럼 달려갔다.

교봉은 두 승려가 자신을 지나쳐가자 몸을 훌쩍 날려 근처에 있던 정원으로 굴러들어갔다. 달빛 아래 보이는 편액 위에 적힌 보리원菩提院이라는 세 글자가 똑똑히 보였다. 그는 두 승려가 별다른 상황을 발견하지 못하면 다시 돌아올 것이라 생각해 지체 없이 곧바로 후원으로 달려가 보리원 앞의 대당을 지난 다음, 몸을 벽에 붙이고 후전 안으로 들어갔다.

힐끗 쳐다보니 민첩하기 이를 데 없는 한 대한의 인영이 자신의 뒤를 순간적으로 지나가는데 그 신법은 매우 빠르고 범상치 않았다.

교봉은 깜짝 놀랐다.

'대단한 솜씨로군. 도대체 누구지?'

손을 들어 몸을 보호한 채 고개를 돌린 그는 실소를 머금지 않을 수 없었다. 맞은편에 있는 대한 역시 손을 비스듬히 들어 얼굴을 보호한 채 구부정하게 굽은 등으로 마치 태산처럼 기를 모으고 있었다. 알고 보니 후전의 불상 앞에 놓여 있던 병풍 위에 거대한 구리거울이 장식되어 있고 깨끗이 닦여 있는 그 거울 속에 자신의 인영이 비쳤던 것이다. 구리거울 위에는 네 구절의 게가 새겨져 있었다. 그는 불상 앞에 켜져 있는 등잔불 몇 개의 어슴푸레한 불빛 아래 아련하게 보이는 글자들을 읽어내려갔다.

모든 유위법有爲法[18]은	一切有爲法
마치 꿈과 환상, 물거품, 그림자와도 같고	如夢幻泡影
또한 이슬 같고 번개 같기 때문이니	如露亦如電
응당 이렇게 관찰해야 하느니라	應作如是觀

교봉이 웃음을 머금고 고개를 돌려 발걸음을 옮기려 하는 순간, 갑자기 뇌리를 스치고 지나가는 강렬한 충격과 함께 멍해지는 느낌이 들었다. 그 짧은 순간에 매우 중요한 사실이 떠올랐기 때문이다. 그러나 그게 무엇인지는 어렴풋하기만 할 뿐 짐작할 수 없었다.

잠시 우두커니 서 있다 무의식중에 고개를 돌려 구리거울을 힐끗 쳐다보자 자신의 뒷모습이 보였다. 문득 깨닫는 바가 있었다.

'얼마 전에도 내 뒷모습을 본 적이 있었는데 그게 어디였지?'

이렇게 넋을 잃고 있을 때 갑자기 정원 밖에서 발소리가 들렸다. 곧이어 몇 명이 안으로 들어왔다.

너무도 갑작스러운 일이라 몸을 숨길 곳이 없었다. 그때 대전 위에 나란히 모셔져 있는 불상 세 존尊이 보이자 곧바로 불상을 모셔놓은 상단上壇 위로 뛰어올라 세 번째 불상 뒤에 숨었다. 발소리는 모두 여섯 명이었는데 그들은 두 줄로 늘어선 채 어깨를 나란히 하고 후전에 도착한 뒤 각자 부들방석 위에 앉았다. 교봉이 불상 뒤에서 훔쳐보니 여섯 명 모두 젊은 승려들이었다. 그는 생각했다.

'내가 지금 후전에서 뛰어나간다고 했을 때 저 여섯 승려의 무공 실력이 평범하다면 발견 못할지 모르지만 그중 한 사람의 내공이 심후해서 눈과 귀가 예민하다면 알아차릴 수도 있다. 일단은 잠자코 있어야겠다.'

오른쪽에 앉은 승려가 대뜸 말했다.

"사형, 이곳 보리원은 텅텅 비어 있는데 무슨 경서가 있다는 거죠? 사부님께서 왜 우리더러 여길 지키라고 하시는 겁니까? 적이 훔쳐가는 걸 대비하라니 말입니다."

왼쪽에 있던 승려가 빙긋 웃었다.

"이곳 보리원의 비밀이니 더 말해야 소용없네."

오른쪽 승려가 말했다.

"흥! 사형도 모르시나 보군요."

왼쪽 승려가 흥분을 참지 못하고 말했다.

"내가 어찌 모른다는 건가? '일몽여시一夢如是'…."

그는 여기까지 말하다 순간 소스라치게 놀라며 입을 꾹 다물었다.

오른쪽에 있던 승려가 물었다.

"'일몽여시'라니요?"

두 번째 부들방석에 앉은 승려가 끼어들었다.

"허청虛淸 사제, 평소에는 말수가 없더니 오늘은 어찌 그리 쉬지도 않고 말을 하는 겐가? 보리원의 비밀을 알고 싶으면 사부님께 가서 물어보게."

허청이라 불리는 승려는 더 이상 묻지 않다가 잠시 후에 말했다.

"뒤에 가서 볼일 좀 보고 오겠습니다."

이 말을 하고 몸을 일으켰다. 그는 오른쪽에서 왼쪽 문을 향해 나가면서 왼쪽에서 다섯 번째 승려의 등 뒤를 지날 때 갑자기 오른쪽 다리를 들어 그 승려의 등짝에 있는 현추혈懸樞穴을 걷어찼다. 현추혈은 인체의 13번째 척추 밑에 있는데 그 승려는 부들방석 위에 무릎 꿇고 앉아 있어 현추혈이 부들방석 끝자락에 있었다. 허청의 발길질에 차인 그의 몸은 천천히 오른쪽으로 쓰러졌다. 허청의 발길질은 워낙 빨라 아무 소리도 나지 않았다. 그는 곧이어 네 번째 승려의 현추혈을 걷어차고 다시 세 번째 승려를 걷어차 삽시간에 승려 셋을 걷어찼다.

교봉은 불상 뒤에서 이런 모습을 보고 깜짝 놀랐다. 저 소림승이 어째서 동료들을 해치는지 알 수 없었기 때문이다. 그 허청이란 승려가 발을 뻗어 다시 왼쪽에서 두 번째 앉아 있던 승려를 걷어찼다. 발끝이 그의 혈도에 닿자마자 그에게 혈도를 차인 세 명의 승려 중 두 명이 부들방석 위에 앉아 있다 쓰러지면서 머리가 대전 벽돌 바닥에 부딪혀 쿵쿵 소리를 냈다. 왼쪽에 있던 승려가 깜짝 놀라 벌떡 몸을 일으켜 살펴봤다. 힐끗 보니 허청이 발을 날려 자기 뒤에 있는 승려를 넘어뜨리는 것이 아닌가? 그는 더욱 놀라서 소리쳤다.

"허청, 무슨 짓인가?"

허청이 밖을 가리키며 말했다.

"저기 보세요, 누가 왔나."

그 승려가 고개를 돌려 밖을 바라보는 순간 허청이 재빠른 솜씨로 오른발을 날려 그의 등짝을 향해 걷어찼다.

그의 발길질은 빠르기 그지없어 제대로 적중될 것 같았지만 반대편 구리거울에서 몰래 발길질하는 모습을 본 그 승려는 몸을 비스듬히 숙여 피할 수 있었다. 그는 손을 뻗어 반격을 가하며 소리쳤다.

"정신 나갔어?"

허청이 질풍처럼 손을 날려 여덟 초를 겨루는 동안 그 승려는 아랫배를 주먹에 맞고 이어서 발길질에 한 번 차였다. 교봉은 매우 부드러우면서도 간악한 허청의 출초를 보고 소림파 수법이 아닌 것 같아 더욱 의아한 생각이 들었다.

그 승려는 적수가 되지 않는다고 느끼자 큰 소리로 부르짖었다.

"첩자다! 첩자!…"

허청이 앞으로 성큼 다가서며 왼 주먹으로 그의 가슴을 가격하자 그 승려는 곧바로 혼절해버렸다.

허청은 구리거울 앞으로 달려가 오른손 식지를 뻗어내더니 거울 위 사구게의 첫 행 첫 번째 글자인 일一 자를 지그시 눌렀다. 교봉은 거울을 통해 그가 이어서 두 번째 행의 몽夢 자 위를 누르는 것을 보고 생각했다.

'저 승려가 보리원의 비밀이 일몽여시라고 말했지 않은가? 거울 위

에는 여如 자가 모두 네 개 있는데 어느 걸 누를지 모르겠군.'

그때 허청이 손가락을 뻗어 세 번째 행의 첫 번째 여如 자를 누르고 다시 네 번째 행의 시時 자를 눌렀다. 그러자 그의 손가락이 거울 면에서 떨어지기도 전에 끼이익 소리와 함께 구리거울이 천천히 뒤집히며 올라갔다.

교봉은 이때가 이곳에서 빠져나갈 좋은 기회였지만 순간 호기심이 일었다. 도대체 저 소림승이 동문들을 해친 이유가 무엇이며 구리거울 뒤에는 어떤 물건이 있는지 보고 싶었다. 모르긴 몰라도 필시 현고대사가 피살된 사건과 관련이 있을 것이라 여겼다.

왼쪽 첫 번째 승려가 허청에게 가격을 당하기 전 큰 소리로 부르짖었을 때, 소림사 안에서 사방으로 순찰을 돌고 있던 승려 100여 명은 비명 소리를 듣고 구름같이 몰려들기 시작해 보리원 동서남북 사방에서 발소리가 들려왔다.

교봉은 속으로 주저했다.

'설마 저들에게 내 종적이 발견되지는 않을까?'

하지만 승려들이 당도하면 모든 시선이 허청을 향할 것이고 자신이 빠져나갈 기회는 많을 테니 서둘러 도망갈 필요가 없다는 생각이 들었다. 허청은 구리거울 뒤의 한 작은 구멍 안으로 손을 집어넣어 더듬었지만 뭔가를 잡지 못한 것 같았다. 바로 그때 북쪽에서 온 발소리가 이미 보리원 문밖까지 다가왔다.

허청이 한동안 멈췄다가 매우 실망한 듯 몸을 돌리고 떠나려는 순간, 대뜸 몸을 낮춰 구리거울 뒷면을 펼쳐보더니 나지막이 소리쳤다.

"여기 있었구나!"

곧이어 손을 뻗어 구리거울 뒷면에서 아주 작은 보따리 하나를 끄집어내서는 품속에 넣고 도망칠 곳을 찾았지만 이미 사방팔방에서 승려들이 모여들어 나갈 길이라곤 없었다. 허청은 사방을 쭉 둘러보다 곧바로 보리원 앞문으로 뛰쳐나갔다.

교봉은 생각했다.

'저쪽으로 나가면 당장 붙잡히고 말 텐데….'

그때 획 하는 바람 소리가 일더니 누군가 교봉이 숨어 있는 곳을 향해 덮쳐들었다. 교봉은 바람 소리만 듣고 신형을 분별해 왼손을 뻗어 그자의 왼손 맥소脈所를 움켜쥐었다. 동시에 그의 등짝에 있는 신도혈神道穴에 오른손을 대고 내력을 토해냈다. 그러자 그자는 전신이 마비되어 꼼짝도 하지 못했다. 교봉은 적을 사로잡고 그의 얼굴을 유심히 살폈다. 뜻밖에도 그자는 바로 허청이었다. 그는 어리둥절했지만 곧바로 영문을 알게 됐다.

'맞아! 이자도 나처럼 불상 뒤로 몸을 숨긴 거야. 공교롭게도 이 세 번째 불상의 몸체가 가장 커서 이걸 고른 거겠지. 한데 앞문으로 도망가는 것 같더니 왜 다시 몰래 뒷문으로 들어온 거지? 음. 바닥에 누워 있는 다섯 화상들이 잠시 후 사람들이 들어와 물어볼 때 이자가 앞문으로 도망갔다고 하면 보리원 안은 수색하지 않을 것이라 생각한 것이로군. 흠. 계책이 아주 뛰어난 자로구나.'

교봉은 손으로 허청을 붙잡고 여전히 놓지 않은 채 그의 귓가에 입을 대고 나지막이 말했다.

"네가 소리를 지르면 일장으로 널 죽일 것이다. 알겠느냐?"

허청은 고개를 끄덕였다.

바로 그때, 대문 안으로 화상 일고여덟 명이 들이닥쳤는데 그중 세 사람은 손에 횃불을 들고 있어 일순간 대전 안이 환해졌다. 승려들은 대전 위에 다섯 승려가 쓰러져 있는 것을 보고 떠들어대기 시작했다.

"교봉 그 못된 놈이 또 독수를 썼구나!"

"음? 허잠虛湛과 허연虛淵 사형이잖아!"

"아이고, 큰일 났다! 이 구리거울이 어쩌다 이렇게 올라가 있지? 교봉이 보리원의 경서를 훔쳐갔나 보다!"

"어서 방장께 고하자!"

교봉은 승려들이 앞다투어 떠드는 소리를 듣고 씁쓸한 웃음을 짓지 않을 수 없었다.

'이 빚을 또 내가 지게 되는구나.'

잠깐 사이에 대전에는 승려들이 점점 더 모여들었다.

교봉은 허청이 몇 번이나 발버둥치며 도망가려고 하는 게 느껴지자 그 의도를 알아차렸다.

'지금 승려들이 대전에 모여 있고 허잠, 허연이 아직 깨어나지 않은 상태이니 이 허청이 도망가려면 지금이 가장 좋은 기회다. 당당하게 대전에 나타나도 그가 범인이라고 의심할 사람이 전혀 없으니 말이다.'

곧이어 속으로 이런 생각이 들었다.

'이제 보니 이 허청은 영리하진 않은 것 같다. 그때 왜 하필 여기 숨은 거지? 그냥 대전으로 나가면 그에게 따져물을 사람도 없었을 텐데 말이야.'

별안간 대전 안은 정적에 휩싸이고 더 이상 그 누구도 입을 열지 않았다. 이어서 모든 승려가 일제히 외쳤다.

"방장을 뵈옵니다. 달마원 수좌를 뵈옵니다. 계율원 수좌를 뵈옵니다."

"철썩! 철썩!"

누군가 허잠과 허연 등 다섯 승려의 뺨을 때려 깨우며 물었다.

"교봉이 손을 쓴 것이냐? 그놈이 어찌 구리거울의 비밀을 알았지?"

허잠이 말했다.

"교봉이 아니라 허청입니다….."

갑자기 목소리가 높아지면서 욕하는 소리가 들렸다.

"좋아! 그래! 왜 동문에게 암수를 쓴 것이냐?"

교봉은 불상 뒤에 있어 그가 누구한테 욕을 하는지 볼 수가 없었다. 한 사람이 놀라 큰 소리로 부르짖는 소리가 들렸다.

"허잠 사형, 난 왜 끌어들이는 겁니까?"

허잠이 버럭 화를 내며 말했다.

"네가 우리 다섯 명을 발로 차고 경서를 훔쳐갔지 않느냐? 정말 대담하구나! 방장께 아룁니다. 저 반역자 허청이 사사로이 보리원 구리거울을 열고 경서를 훔쳐갔습니다!"

그자가 소리쳤다.

"뭐라고요? 난 줄곧 방장 곁에만 있었는데 어찌 경서를 훔쳐갔다 하는 겁니까?"

나이가 좀 든 듯한 쉰 목소리를 내는 사람의 엄한 꾸중 소리가 들려왔다.

"우선 구리거울부터 닫고 상황이 어찌 됐는지 말해보도록 해라."

허연이 달려가 구리거울을 원상태로 되돌려놓았다. 이러자 교봉은 대전의 여러 승려들 상황을 똑똑히 볼 수 있었다. 한 승려가 매우 흥분한 상태로 손짓 발짓을 하는 모습이 보였다. 교봉은 그를 한번 바라보고 놀라움을 금할 수 없었다. 그는 바로 허청이었던 것이다. 교봉은 깜짝 놀라 자연스럽게 고개를 돌려 자기에게 붙잡혀 옆에 있는 그 승려를 바라봤다. 놀랍게도 이자의 모습과 대전에 있는 허청의 모습이 완전히 똑같지 않은가? 다른 곳이 있는지 자세히 살펴봤지만 한눈에 봐도 다른 곳이라곤 전혀 없었다. 교봉이 생각했다.

'세상에 이토록 얼굴이 닮은 사람이 있다니 정말 희한한 일이구나. 맞아! 이 두 사람은 쌍둥이 형제임이 틀림없어. 정말 기묘한 방법이로군! 하나는 소림사에 출가를 하고 하나는 밖에서 대기하다 기회가 오니까 다른 하나가 변장을 하고 절에 들어와 경서를 훔친 것이다. 진짜 허청은 방장 옆에서 한 발짝도 떨어지지 않았으니 자연히 그를 의심할 사람은 없겠지.'

허잠은 허청이 어찌 구리거울의 비밀을 탐문했고 자신이 말해선 안 되는 네 글자를 어쩌다 함부로 얘기했으며, 허청이 어찌 볼일을 보러 간다고 하는 척하며 나머지 승려 넷을 기습적으로 발로 걷어찼는지, 또 자신에게 어찌 손을 쓰고 자신을 어찌 쓰러뜨렸는지 이런저런 얘기를 일일이 방장에게 고했다. 허잠이 말하는 동안 허연 등 승려 넷은 계속해서 맞장구를 치며 그의 말이 거짓이 아님을 증명해줬다.

현자 방장은 줄곧 그렇게 여기지 않는다는 표정을 짓다가 허잠의 말이 끝나자 천천히 물었다.

"똑똑히 보았느냐? 허청이 틀림없었느냐?"

허잠과 허연 등이 일제히 답했다.

"방장께 아룁니다. 저희들이 어찌 감히 허청을 무고하겠습니까?"

현자가 탄식하며 말했다.

"이 일에는 필시 다른 사연이 있을 것이다. 방금까지 허청은 줄곧 내 곁에만 있었고 떠난 적이 없다. 달마원 수좌 역시 함께 있었느니라."

방장이 이 말을 하자 대전의 모든 승려는 그 누구도 감히 입을 열지 못했다. 달마원 수좌인 현난대사가 말했다.

"그렇다. 나도 허청이 방장 사형을 줄곧 모시고 있는 걸 두 눈으로 똑똑히 봤다. 한데 어찌 그가 보리원에 와서 경서를 훔칠 수 있겠느냐?"

계율원 수좌인 현적玄寂이 물었다.

"허잠, 그 허청과 네가 손을 써서 겨루었다고 했는데 권각에 특이한 점은 없었느냐?"

그가 다름 아닌 나이가 들어 보이는 쉰 목소리의 주인공이었다.

허잠이 큰 소리로 외쳤다.

"아이고! 왜 그 생각을 못했을까요? 허청과 제자가 겨룰 때 사용한 것은 본 파 무공이 아니었습니다."

현적이 말했다.

"그럼 어떤 문파의 무공인지 네가 알아봤더냐?"

허잠이 얼굴에 망연자실한 기색을 띠며 아무 대답도 하지 못하자 현적이 다시 물었다.

"장권掌拳이었더냐? 아니면 단타短打나 금나수? 그것도 아니라면 지당地堂, 육합六合, 통비通臂?"

허잠이 말했다.

"그… 그자의 무공은 음험하고 악독하기 짝이 없었습니다. 제자가 몇 차례나 기기묘묘한 술수에 빠졌으니까요."

현적과 현난 등 항렬이 높은 노승들과 방장은 서로를 쳐다보면서 같은 생각을 했다.

'오늘 우리 절에 대단한 실력을 가진 적수가 왔구나. 수법이 교묘하고 사람을 오리무중에 빠트리다니 오늘 이 계책은 조사를 해야 할 필요가 있다. 또한 일을 침착하게 처리하고 아무렇지 않게 생각해야 한다. 그러지 않으면 우리 소림사 내에 소요가 일어나 더욱 수습하기 어려운 재앙이 되고 말 것이다.'

현자가 두 손을 합장한 채 말했다.

"보리원에 소장된 경서는 본사의 선배 고승께서 저술하신 것으로, 불법을 떨치고 세인들을 교화하는 대승경론大乘經論이다. 불문 제자가 가져가 내용을 암기하고 연구한다면 불법을 널리 떨칠 수 있을 테지만 속인이 가져가 그것을 존귀하게 여기지 않는다면 그 죄과는 적지 않을 것이다. 여러 사제와 사질들은 각자의 거처로 돌아가 쉬도록 하고 할 일이 있는 사람은 평소대로 행하도록 하라!"

승려들이 방장의 분부에 따라 모두 해산했지만 허잠과 허연 등은 여전히 허청에 대한 얘기를 계속 이어가고 있었다. 현적이 그들을 한번 노려보자 허잠 등이 깜짝 놀라 더 이상 아무 말 못하고 허청과 어깨를 나란히 한 채 자리를 떴다.

승려들이 모두 물러가자 대전에는 현자와 현난, 현적 세 노승만 남아 불상 앞의 부들방석 위에 앉게 되었다. 현자가 느닷없이 큰 소리로 염불을 외었다.

"아미타불! 죄과로다, 죄과야!"

이 말을 내뱉자마자 세 노승은 홀연히 몸을 훌쩍 날리더니 불상 뒤로 돌아가 일제히 교봉을 향해 일장을 날렸다.

교봉은 이 세 승려가 구리거울 속에서 자신의 종적을 발견했으리라고는 예상치 못하고 있었다. 더구나 기력이 쇠한 것처럼 보이는 세 노승이 다짜고짜 그렇게 민첩하고도 맹렬하게 일장을 날려올 줄은 상상도 하지 못했다. 순간 숨이 턱 막히면서 가슴이 답답해지는 느낌이 들었다. 소림사 고승 세 사람의 협공은 과연 비범하기 짝이 없었다. 이 찰나의 순간에 장력이 밀려오는 방향을 가늠해보니 상하좌우와 등 뒤 다섯 방위가 이미 이 세 노승의 장력에 완전히 봉쇄되어 있었다. 이를 억지로 뚫고 나가기 위해선 부득이 외공外功을 사용할 수밖에 없어 상대방에게 상해를 입히지 않으면 자신이 부상을 당할 처지였다. 그는 숙고할 겨를이 없어 대뜸 쌍장의 힘을 돋우어 몸 앞쪽을 밀어냈다.

"크르릉!"

엄청난 굉음이 울려퍼지며 앞에 있던 불상들이 그의 쌍장에 연달아 넘어졌다. 교봉은 손에 허청을 들고 앞으로 솟구쳐올랐다. 그러나 등 뒤에서 매서운 장풍이 밀려오는데 놀랍게도 장력이 이르기도 전에 이미 바람이 와닿는 것이 아닌가!

교봉은 소림 고승들과 장력 대결을 펼치고 싶지 않아 오른손으로 앞에 있던 구리거울이 장식된 병풍을 움켜쥐고 팔을 돌렸다. 병풍을 방패 삼아 등 뒤쪽을 가로막은 것이다.

"땅!"

엄청난 소리와 함께 현난의 일장이 구리거울을 가격했다. 교봉의 오른팔이 얼얼하게 느껴질 정도의 진동에 구리거울에 둘러진 병풍은 산산조각 나버렸다.

교봉은 현난이 날린 일장의 힘을 빌려 앞을 향해 1장 넘게 뛰쳐나갔다. 별안간 등 뒤에서 누군가 깊은 숨을 들이마시는 소리가 들리는데 그 소리가 심상치 않을 정도로 컸다. 소림 고승 하나가 벽공신권劈空神拳 같은 유의 무공을 펼치려 하는 것이었다. 교봉은 정확히 그게 어떤 무공인지 몰랐지만 그와 장력 대결을 펼치고 싶지 않아 재빨리 구리거울로 몸 뒤를 막고 내력을 오른팔 위까지 관통시켰다.

바로 이때, 상대의 권풍拳風이 비스듬히 밀려오는 느낌이 드는데 그 방위가 무척이나 기이하게 여겨졌다. 교봉이 어리둥절해하다 곧 정신을 차려보니 그 노승의 장력은 그의 등짝을 향해 날아온 것이 아니라 허청의 등을 겨냥한 것이었다. 교봉과 허청은 일면식도 없는 사이였기에 그를 구할 의도가 없었지만 이미 손에 들고 있었던 터라 자연히 돌봐야 한다는 생각이 들었다. 그는 구리거울을 밀어 허청을 보호했다. 쩽 하는 우렁찬 소리와 함께 구리거울이 깨져버리고 말았다. 현난의 일장에 맞아 금이 간 상태였던 구리거울은 지금 다시 현자 방장의 금강벽공권金剛劈空拳을 맞고 마치 징이 깨지는 소리를 내며 깨져버린 것이다.

교봉이 구리거울을 돌려 막았을 때는 이미 허청을 들고 지붕을 향해 훌쩍 뛰어오르고 있었지만 이상하게도 그의 몸이 지나치게 가벼워 건장한 체구에 어울리지 않는다는 생각이 들었다. 그러나 어찌 된 일인지 징이 깨지는 듯한 소리가 들리는 순간 처마 위에 가만히 서 있을 수가 없을 정도로 무릎에 맥이 풀려 그만 다시 떨어져버리고 말았다. 그는 강호를 떠돌아다니는 동안 이토록 무서운 적수를 만난 적이 없었기에 자기도 모르게 깜짝 놀라 몸을 돌렸다. 마치 우뚝 선 높은 산처럼 그 자리에 서 있었는데 그 기개는 마치 강적들의 포위도 아랑곳하지 않는다는 듯 매우 비장했다.

현자가 말했다.

"아미타불! 교 시주, 그대가 소림사에 와서 살인을 한 것도 모자라 이제는 불상까지 훼손을 하는구려."

현적이 호통을 쳤다.

"내 일장을 받아라!"

그는 쌍장을 밖에서 안으로 원을 그리며 돌리더니 천천히 교봉을 향해 밀어붙이기 시작했다. 그의 장력이 도달하기도 전에 교봉은 이미 숨이 탁 막혔다. 순식간에 현적의 장력이 노도와도 같이 세차게 밀려들었기 때문이다.

교봉은 구리거울을 내던지며 오른 손바닥을 내밀어 항룡이십팔장 중 항룡유회降龍有悔 초식으로 반격을 가했다. 두 줄기 장력이 교차하자 강력한 파열음과 함께 현적과 교봉 두 사람 모두 똑같이 세 걸음씩 뒤로 물러났다. 순간 전신의 기력이 빠진 교봉은 손에 들고 있던 허청을 놓쳐버리고 말았다. 그러나 다시 진기를 돋우어 원기가 회복되자 현적이 두 번째 장력을 펼치기 전에 소리쳤다.

"실례하겠소!"

그러고는 허청을 번쩍 들어 몸을 지붕 위로 날렸다.

현난, 현적 두 승려는 동시에 헉 소리를 내며 경악을 금치 못했다. 현적이 조금 전에 펼친 그 일장은 실로 평생의 공력을 취합한 일박양산一拍兩散이란 초식이었다. 양산이란 돌을 후려치면 돌가루가 흩어져 날리고, 몸을 후려치면 혼백이 흩어져 날린다는 뜻이었다. 이 장법은 단 일초밖에 없었다. 장력이 웅후하기 이를 데 없어 적을 상대할 때 이초를 펼칠 필요도 없이 적이 즉사하기 때문이기도 하지만 산을 밀어 치우고 바다를 뒤집어엎는 듯한 강력한 위세의 내력을 기초로 하기에 변초를 하려면 인력으로 불가능해서였다. 그런데 교봉이 이 일초를 받고 그 자리에서 즉사하기는커녕 극히 짧은 시간 내에 기력을 되찾고 사람을 든 채 지붕 위로 올라갈 줄은 생각도 하지 못했던 것이다.

현난이 길게 탄식을 했다.

"교봉 저자의 무공은 정말 대단하구나!"

현적이 말했다.

"놈을 조속히 제거해야만 큰 화를 면할 수 있을 것 같습니다."

현난이 연신 고개를 끄덕였다. 현자 방장은 넋을 잃은 채 교봉이 떠난 하늘을 바라보고 있었다.

교봉이 자리를 떠나면서 뒤를 힐끗 보니 현자 방장이 펼쳐낸 일권에 구리거울이 열 조각으로 부서져 바닥에 흩어져 있고 각 파편 조각마다 그의 뒷모습이 비치고 있었다. 교봉은 또 아무 이유 없이 넋을 잃었다.

'왜 내 뒷모습을 볼 때마다 늘 마음이 불안한 거지? 도대체 그 안에 무슨 기이한 사연이 있는 것일까?'

이때는 우선 소림사를 멀리 떠나는 데 급급해 이런 의구심이 떠올랐지만 급히 서두르느라 또다시 머릿속에서 잊혔다.

그는 소실산 길에 매우 익숙해 있었기에 산 뒤쪽으로 뛰어가자마자 험준하고도 좁은 길을 택해 걸어갔다. 수 마장 내달려가다 더 이상 소림승들이 추격해오는 소리가 들리지 않자 그제야 안심하고 허청을 내려놓으며 소리쳤다.

"혼자 걸어가라! 도망칠 생각 말고!"

뜻밖에도 허청은 두 다리가 땅바닥에 닿자마자 맥없이 늘어진 채 몸을 동그랗게 웅크리는데 이미 죽은 것처럼 보였다. 교봉이 흠칫 놀라 손을 뻗어 콧김이 남아 있는지 확인해보자 호흡이 있는 듯 없는 듯 극히 미약하게 느껴졌다. 다시 맥박을 짚어보니 맥박 역시 극히 느리게 뛰어 금방이라도 숨이 끊어질 것 같았다.

교봉은 생각했다.

'내 가슴에 품은 수많은 의문점을 물어봐야 하는데 이렇게 쉽게 죽도록 놔둘 수는 없다. 이 화상은 나한테 잡히고 나서 음모가 발각될까 두려워 독약을 먹고 자결하려 한 것이 분명하다.'

그는 손을 뻗어 그의 가슴에 가져다 대고 심장이 뛰는지 확인해보려 했다. 순간 손이 닿은 곳에서 극히 부드러운 감촉이 느껴졌다. 놀랍게도 이 화상은 여자가 아니던가?

교봉은 황급히 손을 거두었다. 불현듯 의아한 생각이 들었다.

'이… 이자는 여자가 변장을 한 것인가?'

어둠 속이다 보니 생김새를 자세히 관찰할 수는 없었다. 그는 호탕하고 활달한 성격이라 소소한 일에 구애받지 않았고 단예처럼 서책을 읽어 예의를 중시하거나 꺼리는 것이 많지도 않았다. 그는 허청의 등짝을 잡아끌며 호통을 쳤다.

"넌 도대체 사내더냐? 아니면 계집이더냐? 이실직고하지 않는다면 네 옷을 홀랑 벗겨 진상을 밝힐 것이다!"

허청은 입술을 몇 번 움직이며 뭔가 말하려다 한 마디도 하지 못했다. 금방이라도 숨이 끊어질 듯 목숨이 경각에 달려 있는 것으로 보였다.

교봉은 생각했다.

'이자가 사내든 계집이든, 호인이든 악인이든 간에 이대로 죽게 내버려둘 수는 없다.'

곧바로 오른손을 뻗어 그의 등에 가져다 대고 단전의 진기를 끌어올렸다. 그러자 진기는 배에서 팔로, 팔에서 손바닥까지 솟구쳐올라 허청의 체내로 전달됐다. 그의 목숨을 구할 수는 없을지라도 최소한 그의 입을 통해 일말의 단서라도 알아내고자 했다. 얼마 지나지 않아 허청의 맥박이 점점 강해지고 호흡도 원활해지기 시작했다. 교봉은 그가 당분간은 죽음에 이르지 않을 것으로 보여 마음을 놓을 수 있었다.

'이곳은 소림사에서 그리 멀지 않은 곳이라 너무 오래 머무를 수는 없다.'

이에 두 손으로 허청을 옆으로 뉘어 감싸안고 큰 걸음으로 서북쪽을 향해 걸어갔다.

이때 허청의 몸이 너무 가벼워 그의 건장한 체구에 어울리지 않는 것 같은 생각이 다시 들었다.

'내가 당신 옷을 벗기는 건 옳지 않지만 신발쯤은 벗기지 못할 것 없지 않겠나?'

손을 뻗어 그의 오른쪽 신발을 벗기고 발바닥을 잡아 만져보니 딱딱한 느낌이 들 뿐 살아 있는 사람의 살갗 같지가 않았다. 살며시 힘을 주어 당겨보니 무언가가 떨어지는데 놀랍게도 그건 나무로 만든 가짜

발이었다. 다시 한번 만져보자 그제야 부드럽고 섬세한 발바닥이 나왔다. 교봉은 코웃음을 치며 생각했다.

'역시 여자였구나.'

그는 당장 경공을 펼쳐 더욱더 속도를 내 여명이 밝아올 때쯤 소림사에서 대충 50여 리가량 떨어진 곳까지 달려갔다. 허청을 안고 오른쪽 작은 숲속으로 들어가자 숲을 가로질러가며 흐르는 맑은 개울물이 보였다. 개울 옆으로 걸어가 맑은 물을 손에 떠서 허청 얼굴에 뿌리고 다시 그녀의 승포 자락을 이용해 몇 번 닦아냈다. 그런데 놀랍게도 그녀 얼굴 위의 살갗이 문드러져 조각조각 떨어지는 것이 아닌가! 교봉은 깜짝 놀라 펄쩍 뛰었다.

'살갗이 어찌 이렇게 문드러지는 거지?'

자세히 살펴보니 그녀 얼굴 위에 있는 짓무른 살갗 아래 매끄럽고도 반짝이는 살갗이 드러났다.

허청은 교봉에게 안겨 내달려오면서 줄곧 정신이 혼미한 상태였지만 교봉이 얼굴 위에 물을 뿌리자 그제야 눈을 떴다. 그녀는 교봉을 보고 억지웃음을 짓더니 나지막이 말했다.

"교 방주!"

이 말을 하고는 다시 눈을 감았다.

교봉이 그녀의 승포 자락을 개울물에 적셔 그녀 얼굴 위를 힘껏 몇 번 닦아내자 잿빛 밀가루가 후두두둑 떨어지면서 아리따운 소녀 얼굴이 드러났다. 교봉은 자기도 모르게 부르짖었다.

"아주 낭자였군!"

허청으로 교묘하게 변장하고 소림사 보리원에 잠입한 사람은 다름 아닌 모용복의 시녀인 아주였다. 그녀의 변장술과 역용술은 절묘하기 이를 데 없어 발에 나무를 덧붙여 키를 높였고 목화솜으로 어깨를 올리고 배를 불룩하게 만들었다. 또 밀가루와 풀을 이용해 얼굴을 올린 다음 승모를 쓰고 승포를 입으니 허청과 매일같이 대면을 하던 허잠과 허연마저 얼굴을 알아보지 못했던 것이다.

그녀는 정신이 혼미한 상황에서도 '아주 낭자'를 외치는 교봉의 목소리를 듣고 무슨 대답이든 해서 소림사에 잠입한 연유에 대해 해명하고자 했다. 그러나 기력이 전혀 없는 데다 혓바닥까지 말을 듣지 않아 '음⋯' 하는 대답 소리조차 낼 수 없었다.

교봉은 교활하고 악독한 허청이 자기 부모와 사부님의 죽음과 관련 있을 거라 확신해 진력이 소모되는 노력도 아끼지 않고 그의 목숨을 구해 자기 신상에 얽힌 진상을 규명하고자 했다. 그가 실토하지 않는다면 갖가지 혹독하고 견디기 어려운 독한 고문으로 압박을 가할 생각까지 했었다. 그런데 그의 진면목을 확인해보니 뜻밖에도 그 아리땁고 고운 소낭자인 아주가 아니던가? 그야말로 꿈에도 생각지 못한 일이었다. 교봉이 비록 아주, 아벽 두 사람과 몇 차례 대면을 했고, 또 서하 무사들 수중에서 두 사람을 구해낸 적이 있긴 했지만 아주가 이런 역용술에 정통한지는 전혀 몰랐었다. 그게 단예였다면 단번에 알아차렸을 것이다.

교봉은 이때 이미 그녀가 중독된 것이 아니라 일권에 맞아 상처를 입었음을 알고 있었다. 잠시 깊은 생각에 잠긴 그는 그 이유를 알게 됐다. 앞서 현자 방장이 벽공신권을 날릴 때 자신이 구리거울로 막고 있어 아주에게 적중되지는 않았지만 자신이 왼손으로 그녀를 들고 있었

18. 오랑캐와의 은원, 그리고 영웅의 눈물

기에 그 맹렬하기 그지없는 권력拳力이 그의 몸까지 전달되었던 것이다. 이런 사연을 알게 되자 그는 미안한 마음이 들지 않을 수 없었다.

'내가 괜한 일에 끼어들지 않았다면 그녀가 자유롭게 드나들며 벌써 자리를 피했을 것이다. 그럼 이런 화를 당하지는 않았겠지.'

그는 평소 모용복을 매우 중시했다. 누군가를 좋아하면 그와 관계된 사람도 좋아 보이는 법인지라 그의 시녀조차 호감을 가지고 지켜보게 됐다.

'이렇게 중상을 입게 된 것은 모두 나로 인한 것이니 치료해주는 건 당연한 도리지. 마을 안으로 들어가 의원에게 치료를 청해야겠다.'

그러고는 아주를 향해 말했다.

"아주 낭자, 당신을 마을로 데려가 치료해주도록 하겠소."

아주가 말했다.

"제… 제… 품속에 약이 있어요."

이 말을 하고 오른손을 움직이려 했지만 손을 품 안에 넣을 기력조차 없었다.

교봉은 손을 뻗어 그녀의 품 안에 있는 물건들을 모조리 꺼냈다. 약간의 은전 외에 매우 정교하게 만들어진 금붙이가 보였는데 금붙이 위에는 두 줄의 작은 글자가 새겨져 있었다.

하늘의 별이 수정처럼 빛나는구나　　　天上星, 亮晶晶

영원토록 빛나고 오래도록 안녕하기를　永擦爛, 長安亮

이 외에 아주 작은 백옥 상자가 하나 있었는데 그건 담공이 행자림에서 그녀에게 준 것이었다. 그 금창약이 뛰어난 효험을 지닌 천하제일의 금창약이라는 사실을 아는 교봉은 무척이나 기뻤다.

"목숨을 구하는 게 우선이니 실례를 해도 나무라지 마시오."

그는 그녀의 옷을 열어젖히고 한옥빙담고寒玉氷蟾膏를 그녀의 가슴에 모두 발라주었다. 아주는 부끄러움을 이기지 못한 데다 상처 부위에 극심한 통증을 느껴 이내 혼절해버리고 말았다.

교봉은 옷을 잘 여며주고 백옥 상자와 금붙이를 다시 그녀 품 안에 넣어주었다. 약간의 은전은 자신이 챙긴 다음 그녀의 몸을 살포시 안고 빠른 걸음으로 북쪽을 향해 걸어갔다.

20여 리쯤 나아가자 인가가 빽빽하게 들어찬 허가집許家集이라 불리는 큰 마을이 하나 나왔다. 교봉은 그곳에서 가장 큰 객점을 찾아 아주를 쉬게 해주고 의원을 불러 그녀의 상태를 살피도록 했다.

의원은 아주의 맥박을 짚어보고 연신 고개를 가로저으며 말했다.

"낭자의 병을 치료할 약은 없소이다. 이 처방전으로 효과를 볼 수 있을지 장담할 순 없지만 지금으로선 이게 최선이오."

교봉은 처방전에 적힌 약초 이름을 살펴봤다. 감초와 박하薄荷, 길경桔梗, 반하半夏 같은 것들로 하나같이 간단한 복통조차 치료하기 힘든 평범한 약초들뿐이었다.

그는 약초를 사러 가지 않고 곰곰이 생각해봤다.

'담공의 영험하기 그지없는 금창약으로도 치료를 못하는데 이 마을 돌팔이 의원의 약이 무슨 소용 있겠는가?'

그는 당장 진기를 돋우어 그녀의 체내로 내력을 주입하기 시작했다. 그러자 아주는 순식간에 얼굴에 홍조를 띠며 정신이 들었다.

18. 오랑캐와의 은원, 그리고 영웅의 눈물

"교 방주, 구해주셔서 고맙습니다. 그 승려들 손에 잡혔다면 전 꼼짝 없이 죽고 말았을 거예요."

교봉은 기운을 차린 것 같은 그녀 목소리를 듣고 뛸 듯이 기뻤다.

"아주 낭자, 당신이 잘못될까 무척 걱정했소."

"낭자니 뭐니 하고 부르실 것 없어요. 그냥 아주라고 불러주세요, 교 방주. 소림사에는 무슨 일로 가신 거예요?"

"난 이제 방주고 뭐고가 아니오. 앞으로 방주라고 부르지 마시오."

"음… 송구합니다. 이제 교 대협이라고 부를게요!"

"내 질문에 먼저 답해보시오. 소림사에는 어찌 간 것이오?"

"아. 이 말씀을 드리면 쓸데없는 짓을 했다고 웃으실 거예요. 소녀 는 저희 집 공자께서 소림사에 오셨다는 말을 듣고 왕 낭자, 아벽과 같 이 공자를 찾으러 왔어요. 저희들은 절에 들어가 아주 공손하게 예불 을 드리고자 했는데 산문을 지키는 허청이라는 화상이 여자는 소림사 에 들어올 수 없다며 무섭게 다그치지 뭐예요? 어쩌다 말싸움이 벌어 졌는데 그 화상이 저한테 욕을 하잖아요. 전 기어코 들어가겠다는 마 음으로 그 화상 모습으로 변장을 한 거예요. 어떻게 나오나 보려고 말 이에요."

교봉이 빙긋 웃었다.

"낭자가 역용술을 펼쳐 소림사에 들어갔다면 소림사 화상들은 당신 이 여자인 걸 모르는 것 아니겠소? 일단 들어간 후에 낭자의 진면목을 화상들한테 보여줬다면 좋았을 걸 그랬소. 그럼 그들이 화가 치밀어도 낭자를 어쩌지 못했을 것이오."

그는 소림사에 대한 존경심이 있었으나 현고대사가 이미 죽었고,

많은 승려가 자초지종도 묻지 않고 자신을 아버지와 어머니, 사부를 죽인 최악의 대죄 세 건을 저지른 흉수로 억울하게 몰아붙여 화를 참을 수 없었다.

아주는 몸을 일으켜 앉더니 손뼉을 치며 웃었다.

"교 대협, 좋은 생각이에요. 완쾌가 되면 남장을 한 채 절 안으로 들어가 다시 여장으로 바꿔 입고 목에 힘을 주면서 보란 듯이 걷다가 대웅보전 한가운데에 앉아 있어야겠어요. 모든 화상이 화가 나서 바닥에 데굴데굴 구르게 말이에요. 그럼 진짜 재미있겠어요! 아…."

그녀는 더 이상 숨을 잇지 못하고 맥없이 바닥에 쓰러졌다. 그러고는 침상에 엎어져 꼼짝도 하지 못했다.

교봉은 깜짝 놀라 코 밑에 식지를 가져다 대봤지만 호흡이 이미 멈춰버린 것 같았다. 초조한 마음에 재빨리 손바닥을 등에 있는 영대혈靈台穴 위에 대고 그녀의 체내로 진기를 쏟아넣었다. 일다경이 채 안됐을 때 아주가 천천히 몸을 일으키며 겸연쩍은 듯 웃었다.

"아유. 어떻게 말을 하다가 잠이 들고 말았네요. 교 대협, 정말 송구합니다."

교봉은 심상치 않은 상황임을 인지하고 나지막이 말했다.

"아직 회복이 되지 않은 듯하니 좀 더 쉬도록 하시오. 그럼 기운을 차릴 수 있을 것이오."

"전 피곤하지 않은데 교 대협은 밤새 힘드셨잖아요. 어서 가서 좀 쉬세요."

"알겠소. 조금 이따 살펴보러 오겠소."

그는 객당으로 걸어가 술 다섯 근과 익힌 쇠고기 두 근을 시켜 혼자

18. 오랑캐와의 은원, 그리고 영웅의 눈물

술을 마셨다. 이 순간은 머리가 복잡해서인지 술이 들어가자 금방 취해버렸다. 술 다섯 근을 모두 비우고 어느 정도 취기가 오르자 그는 아주에게 먹일 찐빵 두 개를 들고 방으로 돌아왔다. 문안으로 들어서면서 아주를 두 번 불렀지만 아무런 대답이 없었다. 침상 앞까지 걸어가니 그녀의 두 눈이 살짝 감겨 있고 두 뺨이 오목하게 들어가 있는 것으로 보아 이미 숨진 것 같았다. 손을 뻗어 그녀의 이마에 대보자 다행히 아직 온기가 남아 있어 재빨리 진기를 쏟아넣기 시작했다. 아주는 천천히 정신을 차렸다. 정신이 든 아주는 배가 고팠는지 찐빵을 받아 들고 기분 좋게 먹기 시작했다.

순간 교봉은 그녀가 자신의 진기에만 의지해 연명하고 있다는 사실을 알게 됐다. 진기를 그녀의 체내에 쏟아넣지 않으면 한 시진이 채 되지 않아 기운이 빠져 죽고 말 것이다. 그는 이를 어찌 대처해야 할지 몰랐다.

아주는 그가 뭔가를 곰곰이 생각하며 아무 말도 하지 않는 것을 보고 근심 어린 표정으로 물었다.

"교 대협, 제 부상이 너무 중해 담 노선생의 영약으로도 치료할 수가 없군요. 그런가요?"

교봉이 다급하게 대꾸했다.

"아니오! 그렇지 않소. 며칠만 요양하면 곧 괜찮아질 것이오."

"저한테는 숨길 것 없어요. 저도 알아요. 속이 텅 빈 것처럼 기운이 하나도 없는 게 느껴져요."

"염려 말고 요양이나 하시오. 치료할 방법이 있을 것이오."

아주는 그의 말투 속에서 자신의 부상 상태가 중하다는 느낌을 받고 두려움을 금할 길 없었다. 그녀는 자기도 모르게 손이 떨려 반쯤 먹던 찐빵을 바닥에 떨어뜨리고 말았다. 교봉은 그녀의 내력이 다 됐음을 알아채고 다시 손바닥을 뻗어 그녀의 영대혈에 가져다 댔다.

아직 정신이 깨어 있던 아주는 따뜻한 열기가 교봉의 손바닥 가운데로부터 자신의 체내로 들어오자 온몸 곳곳이 아주 편해지는 느낌을 받았다. 그녀는 잠시 생각에 잠겼다. 자신이 수차례 사경을 헤맬 때마다 그가 쏟아넣은 진기에 의해 살았다고 생각하자 감격스러우면서도 놀라움을 금치 못했다. 눈치가 빠르긴 하지만 아직 어린 소녀였던 그녀는 넋을 잃은 채 눈물을 쏟아내기 시작했다.

"교 대협, 전 죽고 싶지 않아요! 절 이대로 버려두고 떠나지 마세요."

교봉은 애처롭게 말하는 그녀의 말을 듣고 위안의 말을 건넸다.

"절대 그러지 않겠소. 염려 마시오. 나 교봉이 어떤 사람인데 이런 위기에 빠진 벗을 버려두고 갈 수 있겠소?"

"전 대협의 벗이 될 자격이 없어요. 교 대협, 제가 곧 있으면 죽나요? 사람이 죽고 나면 귀신으로 변할까요?"

"날 믿으시오. 낭자는 나이도 아직 어린데 이 정도 가벼운 부상으로 어찌 죽을 수 있겠소?"

"절 속이는 거 아닌가요?"

"절대 아니오!"

"교 대협은 무림의 위대한 영웅호한이에요. 다들 그렇게 말해요. '북 교봉, 남모용'이라고. 대협과 우리 집 공자 나리는 남북으로 명성이 자자하신 분들인데 설마 책임지지 못할 말을 하진 않으시겠죠?"

교봉이 빙긋 웃었다.

"어릴 때는 거짓말을 자주 했었소. 후에 강호를 떠돌면서는 사람을 속인 적이 없소."

"제 부상이 중하지 않다고 말씀하신 건 절 속인 거 아닌가요?"

교봉이 생각했다.

'낭자가 자신의 부상이 중하다는 걸 알면 마음이 초조해져 더욱 치료가 어려워질 것이오. 낭자를 위해서는 어쩔 수 없이 속일 수밖에 없소.'

이런 생각을 하고 말했다.

"절대 속이는 게 아니오."

아주가 한숨을 몰아쉬었다.

"좋아요, 그럼 안심이에요. 교 대협, 부탁 하나만 할게요."

"무슨 부탁이오?"

"오늘 밤 제 방에서 절 지켜주세요. 절 떠나지 말고!"

그녀는 교봉이 그대로 떠나버리면 자신은 내일 아침까지 버틸 수 없을 것 같다는 생각이 들었다.

"좋소. 낭자가 말하지 않아도 여기 앉아 당신을 지키려 했소. 이제 그만 얘기하고 편히 눈 좀 붙이시오."

아주는 눈을 감았다가 잠시 후 다시 눈을 떴다.

"교 대협, 잠이 안 와요. 부탁 하나만 해도 될까요?"

"말해보시오."

"제가 어릴 때 잠이 안 오면 우리 어머니가 침상 옆에서 노래를 불러주셨어요. 세 곡쯤 부르면 곧바로 잠이 들었거든요."

"지금 낭자 어머니를 찾는 건 쉽지 않은 일이오."

아주가 한숨을 푹 내쉬더니 나지막이 말했다.

"우리 아버지와 어머니께서는 어디 계신지 몰라요. 이 세상에 살아 계시는지 아닌지도 모르고 말이에요. 교 대협, 저한테 노래 몇 곡만 불러주세요."

교봉은 씁쓸한 미소를 금할 길 없었다. 건장한 사내대장부인 몸으로 어린 소녀를 재우기 위해 노래를 한다는 건 말도 안 되는 일이었기 때문이다.

"난 노래를 부를 줄 모르오."

"어릴 때 대협 어머니께서는 노래를 불러주신 적이 없나요?"

교봉은 머리를 긁적였다.

"있는 것 같소. 허나 모두 잊어버렸소. 기억을 한다 해도 부르지는 못하오."

아주가 한숨을 내쉬었다.

"정 부르길 원치 않으시면 방법 없죠."

교봉이 겸연쩍은 목소리로 말했다.

"원치 않는 것이 아니라 정말 못하는 것이오."

아주가 불쑥 뭔가 생각이 났는지 손뼉을 치며 말했다.

"아! 맞아요! 교 대협! 부탁 하나만 더 할게요. 이번에는 거절하면 안 돼요."

교봉은 이 소낭자가 매우 천진난만하게 느껴지긴 했지만 말이나 행동에 있어 때론 사람의 의표를 찌르는 적이 종종 있었기에 한 가지 부탁이 더 있다는 말에 또 무슨 괴이한 장난을 칠지 몰랐다.

"어디 한번 들어보겠소. 들어줄 수 있는 부탁이면 들어주고 그렇지 않으면 들어줄 수가 없소."

"이 부탁은 네다섯 살만 되면 할 수 있는 일이에요. 그러니 쉽겠죠?"

교봉은 속아넘어가고 싶지 않았다.

"그게 뭔지 확실하게 말해보시오."

아주가 해맑게 웃으며 말했다.

"좋아요! 저한테 옛날 얘기 좀 해주세요. 토끼 얘기도 좋고 이리 얘기도 좋아요. 그럼 잘 수 있을 것 같아요."

교봉은 이맛살을 찌푸리며 난색을 표했다. 얼마 전까지만 해도 그는 기세등등한 군호의 지도자로 강호 제일대방의 방주였지 않은가? 지난 며칠 사이 강제로 방주 자리에서 물러나게 됐고 개방에서 축출된 데다 세상에서 가장 가까운 사람들인 부모님과 사부님 세 사람을 하루아침에 잃었다. 더구나 자신은 호인인지 한인인지 출신 내력조차 알 길이 없는 데다 사부님과 아버지, 어머니를 살해한 3대 대죄를 뒤집어쓰고 있는 상황이 아닌가? 이런 중대한 타격을 입고 있는 몸이지만 그 누구도 그의 근심을 함께해주는 사람이 없었다. 그건 그렇다 치더라도 이 객점 안에서 중상을 입은 한 소낭자를 시중들며 노래를 하고 옛날 얘기를 해야 할 줄은 생각지도 못했다. 예전 같았으면 이런 시답지 않은 일들은 말이 끝나기도 전에 당장 귀를 막고 떠나버렸을 터였다. 그는 평생 여러 형제들과 술자리에서 벌주놀이나 하고 무예와 검술을 논하면서 왁자지껄 떠들어대며 술이 얼큰하게 달아오르면 군국대사軍國大事와 천하 영웅들에 대한 논의를 하는 게 전부였을 뿐이다. 토끼니 이리니 하는 옛날 얘기를 해달라는 말은 그에게 있어 정말 우습기 짝이 없는 일이었다.

그러나 힐끗 쳐다보니 아주의 눈빛 속에는 무의식중에 간절한 열망의 기색이 드러나 있었다. 그리고 그녀의 초췌한 안색을 보자 이런 생각을 하지 않을 수 없었다.

'이 정도로 중상을 입었으니 아마 치유가 어려울 것이다. 호흡이 멈춰버리면 언제든 목숨을 잃을 수 있을 테니까. 옛날 얘기가 듣고 싶다고 하니 입에서 나오는 대로 해주면 그뿐이지.'

"좋소, 내가 하나 해주겠소. 아마 재미는 없을 것이오."

아주는 희색이 가득한 얼굴로 말했다.

"분명 재미있을 거예요. 어서 말해보세요."

대답을 하긴 했지만 정말 얘기를 하려니 차마 입에서 나오질 않았다. 그는 한참이나 뜸을 들이다 비로소 입을 열었다.

"음… 이리에 관한 얘기요. 옛날에 한 노인이 산길을 걸어가다 포대 자루 안에 묶여 있는 이리 한 마리를 보게 됐소. 이리가 노인을 향해 제발 풀어달라고 애원을 하자 그 노인은 곧바로 포대 자루를 풀어 이리를 꺼내줬소. 그 이리는…."

아주가 말을 끊었다.

"그 이리가 배가 고프다면서 노인을 잡아먹겠다고 했죠. 아닌가요?"

"어? 이 얘기를 들어본 적 있으시오?"

"중산랑中山狼19 얘기잖아요? 서책 속에 있는 얘기는 좋아하지 않아요. 실제 교 대협 얘기를 듣고 싶어요."

교봉은 잠시 주저하다 말했다.

"서책에 있는 게 아니라 진짜 얘기요."

그러다 생각했다.

'개방과 거란인이 서로 죽이며 싸우는 얘기는 정말 손에 땀을 쥐게 하지만 이 소낭자가 좋아할 리는 없지. 음… 하는 수 없이 어릴 때 얘기를 해야겠구나.'

그는 다시 말을 이었다.

"좋소, 한 시골 아이 얘기를 들려주겠소. 옛날 어느 산속에 아버지와 어머니 밑에 사내아이 하나뿐인 한 가난한 인가가 있었소. 그 아이는 일곱 살이 됐을 때 이미 건장한 몸으로 성장해 산에 올라 나무를 해오는 아버지 일을 도울 수 있었소. 어느 날 아버지가 병이 들었지만 찢어지게 가난한 집이라 의원을 부를 수도, 약을 사올 수도 없었소. 하지만 아버지 병은 나날이 중해져만 가고 약을 먹지 않으면 안 되는 상황에까지 이르자 어머니가 여섯 마리뿐인 암탉과 달걀 한 광주리를 들고 마을에 나가 팔기로 했소. 암탉과 달걀을 팔아 받은 은자 네 푼을 마련한 어머니는 의원을 찾아가 왕진을 청했지만 그 의원은 산길이 너무 멀어 도저히 갈 수 없다고 하는 것이었소. 어머니가 애걸복걸을 해도 그 의원은 죽어도 못 가겠다고 고개를 가로젓자 어머니가 무릎을 꿇고 간청하니 그 의원이 이렇게 말하는 거였소. '그 깊은 산속 못 사는 집에 왕진을 갔다가 장기瘴氣[20]에 옮기라도 하면 어쩌겠소? 더구나 고작 은자 네 푼으로 어찌 병을 고치겠다는 게요?' 어머니가 의원의 두루마기 자락을 끌어당기며 사정했지만 의원은 꽉 붙잡고 늘어지는 어머니를 힘껏 뿌리치려다 두루마기가 쭉 찢어져버리고 말았소. 그 의원은 대로해서 어머니를 바닥에 내동댕이치고 발로 사정없이 차버리는 것이었소. 그러고는 오히려 어머니에게 두루마기 값을 물어내라면서 새로 지은 옷이니 은자 두 냥을 내라고 한 것이오."

아주는 여기까지 듣다가 나직이 말했다.

"정말 못된 의원이로군요."

교봉은 고개를 들어 천천히 땅거미가 짙어가는 창문 밖을 바라보다 다시 말을 이었다.

"아이는 어머니를 모시고 갔다가 어머니가 남한테 수모를 당하는 모습을 보고 당장 달려들어 그 의원을 때리고 깨물어버렸소. 하지만 고작 어린아이인데 무슨 힘이 있겠소? 오히려 의원에게 잡혀 대문 밖으로 내동댕이쳐지고 말았지. 어머니가 아이를 살피기 위해 재빨리 대문 밖으로 달려나가자 의원은 어머니가 다시 와서 귀찮게 할까 봐 대문을 걸어잠가버렸고 아이는 돌멩이에 이마를 부딪혀 피범벅이 되어버렸소. 어머니는 일이 커질까 두려워 더 이상 의원 문 앞에 있지 못하고 눈물을 흘리며 아이 손을 잡고 집으로 돌아올 수밖에 없었지. 그 아이는 한 대장간 앞을 지나다 그곳에 진열된 돼지와 소를 잡을 때 쓰는 예리한 칼을 보게 됐는데 대장장이가 쟁기와 괭이 같은 농기구를 사라며 큰 소리로 외치느라 정신없는 사이에 예리한 칼 한 자루를 훔쳐 몸에 숨겼소. 어머니조차 눈치채지 못하게 말이오. 집에 도착하자 어머니는 조금 전 일에 대해 아버지에게 말도 꺼내지 못했소. 아버지가 대로해 병세가 악화될까 두려웠던 것이오. 어머니는 은자 네 푼을 꺼내 아버지께 드리려 했지만 품속을 뒤져보니 뜻밖에도 은자가 보이를 않는 것이었소. 어머니는 놀랍고 당황스러워하면서도 뭔가 이상한 생각이 들어 아들에게 물어보기 위해 나가보니 아이가 서슬 퍼런 칼 한 자루를 들고 숫돌에 갈고 있는 것이 아니겠소. '그 칼은 어디서 났느냐?'라고 어머니가 묻자 아들은 감히 훔쳤다고 말하지 못하고 거짓

18. 오랑캐와의 은원, 그리고 영웅의 눈물

말을 했소. '누가 준 거예요.' 어머니는 당연히 믿지 않았소. 저렇게 날카로운 새 칼을 장에서도 은자 두 푼은 갈 텐데 어찌 아들한테 그냥 줄 수 있단 말이오? 어머니는 누가 줬는지 물었지만 아이는 대답을 할 수가 없었소. 어머니가 한숨을 내쉬며 물었소. '애야! 아버지, 어머니가 가난해서 평소에 이렇다 할 장난감 하나 사주지 못해 널 섭섭하게 했나 보다. 사내아이가 칼을 사서 노는 건 별일이라고 할 순 없다. 다만 남은 돈은 어미한테 주려무나. 아버지도 편찮으신데 고기를 사서 탕이라도 끓여드려야 하지 않겠니?' 그 아이는 그 말을 듣고 눈을 동그랗게 뜨고 말했소. '남은 돈이라뇨?' 어머니가 말했소. '암탉을 팔아 만든 은자 네 푼 말이다. 네가 가져가서 칼을 산 거 아니더냐?' 그 아이는 황급히 부르짖었소. '전 가져가지 않았어요! 안 가져갔어요!' 아버지와 어머니는 아이를 때리거나 욕을 한 적이 한 번도 없었소. 마치 손님을 대하듯이 늘 깍듯하게 대했으니까…."

교봉은 여기까지 얘기하다 왠지 모를 두려움이 느껴졌다.

'어찌 그랬을까? 천하의 부모들이 아들을 대하면서 그렇게 깍듯하게 대하지는 않는다. 설사 지나치게 아끼고 염려를 한다 해도 그 정도로 깍듯하게 존중하지는 않지 않는가?'

그러고는 혼자 중얼거렸다.

"어찌 그랬던 것일까? 이상하군."

아주가 물었다.

"뭐가 이상하다는 거… 죠…?"

이 말을 할 때 마지막 몇 글자에는 이미 기운이라곤 전혀 없었다. 교봉은 그녀의 체내 진기가 또다시 고갈됐다는 걸 알아채고 곧바로 손바닥을 뻗어 그녀의 등에 댄 채 체내로 내력을 쏟아붓기 시작했다.

아주가 정신을 되찾자 한숨을 쉬며 말했다.

"교 대협, 저한테 매번 진기를 쏟아넣을 때마다 대협의 내력도 감소할 텐데 무공을 연마하는 사람한테 진기와 내력은 가장 요긴한 것 아닌가요? 대협께서 이렇듯 보살펴주시면 이 아주가… 어찌 보답해야 합니까?"

교봉이 웃으며 말했다.

"난 정좌를 한 채 토납吐納을 몇 시진만 하면 진기와 내력이 다시 정상으로 회복되는데 무슨 보답을 한다 그러시오? 나와 당신 주인 모용 공자는 멀리 떨어져 있지만 서로 흠모하는 사이오. 비록 얼굴을 보진 못했지만 마음속으로는 이미 벗으로 여기고 있소. 낭자는 그 집 사람인데 내 어찌 남처럼 대하겠소?"

아주가 우울한 표정을 지었다.

"전 매 시진마다 체내 진기가 소멸되는데 대협께서 언제까지… 그렇게… 할 순 없어요…."

"안심하시오. 당신 병을 치료해줄 고명한 의원을 찾을 수 있을 것이오."

"그 의원은 제가 가난하고 장기에 옮을까 두려워 치료하려 들지 않을 거예요. 교 대협, 그 얘기는 아직 끝나지도 않았는데 뭐가 이상하다고 하신 거죠?"

"음… 말이 잘못 나온 것이오. 그… 어머니께선 아들이 인정을 하지 않고 말도 하지 않는 걸 보고 집 안으로 들어가버렸소. 잠시 후 아들은 칼을 다 갈고 집 안으로 들어가다 어머니가 아버지한테 나지막이 얘기하는 소리를 듣게 됐소. 돈을 훔쳐서 칼을 샀는데 아이가 인정을 안 한다고 말이오. 그러자 아버지가 말했소. '그 애가 우리와 함께 살면서 마음껏 뛰어논 적이 어디 있었소? 그 애가 무슨 짓을 하든 내버려두시오. 여태껏 우리는 그 애한테 섭섭하게만 대했을 뿐이오.' 두 사람은 여기까지 얘기하다 아들이 들어오는 걸 보고 더 이상 아무 말 하지 않았소. 아버지는 환한 얼굴로 아이의 머리를 쓰다듬으며 말했지. '착한 우리 아들. 앞으로는 길을 갈 때 늘 조심하도록 해라. 어쩌다 머리를 이렇게 심하게 부딪힌 게냐?' 아버지는 은자 네 푼이 사라지고 새 칼을 샀다는 얘기에 대해서는 한 마디도 거론하지 않았고 심지어 기분 나쁜 표정조차 전혀 없었소. 아들은 비록 일곱 살밖에 되지 않았지만 그때 이미 철이 들었던 터라 이런 생각을 하기에 이르렀소. '아버지, 어머니께서는 내가 돈을 훔쳐 칼을 샀다고 의심하고 계신다. 두 분께서 날 흠씬 때려주고 한바탕 욕을 해주신다면 오히려 괜찮을 텐데. 여전히 이렇게 잘 대해주시다니….' 아들은 마음이 편치 않아 아버지에게 말했소. '아버지, 전 돈을 훔치지 않았습니다. 이 칼도 사온 게 아니에요!' 그러자 아버지가 말씀하셨지. '네 어미가 쓸데없는 말을 했구나. 돈이 없어진 게 너랑 무슨 상관이란 말이냐? 하찮은 일을 가지고 따져묻다니. 아녀자들이란 그렇게 속이 좁단다. 아들아, 머리는 아프지 않더냐?' 아들은 그저 대답만 할 뿐이었소. '괜찮습니다.' 아들은 해명을 하려 해도 어찌할 바를 몰라 답답한 마음에 저녁도 먹지 않고 잠자리에 들었지만 잠자리에서 이리 뒤척 저리 뒤척 하며 도저히 잠이 오질 않았소. 게다가 어머니께서 조용히 흐느끼는 소리가 들려오는데 중병에 걸린 아버지에 대한 근심과 낮에 의원한테 모욕을 당하며 맞은 게 분해서 그런 것으로 보였소. 아들은 조용히 몸을 일으켜 창문을 통해 빠져나온 다음 밤을 틈타 마을로 달려가서는 그 의원 문밖에 도착했지요. 하지만 의원의 앞문과 뒷문은 모두 굳게 잠겨 있어 들어갈 방법이 없었소. 아들은 몸이 작아 개구멍을 통해 집 안으로 기어들어갈 수 있었고 어느 방인지 창호지 위로 등잔 불빛이 새어나오는 게 보였는데 의원이 밤새 약을 달이는 중이었소. 아들은 방문을 열고 들어가….”

아주는 그 아들이 걱정됐는지 다급하게 말했다.

“그 아이가 야심한 밤에 남의 집에 들어갔으니 큰 화를 당했겠군요.”

교봉은 고개를 가로저었다.

“아니오. 그 의원은 문이 열리는 소리를 듣고 고개도 들지 않은 채 물었지. ‘누구냐?’ 아이는 아무 소리도 내지 않고 의원 옆으로 다가가 뾰족한 날의 칼을 꺼내 그를 향해 찔러갔소. 왜소한 몸을 지닌 아이가 일도를 날려 의원의 배를 찔러버린 것이오. 의원은 윽 하는 비명 소리를 몇 번 내지르고는 그 자리에 쓰러져버렸소.”

아주는 깜짝 놀라며 비명을 질렀다.

“헉! 그 아이가 의원을 찔러 죽인 건가요?”

교봉은 고개를 끄덕였다.

“그렇소. 아이는 다시 개구멍을 통해 밖으로 기어나와 집으로 돌아갔소. 어두운 밤에 수십 리 길을 오갔으니 아이는 지칠 대로 지쳐 있는 상태였지요. 다음 날 아침 의원 집 식구들이 죽어 있는 의원을 발견했는데 배가 터지고 창자가 흘러나온 채 아주 처참한 상태로 죽어 있었소. 하지만 대문과 뒷문은 굳게 잠겨 있고 안에는 빗장이 걸려 있었는데 외부의 흉수가 어찌 집 안으로 들어올 수 있다고 생각했겠소? 모두들 의원의 집안사람 소행으로 의심하게 된 것이오. 결국 마을의 지현知縣[21] 나리가 의원의 형제와 처자들을 모두 잡아가 신문을 하는 지경에 이르렀고 몇 년을 그렇게 떠들썩하게 조사하다 의원 집은 결국 그대로 망해 이 사건은 끝까지 허가집의 미제 사건으로 남게 됐소."

"허가집이라고 했나요? 그 의원이… 바로 이 마을 사람인가요?"

"그렇소, 그 의원은 허許씨였소. 원래는 이 마을에서 가장 유명한 의원이었고 이 근방의 여러 현들에 그 이름이 알려져 있었지. 그의 집은 고을 서쪽에 있었는데 본래는 높고 하얀 담장이었지만 지금은 폐허가 돼버렸소. 조금 전에 내가 당신 병을 진찰받기 위해 의원을 청하러 가다 그 집 앞을 지나면서 보게 됐지."

"그 병든 아버지는요? 그 아버지 병은 나았나요?"

"후에 소림사의 한 화상이 준 약으로 병을 치료할 수 있었소."

"소림사에도 좋은 화상이 있긴 하군요."

"그야 물론이오. 소림사 안에는 어질고 의협심이 강한 고승들이 몇 분 계시오. 실로 존경받을 만한 분들이오."

그는 이 말을 하면서 우울한 마음을 감출 수 없었다. 은사이신 현고 대사가 생각났기 때문이다.

아주는 곰곰이 생각하다 말했다.

"그 의원이 가난한 사람을 무시하고 가난한 사람 목숨을 대수롭지 않게 여긴 건 고약하지만 죽을죄를 짓지는 않았어요. 그 어린아이도 너무 포악했어요. 전 이런 일이 있으리라고 믿지 않아요. 일곱 살짜리 아이가 어찌 감히 살인을 할 수 있죠? 아. 교 대협, 근데 이 얘기가 실화인가요?"

"실제 있었던 일이오."

아주는 한숨을 내쉬며 나지막이 말했다.

"그토록 흉악한 아이라면 못된 거란인일 거예요!"

교봉은 돌연 온몸에 전율이 느껴져 몸을 박차고 일어섰다. 그러다 떨리는 목소리로 말했다.

"그… 그게 무슨 말이오?"

아주는 그가 안색이 급변하는 걸 보고 깜짝 놀랐다. 순간 상황을 인지하고 말했다.

"교 대협, 미안해요. 저… 전 대협의 마음을 상하게 하려고 그런 말한 게 아니에요. 고의가 아니었어요…."

교봉은 한동안 멍하니 서 있다가 자리에 풀썩 주저앉으며 말했다.

"짐작으로 한 말이오?"

아주가 고개를 끄덕이자 교봉이 다시 물었다.

"무의식중에 한 말이 왕왕 진심일 수도 있소. 그렇게 용서 없이 손을 쓴 것이 정말 내가 거란인의 종자라는 이유 때문인 것 같소?"

아주가 부드러운 목소리로 말했다.

"교 대협, 제가 허튼소리를 한 거니까 절대 개의치 마세요. 그 의원이 대협 어머니를 발로 찼으니 어릴 때부터 영웅적 기개가 넘치던 교대협 입장에서 보면 그자를 죽인 건 당연해요. 죽어도 싸요!"

교봉은 두 손으로 포권을 했다.

"단순히 그자가 우리 어머니를 발로 찼기 때문만은 아니오. 그자 때문에 내가 억울한 누명을 썼기 때문이오. 어머니께서 잃어버리셨다는 그 은자 네 푼은 필시 의원 집에서 실랑이를 벌일 때 바닥에 떨어뜨린 것이 분명하오. 난… 가장 참을 수 없는 일이 억울하게 누명을 쓰는 것이오."

그러나 바로 그날 하루 동안 그는 세 건의 억울한 누명을 쓰고 말았다. 자신이 거란인지 아닌지 아직 모르는 상황에서 교삼괴 부부와 현고대사는 자신이 죽인 것이 아닌 게 확실함에도 불구하고 아버지와 어머니, 사부를 죽이는 3대 대죄를 지었다는 죄명이 그의 머리에 남아 있는 것이다. 도대체 홍수가 누구일까? 이렇게 자신을 모해하는 자는 과연 누구일까?

바로 이때 또 다른 일이 생각났다.

'아버지, 어머니께서는 왜 그렇게 말씀하셨을까? 내가 그분들과 함께 있는 게 날 섭섭하게 한 것이라고? 부모가 가난하면 자식도 당연히 가난한 법인데 뭐가 섭섭하고 섭섭하지 않다는 거지? 난 그분들의 친자식이 아닌 게 확실해. 누군가 그분들한테 양육을 맡긴 거야. 필시 양육을 맡긴 사람은 신분이 높아서 아버지, 어머니께서 그렇게 깍듯하게 대해주셨을 거야. 깍듯한 정도가 아니라 거의 공경하는 정도였지.'

그는 부모가 자신을 대할 때 일반 부모들이 친자식을 대하는 것과는 전혀 달랐다고 느꼈다. 천성적으로 총명했던 그였기에 이치대로라면 진작 깨달았어야 했다. 그러나 어릴 때부터 습관이 됐던 터라 아무리 총명한 그였다 하더라도 깊이 생각하기 힘들었다. 그저 그의 부모가 특별히 온화하고 자상한 분들이라고만 생각했던 것이다. 지금 생각해보면 모든 것이 자신이 거란의 오랑캐 종자라는 것을 실증하고 있다고 느낄 뿐이었다.

아주는 그를 위안하며 말했다.

"교 대협, 대협이 거란인이라고 하는 말은 제가 볼 때 전혀 근거 없는 모략이에요. 교 대협이 호탕하고 인의가 넘치는 분이라는 건 세상이 다 아는 사실이에요. 저같이 하찮기 그지없는 시녀까지 이렇게 정성을 다해 돌봐주시는 것만 봐도 그래요. 거란인은 호랑이나 이리처럼 잔인하고 악독해서 교 대협과는 천양지차인데 어찌 비교할 수 있겠어요?"

"아주, 만일 내가 정말 거란인이라면 그래도 내 보살핌을 받겠소?"

그 당시 중원의 한인들은 거란인에 대해 이를 갈며 증오하고 있어 마치 독사나 맹수를 쳐다보듯 했기에 아주 역시 잠시 머뭇거리다 말했다.

"이상한 생각 마세요. 절대 아닐 거예요. 거란족 중에 교 대협 같은 호인이 나올 수 있다면 우리 모두 거란인을 증오하지 않을 거예요."

교봉은 아무 말 하지 않고 묵묵히 혼자 생각했다.

'만일 내가 정말 거란인이라면 아주 같은 시녀들도 날 거들떠보지 않을 것이다.'

그는 순간 이 넓은 천지에 자신의 몸 하나 둘 곳이 없다 느껴졌다. 이런 생각이 물밀듯이 밀려오자 가슴에 뜨거운 피가 용솟음쳤다. 그는 아주에게 진기를 수차에 걸쳐 쏟아넣었던 터라 내력 소모가 적지 않다 느끼고 곧 침상 옆 의자 위에 가부좌를 틀고 앉아 천천히 운기조식을 했다.

아주 역시 눈을 감았다.

18. 오랑캐와의 은원, 그리고 영웅의 눈물

19

수천, 수만이라도 상대하리라

현난은 양쪽 상박上膊이 그대로 드러나 비쩍 마른 그의 긴 팔이 보이자 이에 광분한 나머지 안색이 시퍼렇게 변해버렸다.

그는 두 팔을 아래위로 뻗어내며 태조장권을 펼쳐 교봉을 맹렬하게 공격했다.

교봉은 한참 동안이나 운기조식을 했다. 그때 갑자기 서북쪽 높은 곳에서 샤삭 하는 두 번의 가벼운 소리가 들렸다. 무림 고수가 지붕 위를 걷는 소리라는 걸 단번에 알아차릴 수 있었다. 곧이어 동남쪽 위에서도 똑같이 두 번의 소리가 들렸다. 서북쪽 위에서 소리가 들릴 때는 대수롭지 않게 여겼지만 연이어 두 번 같은 소리가 들리자 필시 자신을 찾아온 것이라 여기고 아주를 향해 나지막이 말했다.

"잠깐 나갔다 금방 돌아오겠소. 겁내지 마시오!"

아주가 고개를 끄덕였다. 교봉은 촛불조차 끄지 않고 반쯤 열려 있던 방문 틈으로 비스듬히 비켜나가 후원 창문 밖을 돌아서 담에 바짝 붙어 섰다.

객점 동쪽의 한 상방上房 안에서 누군가의 목소리가 들렸다.

"향팔야向八爺시오? 내려오시오!"

서북쪽 위에 있던 자가 웃으며 말했다.

"관서關西의 기육祁六도 왔소."

방 안에 있던 자가 말했다.

"잘됐군요. 아주 좋소. 함께 들어오시오."

지붕 위에 있던 두 사람이 차례대로 뛰어내려 방 안으로 들어갔다.

교봉이 생각했다.

'관서의 기육이라면 관서 쪽에서 명성이 자자한 쾌도기육快刀祁六이라 불리는 호한이 아닌가? 그리고 향팔야라면 상동湘東의 향망해向望海가 틀림없어. 저자는 소문난 부호에다 무공 또한 대단하다고 알려진 인물이다. 저 두 사람은 간악한 무리도 아닐뿐더러 나와는 아무 원한도 없지 않은가? 그렇다면 날 공격하러 온 것이 아닌데 내가 괜한 의심을 했구나. 한데 방 안에 있는 사람 목소리가 귀에 익은데 도대체 누구지?'

그때 향망해 목소리가 들렸다.

"염왕적閻王敵 설신의薛神醫가 영웅첩英雄帖을 뿌려가며 강호 동도들을 두루 초빙하고 있는데 아주 긴박한 일인 것 같소. '영웅호걸들은 영웅첩을 보는 즉시 왕림해주시기 바랍니다.' 이렇게 적혀 있으니 말이오. 포鮑 대형, 무슨 일인지 알고 계시오?"

교봉은 '염왕적 설신의'라는 말을 듣고 놀라움과 기쁨이 교차했다.

'설신의가 근방에 있다는 말인가? 그는 저 멀리 감주甘州에 있다고 알고 있었는데. 만일 근방에 있다면 아주 낭자를 살릴 수 있겠구나.'

그는 설신의가 당대 의원 중 제일 명의라는 말을 들은 적이 있다. '신의'라는 이름이 너무나 유명해서 그의 본명을 아는 사람이 드물 정도라고 했다. 강호에 떠도는 전설이 과장되기는 했지만 그는 죽은 사람조차 살려내고 살아 있는 사람은 아무리 중한 부상을 입거나 그 어떤 중병에 걸려도 치료할 수 있는 능력이 있다고 했다. 그런 이유로 저승의 염라대왕마저 골머리를 앓게 만든다고 해서 '염왕적'이란 별호가 생기게 된 것이다. 저승사자를 보내 사람을 데려가려 할 때마다 왕왕 설신의가 옆에서 가로막아 길을 막고 채간다는 말이 있을 정도였다.

이 설신의는 신적인 의술을 지녔을 뿐만 아니라 무공에 있어서도 일가견이 있었다. 그는 강호의 벗들과 사귀기를 좋아해서 병을 치료해주는 대신 종종 상대에게 무공 몇 초를 청해 가르침을 받았다. 상대방 입장에서는 목숨을 살려준 은혜에 보답하는 차원이다 보니 그에게 무공을 전수할 때는 당연히 숨기는 바 없이 가장 아끼는 비급을 전수해주었다.

이때 쾌도기육이 물었다.

"포 주인장, 근자에는 쓸 만한 장사 좀 하셨소?"

교봉은 생각했다.

'어쩐지 방 안에 있던 사람 목소리가 익숙하다 했더니 알고 보니 몰본전沒本錢 포천령鮑千靈이었군. 저 사람은 부잣집을 털어 가난한 사람들한테 나눠주는 협객으로 유명하다. 과거 내가 개방 방주에 취임하는 날 즉위식에 참여했었지.'

그는 방 안에 있는 사람들이 향망해와 기육, 포천령 세 사람이라는 것을 알자 몰래 엿듣고 싶지 않았다.

'내일 아침 일찍 포천령을 찾아가서 설신의의 거처를 탐문해봐야겠다.'

이런 생각에 방으로 돌아가려는 순간, 갑자기 포천령이 한숨을 내쉬며 말하는 소리가 들렸다.

"에이. 요 며칠 기분이 별로 좋지 않아 장사할 맛이 안 났지 뭐요. 게다가 오늘 아버지와 어머니, 사부를 죽였다는 그자의 악행을 들으니 울화가 치밀어서 말이오!"

이 말을 하면서 손을 뻗어 탁자를 힘껏 내리쳤다.

교봉은 '아버지와 어머니, 사부를 죽였다는' 말을 듣자 깜짝 놀랐다. '지금 내 얘기를 하고 있구나.'

향망해가 말했다.

"교봉 그놈은 여태껏 명성이 자자했는데 어질고 의협심 넘치는 모습이 모두 거짓이었다니 이 어찌 수많은 사람을 속인 셈이 아니오? 그런 천인공노할 짓을 저지를 줄 누가 알았겠소?"

포천령이 말했다.

"과거 그가 개방 방주 자리에 오를 때 한번 볼 기회가 있었소. 여태 껏 그자의 사람됨을 늘 탄복해 마지않았기에 처음 그가 거란 오랑캐 종자라는 조趙 셋째의 말을 듣고 난 그럴 리가 없다며 꾸짖었소. 얼굴까지 붉혀가며 말싸움을 벌이다 하마터면 진짜 싸움을 벌일 뻔했을 정도였으니 말이오. 에이. 오랑캐 종자는 역시 금수나 다를 바가 없소. 잠깐은 속였지만 후에 결국 흉악한 성격을 그대로 드러내지 않았소?"

기육이 말했다.

"그가 소림사 출신인 줄은 정말 몰랐소. 현고대사가 그의 사부라고 하지 않소?"

포천령이 말했다.

"그 얘기는 본래 극히 은밀한 문제라 소림파 중에서도 극소수만 알고 있소. 다만 교봉이 자기 사부를 죽여버렸으니 소림파도 숨길 수가 없었던 거지. 교가 그 악적은 자기 부모와 사부를 죽이면 자신의 출신 내력을 숨길 수 있을 것이라 생각한 것이오. 남들한테 그 사실을 한사코 감추려다 오히려 일을 망쳐 더 큰 죄를 짓게 된 거지."

교봉은 문밖에 서서 자신의 심사를 짐작하는 포천령의 말을 듣고 곰곰이 생각해봤다.

'몰본전 포천령은 나와 교분이 있다고 말할 수 있지. 저 친구는 절대 입에서 나오는 대로 지껄이는 소인배가 아니다. 그런 저 친구마저 저렇게 말한다면 다른 사람들은 말할 것도 없지 않은가! 에이. 나 교봉이 이런 말도 안 되는 누명을 뒤집어쓸 줄이야. 누명을 벗기 위해 얼마나 더 신경을 써야 할까? 지금부터 이름을 숨기고 사라져 10여 년 후에 강호의 벗이라 불리던 자들이 나란 인물이 있었다는 것조차 모두 잊어버린다면 그걸로 끝이다.'

그는 삽시간에 의욕을 상실해버리고 말았다.

향망해가 말을 이었다.

"여러 형제들이 짐작한 바로는 설신의가 영웅첩을 돌리는 이유가 교봉을 어찌 대처할지 상의하자는 거라 하더군요. 염왕적은 불의를 원수처럼 증오하는 데다 소림사의 현난과 현적 두 대사와 교분이 매우 두텁다고 하더이다."

포천령이 말했다.

"그렇소. 근래 들어 강호에는 교봉이 저지른 악행 외에 달리 큰일이 없었소. 향 형, 기 형! 자자, 우리 고량주나 몇 근 마시면서 밤새도록 논의해봅시다."

교봉은 그들이 내일 아침 날이 밝을 때까지 밤새 자기 욕을 할 게 뻔하다고 느껴지자 더 이상 듣고 싶지 않아 곧바로 아주 방으로 돌아왔다.

아주는 그가 정신 나간 사람처럼 안색이 창백한 것을 보고 물었다.

"교 대협, 적이라도 만나신 건가요?"

그녀는 그가 내상이라도 입지 않았을까 걱정이 됐지만 교봉은 고개를 가로저었다. 아주는 여전히 안심이 되지 않아 물었다.

"다치신 데는 없죠? 네?"

교봉은 강호에 발을 들여놓은 이래 친구에게는 존경받고 적에게는 두려운 존재였을 뿐 요 며칠처럼 이토록 멸시와 천대를 받은 적이 없었다. 그는 아주의 질문을 듣자 자기도 모르게 자부심이 느껴져 큰 소리로 말했다.

"아니오. 저 무지한 소인배들이 나 교봉에 대해 근거 없는 말로 비방을 하고 있소. 말은 쉽게 하지만 출수를 해서 날 해치는 것은 그리 쉽지만은 않을 것이오."

이 말을 하면서 갑자기 뭔가 결심을 한 듯 영웅적 기개를 발산하며 당차게 말했다.

"아주, 내일 내가 천하제일 의원을 찾아 당신을 치료해줄 테니 안심하고 편히 쉬시오!"

그의 자신감 넘치는 태도에 아주는 매우 존경스럽게 느껴지면서도 한편으로는 왠지 모를 두려움이 밀려왔다. 눈앞에 있는 이 사람이 모용 공자와 전혀 다른 듯하면서도 여러 가지 면에서 닮았기 때문이다. 두 사람 모두 천하에 그 어떤 두려움도 없다는 듯 자신감 넘치고 의기양양했다. 그러나 교봉은 마치 한 마리 수사자처럼 성격이 호탕해서 거침이 없었고 모용 공자는 한 마리 봉황처럼 부드럽고 품위가 있었다.

교봉은 마음의 결정을 내리고 더 이상 근심할 것이 없다는 듯 의자에 앉아 눈을 붙였다.

아주는 희미한 등잔불에 비친 그의 얼굴을 보았다. 얼마가 지났을까? 가볍게 코를 고는 소리가 들리는가 싶더니 얼굴 근육이 갑자기 미미하게 꿈틀거렸다. 이를 꽉 깨문 그의 넓은 양쪽 뺨에 있는 근육들이 돌출되어 나오기 시작했다. 아주는 돌연 연민의 정이 느껴졌다. 눈앞에 보이는 저 거칠고 건장한 사내의 심적인 고통을 생각하니 자신보다 훨씬 더 불행한 것처럼 느껴졌기 때문이었다.

다음 날 새벽, 교봉은 내력을 끌어올려 아주에게 연이어 진기를 주입했다. 객점에서 계산을 끝낸 그는 점소이에게 부탁해 노새가 끄는 수레를 하나 빌렸다. 그는 아주를 부축해 수레 안에 앉히고 포천령이 묵고 있는 객점으로 달려가 방문 밖에서 큰 소리로 외쳤다.

"포 형, 소제 교봉이 뵙고자 하오."

포천령과 향망해, 기육 세 사람은 밤새 교봉을 욕하느라 기진맥진한 채 잠이 들어 이때까지도 일어나지 않은 상태였다. 그때 갑자기 교봉의 외침 소리가 들리자 모두 깜짝 놀라 칼을 쓰는 사람은 칼을, 연편을 쓰는 사람은 연편을 들고 일제히 방에서 뛰쳐나왔다.

그러나 세 사람은 무기를 손에 쥔 순간 모두 어리둥절해했다. 각자 자신의 무기에 작은 종이가 한 장씩 붙어 있었기 때문이었다. 그 종이 위에는 하나같이 '교봉喬峯 배상拜上'이라는 글자가 적혀 있었다. 세 사람은 서로를 쳐다보며 속으로 깜짝 놀라지 않을 수 없었다. 어젯밤에 다들 곯아떨어졌을 때 이미 교봉이 와서 농간을 부렸음을 알아차린 것이다. 그가 만약 세 사람 목숨을 취하려 했다면 그야말로 식은 죽 먹기였을 것이 아닌가? 그중에서도 포천령은 더욱 고개를 들 수 없었다. 그는 몰본전이라는 그의 별호에 걸맞게 매일같이 수많은 집을 전전하며 하룻밤 사이에 백 곳이 넘는 집 담을 제 집 다니듯 넘나들어 재물을 취하는 것이 그의 최고 장기였다. 그런데 뜻밖에도 밤새 교봉의 계략에 말려 이제야 그 사실을 알아차릴 줄은 상상도 하지 못했던 것이었다.

포천령은 연편을 다시 허리춤에 찼다. 교봉이 사람을 해칠 의도가 있었다면 어젯밤에 이미 손을 썼을 것이라 생각했던 것이다. 그는 곧바로 문 앞으로 달려가 말했다.

"교 형이 이 포천령의 머리를 취하려 한다면 언제든 가져가도 좋소. 나 포천령이 몰본전 장사를 전문으로 하고 있지만 교 형 손에 모든 가산을 뺏긴다 해도 상관없소. 부친과 모친, 사부님조차 죽이는 마당에 이 포천령처럼 깊은 우정조차 못 나눈 친구한테 어찌 출수에 사정을 두겠소?"

그는 연편 위의 글자를 보고 이미 마음의 결정을 내렸다. 오늘 일은 위험하기 그지없다는 걸 알기에 아예 끝까지 강경하게 나가다가 정 도망칠 방법이 없다면 하는 수 없이 그의 손에 목숨을 빼앗기겠다고 말이다.

교봉이 포권을 하며 말했다.

"과거 산동 청주부淸州府에서 헤어진 이후 벌써 수년이 흘렀지만 포형의 풍채는 예나 다름없으니 정말 기쁘고도 감축드릴 일이오."

포천령이 껄껄 웃었다.

"구차하게 연명을 해가며 사는 인생 아니겠소? 지금까지는 어쨌거나 죽지 않고 살아 있었소."

"듣자 하니 염왕적 설신의가 영웅첩을 돌렸다 하여 재하도 좀 가보고자 하는데 세 분과 함께 가면 어떨지 모르겠소?"

포천령은 의아한 생각이 들었다.

'설신의가 영웅첩을 돌린 건 바로 너에 대한 대처 때문이다. 네가 살고 싶지가 않아 감히 혼자 가겠다는 것이냐? 도대체 의도가 무엇이냐? 개방의 교 방주가 담대하고 세심한 성격에 지용을 겸비한 인물이라는 말을 듣긴 했다. 그래도 뭔가 믿는 구석이 있지 않고서는 제 발로 그물에 뛰어들 일은 없을 것이 아닌가? 놈의 속임수에 당할 수는 없다.'

교봉은 그가 머뭇거리며 대답을 하지 않자 말했다.

"저 교봉이 설신의에게 부탁할 일이 좀 있으니 포 형께서 길을 인도해주시기 바라오."

포천령이 생각했다.

'안 그래도 놈의 독수에서 빠져나오지 못할까 근심 중이지 않았던가? 놈을 일단 영웅연英雄宴에 데려가야겠다. 그곳에 있는 군호가 에워싸서 공격을 한다면 놈이 아무리 재간이 뛰어나다 해도 중과부적이니 어쩌지 못할 것이다. 다만 놈과 동행을 하는 건 위험천만한 일이 아닐 수 없다.'

속으로 매우 염려되긴 했지만 그래도 영웅연에 데려가는 것이 좋겠다는 생각이 들었다.

"이번 영웅연은 여기서 동북쪽으로 70리 떨어진 취현장聚賢莊에서 열릴 것이오. 교 형이 가겠다고 하면 그보다 더 좋을 것이 없지. 나 포천령이 미리 말해두지만 예로부터 모임에 좋은 모임이란 없고 연회에 좋은 연회란 없다 했소. 교 형도 이번에 가면 길한 일보다 흉한 일이 더 많을 수도 있으니 이 포천령이 사전에 주지하지 않았다 탓하지 마시오."

교봉은 담담하게 웃었다.

"포 형의 호의는 교봉이 가슴 깊이 새겨두겠소. 영웅연이 취현장에서 열리기로 했다면 장주인 유씨쌍웅游氏雙雄이 주최하는 것 아니겠소? 취현장 위치는 수소문해 가면 될 테니 세 분께서는 먼저 떠나시오. 소제는 한 시진 후에 천천히 출발하도록 하겠소. 그래야 모두들 대비를 할 것 아니겠소?"

포천령이 고개를 돌려 기육과 향망해 두 사람을 힐끗 쳐다보자 두 사람은 천천히 고개를 끄덕였다. 포천령이 말했다.

"그럼 우리 셋은 취현장에서 교 형이 오기만 기다리겠소."

포천령과 기육, 향망해 세 사람은 부랴부랴 방 값을 계산한 뒤 말에 올라 취현장을 향해 내달렸다. 그들은 말을 재촉해 달려가면서도 시시때때로 뒤를 돌아다보며 교봉이 준마를 타고 먼저 도착할까 두려워했지만 다행히 그는 시종 보이지 않았다. 포천령은 본디 영민하기 이를 데 없는 인물이었으며 기육과 향망해 역시 경험이 풍부하고 견문이 넓은 사람들이었다.

그러나 세 사람은 가는 도중 이런저런 상의를 해가며 추측해봤지만 교봉이 혈혈단신 영웅연에 참석하겠다는 의도를 도저히 알 수가 없었다.

기육이 대뜸 말했다.

"포 대형, 교봉 옆에 있는 그 수레 보지 못했소? 그 안에 뭔가 괴이쩍은 게 있는 것 같소."

향망해가 말했다.

"수레 안에 무슨 무서운 인물이라도 매복해뒀다는 말이오?"

포천령이 말했다.

"수레 안에 사람들을 겹겹이 쌓아놓는다 해도 기껏해야 일고여덟 명밖에 되지 않을 것이오. 그럼 숨조차 쉴 수 없겠지. 그래야 교봉까지 합쳐 열이 채 되지 않으니 영웅연에 당도하면 망망대해에 작은 배 한 척 정도에 불과한 격인데 무슨 쓸모가 있다 하겠소?"

이런 말을 나누며 가는 동안 도중에 만나는 무림 동도들은 점점 더 많아졌다. 모두들 취현장의 영웅연에 참석하기 위해 가는 사람들이었다. 이번 영웅연은 임시로 열리는 것이라 무림에 뿌려진 것은 무명첩無名帖이었다. 이 무명첩은 빈객의 성명이 기재되어 있지 않아 이를 본 사람이 무림인이기만 하면 자격이 있어 예외 없이 환영을 받게 되어 있었다.

초대를 받은 사람들은 밤새 말을 달려 동도들에게 이 소식을 전했고 이 소식은 다시 입에서 입으로 전해져 하룻밤 사이에 아주 먼 지역까지 전해질 수 있었다. 다만 시간이 촉박한 관계로 취현장에 모인 사람들은 대부분 소림사 주변 수백 리 이내에 거주하는 인물들이었다. 그러나 하남은 중원에 위치한 교통의 요지이다 보니 현지 무인들 외에도 북쪽으로 가는 중이거나 남쪽으로 내려오던 무림 지사들까지 소식을 듣고 몰려들어 그 수가 적지 않았다.

이번 영웅연은 취현장의 유씨쌍웅과 염왕적 설신의가 연명聯名해서 초청한 것이다. 유씨쌍웅인 유기游驥와 유구游駒 형제는 권세가 있는 부호로 교제 범위가 넓고 무공 실력도 대단해 명성이 자자하긴 했지만 무림 내에서 대단한 세력을 가지고 있지는 않았다. 더구나 덕망이 그리 높다고 할 수 없었기에 사실 이렇게 수많은 호한을 불러모을 힘은 없었다.

다만 설신의에 대해서는 오히려 많은 사람이 친교를 맺고 싶어 했다. 무예를 배우는 사람들이 굉장한 자부심을 가지고 있기는 했지만 천하에 적수가 없다고 자신하는 사람은 극히 적었기 때문에, 자신이 당대 최고의 무공 실력을 보유하고 있다 생각해도 병에 걸리거나 부상을 입지 않으리란 보장은 없었다. 따라서 설신의 같은 친구를 사귈 수만 있다면 목숨이 하나 더 생기는 것이나 다름없었다. 그 자리에서 즉사하지만 않고 설신의가 치료를 해주겠다고 나선다면 목숨을 부지할 수 있었기 때문이다. 이 때문에 유씨쌍웅의 초대장을 받은 사람들은 스스로 자랑스럽게 느끼는 정도에 그쳤지만 설신의의 초대장은 목숨을 담보 받을 수 있는 일종의 부적과도 같았다. 사람들 모두 오늘 설신의와 교분을 맺게 된다면 향후 자신이 뜻하지 않은 변고를 당했을 때 그가 팔짱만 끼고 바라보고 있진 않으리란 생각에서였다. 칼끝 위에서 하루하루를 살아가는 무림인들 중 그 누가 뜻하지 않은 변고를 당하지 않는다고 장담할 수 있겠는가? 초청장에는 '설모화薛慕華, 유기, 유구' 세 사람 이름이 서명되어 있었으며 그 뒤에는 작은 글씨로 한 줄이 덧붙여져 있었다.

'유기, 유구 추신: 설모화 선생은 '설신의'로 알려진 분임.'

만약 이 한 줄의 글이 없었다면 초청장을 받은 사람들 대부분이 '설모화'가 어떤 고인인지 몰랐을 것이며 취현장에 오는 사람들도 3할은 줄었을 것이다.

포천령과 기육, 향망해 세 사람이 취현장에 당도하자 유가의 둘째인 유구가 친히 영접을 나왔다. 대청으로 들어가니 대청 좌석은 사람들로 가득 차 있었다. 그중에는 포천령이 아는 사람도 있었고 모르는 사람도 있었지만 대청에 들어가자마자 사방팔방에서 사람들 목소리가 들렸다.

"포 주인장! 돈 좀 많이 버셨소?"

"포 형! 요 며칠 장사 괜찮았소?"

포천령은 연신 공수를 하며 각지의 영웅들과 인사를 나눴다. 그가 이렇게 소홀히 할 수 없는 이유는 강호의 영웅들 중 호탕하고 인품이 뛰어난 인물들도 많지만 도량이 좁은 자들도 실로 적지 않기 때문이었다. 순간의 부주의로 고개를 덜 숙이거나 웃음으로 답례를 하지 않을 경우에는 무의식중에 죄를 지어 끝없는 후환을 야기하고 심지어 목숨을 잃는 화를 자초하는 일이 다반사였으니 말이다.

유구는 그를 동쪽 상석 앞으로 데리고 갔다. 설신의가 몸을 일으켜 일어나며 말했다.

"포 형과 기 형, 향 형 세 분께서 왕림해주시다니 정말 이 늙은이가 면이 서는 것 같소. 고맙기가 그지없소이다."

포천령이 다급하게 답례를 했다.

"설 어르신께서 뵙자 하신다면 이 포천령은 꼼짝도 할 수 없는 병이 들었다 해도 누구든 시켜 업혀왔을 것입니다."

유씨 형제의 형인 유기가 껄껄 웃었다.

"정말 꼼짝도 할 수 없을 정도로 병이 났다면 더더욱 설 어르신을 뵈러 업혀오고자 했을 테지요!"

옆에 있던 사람들이 모두 껄껄대며 박장대소를 했다.

유구가 말했다.

"세 분께서 먼 길을 오시느라 고생하셨을 테니 후청에 가서 요기라도 좀 하시지요."

포천령이 말했다.

"요기는 천천히 해도 늦지 않습니다. 재하가 묻고 싶은 것이 하나 있습니다. 설 어르신과 두 분 유 나리께서 이번에 초청하신 빈객 중 교봉이 포함되어 있는지요?"

설신의와 유씨쌍웅은 교봉이란 이름을 듣고 하나같이 안색이 살짝 변했다. 유기가 말했다.

"저희가 이번에 돌린 것은 무명첩입니다. 보는 사람은 누구든 초청하겠다는 거지요. 포 형께서는 무슨 의미로 교봉을 언급하신 것이오? 포 형께서 교봉 그자와 교분이 있어 그러시오?"

포천령이 말했다.

"교봉 그자가 영웅연 참석을 위해 취현장으로 온다고 해서 말입니다."

그가 내뱉은 이 말은 좌중을 깜짝 놀라게 만들었다. 대청에 모인 사람들은 각자가 열띤 토론을 벌이며 시끄럽게 떠들고 있었지만 그의 이 말 한마디에 순간 정적에 휩싸였다. 멀찌감치 서 있던 사람들은 포천령 목소리가 들리지 않았지만 갑자기 아무도 말을 하지 않자 자신들도 하던 말을 딱 그친 것이다. 삽시간에 대청 안은 쥐 죽은 듯 조용해지고 후청에 있던 사람들이 술을 마시며 떠드는 소리와 회랑에 있는 사람들이 담소를 나누는 소리만 저 멀리서 들려올 뿐이었다.

설신의가 물었다.

"포 형께서는 교봉 그자가 온다는 걸 어찌 아셨소?"

포천령이 말했다.

"재하가 기 형과 향 형 두 사람과 함께 직접 들었습니다. 말씀드리기 외람되지만 저희 세 사람은 어젯밤에 큰 낭패를 당했습니다."

향망해는 그에게 연신 눈짓을 해댔다. 어젯밤 있었던 추한 사건에 대해서는 거론하지 말라는 뜻이었다. 그러나 포천령은 설신의와 유씨 쌍웅이 아주 예리한 사람들인 데다 이 영웅연에는 머리가 뛰어난 인사들이 적지 않아 조금이라도 숨기는 것이 있다면 분명 간파당할 것이라 생각했다. 더구나 이 사건은 보통 문제가 아니며 자신도 이미 그 소용돌이 안에 휘말려 있기에 혼자 감당했다가는 신세를 망치기 십상이었다. 그는 허리춤에서 천천히 연편을 풀었다. 그러자 '교봉 배상'이라는 글자가 적힌 쪽지가 여전히 연편 위에 붙어 있었다. 그는 연편을 두 손으로 설신의에게 바치며 말했다.

"교봉이 저희 세 사람에게 말을 전하라 했습니다. 오늘 취현장에 올 것이라고 말입니다."

그는 곧이어 교봉을 어찌 보게 됐으며 그가 어떤 말을 했는지에 대한 정황을 한 마디도 빠짐없이, 또 추호의 틀림도 없이 얘기했다. 향망해는 연신 발을 동동 구르며 수치심에 얼굴이 시뻘겋게 달아올랐다.

포천령은 태연자약하게 경과를 얘기하고 마지막으로 한마디 덧붙였다.

"교봉 그놈은 어쨌든 거란의 종자입니다. 그가 인의에 넘치는 인물이라 해도 우리는 그를 제거해야 합니다. 더구나 놈은 악한 본성을 드러내 재앙이 점점 심해져만 가고 있습니다. 놈이 먼 곳에서 잠적해버린다면 잡기가 쉽지 않을 것입니다. 허나 이게 하늘의 뜻인지는 몰라도 제 발로 걸어온다고 하지 않습니까?"

유구가 곰곰이 생각하다 말했다.

"교봉은 지용을 겸비했다고 들었소. 그 재주로 악행을 일삼을지는 몰라도 무모한 필부는 아닐 것이오. 설마 여기 이 영웅연에 참석할 리 있겠소?"

포천령이 말했다.

"모종의 간계가 있을지도 모르니 대비하지 않으면 안 될 겁니다. 여럿이 머리를 짜내면 좋은 계책이 많이 나올 테니 다 함께 모여서 논의해보시지요."

이 말을 나누는 동안 밖에는 또 수많은 영웅호걸이 운집해 있었다. 그중에는 철면판관 선정과 그의 다섯 아들, 담공, 담파 부부와 조전손 일행도 끼어 있었다. 이들은 그날 행자림에서 서하인들의 비소청풍 독에 쓰러졌다가 개방 사람들에 의해 구조되면서 교봉이 가져온 해약 덕분에 살아났다는 얘기를 듣게 됐다.

그러나 이들은 교봉이 와서 구했을 리가 없으며 분명 개방 사람들이 그 공을 전임 방주에게 돌려 개방의 체면을 살리기 위해 일부러 그런 소문을 퍼뜨렸다 여기고 있었다. 그 후에 유씨쌍웅과 설신의가 영웅첩을 돌렸다는 사실을 알고 부리나케 달려왔던 것이다. 얼마 있지 않아 소림파의 현난과 현적 두 고승도 당도했다. 설신의와 유씨형제는

19. 수천, 수만이라도 상대하리라

일일이 달려나가 이들을 영접했다. 모두들 교봉의 악행에 대해 얘기할 때는 다 함께 분노했다.

이때 이 집의 지객知客이 들어와 고했다.

"개방의 서 장로가 전공, 집법 두 장로 그리고 해, 송, 진, 오 사대장로와 함께 도착했습니다."

모든 이가 깜짝 놀랐다. 개방은 강호의 제일대방이었기에 이는 보통 일이 아니었다. 향망해가 말했다.

"개방 사람이 대거 왔다는 건 교봉을 지원하려는 것이 분명하오."

선정이 말했다.

"교봉은 이미 파문을 당하고 방에서 쫓겨났으니 더 이상 개방의 방주가 아니오. 저들이 벌써 안면을 바꾸고 원수가 된 모습을 난 직접 목격했소."

향망해가 말했다.

"향불을 켜놓고 의리를 맹세한 옛정이 있는데 어찌 그걸 다 잊을 수 있겠소?"

유기가 말했다.

"개방의 여러 장로들은 하나같이 의지가 굳은 호한들인데 어찌 시비를 가리지 못하겠소? 여전히 교봉을 돕는다면 이 나라의 매국노가 아니고 무엇이란 말이오?"

모든 무림인이 고개를 끄덕이며 맞장구를 쳤다. 여기저기서 이런 얘기가 들렸다.

"개방의 모든 수뇌는 영웅호한들이오. 절대 매국노일 수가 없소!"

설신의와 유씨쌍웅이 영접을 나갔다. 그러나 개방에서 온 사람들이 열두세 명에 불과하자 군웅은 그제야 마음을 놓고 생각했다.

'저 걸개들은 교봉을 비호하진 않을 것이다. 설사 호의를 품고 있지 않더라도 저 열두세 명 가지고 뭘 할 수 있겠는가?'

군웅은 서 장로 등과 의례적인 인사말을 나눈 뒤 대청으로 들어갔다. 개방 사람들 일굴이 근심스러운 표정으로 가득한 것으로 보아 마음이 무척 무거운 것 같았다.

이들은 각각 빈주 자리에 나누어 앉았다. 서 장로가 입을 열었다.

"설 형, 유가쌍웅 두 분 현제! 오늘 각지의 영웅들을 여기 초청한 것이 무림의 새로운 화근인 교봉 때문이오?"

군웅은 그가 교봉을 '무림의 새로운 화근'이라고 칭하는 것을 보고 서로 얼굴을 마주보며 약속이나 한 듯 안도의 한숨을 내쉬었다.

유기가 말했다.

"그렇소. 서 장로와 귀 방의 여러 장로들께서 다 함께 왕림하신 것은 실로 무림의 행운이라 할 수 있소. 우리가 그 오랑캐의 개를 죽이려면 필히 귀 방의 여러 장로들에게 재가를 받아야 하기 때문이오. 그렇지 않고 일말의 오해라도 야기해 쌍방 간의 화의가 깨진다면 평생 유감으로 남게 될 것은 자명한 사실이오."

서 장로가 장탄식을 하며 말했다.

"그는 마음을 주체하지 못하고 극히 광적인 행동을 일삼고 있소. 본래 폐방에 적지 않은 공을 세웠고 최근에는 우리가 간인들의 암수에 걸렸을 때 그가 나서서 구해주기도 했소. 허나 대장부라면 처세에 있어 대의를 중히 여기는 것이 당연한 이치요. 따라서 그런 소소한 은혜에 대해서는 어쩔 수 없이 뒷전에 두는 것이 옳다고 믿고 있소. 그는 이제 대송의 철천지원수요. 폐방의 모든 장로가 그의 은혜를 받긴 했지만 사사로운 은혜 때문에 대의를 저버릴 순 없는 것이오. 옛말에도 대의멸친大義滅親이라 하여 정의를 위해서는 부모 형제도 봐주지 않는다 했소. 하물며 그는 이제 본방과 그 어떤 관계도 없는 사람이오."

그가 이렇게 말하자 군웅은 앞다투어 박수갈채를 보냈다.

곧이어 유기가 교봉 역시 영웅연에 참석한다는 말을 전하자 개방 장로들 모두 놀라움을 감추지 못했다. 모두들 교봉 휘하에 오랜 시간을 지내오면서 그가 일을 행함에 있어 평소 담력과 지혜를 겸비한 모습을 보여왔다는 사실을 알고 있었기에 그가 혈혈단신 취현장에 달려온다고 했다면 그건 보통 기괴한 일이 아니었기 때문이다.

향망해가 대뜸 나서서 말했다.

"내 보기엔 교봉 그놈이 고의로 거짓 술수를 펼친 것 같소. 모든 무림 인사를 이곳에서 기다리게 만들고 혼자 몰래 행방을 감추려 한 거지요. 이거야말로 금선탈각金蟬脫殼[22] 계책이 아니고 무엇이겠소?"

오 장로는 손으로 탁자 위를 힘껏 내리치며 욕을 퍼부었다.

"빌어먹을! 금선탈각 같은 소리 하고 앉아 있네! 교봉이 어떤 인물인지 알기나 하시오? 그가 입으로 뱉은 말을 행하지 않은 적이 있더이까?"

향망해는 그의 욕을 듣고 얼굴이 시뻘게지며 버럭 화를 냈다.

"지금 교봉을 대변하겠다는 게요? 지금 나 향망해가 못마땅하다는 거로구만? 좋아! 어디 한번 겨뤄보자고!"

오 장로는 교봉이 부모와 사부를 죽이고 소림사에서 소란을 피웠다는 각종 소식을 듣고 가슴속에 가득한 울분을 꾹꾹 눌러가며 누구에게든 터뜨리고 싶었던 터였다. 그런데 향망해가 겁도 없이 그를 향해 도전을 하니 바라던 바가 아닐 수 없었다. 그는 어느새 대청 앞의 정원으로 훌쩍 몸을 날리며 큰 소리로 외쳤다.

"교봉이 거란의 종자인지 아니면 당당한 한인인지는 아직 밝혀지지 않았다. 만일 그가 정말 거란의 오랑캐라면 나 오장풍이 가장 먼저 앞에 나가 죽을 때까지 싸울 것이다. 교봉과 싸울 사람이 1천 명에 이른다 해도 너 향망해 같은 더러운 후레자식한테까지 차례가 돌아가진 않을 것이다! 네놈이 뭔데 여기서 구구절절 금선탈각이니 뭐니 하며 떠들어대는 것이냐? 이리 나와라! 노부가 뜨거운 맛을 보여줄 것이다!"

이미 안색이 새파랗게 변해 있던 향망해는 스륵! 하는 소리와 함께 칼집에서 단도를 뽑아 들었다. 그는 칼끝을 보자마자 '교봉 배상'이라고 쓴 쪽지가 생각 나 순간 넋이 나가고 말았다.

유기가 옆에서 두 사람을 말렸다.

"두 분 모두 저 유기의 빈객들 아니시오? 저 유기의 체면을 봐서라도 화기和氣를 깨지는 말아주시기 바라겠소."

서 장로 역시 말렸다.

"오 형제, 경거망동해서는 아니 되오. 본방의 명성을 고려해야 할 것이오."

그때 사람들 사이에서 갑자기 가냘픈 목소리가 들려왔다.

"개방이 교봉 같은 인물을 배출했으니 명성도 떨칠 수 있었던 것이오. 허니 그 명성을 고이 보존하는 게 옳지."

개방의 군호가 듣고 앞다투어 대로하며 호통을 쳤다.

"누가 한 말이야?"

"자신 있으면 모습을 드러내라! 사람들 틈에 난쟁이처럼 숨어 있으면서 어찌 호한이라 할 수 있느냐?"

"웬 빌어먹을 후레자식이야?"

그러나 그 사람은 그 말을 한 후 아무 말이 없었고 그 말을 한 사람이 누군지 그 누구도 알 수 없었다. 차갑게 비아냥대는 그 말에 개방의 군호는 흥분을 감출 수 없었지만 말을 한 당사자를 찾지 못해 어찌할 도리가 없었다. 개방이 비록 강호의 제일대방이었지만 방내의 군호는 모두 비렁뱅이들이었던 터라 예의 같은 걸 따지는 상류사회 인물들이 아니었다. 그 때문에 그중 일부는 큰 소리로 호통을 쳤고, 일부는 그 집안의 18대 조상들까지 욕하는 사람도 있었다.

설신의는 이맛살을 찌푸리며 말했다.

"모두들 잠시 노여움을 푸시고 이 늙은이의 말을 들으시오."

곧바로 좌중이 조용해지기 시작했다.

사람들 숲속에서 다시 그 냉랭한 목소리가 들려왔다.

"좋소, 좋아! 교봉이 이 많은 사람을 첩자로 보냈다면 나중에 아주 재미난 볼거리가 있겠구먼!"

오 장로가 이 말을 듣고는 더욱 화가 치밀어올랐다. 그때 스륵 하는 소리가 끊이지를 않고 계속되면서 번뜩거리는 도광과 함께 수많은 사람들이 무기를 뽑아 들었다. 나머지 빈객들은 개방 사람들이 손을 쓰려 하는 것으로만 알았다가 수많은 사람이 모두 무기를 쥐어 들자 한바탕 욕과 호통 소리가 난무하며 순식간에 난장판이 되어버렸다. 설신의와 유씨 형제는 모두에게 조용히 해달라고 권했지만 그 세 사람이 외치는 소리는 대청 내의 소요만 키울 뿐이었다.

이런 혼란한 와중에 유가의 집사가 총총걸음으로 들어와서는 유기 옆으로 가서 귓전에 대고 나지막이 무슨 얘기를 전했다. 유기가 안색이 변하면서 뭔가를 물었다. 손가락으로 문밖을 가리키는 그 집사의 얼굴은 경악과 의구심으로 가득한 표정이었다. 유기가 설신의 귓가에 뭐라고 한마디 하자 순간 설신의의 안색 또한 파랗게 변해버렸다. 유구가 형인 유기 옆으로 다가가 유기로부터 무슨 말을 듣자 그 역시 순식간에 얼굴색이 변했다. 이렇게 한 명이 두 명한테 전하고, 두 명이 네 명한테 전하고, 다시 네 명이 여덟 명한테 전하면서 그 말은 점점 빠른 속도로 전파되어 시끌벅적하던 대청 안은 순간 정적에 휩싸여버렸다.

모든 이가 이 말을 들었기 때문이었다.

"교봉이 취현장에 왔다!"

설신의는 유씨 형제를 향해 고개를 끄덕이다 다시 현난, 현적 두 대사를 한번 쳐다본 뒤 집사에게 말했다.

"어서 모셔라!"

그 집사는 몸을 돌려 뛰어나갔다.

군호는 가슴이 쿵쾅쿵쾅 뛰기 시작했다. 같은 편 사람들이 더 많기에 한꺼번에 달려든다면 교봉을 난도질해 죽일 수 있다는 걸 알지만 그의 명성이 워낙 널리 알려져 있었고 혈혈단신 여기까지 왔다는 건 두려움이 전혀 없다는 방증이었기 때문이다. 더구나 그에게 어떤 간교한 계략이 있는지 짐작조차 할 수 없었다.

잠시 정적이 흐르는 사이 다그닥 다그닥 하는 말발굽 소리와 함께 수레바퀴가 돌판 위에서 구르는 그르릉 소리가 들리며 노새가 끄는 마차가 천천히 대문 앞에 다가오나 싶더니 정지조차 하지 않고 대문을 지나쳐 그대로 들어왔다. 유씨 형제는 눈살을 찌푸렸다. 그자가 오만방자하고도 무례하기 짝이 없다고 느꼈던 것이다.

덜컹덜컹 소리와 함께 문턱을 넘는 노새 마차 소리가 들리자 손에 채찍을 쥔 한 대한이 마부 자리에 앉아 있는 모습이 보였다. 마차의 휘장이 낮게 드리워져 있어 마차 안에 누가 숨어 있는지는 알 수가 없었다. 군호는 약속이나 한 듯 하나같이 마차를 모는 대한을 바라봤다.

각진 얼굴에 큰 키의 그는 넓은 가슴과 단단한 어깨를 가지고 있어 외모만으로도 엄청난 위엄이 느껴졌다. 바로 개방의 전임 방주인 교봉이었다.

교봉은 채찍을 옆자리 위에 올려놓고 마차에서 훌쩍 뛰어내려 포권을 하며 말했다.

"설신의와 유씨 형제가 취현장에서 영웅연을 연다는 말을 전해들었지만 저 교봉은 중원 호걸 축에도 끼지 못하는 몸인데 어찌 뻔뻔스럽게 이런 자리에 참석할 수 있겠습니까? 오늘은 단지 긴한 일로 설신의께 상의를 드리고자 무모하게 찾아왔으니 부디 용서해주시기 바랍니다."

이 말을 하면서 깊이 읍을 하는데 그 태도가 매우 공손했다.

교봉이 예를 차리면 차릴수록 사람들은 그가 교활한 계략을 준비해놨을 거라 짐작했다. 유구가 왼손을 흔들자 그의 제자 네 명이 슬며시 양옆에서 빠져나갔다. 장원 안팎에 뭔가 이상이 없는지 살펴보려는 것이었다. 설신의가 공수를 하며 답례를 했다.

"교 형께서는 무슨 일로 재하를 찾아오셨는지요?"

교봉은 뒤로 두 걸음 물러서서 노새 마차의 휘장을 걷어내고 손을 뻗어 아주를 부축해 내렸다.

"재하의 경솔한 행동으로 인해 이 소낭자가 누군가의 일권에 맞고 중상을 입었습니다. 현세에서 설신의 외에는 이를 치료할 사람이 없어 실례를 무릅쓰고 설신의께 목숨을 구해달라 청하러 왔습니다."

군호는 노새 마차를 보고 사전에 이런저런 의심으로 가득 차 그 안에 어떤 괴이한 걸 숨겨놨을까 짐작하고 있었다. 누구는 독약이나 폭약이 있을 것이라 짐작했고, 누구는 독사나 맹수라고 짐작했고, 또 누구는 설신의의 부모나 처자를 교봉이 인질로 삼아 잡아왔을 거라 짐작했던 것이다. 뜻밖에도 마차 안에서 나온 것은 열예닐곱 살의 소녀였고 그마저도 설신의에게 치료를 청하러 왔다고 하니 다들 의아해하지 않을 수가 없었다.

그 소녀는 담황색 옷을 입고 광대뼈가 툭 튀어나와 있어 실로 못생긴 것처럼 보였다. 아주는 고소모용씨가 강호에 수많은 원수를 두고 있기에 설신의 역시 자신의 내력을 알게 된다면 치료를 해주지 않을 것 같다는 생각에 허가집 마을에서 옷을 새로 사 입고 마차 안에서 변장을 했다. 그러나 의원이 진맥을 하고 상처를 살필 것이니 남자나 또는 나이 든 노파로 변장할 수는 없었다.

설신의는 그의 몇 마디 말을 듣고 매우 뜻밖이라는 생각을 했다. 그는 평생 누군가 천 리 먼 길을 달려와 치료를 해달라고 오는 경우가 거의 매일 있을 정도로 흔하기 그지없는 일이었다. 다만 지금 눈앞에 있는 사람은 모두가 잡아 죽이려 하는 교봉이 아니던가? 악행을 일삼으며 만인의 공분을 사고 있는 악인이 제 발로 걸어왔으니 실로 믿을 수가 없었다.

설신의는 아주를 아래위로 훑어보다가 그의 용모가 매우 추한 데다 나이마저 어린 것을 보고 교봉이 이 어린 소녀의 미색에 빠진 것은 절대 아닐 것이라 생각했다. 그는 문득 마음이 흔들렸다.

'설마 이 소낭자가 저자의 여동생은 아니겠지? 음… 절대 그럴 리 없어. 그는 부모와 사부에게마저 독수를 쓴 자야. 한데 어찌 감히 일개 여동생을 위해 이 위험한 곳까지 무모하게 왔겠는가? 혹시 저자의 딸인가? 하지만 교봉이 처를 얻었다는 말을 들은 적이 없어. 겉보기로는 사생아 같지도 않고 말이야.'

그는 의술에 정통해 각자의 체질과 모습만 봐도 그 특징을 알 수 있었다. 교봉과 아주 두 사람을 보고 하나는 건장하고 다부진 몸인 반면에 하나는 가녀리고 매우 마른 몸이라 닮은 구석이 조금도 없었기에 골육지간은 절대 아닐 것이라 단정했다. 그는 잠시 머뭇거리다 교봉에게 물었다.

"이 낭자의 존성이 어찌 되며 귀하와는 어떤 관계인지 모르겠소."

교봉은 갑자기 멍해졌다. 그는 아주와 알고 지낸 이후로 '아주'라고 불린다는 것만 알았을 뿐 성이 '주朱'인지 아닌지 말을 나눠본 적이 없었다. 그는 아주에게 물었다.

"낭자 성이 '주'요?"

아주가 빙긋 웃으며 말했다.

"제 성은 '완阮'이에요."

교봉이 고개를 끄덕였다.

"설신의, 원래 성은 완이라 합니다. 저도 지금 알았습니다."

설신의는 더욱 의아해하며 물었다.

"그렇다면 그대와 저 낭자는 아무 사이도 아니라는 것이오?"

교봉이 말했다.

"저 낭자는 제 친구의 시녀입니다."

설신의가 말했다.

"귀하의 그 친구란 것이 누구요? 필시 귀하와 골육의 정을 나눈 사이인가 보구려. 그렇지 않다면 어찌 그토록 아낄 수가 있단 말이오?"

교봉이 고개를 가로저었다.

"그 친구는 마음이 통하는 친구일 뿐 아직 만난 적은 없습니다."

그가 이 말을 하자 대청 내의 군호 모두 깜짝 놀라 술렁거리기 시작했다. 대부분이 어찌 그런 일이 있을 수 있느냐는 생각을 하며 그 말을 믿지 않았다. 필시 이런 이유를 들어 뭔가 꿍꿍이를 꾸밀 것이라 여겼다. 그러나 대부분의 사람들은 교봉이 평생 허튼소리를 한 적이 없다는 걸 알기에 그가 흉악하기 이를 데 없는 일을 적지 않게 저지르긴 했지만 스스로의 품위를 중시하는 사람이라 공연한 거짓말을 할 것이라 여기지 않았다.

설신의는 손을 뻗어 아주의 맥을 짚었다. 매우 미약한 맥박에 비해 체내에는 진기가 용솟음치고 있어 뭔가 이상하다고 여긴 그는 그녀의 왼쪽 맥박을 다시 짚어봤다. 그는 곧바로 그 이치를 깨닫고 교봉을 향해 말했다.

"이 낭자는 태행산 담공의 영약을 바르지 않고 귀하의 내력으로 명을 이어주지 않았다면 이미 현자대사의 대금강 일권하에 목숨을 잃었을 것이오."

군웅이 듣고 다시 술렁거리기 시작했다. 담공과 담파 역시 서로를 쳐다보며 생각했다.

'저 낭자가 우리 영약을 어찌 바른 거지?'

현난과 현적 두 대사는 더더욱 의아해하며 생각했다.

'방장 사형께서 언제 대금강 권법으로 저 소낭자를 공격했다는 거지? 정말 방장 사형의 대금강 권법에 맞았다면 저 낭자가 어찌 살아 있을 수 있단 말인가?'

현난이 말했다.

"설 거사居士, 우리 방장 사형께서는 수년간 본사를 떠난 적이 없으셨으며 또한 소림사 내에 여태껏 여자가 들어온 적도 없었소이다. 그 대금강 권법은 우리 사형께서 출수하신 것이 아닐 것이오."

설신의가 눈살을 찌푸렸다.

"세상에 누가 또 대금강권을 펼칠 수 있단 말이오?"

현난과 현적 대사는 서로를 묵묵히 바라봤다. 그 두 사람은 소림사에서 수십 년 동안 현자와 같은 사부 밑에서 무예를 배우면서 끊임없이 노력하고 힘들게 마음을 썼음에도 시종 천부적인 자질의 한계 때문에 대금강권만은 연성해낼 수 없었다.

그렇지만 이 두 사람은 이를 유감스럽게 여기지 않았다. 소림파에서 100여 년 만에 한 번씩 나타난다는 아주 특출난 인재라야만 이 권법을 연성해낼 수 있다는 사실을 알고 있었기 때문이다. 이를 연성한 요결들은 전대의 고승이 무학 경서에 상세히 기록해놓은 덕에 소림사

내의 수백 승려가 단 한 명도 연성해내지 못했다 해도 실전失傳에 이르지는 않았던 것이다.

현적은 이렇게 묻고 싶었다.

'저 낭자가 맞은 것이 정말 대금강권이오?'

그러나 말이 목구멍까지 나오다 이내 참고 말았다. 그 말을 물어보면 그건 설신의의 의술에 의혹이 있다는 뜻이기에 대단한 실례라 할 수 있었기 때문이다. 그는 고개를 돌려 교봉을 향해 말했다.

"그제 밤에 그대는 소림사에 잠입해 우리 현고 사형을 해치고 우리 방장 사형의 대금강권 일초를 막아낸 적이 있소. 우리 방장 사형의 그 일권이 저 낭자 몸에 맞았다면 저 낭자가 어찌 아직까지 목숨을 부지할 수 있단 말이오?"

교봉이 고개를 가로저으며 말했다.

"현고대사는 제 은사이십니다. 전 그분에 대한 은혜도 다 갚지 못했으니 제 목숨을 보전하지 못할지언정 제 은사께 일지를 가할 수는 없습니다."

현적이 대로하며 말했다.

"아직까지 발뺌할 생각이오? 그럼 그대가 잡아간 소림승은 어찌 됐소? 그것도 그대가 한 짓이 아니란 말이오?"

교봉은 생각했다.

'내가 잡아간 그 소림승은 지금 이렇게 당신 눈앞에 있지 않소?'

이런 생각을 하고는 말했다.

"대사께서는 재하가 소림승 한 명을 잡아갔다고 누명을 씌우는데 그 승려가 도대체 누구입니까?"

현적과 현난은 말문이 막혀 서로의 얼굴만 쳐다보며 아무 말 하지 못했다. 그제 밤에 현자와 현난, 현적 삼대 고승이 교봉을 협공할 때 그가 그곳을 빠져나가기 위해 소림승 한 명을 잡아가는 모습을 분명히 봤지 않았던가? 그러나 그 후 전 소림사 승려들을 조사했지만 뜻밖에도 없어진 사람은 단 한 명도 없었다. 워낙 괴이한 일이라 아무리 생각해도 그 해답을 찾지 못하고 있던 터였다.

설신의가 불쑥 끼어들었다.

"교 형이 그제 밤에 혈혈단신 소림사에 들어갔다 나왔는데 머리털 하나 상하지 않고 오히려 소림 고승을 잡아갔다니 기이한 일이오. 그 안에는 필시 교 형이 다 밝히지 않는 뭔가가 있는 것 같소."

교봉이 말했다.

"현고대사는 재하의 은사입니다. 은사님은 재하가 해친 것이 절대 아니며 그제 밤에 소림사에서 소림 고승 한 명을 잡아온 적도 절대 없습니다. 여러분도 이해 못할 일이 많겠지만 저 역시도 이해하지 못할 일이 너무도 많습니다."

현난이 말했다.

"어찌 됐건 간에 그 소낭자는 우리 방장 사형께서 상해를 입힌 것이 아니오. 우리 방장 사형께서는 도리가 있는 고승이란 점을 생각해보시오. 일파의 장문인이라는 신분으로 어찌 저런 일개 소낭자한테 출수를 할 수 있겠소? 저 소낭자가 아무리 수만 가지 잘못을 저질렀다 해도 우리 방장 사형께서는 절대 상대조차 하지 않았을 것이오."

교봉의 마음이 움직였다.

'저 두 화상은 아주가 현자 방장에게 다쳤다는 사실을 절대 믿지 않는구나. 더 이상 좋을 수 없다. 그렇지 않다면 설신의가 소림파 체면을 생각해 치료를 하고자 하지 않을 것이다.'

그는 곧 순리에 맞게 말했다.

"그렇습니다. 현자 방장께서는 자비로우신 분이라 절대 저런 일개 소낭자에게 상해를 입히실 분이 아니시지요. 틀림없이 누군가 소림사 고승을 가장해 상해를 입혔을 겁니다."

현적과 현난은 서로를 바라보며 천천히 고개를 끄덕이다 앞다투어 말했다.

"그대가 일을 행함에 있어 비뚤어진 면이 있으나 지금 그 말에는 일리가 있소."

아주는 속으로 웃었다.

'교 대협 말이 다 맞아. 소림사 승려로 변장해 공공연하게 출수를 하고 함부로 사람들을 해친 사람이 있긴 있었잖아. 다만 가장한 사람은 현자 방장이 아닌 허청 화상일 뿐이었지.'

그러나 현적, 현난과 설신의 등이 어찌 교봉이 한 말의 속셈을 짐작할 수 있겠는가?

현적과 현난 두 고승이 그렇게 말하자 설신의는 그 말이 틀림없다고 생각했다.

"그렇다면 대금강권을 펼칠 수 있는 누군가가 이 세상에 또 있는 모양이오. 그자가 손을 쓸 때 어찌 막았는지 모르겠지만 권력拳力이 10분의 7, 8은 줄어들었소. 그 덕에 완 낭자가 그 자리에서 죽지는 않았던 것이오. 그자의 권력 역시 매우 웅후해서 현자 방장에 버금가는 것 같소."

교봉은 속으로 탄복해 마지않았다.

'현자 방장의 일권은 내가 구리거울로 막아낸 덕에 권력이 대부분 약화된 것이다. 저 설신의의 의술은 과연 신과도 같구나. 아주의 맥만 짚어보고도 그 당시 대결을 펼친 정황까지 정확히 알아맞히다니 말이야. 이 정도면 아주를 치료할 실력이 충분히 있다는 증거다.'

이런 생각을 하고 얼굴에 희색을 띠며 말했다.

"이 소낭자가 대금강권의 일권 아래 죽는다면 소림파의 체면도 땅에 떨어질 것입니다. 부디 설신의께서 자비를 베풀어주십시오."

이 말을 하면서 깊이 읍을 했다.

현적은 설신의가 대답도 하기 전에 아주에게 연이어 물었다.

"낭자한테 출수를 한 사람이 누구요? 어디서 부상을 당했소? 그자는 지금 어디 있소?"

그는 소림파의 명성을 고려하고 세상에 대금강권을 펼칠 수 있는 사람이 있다는 말의 진상을 밝히고자 다급하게 물었다.

아주는 원래 장난이 매우 심해서 교봉처럼 있는 말만 하는 성격이 되지 못했다. 그녀는 말도 안 되는 헛소리를 밥 먹듯이 하곤 했다. 그녀 머릿속에는 이런 생각이 스쳐 지나갔다.

'교 대협이 날 구하기 위해 이 수많은 영웅호한과 적이 되면서까지 혼자 여기 왔는데 세력이 너무 미약하다. 내가 만약 고소모용의 명성을 거론해 저들을 놀라게 한다면 교 대협의 위엄과 기세가 더 커질 수 있을 것이다. 어차피 소림사는 우리 공자한테 무례하게 행동했으니까 약을 올려주면 좀 어떻겠어?'

그러고는 말했다.

"그 사람은 젊은 공자였어요. 품위가 있고 준수하게 생긴 스물 일고여덟 정도 되는 나이였지요. 전 여기 이 교 대협과 객점 안에서 설신의의 의술이 입신의 경지에 있다는 말을 나누고 있었죠. 이 세상에 둘도 없다는 수식어는 말할 것도 없고 심지어 고금을 통틀어 대체할 사람이 없는 전무후무한 의원으로 천상의 신선조차 그에 미치지 못할 거라고 하면서 말이에요…."

세상에 자신을 치켜세우는 말을 하는데 듣기 싫어하는 사람은 없다. 설신의는 평생 자신을 칭송하는 수많은 말을 듣고 살았지만 그런 말을 이런 묘령의 소녀 입으로 듣는 건 난생처음이었다. 하물며 그녀가 한 치의 쑥스러운 기색도 없이 칭찬을 늘어놓으니 그는 수염을 쓸어내리며 미소를 짓지 않을 수 없었다. 교봉은 오히려 이맛살을 찌푸리며 생각했다.

'그런 일이 언제 있었다고? 이 아가씨가 입에서 나오는 대로 지껄이네?'

아주가 말을 이었다.

"… 그때 제가 말했죠. '세상에 설신의 같은 분이 계시니 모두들 무공을 배울 필요도 없겠어요!' 그랬더니 교 대협께서 물으셨어요. '어찌 그런 말을 하시오?' 제가 그랬죠. '설신의는 맞아 죽은 사람도 살려낼 수 있는데 권법을 연마하고 검술을 배워야 어디에 쓰겠어요? 대협이 한 명한테 상해를 입히면 그분이 한 명을 구하고, 대협이 두 명을 죽이면 그분이 두 명을 살릴 텐데 그건 괜한 수고 아닌가요?'"

그녀는 언변이 매우 좋고 목소리가 낭랑해서 비록 중상을 입은 몸이지만 말 한 마디 한 마디가 여전히 옥쟁반에 구슬이 굴러가듯 사람의 마음을 흔들어놓았다. 사람들 모두 그녀의 말에 즐거워했고 어떤 이들은 웃음을 터뜨리기까지 했다.

아주는 오히려 정색을 한 채 말을 이어갔다.

"그때 옆자리에 앉아 있던 한 공자가 우리 두 사람 말을 계속 듣다 갑자기 냉랭한 웃음을 지으며 말했어요. '천하의 권법은 대부분 진력眞力이 없어 가볍기만 하지. 그 설가라는 의원은 그 덕에 허명을 얻고 있는 것이다. 만일 소림파에서 가장 무서운 대금강권에 당해도 그가 치료할 수 있을까?' 그 사람은 이 말을 하자마자 당장 저를 향해 허공으로 솟아올라 주먹을 날리는 것이었어요. 힐끗 쳐다보니 저하고는 수 장이나 멀리 떨어져 있기에 전 우스갯소리를 한 것으로 알고 전혀 개의치 않은 채 피할 생각도 하지 않았죠. 근데 교 대협이 깜짝 놀라서…."

현적이 물었다.

"그가 손을 뻗어 막은 것이오?"

아주가 고개를 가로저었다.

"아니에요. 교 대협이 출수를 해서 막았다면 그 젊은 공자는 절 해치지 못했을 거예요. 교 대협은 저랑 멀리 떨어져 있어 구하기엔 너무 늦었다고 생각했던지 재빨리 의자를 들어 횡으로 날렸어요. 교 대협이 경력을 아주 적절하게 구사한 덕에 빠직 소리가 나면서 의자가 그 젊은 공자가 허공을 격하는 주먹에 맞아 박살나버렸죠. 그 공자는 말을 할 때 부드러운 소주 말을 썼는데 펼쳐내는 무공이 그렇게 과격할지 누가 알았겠어요? 전 온몸이 하늘로 날아갈 듯 가벼워 구름 위로 떠가는 기분이 들었어요. 기운이 하나도 없고 그저 그 공자가 하는 말만 들렸던 거예요. '설신의한테 가서 의서 좀 더 뒤적거리라고 하시오. 우선 연습부터 하고 훗날 현자대사를 치료해줄 때는 당황하지 말라고 말이오.'"

군웅이 깜짝 놀라며 몇 명이 동시에 말했다.

"상대가 쓴 방법을 상대에게 펼친다!"

이런 말을 하는 사람들도 있었다.

"역시 고소모용이로구나!"

'역시'라는 말을 사용한 건 이미 그들은 짐작하고 있었다는 뜻에서 한 말이었다. 아주가 교봉의 불리한 형세 때문에 고소모용을 거론해 힘을 실어주려 했다는 사실을 몰랐던 것이다.

유구가 대뜸 끼어들었다.

"교 형께서는 조금 전에 누군가 소림 고승을 사칭해 이 낭자를 해쳤다고 했는데, 이 낭자는 자신을 다치게 만든 사람이 젊은 공자라 하니 도대체 누구 말이 맞는 것이오?"

아주가 다급하게 말을 이었다.

"그 젊은 공자가 절 다치게 만들자 교 대협이 화가 나서 그 공자한테 물었어요. '귀하는 소림파 사람이오?' 그랬더니 공자가 말했어요. '천하의 어떤 문파든 간에 내가 한몫을 하고 있는 셈이지. 당신이 날 소림파라고 한다면 안 될 것도 없소.' 그 공자가 이렇게 말하기에 전 소림파를 사칭했다고 봤어요. 하지만 진짜 소림 고승을 사칭한 사람은 또 있어요. 자칭 소림사 승려라고 하는 화상 두 명이 남의 집 검둥이 개를 몰래 훔쳐서 잡아먹는 걸 제가 봤거든요."

그녀는 자신이 한 말에 허점이 드러나자 이런저런 말도 안 되는 말을 두서없이 해가며 화제를 돌리려 애썼다.

설신의 역시 그녀가 하는 말은 사실에 부합되지 않는다 여겨 순간 그녀를 치료해줘야 할지 말아야 할지를 결정하지 못하고 있었다. 그저 현적과 현난을 한번 바라보다가 유기와 유구를 바라보고, 다시 교봉과 아주를 바라보기만 할 뿐이었다.

교봉이 말했다.

"설 선생께서 오늘 이 낭자를 구해주신다면 저 교봉이 훗날 그 은덕을 잊지 않을 것입니다."

설신의는 껄껄대고 비웃었다.

"훗날 은덕을 잊지 않겠다고? 설마 오늘 그대가 이 취현장에서 살아서 돌아갈 수 있을 거라 생각하시오?"

교봉이 말했다.

"살아서 돌아가도 좋고 죽어서 돌아가도 좋습니다. 다른 건 상관하지 않겠습니다. 어쨌든 이 낭자만 치료해주시면 좋겠습니다."

설신의가 담담한 어조로 말했다.

"내가 왜 치료를 해줘야 하오?"

"설 선생께서는 무림에서 널리 공덕을 쌓으신 분입니다. 무고한 죽음을 앞에 둔 이 낭자에게 선생께서 측은지심을 발동할 것이라 생각합니다."

"이 낭자를 데려온 사람이 누구건 난 치료를 해줬을 것이오. 흥, 다만 그대가 데려왔기 때문에 난 치료해줄 수가 없소."

순간 교봉은 안색이 변해 무시무시한 목소리로 말했다.

"여러분께서 오늘 취현장에 모인 것은 저 교봉을 어찌 대처할 것인지 상의하기 위해서라는 것을 이 교봉이 어찌 모르겠소?"

아주가 끼어들었다.

"교 대협, 이리된 이상 저 때문에 여기서 무모한 모험을 하지 마세요."

교봉이 말했다.

"난 여러분 모두가 당당한 사내대장부이기에 시비가 분명할 것이라 여기고 있소. 죽여야 할 사람은 나 교봉 한 사람으로 충분할 뿐 여기 이 낭자는 아무 상관이 없소. 설 선생께서는 뜻밖에도 이 교봉에 대한 원한을 여기 이 완 낭자에게 연루시키고 있으니 이 어찌 잘못된 일이라 하지 않을 수 있겠소?"

설신의는 교봉의 이 말에 말문이 막혀 아무 말도 못하다 한참 후에야 비로소 입을 열었다.

"사람의 목숨을 구하는 일은 나 자신의 희로애락에 달려 있을 뿐인데 어찌 누군가의 강요에 의해 할 수 있겠소? 교봉, 그대 죄는 극악무도하기 짝이 없소. 우린 지금 그대를 포위해 잡고 갈기갈기 찢어 죽여 그대 부모와 사부 앞에 제를 지낼 생각이었소. 한데 그대 스스로 여기까지 왔으니 이보다 더 좋을 수는 없소. 그냥 여기서 자결하도록 하시오!"

그가 여기까지 말하고 오른손을 들자 군웅이 일제히 함성을 지르며 앞다투어 무기를 집어들었다. 대청 안은 말로 다 설명할 수 없는 각양각색의 장도와 단검, 쌍부와 단편 등에서 뿜어내는 서릿발 같은 광채로 가득 찼다. 이어서 높은 곳에서도 함성 소리가 들렸다. 지붕과 처마 위에서 각자 무기를 쥔 수많은 사람이 나타나 주변의 요로를 지키고 있던 것이었다.

교봉은 수많은 싸움을 겪어오면서 늘 개방 제자들을 이끌고 대적했기에 자기편 숫자 역시 적지 않은 상황에 있었다. 이번처럼 이렇게 혼자 많은 사람에게 둘러싸인 상황과는 전혀 달랐던 것이다. 더구나 중상을 입은 소녀를 데리고 있어 포위망을 어찌 뚫어야 할지 전혀 대책이 없었던 터라 속으로 두려움을 금할 길 없었다.

아주는 더욱 두려운 마음에 울음을 터뜨렸다.

"교 대협, 교 대협 혼자 가세요. 전 상관 말고요! 저들은 저한테 아무 원한도 없으니 해치지는 않을 거예요."

교봉은 마음이 흔들렸다.

'맞아. 저자들은 모두 의협심이 강한 자들이라 결코 무고한 낭자를 해칠 리 없다. 아무래도 더 늦기 전에 이곳을 떠나는 게 상책이다.'

그러다 곧 생각을 바꿨다.

'사내대장부가 사람을 구하겠다고 나섰다면 끝장을 봐야 한다. 설신의가 아직 치료를 해주겠다는 답을 하지 않았으니 아주 낭자는 생사를 가늠할 수 없다. 이런 시점에 나 교봉이 어찌 죽음을 두려워해 이대로 떠날 수 있단 말인가?'

사방을 둘러보니 한눈에 봐도 적지 않은 무학 고수들이 보였다. 이들 대부분은 평소에 아는 자들로 몸에 극강의 절기를 지니고 있는 자들이었다. 그는 이들을 보자 웅대한 호기가 치솟아올라 생각했다.

'나 교봉이 취현장에서 피를 뿜어내며 난도질을 당한들 그게 무슨 대수라 할 수 있겠는가? 대장부가 살아 있다고 즐겁고 죽는다고 두려워할쏘냐?'

이런 생각에 곧 껄껄대고 웃기 시작했다.

"당신들 모두 내가 거란인이니 화근거리를 제거하려 한다고 말하고 있소. 하하… 하지만 내가 거란인인지 한인인지는 나 교봉도 아직까지 모르고 있는 바요."

사람 숲속에서 갑자기 가냘픈 목소리가 들려왔다.

"맞아! 넌 잡종이야. 자기 자신이 무슨 종자인지조차 모르니까!"

그는 앞서 개방에 비웃는 말을 내뱉던 자였는데 사람 숲속에 끼어 한두 마디 말만 했을 뿐이라 그가 누군지는 아무도 몰랐다. 군웅이 소리가 나오는 쪽을 몇 번이나 살펴봤지만 누구 입술이 움직였는지는 시종 볼 수 없었다. 키가 작아 보이지 않는다고 하기에는 군중 속에 특별히 키가 작은 사람은 없었다.

교봉은 그 몇 마디 말을 듣고 한참을 뚫어지게 보다가 고개를 끄덕였다. 그러고는 더 이상 개의치 않고 설신의를 향해 말을 이었다.

"만일 내가 한인이라면 당신이 오늘 이렇게 날 모욕한 사실에 대해 이 교봉이 어찌 가만있을 수 있겠소? 내가 거란인이라 대송 호걸들을 적으로 삼겠다고 결심했다면 가장 첫 번째로 죽일 사람은 바로 당신이오. 내가 대송 영웅들에게 부상을 입히면 당신이 그자들을 살려낼 테니 말이오. 그렇지 않겠소?"

설신의가 말했다.

"그렇소, 어찌 됐건 그대는 날 죽여야만 하겠지."

교봉이 말했다.

"당신이 오늘 저 낭자를 살려준다면 당신 목숨과 맞바꾸도록 하겠소. 나 교봉은 영원히 당신의 털끝 하나 건드리지 않겠다는 것이오."

설신의는 껄껄대고 냉소를 머금었다.

"노부는 평생 사람을 치료하면서 부탁을 받았으면 받았지 협박을 받은 일은 없소."

교봉이 말했다.

"목숨을 맞바꾸자고 하는 것은 공평한 것이지 협박이라 말할 수는 없소."

사람 숲속의 그 가냘픈 목소리가 불쑥 또 입을 열었다.

"부끄럽지도 않은가? 너 자신은 순식간에 사람들에게 난도질당해 저민 고기가 되고 말 텐데 남의 목숨을 살려주겠다는 말을 한단 말이냐? 도대체…."

교봉이 돌연 대갈일성을 내질렀다.

"썩 나오지 못하겠느냐?"

그 한마디는 기와를 진동시켜 대들보 위의 먼지가 풀풀 날려 떨어졌다. 군웅 모두 귀에서 우레와 같은 소리가 들리자 심장박동이 빨라지기 시작했다.

사람 숲속에 있던 한 대한이 그 소리에 대꾸라도 하듯 모습을 드러냈다. 비틀거리며 제대로 서 있지도 못하는 그의 모습은 마치 술에 취한 사람처럼 보였다. 청포를 입고 거무스름한 얼굴색을 한 그자는 군웅조차 누구인지 알지 못했다.

담공이 대뜸 소리쳤다.

"아! 저자는 추혼장追魂杖 담청譚靑이오. 맞아. 바로 악관만영 제자야."

개방의 군호는 그가 사대악인의 우두머리인 악관만영의 제자라는 말을 듣자 더욱 화를 참지 못하고 일제히 욕을 퍼부어대기 시작했다. 그러나 속으로는 하나같이 겁에 질려 부들부들 떨고 있었다.

그날 서하의 혁련철수 장군과 일품당 고수들은 자신들의 비소청풍독에 중독돼 모두 개방에 잡혀 있었다. 얼마 되지 않아 악관만영 단연경이 그곳에 나타났는데 개방의 군호 중에는 그의 적수가 없었다. 단연경은 고약한 냄새가 나는 해약으로 일품당 고수들 독을 해독해줬고 이들이 떼로 달려들어 반격을 가하는 바람에 개방이 낭패를 본 적이 있었다. 이로 인해 개방 군호는 단연경에 대해 화가 나면서도 두려움을 느끼고 있었다. 모두들 개방에 교봉이 없는 한 앞으로 다시 천하제일 대악인을 만나도 더 이상 대항할 방법이 없다고 느끼고 있었던 것이다.

추혼장 담청의 얼굴 근육이 뒤틀리더니 전신에 극한의 고통이 느껴지는 듯 양손으로 가슴을 마구 쥐어뜯었다. 그러자 그의 몸에서 말하는 목소리가 들려왔다.

"나… 난 당신과 아무 원한도 없는데 어찌… 어찌 내 법술을 깨는 것인가?"

그 목소리는 여전히 가냘프고 끊어졌다 이어졌다 하면서 숨이 차 보였지만 입술은 전혀 움직이지 않았다. 사람들은 이 모습을 보고 모두 아연실색했다. 대청 안에서는 그의 이 수법이 복화술이며 이것이 상승내공과 결합하면 상대의 심신을 미혹시켜 혼백을 빼서 죽일 수 있다는 사실을 극소수만이 알고 있을 뿐이었다. 그러나 공력이 그보다 더욱 심후한 적수를 만나거나 펼친 기술이 신통치 않을 경우에는 오히려 상대로부터 해를 입을 수 있었다.

설신의가 벌컥 화를 냈다.

"네가 악관만영의 제자더냐? 우리 영웅연에 초청한 사람들은 천하의 영웅호한들인데 너 같은 후안무치한 놈이 어디라고 여기 섞여 들어온 것이냐?"

갑자기 저 멀리 높은 담장 위에서 누군가의 목소리가 들렸다.

"영웅연은 무슨 영웅연? 내가 볼 땐 겁쟁이들 모임 같은데!"

말을 시작할 때는 그자가 꽤 먼 거리에 있었지만 마지막에 '같은데!'라고 한 말이 들릴 때는 이미 높은 담장 위에서 표연히 내려오고 있었다. 그는 키가 유난히 크고 행동이 매우 민첩했다. 천장 위에 있던 많은 이가 일권을 내뻗고 칼을 내밀어 막았지만 모두 한발 늦어 그에게 빠져나갈 틈을 주고 말았다. 대청에 있던 대부분의 사람들은 그자가 궁흉극악 운중학이라는 사실을 알고 있었다.

운중학은 마당에 표연히 내려오자마자 신형을 살짝 흔들 하더니 어느새 대청 안에 들어와 담청을 움켜잡고 설신의를 향해 쏜살같이 내달렸다. 대청 안의 모든 사람은 그가 설신의를 해칠까 두려워 일고여덟 명 정도가 달려와 그를 보호했다. 그러나 운중학이 이를 짐작한 듯 앞으로 나아가는 척하다 물러서며 성동격서 계략을 펼칠 줄 누가 알았겠는가? 그는 사람들이 몰려오는 것을 보고 몸을 날려 후퇴해 담장 위로 올라가버렸다.

이 영웅연에는 실로 적지 않은 고수들이 운집해 있어 운중학을 이겨낼 수 있는 실력을 가진 자가 70~80명까지는 안 돼도 50~60명 정도는 있었다. 그러나 이미 기선 제압을 당한 터라 그 누구도 방어할 방법이 없었다. 더구나 그의 경공은 고강하기 이를 데 없어 일단 담장 위로 올라가버리자 다시는 쫓아갈 수 없었다. 군웅 중에서 적지 않은 사람들이 주머니에 손을 넣어 암기를 끄집어내려 했고, 지붕 위를 지키던 사람들 역시 앞다투어 호통을 내지르며 그의 접근을 막으려 했지만 이미 늦은 뒤였다.

교봉이 호통을 쳤다.

"거기 서라!"

그는 손바닥으로 허공을 격하며 후려쳐갔다. 그의 장력이 질풍처럼 뻗어나가자 한 줄기 무형의 병기가 운중학의 등짝을 가격했다.

"윽!"

운중학은 가벼운 비명 소리와 함께 등부터 바닥에 둔탁하게 떨어져 입에서 선혈이 샘솟듯 뿜어져 나왔다. 담청이란 자는 여전히 서 있다가 갑자기 동쪽으로 휘청, 서쪽으로 비틀거리며 입에서 '이이야야~~!' 하는 터무니없는 괴성을 내뱉는데 매우 익살스러운 행동처럼 보였다. 대청 안의 그 누구도 웃는 사람이 없고 눈앞에 펼쳐진 평생 처음 지켜보는 정경에 공포감만 느낄 뿐이었다.

설신의는 운중학이 중상을 입긴 했지만 아직 살릴 수 있다고 여겼다. 하지만 담청은 이미 혼백이 나간 상태라 천하에 그의 목숨을 구할 영단묘약은 없었다. 그는 교봉이 대충 호통을 내지르며 허공을 격한 일장이 이렇듯 대단한 위력을 지닌 것을 보자 그가 만일 자신의 목숨을 취하려 한다면 그 누구도 막을 수 없으리란 생각이 들었다. 그가 잠시 머뭇거리는 동안 담청은 제자리에 서서 꼼짝도 하지 않은 채 숨소리 하나 없이 두 눈을 부릅뜨고 있었다. 뜻밖에도 그는 이미 숨이 멎은 상태였다.

조금 전 담청이 개방을 모욕하는 말을 했을 때, 개방의 군호는 화가 머리끝까지 치밀어올랐지만 그 말을 한 당사자를 찾을 수 없어 아무리 화를 내야 헛수고일 뿐이었다. 하지만 교봉이 오자마자 그자를 죽음에 이르게 만들었으니 모두들 통쾌하기 이를 데 없었다. 송 장로와 오 장로 등 직선적인 성격을 지닌 사람들은 갈채를 보낼 생각까지 했지만 교봉이 원수인 거란인이라는 생각에 억지로 참아야만 했다. 개방 사람들은 저마다 마음속으로 어슴푸레하게나마 이렇게 느낄 수밖에 없었다.

'교봉이 방주 자리에 계속 있다면 개방은 모든 일이 순조롭게 풀릴 것이다. 그렇지 않다면 에이. 가시밭길이 계속되고 개방은 더 이상 과거의 명성을 되찾기 힘들 거야.'

운중학이 서서히 몸부림치다 몸을 일으키고는 비틀거리며 문을 나서는 모습이 보였다. 그렇게 몇 걸음 걸어가다 다시 피 한 모금을 토했다. 군웅은 그의 부상이 중한 것을 보자 아무도 건드리지 않고 다들 속으로 이런 생각을 했다.

'저자는 우리에게 겁쟁이 모임이라 욕을 했지만 그 누구도 나서서 어찌하지 못했다. 하지만 모두가 겪은 그 수모를 오히려 교봉이 손을 써서 풀어주지 않았는가!'

교봉이 말했다.

"두 분 유 형, 재하가 오늘 여기서 적지 않은 옛 벗들을 만났지만 앞으로 벗이 아닌 적이 될 테니 마음이 편치 않소. 해서 여러분과 술이나 몇 잔 나누고자 하오."

사람들은 그가 술을 마시고 싶다는 소리를 듣고 모두 의아하게 생각했다. 유구가 속으로 생각했다.

'도대체 무슨 잔꾀를 부리는지 봐야겠다.'

그는 하인에게 술을 내오라고 분부했다. 취현장은 오늘 영웅연을 열기 위해 술과 안주를 풍족하게 준비해놓은 상태였기에 분부를 받은 하인들이 재빨리 술독과 술잔을 내왔다.

교봉이 말했다.

"이런 작은 잔으로 어찌 흥을 돋우겠소? 귀찮겠지만 큰 사발을 내오시오."

하인 둘이 큰 사발 몇 개와 새로 개봉한 고량주 한 항아리를 가져와 교봉 앞에 있는 탁자 위에 올려놓고 큰 사발 하나에 술을 가득 채우자 교봉이 말했다.

"모든 사발에 가득 따라라!"

하인 둘은 그 말에 따라 큰 사발 몇 개에 술을 모두 채웠다.

교봉이 술 한 사발을 들고 말했다.

"여기 계신 영웅들 중 대다수가 과거에 이 교봉과 교분이 있었지만 오늘은 날 의심의 눈초리로 바라보고 있으니 이 술을 모두 비우고 절교하도록 합시다. 나 교봉을 죽이고자 하는 벗은 누구든 이 술 한 사발을 먼저 마시고 지금부터 과거의 교분을 일소하는 것으로 하겠소. 그럼 내가 그대를 죽여도 은혜를 저버리는 행동이 아니며 그대가 날 죽여도 의를 저버리는 짓이 아닌 것이오. 그건 여기 있는 천하 영웅들이 증인이오!"

군웅은 그의 이 말을 듣고 흠칫 놀라 대청 안이 일순간 쥐 죽은 듯 조용해졌다. 군웅은 각자 생각했다.

'내가 앞으로 나가 술을 마시면 필시 그의 암수에 걸려들게 될 것이다. 그가 벽공신권으로 공격해온다면 어찌 막을 수 있단 말인가?'

정적이 흐르는 가운데 난데없이 전신에 소복을 입은 여인 하나가 앞으로 걸어나왔다. 다름 아닌 마대원의 미망인 마 부인이었다. 그녀는 두 손으로 술 사발을 들고 싸늘하게 말했다.

"선부께서 당신 손에 목숨을 잃었는데 제가 당신과 무슨 옛정이 있을 수 있겠어요?"

그녀는 술 사발을 입술에 대고 한 모금 마셨다.

"주량이 적어 다 마실 수는 없지만 생사의 원수는 이 술과 같은 거예요."

이 말을 하면서 술 사발 안의 술을 모두 바닥에 쏟아부었다.

교봉은 눈을 치켜뜬 채 그녀를 똑바로 쳐다봤다. 아름답기 그지없는 청초하고 수려한 외모에 희색이 만면할 때는 자연스러운 미모가 돋보였다. 그날 밤 행자림에서는 횃불 아래 깜박거리는 불빛 때문에 제대로 보지 못했는데 이제야 그녀의 얼굴을 제대로 볼 수 있었다. 그는 그토록 무서운 여인이 뜻밖에도 이렇게 가냘프고 고운 자태를 지니고 있으리라고는 생각지 못했다. 그는 아무 말 없이 술 사발을 치켜들고 단숨에 들이켰다. 그러고는 옆에 있는 하인을 향해 손을 휘저으며 술을 다시 채우라고 명했다.

마 부인이 물러간 다음 서 장로가 뒤이어 나와 아무 말 없이 술 한 사발을 마시자 교봉은 그와 한 사발을 대작했다. 전공 장로 여장이 나와 마신 후, 이어서 집법 장로 백세경이 나왔다. 그가 술 사발을 치켜들고 술을 마시려는 순간 교봉이 말했다.

"잠깐!"

백세경이 말했다.

"교 형, 무슨 분부가 있으십니까?"

그는 교봉에게 평소 매우 공손하게 대해왔다. 이때 그의 어조는 뜻밖에도 예전과 다르지 않았고 '방주'라는 호칭만 붙이지 않았을 뿐이다.

교봉이 탄식하며 말했다.

"우리는 수년간 좋은 형제로 지내왔는데 앞으로 원수지간이 되리라고는 생각지 못했소."

백세경은 눈에 눈물을 글썽이며 말했다.

"교 형의 출신 내력에 관한 문제는 재하도 일찍이 들은 바가 있었습니다. 그때는 때려죽인다 해도 믿을 수 없었지만 과연… 과연 그러할 줄 어찌 알았겠습니까? 나라의 원수만 아니라면 저 백세경은 차라리 목숨을 버릴지언정 감히 교 형을 적으로 삼고 싶지는 않습니다."

교봉이 고개를 끄덕였다.

"그 점은 나도 잘 알고 있소. 후에 벗이 적으로 바뀐다면 필사의 싸움을 피할 수 없을 것이오. 그리고 교봉이 부탁드릴 일이 하나 있소."

백세경이 말했다.

"나라의 대의에 관계없는 일이라면 이 백세경이 응당 명에 따를 것입니다."

교봉이 빙긋 한번 웃고는 아주를 가리키며 말했다.

"개방의 여러 형제들이여. 만일 이 교봉이 과거에 일말의 노고라도 있었다고 생각한다면 이 낭자의 안위를 지켜주기 바라겠소."

모든 이가 그 말을 듣고 그의 몇 마디 말에 탁고托孤²³의 의미가 담겨 있음을 알아차렸다. 지금 그가 여러 벗들과 일일이 건배를 나누고 나면 곧이어 한바탕 대전이 벌어질 것이고 중원 고수들의 연이은 공

19. 수천, 수만이라도 상대하리라

격에 10명가량은 죽일 수 있다고 해도 결국에는 죽음을 피할 수 없을 것이다. 군호는 그가 오랑캐 종자이고 불의를 행한 사실에 대해 증오하긴 했지만 그의 의협심에 불타는 기개에 마음이 흔들리지 않을 수 없었다.

백세경은 평소 교봉과 교분이 매우 깊었던 터라 그의 몇 마디 말을 듣고 임종 시 유언과도 같다 여기고 말했다.

"교 형, 염려 마십시오. 나 백세경이 설신의의 치료를 받을 수 있도록 최선을 다해 간청하겠습니다. 이 백세경은 결코 교 형이 수년간 보살펴준 정을 잊지 않을 것입니다."

그의 이 말은 아주 명확했다. 설신의가 치료를 해주겠다고 할지는 자신도 확신할 수 없지만 최선을 다해 노력하겠다는 의미였다.

"그리해주신다면 정말 고맙겠소."

"잠시 후 교전을 벌일 때는 절대 사정을 봐주시면 아니 됩니다. 나 백세경은 교 형 손에 죽는다 해도 개방에 남은 이들이 완 낭자를 돌봐줄 것입니다."

이 말을 하고 술 사발을 들어 사발 안에 든 독한 술을 단숨에 들이켰다. 교봉 역시 술 사발을 들어 단번에 다 마셨다.

그다음은 개방의 해 장로와 진 장로 등이 앞으로 나와 그와 대작을 했다. 오 장로가 큰 소리로 말했다.

"교 방주, 앞으로는 날 죽여도 좋소. 허나 난 죽는 한이 있어도 당신과 절교하지 않겠소. 이 몸이 죽어 귀신이 된다 해도 당신 친구로 남을 것이오!"

이 말을 하고는 뜻밖에도 술을 마시지 않았다. 송 장로 역시 말했다.

"교 방주, 죽든 살든 당신은 여전히 내 친구요!"

이어서 나머지 문파 영웅호걸들이 일일이 앞으로 나와 그와 대작을 했다.

사람들 모두 깜짝 놀라지 않을 수 없었다. 교봉이 이미 40~50사발에 달하는 술을 마신 데다 큰 술 항아리에 있던 술이 이미 바닥나 하인들이 술 항아리 하나를 더 가져왔는데도 교봉은 여전히 태연자약한 모습으로 배가 볼록하게 나온 것 외에는 아무 이상 없었으니 말이다. 모두들 이런 생각을 했다.

'저렇게 마시다 취해서 죽어버리면 굳이 손을 쓸 필요도 없겠구나.'

그러나 교봉은 술기운이 더해질수록 오히려 정신이 더 맑아졌다. 그는 요 며칠 계속해서 억울한 누명을 뒤집어쓴 데다 답답하고 우울한 마음을 쏟아낼 곳이 없었던 터라 이 순간 모든 것을 떨쳐버리고 아예 실컷 취한 채 한바탕 싸우고 싶었던 것이다.

그가 50여 사발을 모두 비우고 포천령과 쾌도기육마저 그와 대작을 끝마친 상태에서 향망해가 앞으로 걸어나와 술 사발을 들고 말했다.

"교가야! 내가 너랑 한 사발 들이켜주마!"

이 말은 무례하기 짝이 없었다.

교봉은 순간 술기운이 올라 그를 째려보며 말했다.

"나 교봉이 천하 영웅들과 이 절교주를 마시는 이유는 과거의 은혜와 의리를 일소하자는 의미에서 마시는 것이오. 당신이 나와 이 절교주를 마실 자격이 있기나 하시오? 우리가 무슨 교분이 있단 말이오?"

여기까지 말하고는 그가 대답도 하기 전에 한 걸음 앞으로 성큼 나아가 오른손을 내뻗는가 싶더니 이미 그의 가슴을 움켜쥔 상태로 팔을 휘둘러 그를 대청문 밖으로 내동댕이쳐버린 뒤였다.

"쿵!"

둔탁한 소리와 함께 향망해는 문병門屛 위에 강하게 부딪히며 그 자리에서 기절해버렸다.

이러자 대청 안은 곧 아수라장으로 변했다.

교봉은 마당으로 뛰어들어가며 큰 소리로 호통을 쳤다.

"누가 먼저 나와 필사의 일전을 펼칠 테요?"

군웅은 그의 위엄 있는 기색을 보고 순간 앞으로 나서는 사람이 없었다. 교봉이 소리쳤다.

"당신들이 나서지 않는다면 내가 먼저 손을 쓰겠소!"

그러고는 손바닥을 휘둘렀다.

"펑펑!"

두 번의 파열음과 함께 두 사람이 벽공장劈空掌에 맞고 바닥에 쓰러졌다. 그는 기세를 몰아 대청 안으로 달려가 팔꿈치와 주먹을 날리고, 손날로 가르고 발길질을 하면서 삽시간에 다시 수 명을 쓰러뜨렸다.

유기가 소리쳤다.

"모두들 벽에 바짝 붙어 함부로 나서지 마시오!"

대청 안에 모인 300여 명이 한꺼번에 달려들면 교봉의 무공이 아무리 고강해도 저항하기 어려웠을 테지만 모두들 한곳에 모여 있으니 교봉 옆으로 접근할 수 있는 사람은 대여섯 명에 불과했다. 이들은 칼, 창, 검, 극戟을 사방에서 춤추듯 휘둘렀지만 대부분은 자기편에게 상해를 입는 상황에 대비해야만 했다. 유기가 이렇게 외치자 대청 한가운데에 공터가 만들어졌다.

교봉이 소리쳤다.

"취현장 유씨쌍웅께 가르침을 받고 싶소."

이 말을 마치고 왼손을 내뻗자 술 항아리 하나가 반대편에 있는 유구를 향해 날아갔다. 유구가 쌍장으로 막으며 장력을 운용해 술 항아리를 후려치려는 순간, 뜻밖에도 교봉이 연이어 벽공장을 펼쳐냈다.

"펑!"

술 항아리가 수천 조각으로 박살나면서 아주 예리하게 깨진 옹기 조각은 교봉이 내뻗는 무시무시하기 짝이 없는 장력 아래 수천 개의 강표鋼標와 비도飛刀로 변했다.

이 중 유구의 얼굴에 세 조각이 적중해 얼굴이 온통 피범벅으로 변해버리고 주변에 있던 사람들 10여 명도 큰 부상을 입었다. 곧이어 호통을 치며 욕하는 소리, 놀라움에 울부짖는 소리, 경고를 하는 외침 소리로 대청 안이 한바탕 시끌벅적해졌다.

돌연 대청 모퉁이에서 한 소년의 부르짖는 목소리가 들려왔다.

"아버지, 아버지!"

유구는 자신의 외아들인 유탄지游坦之 목소리임을 알고 정신없는 상황에서도 아들을 힐끗 쳐다봤다. 아들 뺨에서 선혈이 흘러내리는 모습을 보니 그 역시 항아리 파편에 부상을 당한 것 같았다. 그는 큰 소리로 외쳤다.

"어서 들어가거라! 여기서 뭐 하는 게냐?"

유탄지가 말했다.

"네!"

그는 대답과 함께 대청 기둥 뒤로 몸을 숨겼지만 여전히 고개를 내밀어 사태를 관망했다.

교봉이 왼발로 또 다른 술 항아리 하나를 걷어차자 항아리가 무서운 기세로 날아갔다. 이와 동시에 다시 일장을 펼쳐내려는 순간 돌연 등 뒤에서 한 줄기 부드러운 장력이 힘없이 후려쳐왔다. 그 일장은 매우 부드럽게 느껴졌지만 웅후한 내력을 품고 있었다. 누군지는 모르지만 고수의 풍모가 느껴지는 데다 감히 소홀히 대적할 수가 없어 교봉은 즉각 일장으로 반격을 가해 막아냈다. 두 사람의 내력은 서로 맹렬하기 이를 데 없어 각자 정신을 집중해야만 했다. 교봉은 그자를 노려봤다. 추한 몰골만 보고도 그가 바로 자칭 '조전손이 주오정왕'이라는 무명씨 '조전손'임을 알 수 있었다. 교봉은 생각했다.

'저자의 내력이 보통이 아니구나! 만만히 봐서는 안 되겠어!'

그는 숨을 크게 한번 들이쉬더니 산을 밀어치우고 바다를 뒤집어엎는 듯 무시무시한 위력으로 두 번째 장을 후려쳐나갔다.

조전손은 한 손만으로는 그의 공격을 막아내기가 힘들다 느껴지자 두 손을 동시에 내뻗어 그의 일장을 막으려 했다. 옆에 있던 한 여자가 소리쳤다.

"살고 싶지 않아요?"

이 말을 하며 그를 옆으로 잡아당겨 교봉이 정면에서 내뻗은 일격을 피할 수 있도록 만들었다. 그러나 교봉의 장력은 물밀듯이 앞으로 덮쳐나가 조전손 뒤에 서 있던 세 사람을 향했다.

"펑! 펑! 펑!"

세 번의 굉음이 들리자 세 사람 모두 하늘 위로 날아가 담장 위에 둔탁하게 부딪히면서 그 진동으로 인해 담장 위의 회토가 풀풀 날리며 떨어졌다.

조전손이 고개를 돌려 바라보자 그를 잡아당긴 것은 바로 담파였다. 그는 너무도 기쁜 마음에 말했다.

"소연, 당신이 내 목숨을 구했소."

담파가 말했다.

"내가 놈의 왼쪽을 공격할 테니까 당신은 오른쪽을 협공하세요."

조전손의 '좋소!'란 말이 입에서 나오기도 전에 작은 키의 깡마른 노인 하나가 교봉을 향해 덮쳐갔다. 바로 담공이었다.

담공은 왜소한 몸이었지만 무공 실력이 매우 고강했다. 그는 왼손을 뻗어내는가 싶더니 오른손을 질풍같이 이어서 내뻗었다. 다시 왼손을 거둔 다음 오른손에 또 장력을 보탰다. 그의 이 연환삼장連環三掌은 연이어 밀려드는 세 번의 파도처럼 뒤의 파도가 앞의 파도를 밀어내며 힘을 합쳐 쏟아내는 듯해서 단 한 번만 내뻗는 장력에 비해 세 배나 더 강맹했다. 교봉이 소리쳤다.

"태행산 일봉고일봉一峰高一峰이로군! 아주 훌륭하오!"

이 말을 하면서 왼손을 휘둘러 뻗어냈다. 두 줄기 장력이 서로 격렬하게 소용돌이치며 부딪치자 옆에 모여 있던 사람들은 모두 양편으로 물러섰다. 바로 그때, 조전손과 담파가 협공을 펼치며 달려들고 이어서 개방의 서 장로와 전공 장로, 진 장로 등도 앞다투어 싸움에 뛰어들었다.

여장이 소리쳤다.

"교 형제, 거란과 대송은 공존할 수 없기에 우린 공사를 구별할 수밖에 없으니 이 노형이 실례 좀 하겠소."

교봉이 웃으며 말했다.

"이미 절교주도 들이켠 마당에 어찌 형제를 운운하시오? 받아라!"

그는 곧바로 그를 향해 왼발을 날렸다. 말은 그렇게 했지만 교봉은 여지껏 개방 군호와 향불 앞에서 함께한 맹세를 잊은 적이 없었다. 그들의 목숨을 해치고 싶지 않을 뿐만 아니라 외인들 앞에서 그들에게 못난 모습을 보여주고 싶지도 않았던 것이다. 그의 이 발길질은 내뻗는 도중 별안간 방향이 바뀌었고 뜻밖에도 쾌도기육이 괴성을 지르며 하늘로 솟구쳐 날아갔다.

그는 자신이 스스로 솟구쳐오른 것이 아니라 교봉의 발길질에 엉덩이를 맞아 자기도 모르게 하늘로 날아오른 것이었다. 손에 단도를 쥐고 경력을 운용해 교봉의 머리를 향해 힘차게 베어가던 중이었던 그는 몸이 하늘 높이 떠올랐지만 그 일도로 여전히 맹렬하게 베어가고 있었다.

퍽 소리와 함께 그의 일도가 기세를 죽이지 못하고 대청의 대들보를 베어버렸지만 뜻밖에도 그의 칼은 1척가량이나 깊이 들어가 칼끝이 대들보에 꽉 끼어버리고 말았다. 쾌도기육의 이 칼은 그의 명성을 떨치게 만든 보배 같은 무기였다. 그런데 오늘처럼 강적을 앞에 두고 있는 상황에 어찌 칼에서 손을 뗄 수 있겠는가? 그는 오른손으로 칼자루를 악착같이 잡고 놓지 않았다. 그러자 그의 몸은 허공에 대롱대롱 매달려 있는 꼴이 되고 말았다. 이런 상황은 사실 괴이하기 짝이 없었지만 대청 안의 사람들 모두 생사의 기로에 직면해 있는 마당에 어느 누가 감히 다른 곳에 한눈을 팔 수 있으랴?

교봉은 무예를 연성한 이래 수많은 싸움을 겪으면서 단 한 번도 패한 적이 없었지만 동시에 이렇게 많은 고수와 대적하는 상황도 평생 만나본 적이 없었다. 지금은 이미 술기운이 오를 대로 올라 있는 데다 내력이 용솟음치면서 술기운은 점점 더 달아오른 상태였다. 그는 쌍장을 춤추듯 휘날리며 고수들이 접근하지 못하게 압박했다.

설신의가 의술에는 정통했지만 무공 실력은 일류라고 할 수 없었다. 의술 분야에서는 천부적인 자질을 가지고 있어 의학을 거의 배우지 않고도 의술을 펼칠 수 있었다.

그는 어려서부터 무예를 좋아했던 데다 그의 사부가 무학에 조예가 대단히 깊은 인물이었으나 어느 해 설신의와 일곱 사형제들이 동시에 사부에게 파문당하는 신세가 됐다. 그는 또 다른 사부를 모시는 대신 기발한 생각을 해냈는데 그건 바로 자신이 병을 치료해준 사람과 무공을 교환하는 것이었다. 동에서 일초 배우고, 서에서 일식을 배우다보니 무학에 대한 '박식함'에 있어서는 강호에서도 극히 드문 편에 속한다고 할 수 있었다. 그러나 단점이 있다면 바로 그 박식함에 있었다. 그는 이 박식함 때문에 감당이 안 될 정도로 욕심만 부렸지 한 문파의 무공도 제대로 연마한 것이 없었다.

그의 의술은 이미 신과 같다는 명성으로 알려져 있어 가는 곳마다 어느 정도 존경을 받았다. 그 때문에 그가 무공을 가르쳐달라고 청하면 상대방은 대부분 입에서 나오는 대로 그의 비위를 맞추기에 급급했다. 왕왕 사실보다 과장된 말을 할 뿐 그에게 사실을 말하지 않을 때도 있었던 것이다. 그는 스스로 지나치게 득의양양해한 나머지 천하무공의 십중팔구가 자기 마음속에 있다 느끼고 있었다.

그러나 이 순간 교봉과 군웅이 싸우는 것을 보자 그 출수의 빠르기

나 적중될 때의 힘이 실로 꿈에도 생각지 못했던 수준이었다. 그는 자기도 모르게 안색이 잿빛으로 변하고 심장이 쿵쾅쿵쾅 뛰면서 앞에 나서서 싸움에 가담하는 것은 고사하고 단 한 마디 말도 하지 못하고 있었다.

담장에 기대어 서 있던 그는 두려움이 갈수록 더해갔지만 지금 이 순간에 몰래 대청을 빠져나간다면 그의 체면이 어찌 되겠는가? 옆을 힐끗 보자 노승 하나가 옆에 서 있는데 바로 현난대사였다. 그는 불현듯 떠오른 생각이 있어 부끄러운 마음에 현난을 향해 말했다.

"조금 전에는 제가 실례되는 말씀을 드렸으니 대사께서는 나무라지 마시오."

현난은 정신을 집중해 교봉만 바라보고 있느라 설신의의 말을 전혀 듣지 못하다가 그가 한 번 더 얘기하자 그제야 어리둥절해하며 물었다.

"실례되는 말씀이라니 뭘 말이오?"

"제가 앞서 이런 말을 했소이다. '교 형이 혈혈단신 소림사에 들어갔다 나왔는데 머리털 하나 상하지 않고 오히려 소림 고승을 잡아갔다니 기이한 일이오!'"

"그게 어떻다는 것이오?"

설신의는 겸연쩍은 듯 말했다.

"교봉의 무공은 실로 세상에 보기 드물 정도로 고강한 것 같소. 난 그가 소림사에 마음대로 들어갔다 나왔다 하면서 사람을 해치고 인질을 잡는 것이 그리 어렵지 않겠다는 걸 이제야 알게 된 것이오."

그가 이 말을 한 것은 현난에 대해 사과를 하겠다는 의도였지만 현난의 귀에는 그보다 듣기 싫은 말이 없었다. 그는 코웃음을 쳤다.

"설신의의 말은 소림파 무공을 한번 시험해보고 싶다는 것이로군요. 그런 것 아니오?"

그는 대답을 듣기도 전에 당장 앞으로 천천히 걸음을 내딛어 커다란 소맷자락을 표연히 휘둘렀다. 그러자 소맷자락 밑에서 획획획 하는 소리와 함께 권력이 교봉을 향해 격발되어 나갔다.

그의 이 무공은 소림사 72절기 중 하나인 수리건곤이라 불리는 것으로 옷소매를 펄럭이며 권경拳勁을 소맷자락 밑에서 격발시키는 수법이었다. 소림 고승들은 예로부터 참선을 하며 불도를 배우는 것이 근본이며 무공 수련은 그다음이었다. 노기를 표출한다는 건 이미 계율을 위배한 것인데 하물며 출수를 해서 사람을 해하는 건 어떠하겠는가? 그러나 소림파는 수백 년 동안 천하 무학의 본산지라고 할 수 있었기에 권각을 펼쳐내는 건 당연했다. 수리건곤을 펼칠 때 주먹을 소맷자락 밑에 숨기는 형상은 우아하기 그지없었다. 옷소매로 권경을 숨기는 것은 적이 권세가 오는 방향을 볼 수 없게 만들어 손을 쓸 틈을 주지 않으려는 데 있었다. 그러나 뜻밖에도 옷소매 자체에도 극히 매서운 초식과 경력勁力이 실려 있었다. 만일 적이 그의 소맷자락 밑에 숨긴 권초에 대비하는 데 정신이 팔려 있다가는 주객이 전도돼서 권초보다는 소맷자락 힘에 당하기 십상이었다.

교봉은 널따란 옷소매 두 개가 바람에 펄럭이며 공격해 들어오는 것을 보고 마치 두 갈래 길에서 순풍에 돛을 달고 오는 배의 위세처럼 범상치 않음을 느꼈다. 그는 대갈일성했다.

"수리건곤이로군요. 역시 대단하십니다!"

"팍!"

이 말과 함께 강렬한 소리를 내며 일장을 펼쳐 그의 옷소매를 내리쳤다. 현난의 수력神力은 넓게 퍼져버렸지만 교봉의 일장은 오히려 그 힘이 응축됐다. 팍팍 소리와 함께 두 줄기 기운이 서로 거세게 맞부딪쳤다. 돌연 대청 안에는 수십 마리의 잿빛 나비가 아래위로 날아다니는 듯한 장면이 펼쳐졌다.

군웅 모두 깜짝 놀라 집중을 해서 바라보자 원래 수많은 잿빛 나비로 보였던 것은 바로 현난의 옷소매였다. 눈을 돌려 그의 몸을 바라보니 양쪽 상박上膊이 그대로 드러나 비쩍 마른 그의 두 긴 팔이 보였는데 꽤나 흉측했다. 두 사람의 가공할 내력이 충돌하는데 승포 옷소매가 어찌 버틸 수 있겠는가? 그 기운에 옷자락이 산산조각 나버렸던 것이다.

이리되자 현난은 옷소매가 없어 옷소매 속에도 자연히 '건곤'이 없는 상황이 되어버렸고 이에 광분한 나머지 안색이 시퍼렇게 변해버렸다. 교봉은 그저 일장만 날렸을 뿐인데 그의 명성을 떨치게 만들어준 자신만의 절기가 파괴되고 말았으니 군웅 앞에서 제대로 체면을 구긴 셈이 되어버렸다. 그는 곧바로 두 팔을 아래위로 뻗으며 교봉을 향해 맹렬하게 공격해 들어갔다.

사람들은 그게 강호에 널리 알려진 태조장권太祖長拳임을 이미 알고 있었다. 송 태조인 조광윤趙匡胤이 두 주먹과 몽둥이 하나로 송나라 금수강산을 함락시켰는데, 과거 제왕들 중에는 송 태조처럼 용맹스러운 자가 없었다. 따라서 그 태조장권과 태조봉太祖棒은 북송 무림에서 가장 유행하던 무공으로, 펼쳐낼 줄은 몰라도 보는 데에는 익숙해 있었던 것이다.

그때 군웅은 만천하에 그 명성이 알려진 소림 고승이 펼쳐내는 것이 뜻밖에도 모두가 익히 아는 권법인 것을 보자 어리둥절해하지 않을 수 없었다. 그러나 그가 삼권을 내지르는 모습을 보고 사람들은 각자 찬탄을 금할 길 없었다.

'소림파가 명성을 얻은 것은 과연 요행이 아니었구나. 똑같은 천리횡행千里橫行 일초를 펼치는데 그의 손끝에서는 위력이 저리 대단하니 말이야.'

군웅은 탄복을 금치 못한 나머지 현난의 승포에 소매가 없는 괴이한 상황도 더 이상 이상하게 생각하지 않았다.

본래 수십 명이 교봉을 둘러싸고 있던 국면에서 현난의 이 출수는 나머지 사람들이 옆에서 협공을 하면 오히려 방해가 될 것처럼 느끼게 만들었다. 따라서 자연스럽게 뒤로 물러나 각자 무리를 짓고 에워싸 교봉이 도망칠 때를 대비하며 현난과 그의 결전을 집중해서 바라만 볼 수밖에 없었다.

교봉은 옆 사람들이 물러서자 뭔가 결심을 한 듯 획 하고 일권을 날려 충진참장冲陣斬將 일초를 펼쳤는데 이 역시 태조장권 중의 한 초식이었다. 이 일초의 자세는 우아하고 대범하기 그지없어 그 경력은 강함 속에 부드러움이 있고 부드러움 속에 강함이 있었다. 그야말로 무림 고수들이 평생 이르고자 하는 권술의 완벽한 경지가 이 일초 안에 유감없이 드러나 있었던 것이다. 이 영웅연에 참석한 인물들은 무공 실력이 그리 고강하진 않을지라도 하나같이 견식은 넓어서 태조권법太祖拳法의 정요가 어디 있는지 모르는 사람이 없다고 말할 수 있었다. 교봉이 일초를 날리자 사람들은 감정을 억제하지 못하고 갈채를 보냈다.

대청을 가득 매우는 갈채가 터지고 난 후 많은 사람이 이건 옳지 않다 느꼈다. 이 갈채는 자신들이 죽이고자 하는 오랑캐 적에게 찬사를 보내는 것인데 어찌 적의 사기를 높이면서까지 자기편 위세를 깎아내릴 수 있단 말인가? 그러나 이미 터져 나온 갈채 소리를 다시 무를 수는 없었다.

곧이어 교봉이 제2초인 정묘하기 이를 데 없는 하삭입위河朔立威를 펼쳐내자 그가 펼친 제1초와 비교해 어느 초식이 더 절묘한지 분간하기 힘들 정도인 것을 보고 대청에서는 여전히 적지 않은 사람들이 갈채를 쏟아냈다. 문득 이러면 안 된다는 것을 깨닫고 자제하는 몇 명이 있어 제1초를 펼칠 때 나온 갈채 소리에는 미치지 못했지만, 많은 사람이 큰 소리로 환호하진 않아도 '어! 어!' '와! 와!' 하는 나지막한 소리로 찬사를 쏟아내며 그에 대한 존경심을 표했다. 교봉이 처음 개개인과 매서운 싸움을 벌일 때 군웅이 방어에만 몰두한 이유는 그의 흉악하고 무시무시한 기세가 두려운 나머지 직접 나서길 원치 않은 데 있었지만 이제는 그의 무공이 매우 정묘하고 뛰어난 점에 대해 깨닫기 시작했다.

그때 교봉과 현난은 대결을 펼친 지 칠, 팔초 만에 승부가 가려졌다. 그 두 사람이 펼친 권초는 일반적이고 특이할 것이 없었으나 교봉은 매 일초를 일부러 한 걸음 늦춰 현난이 먼저 펼치도록 배려했다. 현난이 일초를 펼치면 교봉이 이어서 뒤늦게 일초를 펼치는 형태였다. 그가 젊고 힘이 좋아서 그런지 아니면 행동이 훨씬 민첩해서 그런지는 모르겠지만 매 일초마다 후발선지後發先至 즉, 뒤늦게 펼쳐도 먼저 상대한테 이르렀다. 이 태조장권은 원래 64초뿐이었지만 매 일초 모두 서로가 서로를 억제하고 있었다. 교봉은 상대가 권초를 펼치는 것을 정확히 보고 난 후 일초를 펼쳐냈기에 이를 제대로 억제하는 권법이 될 수밖에 없었다. 그러니 현난이 어찌 압도당하지 않을 수 있겠는가? 이런 이치는 누구나 알고 있었지만 현난 같은 대단한 고수를 대적하면서 이런 후발선지를 구사한다는 것은 보통 내공으로는 있을 수 없는 일이었다. 따라서 사람들은 오늘 이를 직접 목격하지 못했다면 이후로도 절대 상상할 수 없을 것이라고 생각했다.

현적은 현난이 역량 부족으로 제대로 대처하지 못하는 것이라 보고 소리쳤다.

"이 거란의 오랑캐 개 같으니! 수법이 너무 비열하구나!"

교봉은 위엄 어린 어조로 말했다.

"내가 펼친 것은 대송의 태조권법인데 어찌 비열하다고 말하는 것이오?"

군웅이 듣고 그가 태조장권을 펼친 의도를 알게 됐다. 그가 다른 권법으로 태조장권을 격퇴시켰다면 군웅은 그의 공력이 아무리 심후해도 대송의 개국 황제인 태조의 무공을 모욕하려는 의도가 있다고 탓했을 것이다. 그럼 화하華夏민족과 오랑캐의 차이를 드러내는 결과를 가져와 군웅의 적대감이 심화됐을 것이다. 이렇게 두 사람 모두 공히 태조장권을 펼치자 무공을 겨룬다는 의미 외에 다른 어떤 명목도 같다 붙일 수 없게 된 것이다.

현적은 현난이 일순간 생사의 갈림길에 이르게 된 것을 보고 더 이상 말을 잇지 않고 피육 피육 하고 일지를 날리며 교봉의 선기혈璇璣穴을 향해 찍어갔다. 그가 펼친 수법은 소림파의 점혈 절기인 천축불지天竺佛指였다.

교봉은 그가 일지를 찍어내며 내는 매우 경미한 소리를 듣고 몸을 틀어 피하며 말했다.

"천축불지의 명성은 익히 들었소. 과연 대단하군요! 천축 오랑캐 무공으로 내 대송 태조의 권법을 공격하다니… 당신이 날 물리친다면 오랑캐와 내통해 나라를 팔아먹고 당당한 중화의 상국上國을 모욕하는 꼴이 되는 것 아니겠소?"

현적이 그 말을 듣고 어리둥절해하지 않을 수 없었다. 그의 소림파 무공은 달마노조達磨老祖로부터 전해내려온 것인데 사실 그 달마노조는 천축의 오랑캐였다. 오늘 군웅은 교봉이 거란 오랑캐라는 이유로 그를 몰아붙이고 공격을 하고 있지만 소림 무공이 오래전에 중원 땅에 전해지면서 중국의 각 문파의 무공도 대부분이 소림파의 영향을 받았다 해도 과언이 아니었다. 그런데 모두가 소림파와 오랑캐의 관계를 잊고 있었던 것이다. 그 때문에 교봉이 한 말을 수긍하지 않는 사람은 거의 없었다.

군웅은 중원에 수많은 사람들을 알고 있었기에 다들 이런 생각을 갖게 됐다.

'우리가 달마노조를 신처럼 떠받들고 있는데 어찌 거란인에 대해서는 뼈에 사무친 원한을 품을 수 있단 말인가? 어찌 보면 모두가 같은 오랑캐가 아니던가? 음! 그 두 종류의 사람은 당연히 서로 같을 수가 없지. 천축인은 우리 중화 동포들을 잔혹하게 죽인 적이 없지만 거란인은 포악하고 잔인하다. 그렇게 본다 해도 오랑캐라고 해서 모조리 죽여야 하는 것은 아니지 않는가! 그중에도 선악의 구별은 있을 테니 말이다. 그럼 거란인 중에도 좋은 사람이 있다는 말이 아닌가?'

현난과 현적 두 사람은 교봉과의 2대 1 싸움에서 여전히 공격보다 수비에 급급하고 있었다. 현난은 자신이 펼친 권법이 매 일초마다 적에게 제압당하자 더 이상 펼칠 방법이 없었다. 그는 현적이 달려와 협공을 펼치자 그제야 권법을 변화시켜 소림파의 나한권羅漢拳을 시전하기 시작했다.

교봉이 차갑게 웃으며 말했다.

"그 역시 천축에서 온 오랑캐 무술이오. 당신네 오랑캐 무공이 대단한지 아니면 우리 대송의 무공이 대단한지 어디 봅시다."

"획획획!"

이 말과 함께 다시 태조장권을 펼쳐나갔다.

군웅은 그 말을 듣고 씁쓸한 기분이 들었다. 모두들 그가 오랑캐라는 이유로 그를 에워싸고 공격을 가하는 것인데 자기편에서 사용하는 무공이 오히려 오랑캐 무공이고 도리어 그는 대송의 태조가 전수한 권법을 사용하니 말이다.

별안간 조전손이 큰 소리로 외쳤다.

"놈이 무슨 권법을 사용하든 간에 저놈은 부모와 사부를 죽인 놈이니 죽어 마땅하오! 다 같이 공격합시다!"

그는 고함을 치며 교봉을 향해 달려들었다. 이어서 담공과 담파, 그리고 개방의 서 장로와 진 장로, 철면판관 선정 부자 등 수십 명이 동시에 덤벼들었다. 이들은 모두 무공의 고수들이었기에 숫자는 많았지만 서로 혼선을 빚지 않고 하나가 공격하면 하나는 물러서며 마치 차륜전을 펼치는 듯했다.

교봉은 주먹을 휘둘러 막아내며 큰 소리로 외쳤다.

"당신들이 날 거란인이라고 말한다면 교삼괴 어르신 부부는 한인이 분명하니 내 부모가 아닌 것이오. 그 두 어르신은 내가 평생을 공경하고 사랑해왔을 뿐 전혀 해칠 이유가 없소. 설사 내가 죽었다 한들 어찌 나에게 부모를 죽였다는 죄명을 씌울 수가 있소? 또한 현고대사는 내게 무예를 전수해준 은사이시오. 소림파에서 현고대사가 내 사부임을 승인한다면 나 교봉은 소림 제자인 셈인데 여러분이 일개 소림 제자를 에워싸서 공격하는 이유가 무엇이오?"

현적이 코웃음을 치며 말했다.

"억지소리 하지 마라. 물론 그런 식으로 둘러댈 수는 있겠지."

"둘러댈 수가 있다면 억지소리도 아닌 것이오. 날 소림 제자로 여기지 않는다면 사부를 죽였다는 죄명에 대해서도 나한테 덮어씌우지 마시오. 날 죽이고 싶다면 정정당당하게 출수를 하면 될 일이거늘 어찌 내가 둘러댄다는 둥 억지소리를 한다는 둥 하며 말도 안 되는 죄명을 부가하는 것이오?"

그는 입으로는 당당하고 차분하게 말을 하면서도 손은 잠시도 쉬지 않았다. 주먹으로는 선숙산을 가격하고, 발로는 조전손을 걷어찼으며, 팔꿈치로는 얼굴을 드러내지 않은 청의 대한을 가격했고, 손바닥으로는 이름을 알 수 없는 흰 수염 노인을 후려쳤다. 말하는 동안 연이어 네 명을 때려눕힌 것이다. 그는 이들이 모두 간악한 자들이 아님을 알기에 시종 일말의 여지는 남겨두고 손을 쓰다 보니 쓰러진 자들이 이미 17~18명이나 됐지만 목숨을 잃은 사람은 하나도 없었다. 심지어 개방 형제들에 대해선 털끝 하나 건드리지 않고 서 장로가 달려들 때는 재빨리 몸을 피했다.

그러나 영웅연에 참가한 사람들 숫자가 얼마나 많았던가? 10여 명을 쓰러뜨렸지만 10여 명의 생력꾼으로 바뀌기만 할 뿐이었다. 다시 한참을 싸우다 교봉은 속으로 두려움이 밀려왔다.

'이대로 싸우다간 결국 녹초가 돼버리고 마는 시점이 올 것이다. 아무래도 최대한 빨리 여길 빠져나가는 게 상책이다.'

이런 생각을 하고 한편으로는 상대와 대결을 펼치면서 한편으로는 빠져나갈 경로를 봐두었다.

조전손은 경험이 풍부한 자라 비록 땅바닥에 쓰러져 꼼짝도 하지 못했지만 이미 도망을 치려 하는 교봉의 의도를 눈치채고 큰 소리로 외쳤다.

"놈을 단단히 붙잡고 계시오! 저 개 잡종이 도망가려 하고 있소!"

교봉은 한창 싸움에 몰두하느라 술기운이 오르고 노기가 충천해 있던 참인데 조전손이 자신을 욕하는 소리를 듣자 화를 참을 수 없었다. 마침 그가 안문관 관외 일전에 참여한 사실이 생각나자 그를 향해 호통을 쳤다.

"이 개 잡종이 맨 처음 죽일 놈은 바로 너다!"

이 말과 동시에 팔에 운공을 하고 벽공장 일초를 펼쳐 그를 향해 휘둘러갔다.

현난과 현적이 일제히 소리쳤다.

"이런!"

두 사람은 각자 오른손을 뻗어 동시에 교봉의 그 일장을 받아내려 했다. 조전손의 목숨을 구하려 한 것이다.

별안간 허공에서 인영이 하나 번뜩이더니 누군가 긴 비명 소리를 내질렀다. 앞가슴으로는 현난과 현적 두 사람의 장력에 맞고 등으로는 교봉의 벽공장에 맞은 것이다. 무시무시하기 짝이 없는 세 줄기의 힘에 앞뒤로 동시에 공격을 받은 그는 늑골이 절단 나고 오장육부가 파열돼 입에서 선혈을 미친 듯이 뿜어내며 바닥에 힘없이 널브러졌다.

현난과 현적은 깜짝 놀라 어쩔 줄 몰라 했고 교봉 역시 예상치 못한 일에 놀라지 않을 수 없었다. 이자는 다름 아닌 쾌도기육이었다. 한동안 허공에 걸려 있던 그는 이리저리 흔들리다 결국 대들보에 박혔던 칼이 뽑혀버렸고, 그 길로 추락을 하던 중 공교롭게도 세 사람이 전력을 다해 장력을 내뻗는 공간으로 떨어지고 만 것이다. 마치 대형 철판 두 개의 거대한 힘이 모이는 곳에 끼어버렸으니 어찌 목숨을 부지할 수 있었겠는가?

현난이 말했다.

"아미타불, 선재로다! 선재로다! 교봉, 그대가 엄청난 죄악을 저질렀소!"

교봉이 대로하며 말했다.

"반은 내가 죽인 게 맞지만 나머지 반은 당신네 사형제 두 사람이 합심해 죽인 것인데 어찌 모두 내 탓으로 돌리는 것이오?"

현난이 말했다.

"아미타불, 죄과로다! 죄과로다! 그대가 먼저 사람을 해치지 않았다면 어찌 오늘과 같은 싸움이 벌어졌겠소?"

교봉은 화를 참을 수 없었다.

"좋소. 모든 걸 내 탓으로 돌리시오. 그래서 어쩔 거요?"

악전고투 끝에 거친 성격이 발작한 교봉은 갑자기 한 마리 야수로 돌변한 듯 오른손으로 사람 하나를 움켜잡았다. 바로 선정의 둘째 아들인 선중산이었다. 교봉이 왼손으로 그의 단도를 뺏고 오른손으로 그의 몸을 내려놓은 다음 단도로 내려찍자 선중산은 천령개天靈蓋가 갈라지며 비명에 목숨을 잃고 말았다.

군웅은 일제히 함성을 내질렀다. 모두들 깜짝 놀라면서도 분노하기 시작했던 것이다.

교봉은 사람을 죽인 후 더욱 미친 듯이 출수를 했다. 단도를 들고 춤을 추듯 날아다니다 오른손으로는 주먹을 쥐었다 손바닥을 폈다를 반복하며 왼손으로는 강철 칼을 횡으로 베고 수직으로 가르는데 그 위세를 도저히 당해낼 수 없었다. 조금씩 튄 선혈들은 흰색 담장 위를 가득 메웠고 대청 안에는 널브러진 시체들로 발 디딜 틈이 없었다. 몸과 머리가 따로 굴러다니는 시체가 보이는가 하면 누군가의 시체는 가슴이 터지고 사지가 절단되어 있었다. 이때는 이미 개방의 옛 형제들에 대해 사정을 봐주고 말고를 돌볼 겨를이 없었고 상대의 얼굴조차 분간할 여지가 없었다. 그저 두 눈이 시뻘겋게 물들어 사람만 마주하면 사정없이 죽여버렸다. 이런 상황 속에서 뜻밖에도 해 장로 역시 그의 칼 아래 죽고 말았다.

영웅연에 참석한 호걸들 중 십중팔구가 자기 손으로 사람을 죽인 적이 있으며 자신이 죽인 적이 없더라도 살인 방화를 하는 장면을 수없이 봐왔던 사람들이었다. 그러나 지금의 이 넋이 나갈 정도로 두려운 악투는 실로 평생 처음 보는 장면이었다. 적이라고는 단 한 명뿐인데도 마치 미친 호랑이나 귀매 같아서 동에 번쩍 서에 번쩍 어지럽게베고 죽이며 미친 듯이 날뛰고 다니지 않는가? 수많은 고수가 앞에 나가 싸움에 나섰지만 모두들 그에게 더 빠르고, 더 맹렬하고, 더 독하고, 더 정묘한 초식에 의해 죽임을 당했다. 군웅 모두 죽음 따위를 두려워하지 않는 사람들이었지만 적은 지금 광기로 가득했고 무공 실력또한 당해낼 사람이 없는 데다 대청에서는 피와 살이 어지럽게 휘날리며 죽음에 임박해 내지르는 참혹한 절규 소리가 귀에 꽂히고 있었다. 이리되자 대부분 도망가야겠다는 마음이 생기기 시작해 그 자리를떠나고자 했다. 교봉에게 죄가 있든 없든 자신은 그 일에 상관하고 싶은 생각이 사라져버린 것이다.

유씨쌍웅은 정세가 불리하다 판단하고 왼손에는 각자 둥근 방패인원순圓盾을 쥐고 오른손에는 한 명이 단창, 한 명은 단도를 들었다. 두사람은 휘잉 하는 소리를 내며 원순으로 몸을 보호하고 좌우에서 교봉을 향해 공격해 들어갔다.

교봉은 비록 거침없이 악투를 벌이며 독하게 사람들을 죽였지만 적이 공격해오는 일초 일식에 대해서는 여전히 정신을 집중해 주시하면서 마음의 평정을 유지했다. 그 덕에 그는 아무 상처도 입지 않고 자신을 보호할 수 있었다. 그는 유씨 형제가 매서운 기세로 공격해오는 것을 보고 곧바로 획획 하고 두 번의 칼질로 옆에 있던 두 사람을 베어기선을 제압한 다음 유기를 향해 공격해 들어갔다. 그가 일도를 내려치자 유기는 방패를 들어 막았다.

"땅!"

방패에 부딪힌 교봉의 단도가 위쪽으로 튕겨져 나갔다. 교봉이 힐끗 보자 단도의 날 끝이 구부러져 더 이상 쓸 수가 없었다. 유씨 형제의 원순은 백번 정련한 강철로 만들었기에 아무리 뛰어난 보검이라 해도 흠집조차 낼 수 없었다. 하물며 교봉이 쥐고 있던 단도는 선중산에게 빼앗은 평범하기 그지없는 강철 칼이 아니던가?

유기는 원순으로 적의 칼날을 막고 오른손으로는 마치 굴속을 빠져나오는 독사처럼 단창을 방패 밑에서 질풍같이 내뻗으며 교봉의 아랫배를 찌르려 했다. 바로 그때 한광이 번뜩거리며 유구의 손에 있던 원순이 교봉의 허리를 향해 그어갔다.

교봉은 순간 가장자리가 극히 예리하다 못해 날이 서 있어 마치 원형의 도끼와 같은 모습을 지닌 원순을 보게 됐다. 만일 그 날에 베인다면 온몸이 두 동강 날 것 같았다. 그것도 아주 똑바로 말이다. 그는 큰소리로 호통을 쳤다.

"고얀 것!"

그는 수중에 있던 단도를 던져버리고 왼손 일권으로 땅 하는 거대한 소리를 내며 유기가 들고 있는 원순 정중앙을 가격했다. 오른손 역시 일권으로 땅 하는 큰 소리를 내며 유구의 원순 정중앙을 내리쳤다.

유씨쌍웅은 순간 반신이 시큰거리고 저리다는 느낌이 들면서 교봉의 강맹하기 이를 데 없는 권력의 진동 아래 눈앞에 별똥이 아른거리고 양팔이 쑤셔와 방패와 도창을 더 이상 쥐고 있을 수가 없었다.

"챙그랑!"

곧 네 개의 무기가 연이어 바닥에 떨어졌다. 두 사람의 왼손 손아귀는 하나같이 진동으로 인해 찢어져 피범벅이 되어 있었다.

교봉이 웃으며 말했다.

"아주 좋아! 이 무기들은 나한테 바쳐라!"

이 말을 하며 두 손으로 강철 방패를 집어들어 춤을 추듯 빙글빙글 돌렸다. 이 두 방패는 실로 공수를 겸비한 무기였다. 곧 몇 번의 비명 소리와 함께 다시 다섯 명이 강철 방패 아래 숨을 거두었다.

유씨 형제의 얼굴은 순간 거무스름한 흙빛으로 변해버렸다. 유기가 외쳤다.

"아우, 사부님이 말씀하시지 않았나? '방패가 있는 곳에 사람이 있고 방패가 없으면 사람도 없다'고 말이네."

유구가 말했다.

"형님, 오늘 우리가 이런 치욕을 당했으니 우리 형제는 얼굴을 들고 살아갈 수 없습니다!"

두 사람은 서로를 마주보며 고개를 끄덕이더니 각자 자신의 무기를 들어 일도와 일창으로 스스로를 찔러 자결을 했다.

군웅이 일제히 소리쳤다.

"아니!"

"교봉이 원순을 저토록 세차게 돌리는데 누가 감히 5척 안에 접근하겠어? 누가 감히 5척 안에 접근할 수 있느냐고?"

대성통곡을 하는 한 소년의 목소리가 들려왔다.

"아버지! 아버지!"

그건 바로 유구의 아들인 유탄지였다.

교봉 역시 흠칫 놀랐다. 취현장의 주인인 유씨 형제가 자결을 하리라고는 생각지도 못한 것이다. 그는 등골이 오싹해지고 술기운이 사라져버리면서 회의감이 들었다.

"유가 형제, 굳이 그럴 필요까지 있었소? 이 방패 두 개는 그대들한 테 돌려주겠소!"

그는 강철 방패 두 개를 들어 유씨쌍웅 시신의 발밑에 내려놓았다.

그가 허리를 구부렸다 일어서려 할 때 갑자기 한 소녀의 부르짖는 소리가 들려왔다.

"조심하세요!"

교봉이 재빨리 왼쪽으로 피하자 시퍼런 빛을 번뜩이는 예리한 검이 그의 몸 옆을 질풍같이 스치고 지나갔다. 아주가 소리치지 않았다면 이 일검에 적중되지는 않았어도 정신없이 허둥대며 아주 곤란한 지경 에 처할 뻔했다. 그를 기습한 것은 바로 담공이었다. 그는 자신의 일격 이 적중되지 않자 먼 곳으로 피해버렸다.

교봉과 군웅의 대전이 펼쳐지는 순간 아주는 대청 한구석에서 웅크 리고 있었다. 그녀는 체내의 원기가 점점 사라져가고 있었지만 사람들 이 교봉을 에워싸고 있는 모습을 보자 그가 위험을 감수하고 의원에 게 치료를 청하기 위해 자신을 이곳까지 호송한 사실을 떠올렸다. 그 깊은 은덕을 어찌 다 갚을 수 있으랴! 그는 속으로 감격해하면서도 한 편으로는 초초했다. 그러다 교봉이 강철 방패를 돌려줄 때 담공이 뒤 에서 몰래 공격하는 걸 보고 큰 소리로 경고를 했던 것이다.

담파가 벌컥 화를 냈다.

"그래, 이 못된 계집애 같으니! 우리가 죽이지 않고 살려줬더니 오 히려 저놈을 도와줘?"

그녀는 신형을 흔들 하더니 손날을 휘둘러 아주의 정수리를 내리쳐갔다.

담파가 내리친 이 일장이 아주의 정수리에서 반 척도 채 되지 않는 거리에 있을 때, 이미 몸을 날려 다가온 교봉은 담파의 등을 움켜잡고 사정없이 잡아끌어 옆에다 내동댕이쳤다.

"빠직!"

곧이어 화리목으로 만든 안락의자가 그녀에 부딪혀 박살나버렸다. 아주는 담파의 일격을 피할 수 있었지만 놀라서 얼굴이 새파랗게 질린 채 힘없이 쓰러져버렸다. 교봉이 깜짝 놀라 생각했다.

'체내의 진기가 쇠진됐구나. 이 상황에서 어찌 그녀에게 진기를 주입할 수 있단 말인가?'

설신의의 냉랭한 목소리가 들렸다.

"저 낭자의 진기는 곧 있으면 바닥날 것이다. 네가 내력을 주입시킬 테냐? 지금 저 숨이 끊어진다면 신선이라 해도 구하기 힘들 것이다."

교봉은 난처하기 짝이 없었다. 설신의가 한 말이 사실인 건 알지만 아주의 생명을 연장시키기 위해 자신이 손을 쓰려 한다면 옆에서 지켜보는 군웅이 한꺼번에 덤벼들 것이 분명했다. 저자들 중에는 아들을 잃은 자도, 친구를 잃은 자도 있으니 출수에 사정을 둘 리가 없다. 그러나 그녀가 숨이 끊어져 죽는 모습을 어찌 가만히 구경만 할 수 있겠는가?

위험을 무릅쓰고 아주를 취현장까지 호송해왔는데 만일 설신의의 치료도 받지 못하고 진기가 고갈돼 죽는다면 실로 애석하기 짝이 없는 일이 될 것이다. 그러나 지금 이 순간에 내력으로 진기를 주입한다는 것은 자신의 목숨과 그녀의 목숨을 맞바꾸는 결과가 되고 말 것이다. 아주는 길에서 우연히 만난 일개 계집에 불과할 뿐이며 그녀와는 어떤 교분도 없다고 할 수 있다. 애써 그녀를 구하고자 한 것은 의협심의 발로일 뿐이었다. 그런데 자신의 목숨을 그녀의 목숨과 맞바꿔야 한다는 건 지나치다고 할 수 있었다.

'최선을 다해 이 상황까지 온 것만 해도 이미 성의를 다한 것이니 그나마 떳떳하다고 할 수 있다. 내가 떠난 다음 설신의가 그녀를 살리고 안 살리고는 그녀의 운명에 맡기는 수밖에….'

그는 당장 땅바닥에 있던 원순 두 개를 집어들어 양손으로 연이어 대붕전시大鵬展翅 초식을 펼쳐나갔다. 두 무리의 백광이 바깥쪽을 향해 거침없이 출렁이며 대청 입구를 향해 덮쳐갔다.

숫자가 훨씬 많았던 군웅은 교봉의 초식에 워낙 살기가 넘쳤고 이 원순 한 쌍이 워낙 무시무시했던 터라 그가 원순으로 초식을 펼쳐낸 반경 1장 주변에는 그 누구도 접근할 수 없었다.

교봉이 대청 입구로 몇 걸음 뛰쳐나가 오른발로 문지방을 넘어서려 할 때 노쇠하고도 참담한 목소리의 누군가가 큰 소리로 외쳤다.

"저 계집부터 죽이고 나서 원수를 갚자!"

그건 바로 철면판관 선정이었다. 그의 아들 선백산이 답했다.

"네!"

그는 칼을 들어 아주의 정수리를 향해 내리찍어갔다.

교봉이 깜짝 놀라 더 생각할 겨를도 없이 왼손에 들고 있던 원순을 날렸다. 원순은 뱅글뱅글 돌며 날아가는데 그 기세가 매섭기 짝이 없었다. 주변의 일고여덟 명이 일제히 소리쳤다.

"조심해!"

선백산이 황급히 칼을 들어 막았지만 원순을 던진 교봉의 힘은 상상을 초월할 정도로 강맹했고 원순의 가장자리 날이 얼마나 예리했던지 써억 소리를 내며 선백산을 칼과 함께 반으로 갈라버렸다. 원순이 여세를 몰아 샤샥 소리와 함께 다시 대청의 기둥을 베어버리자 지붕 위에서 기와 파편 가루들이 후두두둑 쏟아져 내렸다.

선정과 남은 세 아들은 비분강개하며 미친 듯이 부르짖었지만 교봉의 위엄 있는 자태 앞에서 감히 공격할 생각을 하지 못하고 옆에 있던 예닐곱 명과 함께 아주를 향해 덮쳐갔다.

교봉이 욕설을 퍼부었다.

"뻔뻔스럽기 그지없구나!"

이 말을 하면서 연이어 휘휘휘휙 사장을 내뻗어 아주에게 향하던 자들을 모두 격퇴시키고 재빨리 달려가 왼팔로 아주를 감싸안은 채 원순을 들어 그녀를 보호했다.

아주가 나지막이 말했다.

"교 대협, 저… 전 틀렸어요. 전 상관 마시고 어… 어서 빨리 여길 떠나세요."

교봉은 군웅이 공도公道를 저버리고 아주같이 사경에 이른 연약한 여인에게 떼로 달려들어 덮치려 하는 것을 보고 분기탱천한 나머지 큰 소리로 호통을 쳤다.

"이리된 이상 저들을 절대 살려둘 수 없소. 함께 죽으면 그뿐이오!"

그는 오른손으로 장검 한 자루를 뺏어 들어 찌르고, 깎고, 베고, 내리쳐가며 밖을 향해 돌진해나갔다. 그는 왼손으로 아주를 안고 있어 행동에 제약이 있었던 데다 혼자서 한 손만 가지고 싸우려다 보니 지

극히 불리한 상황이었지만 그에게는 이미 생사 같은 건 안중에도 없었다. 그가 장검을 미친 듯이 휘둘러대며 고작 두 걸음을 내딛었건만 돌연 등 뒤에 통증이 느껴졌다. 누군가의 일도에 베이고 만 것이다.

교봉이 발을 뒤로 내질러 그자를 1장 밖으로 날려버리자 다른 누군가와 부딪히면서 두 사람 모두 즉사해버렸다. 바로 그때 교봉의 오른쪽 어깨가 창에 찔리고 이어서 오른쪽 가슴은 누군가의 일검에 찔려버렸다. 그는 큰 소리로 포효를 했다. 이 소리는 마치 마른하늘에 벼락이 치는 듯 엄청난 괴성이었다.

"나 교봉은 자결을 할지언정 쥐새끼들 손에는 죽지 않는다!"

그러나 이때 군웅 역시 화가 나 있을 대로 나 있는 상황인데 어찌 자결을 하게 놔둘 수 있겠는가? 곧바로 10여 명이 한꺼번에 달려들었다. 교봉은 신비한 위력을 발휘하며 별안간 오른손을 내뻗어 현적의 가슴에 있는 단중혈을 움켜쥐고 그를 하늘 높이 들어올렸다. 군웅이 비명을 지르며 자신들도 모르게 뒤로 몇 걸음 물러섰다.

고강한 무공을 지니고 있던 현적이었지만 요혈을 잡히니 전신이 마비되며 꼼짝도 할 수 없었다. 그는 자신의 목이 원순의 날 끝에서 불과 1척 남짓한 거리에 놓여 교봉이 왼팔을 밀거나 오른팔을 놓으면 곧 자신의 목이 잘려나갈 것으로 보이자 자기도 모르게 장탄식을 하며 두 눈을 질끈 감았다.

교봉은 등과 오른쪽 가슴, 오른쪽 어깨 세 곳의 상처가 마치 불에 타는 듯 아파왔다.

"내가 연마한 무공은 모두 소림에서 나온 것이다. '물을 마시며 그 근원을 생각한다'는 말이 있듯이 난 아직 근본을 잊지 않고 있다. 한데 내 어찌 소림 고승을 살육할 수 있겠는가? 나 교봉은 오늘 죽을 목숨인데 한 명 더 죽여야 무슨 이득이 있단 말이냐?"

그는 곧 현적을 바닥에 내려놓고 손가락으로 혈도를 풀어주며 큰 소리로 말했다.

"난 소림 고승을 죽이지 않았다! 어서 날 죽여라!"

군웅은 서로의 얼굴을 쳐다보다 그의 호탕한 기개에 마음이 움직여 순간 아무도 나서서 손을 쓰는 이가 없었다. 이런 생각까지 하는 이도 있었다.

'그가 현적조차 해치길 원치 않는데 어찌 자신의 은사인 현고대사를 죽일 수 있었겠는가?'

그러나 두 아들을 그에게 잃고 상심해 있던 철면판관 선정은 감정이 복받친 나머지 호통을 치며 칼을 들고 나아가 교봉의 가슴을 향해 찔러갔다.

교봉은 스스로 중상을 입고 있다는 사실을 알기에 더 이상 포위를 뚫고 나갈 방법이 없어 그 자리에 선 채 꼼짝도 하지 않았다. 삽시간에 수많은 생각이 뇌리를 스치고 지나갔다.

'난 도대체 거란인인가, 아니면 한인인가? 내 부모와 사부님을 죽인 자는 누구일까? 난 평생 인의를 행하며 살아왔는데 오늘 내가 어찌 아무 연고도 없이 이 수많은 영웅을 해쳤을까? 난 아주를 구하겠다는 일념 하나로 여기 왔건만 억울하게 목숨을 잃게 됐으니 이 어찌 우둔하기 짝이 없는 행동으로 천하 영웅들의 웃음거리가 되는 일이 아니던가?'

선정의 까무잡잡한 얼굴이 왜곡된 형태로 보이자 교봉은 두 눈을 부릅떴다. 꼿꼿이 선 칼이 자신의 가슴을 향해 찔러오는 것을 보자 교봉은 하늘을 바라보며 큰 소리로 외쳤다. 그 소리는 마치 이리의 울부짖음과 호랑이의 포효 같아서 가슴 가득 복받친 설움을 억제할 수 없다는 외침으로 들렸다.

20

안문관 절벽의 흔적은 지워지고

교봉이 깜짝 놀라 고개를 돌려보니 산비탈 옆의 꽃나무 한 그루 밑에
아름다운 소녀가 서 있었다.
담홍색 옷을 입은 소녀는 입가에 미소를 띤 채 다정한 눈길로 자신을
응시하고 있었다.
다름 아닌 아주였다.

선정은 고막이 터질 듯한 분노의 포효 소리를 듣고 순간 머리가 핑 돌면서 다리가 후들거려 제대로 서 있을 수가 없었다. 군웅 역시 자기도 모르게 몇 발짝씩 뒤로 물러섰다. 선소산이 옆에서 달려들어 칼을 세우고 찔러갔다.

그의 칼끝이 교봉의 가슴에서 불과 1척이 채 되지 않는 거리에 있었지만 교봉은 저항할 의지가 전혀 없었다. 개방의 오 장로와 송 장로 등도 눈을 감은 채 더 이상 보지 않았다.

이때 갑자기 허공에서 휙 소리가 나며 누군가 훌쩍 뛰어내려오는데 그 기세가 유난히 급해서 때마침 선소산의 강도鋼刀 위에 그대로 부딪쳤다. 선소산은 그 힘을 이기지 못하고 팔을 아래로 떨어뜨렸다. 군웅은 일제히 놀라서 고함을 질렀다. 그때 허공에서 다시 한 사람이 떨어지는데 머리가 땅에, 다리는 하늘을 향한 채 무서운 속도로 떨어졌다. 쿵 하는 소리와 함께 정확히 선소산의 머리 위로 떨어지며 두개골 대 두개골이 부딪쳐 두 사람은 동시에 머리가 박살나버렸다.

군웅은 그제야 앞뒤로 떨어진 두 사람이 누군지 볼 수 있었다. 그들은 교봉의 도주를 막기 위해 지붕을 지키고 있던 무사들이었지만 오히려 누군가에게 잡혀 암기로 이용된 것이었다. 대청 안은 일제히 소요가 일어나 군웅이 놀라서 소리를 질러대기 시작했다. 이때 갑자기

지붕 한쪽에서 기다란 밧줄이 하나 내려왔다. 밧줄의 힘은 맹렬하기 이를 데 없어 군웅의 머리를 향해 횡으로 쓸리듯 다가오자 모두들 손에 쥔 무기로 막기에 급급했다. 그 긴 밧줄 끝은 돌연 방향을 바꿔 교봉의 허리를 감아 들어올렸다.

그때 교봉은 상처 세 곳에서 피가 콸콸 쏟아지고 있었고 아주를 안은 왼손은 이미 전혀 힘이 없어 긴 밧줄에 감기자 아주를 떨어뜨리고 말았다. 사람들은 긴 밧줄의 한쪽 끝이 흑의를 입은 대한인 것을 알게 됐다. 지붕에 서 있던 건장한 체구의 대한은 얼굴에 검은색 복면을 한 채 두 눈만 드러내놓고 있었다.

그 대한은 왼손으로 교봉을 안아 옆구리에 끼고 긴 밧줄을 내려뜨려 대문 밖에 꽂혀 있던 깃대를 휘감았다. 군웅은 큰 소리로 함성을 지르며 삽시간에 강표와 수전, 비도, 철추, 비황석飛蝗石, 솔수전甩手箭 등 각양각색의 암기를 교봉과 그 대한을 향해 쏘기 시작했다. 그 흑의의 대한은 긴 밧줄을 당겨 유유히 날아오르더니 기두旗斗에 사뿐히 내려앉았다.

텅텅, 픽픽, 칙칙 하는 소리가 끊임없이 이어지며 수십 발의 암기가 기두 위로 쏟아졌다. 밧줄이 기두로부터 던져져 8~9장 밖에 있는 커다란 나무를 향해 휘감자 그 대한은 교봉을 옆에 끼고 기두에서 벗어나더니 순식간에 그 나무를 넘어 깃대에서 10여 장 밖으로 사뿐히 내려앉았다. 그리고 다시 밧줄을 휘두르자 더 멀리 있는 커다란 나무를 휘감았다. 이렇게 나무 몇 그루를 오르내리자 순식간에 시야에서 사라져버렸다.

군웅은 너무 놀란 나머지 서로의 얼굴만 쳐다볼 따름이었다. 그때 말발굽 소리가 점차 멀어져가며 다시는 추격할 수가 없는 지경에 이르렀다.

　교봉은 중상을 입긴 했지만 정신만은 멀쩡해서 그 대한이 밧줄로 자신을 구해내는 일거일동을 두 눈으로 똑똑히 목격했다. 그는 목숨을 구해준 은혜를 절감하면서 생각했다.

　'저 정도 정확성과 힘으로 밧줄을 휘두르는 건 나도 할 수 있지만 저 긴 밧줄을 무기로 삼아 수십 명을 동시에 공격하다니… 연편 무공인 천녀산화天女散花는 나도 저 정도까지 구사하지 못하지 않는가?'

　흑의의 대한은 그를 말 등에 걸쳐놓은 다음 같은 말에 올라타 북쪽을 향해 내달렸다. 대한은 금창약을 꺼내 교봉의 상처 부위 세 곳에 발라주었다. 교봉은 피를 너무 많이 흘린 나머지 극도로 쇠약해져 몇 번이나 혼절할 뻔했다. 그러나 그때마다 심호흡을 하면서 내식을 돌려 정신을 차릴 수 있었다. 그 대한은 서북쪽을 향해 계속 말을 몰았다. 한참을 달리자 길은 점점 험난해졌고 나중에는 아예 길이 없었다. 말은 어지럽게 널려 있는 돌 더미 속을 아주 힘들게 나아갔다.

　다시 반 시진을 더 가다 말이 더 이상 갈 수 없는 곳에 이르자 대한은 두 손으로 교봉을 옆으로 안고 말에서 내려 산봉우리 위의 울창한 숲속을 향해 올라갔다. 교봉은 몸무게가 꽤 나갔지만 그 대한은 그를 안고도 전혀 힘들어하지 않는 것 같았다. 아주 가파른 곳을 오르는데도 마치 나는 듯이 뛰어올라갔다. 나중에는 발 디딜 곳조차 없는 험난한 절벽 몇 곳도 그 대한은 깃 밧줄을 휘둘러 협곡 건너편에 던져 나무를 휘감아 훌쩍 뛰어넘어갔다. 흑의 대한은 협곡 여덟 곳을 건너 길을 따라 밑으로 내려가다 하늘이 보이지 않는 아주 깊은 골짜기 안으로 들어가더니 결국 걸음을 멈추고 교봉을 내려놓았다.

교봉이 간신히 몸을 일으키고는 말했다.

"이 크나큰 은혜에 어찌 감사의 말씀을 드려야 할지 모르겠군요. 부디 이 교봉한테 은공의 진면목을 보여주시길 부탁드립니다."

그 대한은 수정처럼 밝게 빛나는 눈으로 그의 얼굴을 요리조리 훑어보다가 한참 후에 말했다.

"동굴 안에 보름 치 식량이 있으니 여기서 요양 좀 하시오. 적들은 올 수 없을 것이오."

교봉이 답했다.

"예!"

대답을 마치고 생각했다.

'목소리를 들어보니 나이가 적은 것 같지는 않구나.'

그 대한은 다시 교봉을 한참 동안 바라보다 갑자기 오른손을 휘둘러 찰싹 소리와 함께 그의 뺨따귀를 후려쳤다. 이때 그의 출수는 상상을 초월할 정도로 빨랐다. 교봉은 첫째, 그가 자신을 때릴 것이라고는 생각지도 못했고 둘째, 그의 일장이 고명하기 이를 데 없어 피할 방법이 없었다.

그 대한이 두 번째 뺨따귀를 후려치는데 그 양 장 사이의 속도는 그야말로 전광석화처럼 빨랐다. 하지만 그 정도 여유에 교봉이 어찌 다시 맞을 수 있겠는가? 그러나 그는 생명의 은인이었기에 그와 대적하고 싶지 않았고 또 몸을 피할 힘도 없었다. 해서 왼손 식지를 뻗어 그의 손바닥을 가리키며 자신의 뺨 옆에 가져다 댔다.

이 식지가 가리키는 곳은 바로 그 대한의 손바닥에 있는 노궁혈勞宮穴이었다. 그가 손바닥을 휘둘러 뺨을 치면 손바닥이 교봉의 뺨에 미치기 전에 요혈이 먼저 손가락에 닿게 될 상황이었다. 그 대한은 손바닥을 교봉의 뺨에 1척이 채 되지 않는 곳에서 뒤집어 손등으로 그를 후려갈겼다. 이때 그의 변초는 놀라울 정도로 빨랐다. 그러나 교봉 역시 매우 신속하게 손가락을 바꿔 손가락 끝을 그의 손등 위에 있는 이간혈二間穴에 가져다 댔다.

그 대한은 길게 웃음 짓더니 오른손을 거두고 왼손을 횡으로 베어갔다. 교봉이 왼손 손가락을 뻗어내 손가락 끝이 이미 그의 손바닥 가장자리에 있는 후계혈后谿穴을 겨냥했지만 그 대한은 별안간 손목을 들어올리는데 그 기세가 약해지지 않았다. 교봉이 적시에 손가락을 옮겨 손바닥 가장자리에 있는 전곡혈前谷穴을 향했다. 순식간에 그 대한의 쌍장이 춤을 추듯 움직이며 연달아 10여 차례에 걸친 변초를 거듭하자 교봉은 공격은 하지 못하고 손가락으로 그의 손바닥이 날아와 부딪칠 것으로 예상되는 혈도를 가리키며 수비만 할 수밖에 없었다. 결국 그 대한은 맨 처음 예상치 못한 일장을 날려 뺨을 후려친 이후 다시는 때리지 못했다. 두 사람은 허초虛招를 주고받으며 당대에 보기 드문 상승무공을 펼쳤다.

그 대한이 스무 번째 초식을 펼칠 때 교봉은 비록 중상을 입은 몸임에도 불구하고 여전히 변초가 빨라 상대의 혈도를 정확히 파악하고 있었다. 별안간 대한이 손을 거둔 후 뒤로 훌쩍 물러났다.

"자네란 사람은 정말 우매하기 짝이 없군. 자네를 구하는 게 아니었어!"

"은공께서 가르침을 내려주십시오."

대한이 대뜸 욕을 퍼부었다.

"정말 형편없는 놈이로다! 이토록 천하무적의 무공을 연마해놓고 어찌 일개 피골이 상접한 계집애를 위해 아까운 목숨을 버리려 한 것이냐? 그 계집은 너와 아무 연고도 없고, 은혜와 의리가 있는 사이도 아니며, 그렇다고 천하절색인 미인도 아닌 그저 비천한 시녀에 불과한 계집이 아니더냐? 천하에 그런 바보가 어디 있단 말이냐?"

교봉이 한숨을 크게 내쉬었다.

"은공 말씀이 옳습니다. 저 교봉이 아직 쓸데가 있는 몸인데 그런 경솔한 행동을 한 건 타당치 않은 일이라 할 수 있습니다! 순간의 분노를 참지 못한 나머지 호기가 발동했던 것이지만 이 역시 제가 숙고하지 못한 탓입니다."

그 대한이 말했다.

"하하하… 호기가 발동해 그런 것이로군!"

그는 하늘을 향해 큰 소리로 한참 동안이나 웃었다.

교봉은 그의 웃음소리 속에 슬픔과 분노가 가득해 있음을 느끼고 아연실색하지 않을 수 없었다. 별안간 대한이 몸을 뒤로 빼 훌쩍 날리더니 수 장 밖으로 날아가버렸다. 곧이어 신형이 흔들 하는가 싶더니 이미 커다란 바위 뒤로 모습을 감추었다. 교봉이 소리쳤다.

"은공! 은공!"

그러나 그는 연이어 몸을 날려가며 협곡을 돌아나가 아주 먼 곳으로 사라져버렸다. 교봉은 앞으로 성큼 한 걸음 나아가려다 몸이 비틀하면서 넘어질 뻔하자 재빨리 손을 뻗어 바위벽에 기댈 수밖에 없었다.

정신을 차리고 몸을 돌려 걸어가니 과연 석벽 뒤에 동굴이 하나 보였다. 그는 바위벽에 몸을 의지해 천천히 동굴 안으로 들어갔다. 안에는 익힌 고기와 볶은 쌀, 대추, 땅콩, 어포 같은 말린 식량들이 적지 않게 놓여 있었다. 그 밖에도 술 항아리가 하나 있었는데 항아리 뚜껑을 열자 술 향기가 코끝을 찔렀다. 그는 당장 손을 단지에 넣어 한 손으로 퍼서 마셨다. 감미롭기 그지없는 술맛으로 봐선 극히 상등품 술이었다. 그는 속으로 감격해 마지않았다.

'이토록 주도면밀할 수가 있을까? 내가 술을 좋아하는 걸 미리 알고 이곳에 술까지 준비해놨을 줄이야. 그토록 험한 산길로 이 큰 항아리를 들고 왔다니 얼마나 힘이 들었을까?'

대한이 발라준 금창약은 어찌나 영험한지 피는 벌써 멈추었고 몇 시진이 지나자 통증도 거의 가라앉았다. 심후한 내공을 지닌 건장한 몸에 외상만 입었던 터라 상처가 가볍지는 않았지만 이레에서 여드레 정도 지나자 거의 아물었다.

이 기간 동안 그가 생각한 건 오로지 두 가지뿐이었다.

'날 해친 원수는 누구일까? 그리고 날 구한 그 은공은 또 누구일까?'

그는 그 두 사람의 무공 실력이 매우 뛰어나서 자신보다 못하지 않을 것이라 짐작했다. 무림 중에 그 정도 솜씨를 가진 자는 손가락으로 꼽을 수 있을 정도로 적어 일일이 헤아릴 수 있었지만 이리저리 생각해봐도 짐작이 가는 사람은 없었다. 원수는 직접 보지 못했으니 그렇다 쳐도 그 은공은 자신과 20초를 겨뤘기에 어느 문파 사람인지 짐작이라도 해야 마땅하지 않은가! 하지만 그의 일초 일식은 특이한 점 없이 모두 평범했다. 물론 화려하지 않은 소박함 속에 대단한 실력이 느껴지기는 했다. 마치 자신이 취현장에서 펼친 태조장권처럼 초식만 가지고는 자신의 신분 내력을 절대 내보이지 않았던 것이다.

술 항아리는 처음 이틀 만에 이미 바닥까지 모두 비웠던 터라 스무날 째가 되면서 상처 부위도 7, 8할가량 나았다고 느껴지자 술 생각이 간절해 더 이상 참을 수가 없었다. 그는 험준한 협곡을 건너가는 정도는 문제 될 게 없다 생각해 곧바로 동굴에서 나와 산 넘고 물을 건너 다시 강호에 발을 들였다.

그는 이런 생각이 들었다.

'아주가 놈들 수중에 있으니 놈들이 죽일 생각이었다면 이미 목숨을 잃었을 것이다. 살아 있다 해도 더 이상 내가 관여할 바는 아니지. 지금 나한테 가장 긴한 일은 내가 도대체 어떤 사람인지 밝혀내는 것이다. 아버지, 어머니, 사부님께서 하루아침에 모두 돌아가시고 안 계시니 내 출신 내력에 대한 수수께끼는 더욱 밝히기 어려워졌다. 따라서 안문관 관외로 나가 그 석벽 위에 적힌 유문을 직접 봐야만 한다.'

결심이 서자 그는 서북쪽을 향해 길을 나섰다. 한 마을에 당도하자 우선 술부터 스무 잔 넘게 마셨다. 고작 사흘이 지났을 뿐인데 그나마 가지고 있던 은전 부스러기 몇 냥조차 술값으로 모두 거덜이 나고 말았다.

이 시기는 중원 땅을 차지하고 있던 송나라가 원풍元豊 연간이 지나면서 천하를 23로路로 구분했다. 도읍지인 대량大梁은 동경개봉부東京開封府로 불렸으며 낙양洛陽은 서경하남부西京河南府, 송주宋州는 남경南京, 대명부大名府는 북경北京으로 불리며 이를 사경四京이라 일컬었다. 교봉은 이때 경서로京西路의 여주汝州에 있었는데 양현梁縣이란 마을에 당도했을 때 가지고 있던 은자가 모두 거덜나버렸던 것이다. 그는 그날 밤 현아懸衙로 잠입해 관창에서 은자 수백 냥을 훔쳐온 다음 그 돈으로 돌아오는 길에 실컷 먹고 마실 수 있었다. 닭과 오리, 생선, 고기, 고량주 등은 모두 송나라 관아에서 그에게 사준 셈이나 마찬가지였다. 그는 하루가 채 되지 않아 다시 하동로河東路의 대주代州에 도착했다.

안문관은 대주에서 북쪽으로 30리 떨어진 곳에 있는 안문험도雁門險道에 있었다. 교봉은 과거 강호를 떠돌던 시기에 와본 적이 있긴 했지만 당시에는 긴한 일이 있어 급히 왔다 가느라 특별히 관심을 두지 않았던 기억이 있다. 그가 대주에 당도한 시각은 이미 오시 무렵이었다. 그는 성내에서 끼니를 때우며 열 사발 넘는 술까지 마시고 성을 빠져나와 다시 북쪽으로 향했다.

그는 걸음을 재촉해 30리 길을 반 시진도 안 되는 시간에 주파했다. 산에 이르니 보이는 건 바위로 가득한 우뚝 솟은 산봉우리뿐, 그 가운데 길이 꼬불꼬불 험하게 나 있어 험준하기 이를 데 없었다. 그는 이런 생각을 했다.

'기러기가 남쪽에서 노닐다 북쪽으로 돌아갈 때 고봉을 넘기 힘들어 두 봉우리 사이를 뚫고 지나가야 한다고 해서 안문雁門이란 이름이 붙여진 것이 아니던가? 오늘 내가 남쪽으로부터 와서 석벽 위 글자를 통해 내가 거란인이란 것이 확실히 드러난다면 나 교봉은 이번에 안문관을 나선 이후 영원히 새북塞北 사람이 되는 것이니 다시는 관문 안쪽으로 들어오지 못할 것이다. 오히려 1년에 한번 남쪽으로 왔다가 자유롭게 북쪽으로 돌아가는 기러기만 못한 신세가 되겠구나.'

여기까지 생각하자 자기도 모르게 가슴이 쓰리고 아파왔다.

안문관은 송나라에 있어 북쪽 지역의 요지로 산서山西 지역 40여 관문 중 가장 견고한 곳이었다. 관문 밖으로 수십 리를 나가면 요나라 영토였기에 관문에는 늘 대군이 주둔하고 있었다. 교봉은 관문을 뚫고 지나간다면 관병들로부터 검문을 피할 수 없으리란 생각에 관서의 높은 봉우리를 돌아서 간 것이다.

봉우리 위에 오르자 사방이 한눈에 보였다. 번치산繁峙과 오태산五台山이 동쪽에 우뚝 솟아 있고, 영무산寧武山을 비롯한 여러 산들은 서쪽으로, 정양산正陽山과 석고산石鼓山은 남쪽에 서 있었으며, 그 북쪽은 삭주산朔州山과 마읍산馬邑山의 길고 가파른 비탈길이 끝없이 펼쳐져 있었다. 보일 듯 말 듯한 한림寒林은 왠지 스산한 정경으로 다가왔다. 교봉은 과거 안문관을 지날 때 함께 갔던 동료로부터 들은 얘기가 떠올랐다. 전국시대 때 조趙나라 대장 이목李牧과 한漢나라 대장 질도郅都가 안문에 주둔하면서 흉노의 침입을 막아냈다는 얘기였다. 만일 자신이 정말 흉노, 거란의 후예라면 천여 년 동안 중국을 침범한 사람들이 모두 자신의 조상들이었다는 말이 아닌가?

그는 북쪽의 지세를 살펴보다 생각했다.

'과거 왕 방주와 조전손 등은 안문관 밖에 매복해 거란 무사들을 기습할 때 주변 정세를 살필 수 있는 산비탈을 택했을 것이다. 왼쪽으로 10여 리 안에 지형이 가장 괜찮은 곳은 서북쪽에 있는 바로 저 산비탈밖에는 없다. 십중팔구 그들은 저기에서 매복을 했을 것이다.'

그는 곧바로 봉우리에서 밑으로 내달려 그 산비탈에 이르렀다. 별안간 가슴속에서 이유를 알 수 없는 크나큰 슬픔이 느껴졌다. 그때, 산비탈에 커다란 바위가 하나 보였다. 지광대사 말로는 중원의 군웅이 커다란 바위 뒤에 매복해 있다가 밖으로 독이 묻은 암기를 발사했다고 했는데 아무래도 그 바위 같았다.

산길에서 몇 보 바깥으로는 깊은 골짜기와 접해 있었지만 골짜기 안은 운무로 가득 차 밑바닥이 보이지 않았다.

'지광대사 말이 거짓이 아니라면 우리 어머니가 그들한테 죽임을 당한 후에 아버지가 바로 이곳에서 저 깊은 골짜기로 자결을 하려고 뛰어내리셨던 것이다. 아버지는 계곡으로 뛰어내린 후에 차마 나까지 데리고 죽을 수가 없어 날 위쪽으로 던져 왕 방주 몸 위에 떨어뜨리신 거지. 그… 그런데 그분께서 석벽 위에 무슨 글을 썼다는 거지?'

고개를 돌려 오른쪽 바위벽 위쪽을 바라다보니 자연적으로 생긴 것으로 보이는 평평하고 매끈한 벽이 있었다. 정중앙의 널따란 바위 위에 지나치게 다듬어진 흔적이 명확하게 보였다. 누군가 고의로 적혀 있던 글자 흔적을 지워버린 것이다.

교봉은 석벽 앞에 멍하니 선 채 끓어오르는 노기를 금할 길 없었다. 칼을 휘두르고 손을 들어 마구 누군가를 죽이고 싶을 뿐이었다. 그러다 갑자기 떠오르는 생각이 있었다.

'개방을 떠날 때 선정의 강철 단도를 두 동강 내면서 맹세했었지. 내가 한인이어도 좋고 거란인이어도 좋지만 절대 한인은 죽이지 않겠다고 말이야. 하지만 난 취현장에서 얼마나 많은 사람을 죽였던가? 지금 또 누군가를 죽이겠다고 생각한다면 이 어찌 나 스스로 한 맹세를 어기는 일이 되지 않겠는가? 에이. 일이 이리됐으니 내가 먼저 손을 쓰지 않는다면 남들이 날 죽일 것이다. 속수무책으로 죽음을 기다리며

남에게 유린당한다면 어찌 사내대장부라 할 수 있는가?'

천 리 길을 내달려온 것은 자신의 출신 내력을 알아내기 위함이었지만 아무런 성과도 얻지 못했다. 그는 점점 더 화가 치밀어오르기 시작해 큰 소리로 외쳤다.

"난 한인이 아니다! 난 한인이 아니야! 난 거란인이야. 난 거란인이라고!"

이렇게 외치고는 손을 들어올려 연이은 일장으로 석벽을 베어갔다. 사방에 있는 산골짜기에서 메아리가 휘돌아나왔다.

"난 한인이 아니다! 난 한인이 아니야! … 난 거란인이야. 난 거란인이라고!"

석벽의 돌 부스러기가 사방으로 튀었다.

교봉은 가슴속의 울분을 참지 못하고 계속해서 석벽을 후려쳤다. 마치 한 달 남짓 받았던 갖가지 굴욕을 모조리 석벽에다 풀어버리려는 듯했다. 나중에는 손에서 피가 흘러내려 피 묻은 손자국이 석벽에 그대로 새겨질 정도였다. 그래도 그는 여전히 쉬지 않고 거침없이 후려쳤다.

한참 석벽을 후려칠 때 갑자기 등 뒤에서 청아한 목소리가 들렸다.

"교 대협, 몇 번만 더 치면 이 산봉우리를 모두 무너뜨리겠어요."

교봉이 깜짝 놀라 고개를 돌려보니 산비탈 옆의 꽃나무 한 그루 밑에 아름다운 소녀가 서 있었다. 그녀는 담홍색 옷을 입고 입가에 미소를 띤 채 다정한 눈길로 자신을 응시하고 있었다. 다름 아닌 아주였다.

그는 그날 그녀를 구하려고 출수를 한 것이지만 일시적인 분노를 참지 못한 나머지 정작 그녀 본인에 대해서는 신경조차 쓰지 못했다.

그 후 스스로 돌볼 겨를조차 없다 보니 그녀의 생사존망에 대해서는 더더욱 까맣게 잊고 있었는데 그녀가 이곳에 홀연히 나타날 줄은 전혀 몰랐다. 교봉은 몹시 놀랍고도 의아한 마음에 앞으로 달려가 그녀를 맞이하며 싱긋 웃었다.

"아주, 몸은 완쾌된 것이오?"

다만 이때는 미친 듯이 분노를 폭발시킨 후였던 터라 분노에서 기쁨으로 바뀐 그의 웃음이 억지웃음일 수밖에 없었다.

아주가 말했다.

"교 대협, 안녕하셨어요?"

그녀는 교봉을 한참 동안 응시하다 느닷없이 그의 품 안으로 덮쳐들어 울음을 터뜨렸다.

"교 대협, 제가… 여기서 닷새 밤낮을 기다렸는데 대협이 오지 않을까 너무 두려웠어요. 그… 그런데 역시 오셨어요. 하늘에 감사드려요. 아무 상처 없이 이렇게 무탈한 모습을 보니… 정말… 정말 좋아요. 정말요!"

그녀는 이 몇 마디를 띄엄띄엄 말했지만 그 말 속에는 기쁨과 안도감이 가득했다. 교봉은 그 말을 듣자 그녀가 자신에게 지대한 관심을 가지고 진심을 다해 자신의 안위를 염려했다는 느낌이 들어 가슴이 뭉클했다.

"어찌 여기서 닷새 밤낮이나 기다렸단 말이오? 내… 내가 여기 올걸 어찌 알고?"

아주는 천천히 고개를 들었다. 문득 자신이 한 남자의 품에 안겨 있다는 생각이 들자 자기도 모르게 만면에 홍조를 띠었다. 그녀는 별안간 몸을 돌려 달려가다 나무 뒤쪽으로 돌아갔다.

교봉이 소리쳤다.

"이보시오. 아주, 아주! 뭐 하는 거요?"

아주는 아무 대답도 하지 않았다. 그저 가슴이 끊임없이 요동치고 있다는 느낌만 들 뿐이었다. 한참 후에야 나무 뒤에서 모습을 드러낸 그녀의 얼굴은 여전히 부끄러운 기색으로 가득했다. 그녀는 순간 머뭇거리며 입을 열지 못했다. 교봉은 뭔가 이상한 기색의 그녀를 보고 부드러운 음성으로 말했다.

"아주, 말 못 할 사정이 있거든 기탄없이 말해보시오. 우리 두 사람은 환난지교로 생사를 함께해온 사이인데 거리낄 게 뭐 있다 그러시오?"

아주는 다시 얼굴을 붉게 물들이며 나지막이 말했다.

"없어요."

교봉은 그녀의 얼굴이 햇빛에 비치도록 천천히 그녀의 어깨를 돌렸다. 안색이 무척이나 초췌해 보이긴 했지만 창백한 얼굴 위로 은은하게 홍조를 띠고 있었다. 이미 그날 중상을 입었을 당시의 거무스름한 안색이 아니었다. 그는 손가락을 뻗어 그녀의 맥을 짚어보려 했다. 아주는 손목에 그의 손가락이 닿자 갑자기 온몸을 떨었다. 교봉이 물었다.

"왜 그러시오? 아직 불편한 곳이 있으시오?"

아주는 얼굴을 다시 붉히면서 다급하게 말했다.

"아니에요. 어… 없어요."

교봉은 그녀의 맥을 짚어보고 맥박이 평온하게 뛰는 데다 생기가 넘치는 느낌이 들자 입에서 찬탄이 쏟아져 나왔다.

"설신의의 의술은 정말 뛰어난 것 같소! 과연 명불허전이오!"

아주가 자초지종을 설명했다.

"다행히 대협의 좋은 벗인 백세경 장로가 자신의 전사금나수纏絲擒拿手 7초를 전수해주기로 약속한 덕분에 설신의한테 치료를 받을 수 있었어요. 더구나 그들에게 급한 건 그 흑의 선생의 행방이었어요. 제가 그대로 죽어버리면 아무것도 물어볼 수가 없잖아요? 나중에 상태가 조금씩 좋아지니까 매일 일고여덟 명이 와서 꼬치꼬치 따져물었어요. '교봉 그 악적이 너랑 무슨 관계지?' '놈이 어디로 도망간 거야?' '놈을 구한 그 흑의의 대한은 누구지?' 전 전혀 모르는 얘기들이었지만 제가 솔직히 모른다고 대답하면 저더러 거짓말이라고 하면서 밥도 주지 않고 고문을 하겠다고 협박했어요. 그래서 제가 꾸며낸 얘기를 할 수밖에 없었죠. 그 흑의 선생 얘기는 아주 황당하게 만들어냈어요. 오늘은 곤륜산에서 왔다고 했다가 내일이면 다시 동해에서 기예를 배우셨던 분이라고 하면서 말이에요. 그 사람들한테 말도 안 되는 소리를 해대는 게 얼마나 재미있었는데요."

여기까지 얘기한 아주는 며칠 동안 터무니없는 소리를 지껄이며 수많은 당대의 유명 영웅호걸을 희롱한 일들을 회상하면서 여전히 재미있다는 듯한 표정으로 갓 피운 봄꽃처럼 웃는 얼굴을 하고 있었다.

교봉이 빙긋 미소를 지었다.

"그들이 믿던가요?"

"믿는 사람도 있고 믿지 않는 사람도 있었어요. 대부분 반신반의했죠. 제 짐작으로는 그 흑의 선생의 내력에 대해서 아는 사람이 전혀 없었기에 내 말이 틀리다는 걸 증명할 수 있는 사람도 없었던 거예요. 그래서 제가 얘기를 갈수록 해괴망측하게 꾸며냈더니 나중에는 그자들이 아무런 반론도 제기 못하고 무서워서 벌벌 떨기만 하더라고요.”

교봉이 한숨을 푹 내쉬었다.

“그 흑의 선생의 내력에 대해서는 나도 알지 못하오. 당신이 아무렇게나 하는 말을 들으면 나 역시 반신반의할 것이오.”

아주가 이상하다는 듯 물었다.

“대협도 모르는 사람이라고요? 그럼 그 사람이 왜 위험을 감수하고 그런 호랑이 굴에 뛰어들어 대협을 구해낸 거죠? 음… 대협이라면 원래 위기에 빠진 사람을 구하는 게 맞기는 하죠.”

교봉이 한숨을 내쉬었다.

“누구를 향해 복수를 해야 할지 모르겠소. 또 누구에게 은혜를 갚아야 할지도 모르겠고 말이오. 나 자신이 한인인지 거란인인지도 모르겠고 내가 하는 행동이 맞는지 틀린지조차 모르겠소. 교봉! 교봉! 정말 넌 쓸데없는 놈이야!”

아주는 처절해 보이는 그의 손을 꽉 잡으며 위안을 했다.

“교 대협, 그렇게 자학할 필요 없어요. 모든 진실은 언젠가 밝혀질 거예요. 양심에 거리낌 없이 하늘을 우러러 부끄럽지 않게 행동하면 되는 거예요.”

“양심에 거리끼는 행동을 했기에 힘든 것이오. 그날 행자림에서 한인은 절대 죽이지 않겠다고 칼을 부러뜨려 맹세를 했소. 한데… 한데….”

“취현장의 그 사람들은 시비곡직도 따져묻지 않고 대협을 공격했어요. 반격을 하지 않았다면 아마 대협은 얼떨결에 수십 조각으로 난도질당해 죽고 말았을 거예요. 천하에 그런 도리는 없어요!"

"그 말도 일리가 있소."

그는 본래 모든 일에 능숙하게 대처할 능력이 있는 호한이었다. 순간적으로 비통에 잠겼지만 시간이 흐르자 모두 떨쳐버릴 수 있었다.

"지광대사와 조전손 말로는 이 석벽 위에 글자가 적혀 있다고 했는데 누가 지워버렸는지 모르겠소."

"맞아요. 전 대협이 안문관 밖에 나와서 이 석벽 위의 글자를 볼 거라고 짐작했어요. 그래서 그곳을 빠져나오자마자 여기 와서 대협을 기다렸던 거예요."

"어찌 빠져나올 수 있었소? 또 백 장로가 구해준 것이오?"

아주가 빙긋 웃으며 말했다.

"아니에요. 제가 소림사 화상으로 변장했었는데 기억하세요? 내부의 사형제들조차 알아보지 못했잖아요?"

"그렇소. 당신의 그 짓궂은 장난은 정말 훌륭했지."

"그날 제 부상이 거의 다 나으니까 설신의가 그랬어요. 더 이상 치료할 필요 없으니 7~8일 정도만 요양하면 완쾌된다고 말이에요. 근데 제가 만들어낸 그 엉터리 얘기가 점점 허점을 드러내기 시작한 데다 더 만들어내는 것도 싫증이 났어요. 대협 걱정도 됐고요. 그래서 그날 밤 누군가로 변장을 했죠."

"또 변장을 했다고? 누구로 변장을 했소?"

"설신의로 변장을 했어요."

교봉이 살짝 놀라며 말했다.

"설신의로 변장을 하다니 어찌 그럴 수가 있소?"

"설신의가 매일같이 절 보러 오면서 가장 많은 대화를 나누다 보니 그 사람 얼굴이나 태도에 익숙해지게 됐어요. 게다가 저랑 단둘이 있을 때가 많았죠. 그날 밤 제가 기절한 척하고 있으니까 설신의가 와서 제 맥을 짚으려 했어요. 그때 재빨리 손을 뻗어 그의 맥문을 움켜잡으니 꼼짝도 하지 못하기에 그때부터 제 마음대로 했죠."

교봉은 웃음을 참지 못하다 속으로 생각했다.

'설신의는 치료에 전념하느라 이 아가씨가 그런 수작을 부리리라곤 생각지도 못했겠지.'

"전 혈도를 짚은 다음 그의 옷과 신발을 모두 벗겼어요. 제 점혈 무공은 그리 고명하지 못해서 그가 스스로 혈도를 풀까 봐 걱정됐어요. 그래서 이불보를 찢어 그의 손발을 모조리 묶어버리고 침상에 눕힌 다음 다시 이불을 덮어버렸죠. 누가 창밖에서 보면 제가 이불을 뒤집어쓴 채 자는 줄로만 알고 아무도 의심을 못하게 만든 거예요. 전 그의 옷과 신발, 모자까지 그대로 착용하고 얼굴에 주름을 만들어 어느 정도 비슷하게 변장을 했는데 문제는 수염이었어요."

"음. 설신의 수염은 반백이라 가짜로 만들기가 쉽지 않았을 것이오."

"가짜로 만드는 게 비슷하지 않다면 진짜를 쓰는 게 낫죠."

교봉이 의아한 듯 물었다.

"진짜를 쓴다고?"

"그래요. 진짜를 쓰는 거예요. 전 그 사람 약상자에서 작은 칼을 하나 꺼내 그 사람 수염을 모조리 잘라 한 올 한 올 제 얼굴에다 붙였어요. 그랬더니 색깔이나 모양이 완전히 똑같은 거예요. 설신의는 속으로 죽도록 화가 났을 거예요. 하지만 달리 방법 있나요? 그가 절 치료한 건 진심에서 우러나온 게 아니니까 제가 그의 수염을 자른 것도 은혜를 원수로 갚았다고 볼 순 없는 거죠. 더구나 수염을 모두 잘라버리니까 열 살은 더 젊어 보이고 훨씬 잘생겨지기까지 했다고요."

여기까지 얘기하고 두 사람은 서로를 마주보며 크게 웃었다.

아주가 웃으면서 말을 이었다.

"제가 설신의로 변장한 다음 태연하게 취현장을 걸어나오니 당연히 그 누구도 감히 말을 붙이지 못했어요. 전 말을 준비하라고 지시하고 은자를 챙겨서 바로 빠져나왔죠. 그리고 취현장에서 30리 떨어진 곳에 이르러 수염을 떼어버리고 젊은 청년으로 변장했어요. 그 사람들은 아마 다음 날 새벽이 돼서야 발견했을 테죠. 하지만 오는 길에 계속 변장을 해서 아마 찾아내긴 쉽지 않을 거예요."

교봉이 손뼉을 치며 말했다.

"훌륭하오! 훌륭해!"

불현듯 소림사 보리원의 구리거울 속에 비친 자신의 뒷모습이 생각났다. 그때는 순간 멍해지고 어렴풋이 불안한 느낌이 들었던 기억이 있었다. 지금도 그녀가 변장으로 위기에서 벗어났다는 말을 듣자 또 갑자기 그때 그 불안감이 엄습해왔다. 오히려 그날 소림사에서 느꼈던 것보다 더욱 강렬하게 느껴졌던 것이다. 그는 중얼거리며 말했다.

"몸을 돌려보시오. 어디 좀 봅시다."

아주는 무슨 의도로 그러는지 몰랐지만 그의 말대로 몸을 돌렸다.

교봉은 한참을 주시하다가 겉옷을 벗어 그녀 몸에 덮어주었다.

아주는 얼굴이 빨갛게 달아올라 고개를 돌려 부드러운 눈빛으로 바라봤다.

"전 안 추워요."

교봉은 자신의 겉옷을 입은 그녀 모습을 보고 갑자기 등골이 오싹해졌다. 그는 손을 뻗어 그녀의 손목을 꽉 움켜쥐고 버럭 화를 냈다.

"너였구나! 누구 지시를 받았는지 어서 말해!"

이주는 깜짝 놀라 떨리는 목소리로 말했다.

"교 대협, 무슨 말이에요?"

"네가 나로 변장해서 날 사칭한 적이 있었다. 그렇지?"

이때 그는 불현듯 떠오르는 생각이 있었다. 그날 무석에서 개방 형제들을 구하러 갈 때 길에서 누군가의 뒷모습을 본 적이 있다. 그때는 마음에 두지 않았지만 보리원 구리거울 안에서 자신의 뒷모습을 보고 나서야 어렴풋이 생각이 났다. 그 사람의 뒷모습과 자신의 뒷모습이 너무도 똑같았던 것이다. 그때 느낀 불안감은 바로 그것 때문이었지만 뭔지 확실치가 않아 여태껏 무엇 때문인지 알 수가 없었다.

그날 개방 형제들을 구하러 갔을 때에도 모두들 위기에서 이미 빠져나온 상태였고 그 전에 그를 봤다고 입을 모아 말하지 않았던가! 한사코 부인하긴 했지만 모두들 그 말을 믿지 않는 듯한 눈치였다. 당시에는 영문을 알 수 없어 누군가 자신을 사칭했다고만 생각했을 뿐 다른 이유가 없을 것이라 믿었다. 하지만 자신을 사칭한다 해도 평소에 수시로 얼굴을 마주했던 백세경과 오 장로 등까지 알아보지 못하다니 그게 어디 쉬운 일이던가? 이제 자기 겉옷을 입은 아주의 뒷모습을 보자 앞뒤 상황이 확실해지면서 문득 뭔가를 깨닫게 된 것이다. 지금은 아주가 목화솜을 몸에 붙여 변장한 상태가 아닌지라 이 깡마른 소녀의 뒷모습과 그의 건장한 뒷모습이 전혀 다를 수는 있겠지만 자신을 사칭해 개방 형제들을 속였다는 건 천하에 그녀 외에 그럴 수 있는 사람은 없다 할 수 있었다.

아주는 전혀 당황하지 않고 호호하고 웃었다.

"좋아요. 자백하는 수밖에…."

그녀는 곧 자신이 어떻게 그의 모습으로 변장을 했으며 해약으로 어찌 개방 군호를 구했는지 있는 대로 말해주었다.

교봉은 그녀의 손목을 놓고 벌컥 화를 냈다.

"날 가장해 사람을 구한 의도가 무엇이오?"

아주는 놀라면서도 의아해하는 얼굴로 말했다.

"그냥 장난으로 그런 거예요. 대협이 서하인들 손에서 저와 아벽을 구해주셔서 저희들은 그에 대해 감사의 마음을 지니고 있었어요. 더구나 전 그 걸개들이 대협한테 너무 함부로 대하기에 교 대협으로 변장해 중독된 몸을 해독해주고 스스로 부끄럽게 여기도록 만드는 것도 괜찮겠다 생각했던 거예요."

그녀는 한숨을 내쉬고 다시 말했다.

"그런데 그런 사람들이 취현장에서도 그날의 은덕을 몽땅 잊고 여전히 당신한테 그토록 악독하게 굴 줄 누가 알았겠어요?"

교봉의 안색은 점차 준엄해졌다. 그는 이를 악물고 말했다.

"그럼 왜 날 사칭해 우리 부모를 죽이고 왜 소림사에 잠입해 내 사부님을 죽였소?"

아주가 발을 동동 구르며 소리쳤다.

"그런 적 없어요! 제가 당신 부모와 사부님을 죽였다고요? 누가 그래요?"

"우리 사부님께서 누군가에게 공격을 받은 후에 날 보자마자 내가 독수를 썼다고 말씀하셨소. 당신이 아니면 그럼 누구란 말이오?"

그는 여기까지 말하고 오른손을 천천히 들었다. 그의 얼굴은 살기로 가득해서 그녀가 적당한 대답을 하지 못하면 그 손으로 당장이라도 후려칠 기세였다. 그럼 아주가 한 명이 아니라 열 명이라 해도 그 자리에서 즉사해버리고 말 것이다.

아주는 그의 살기로 가득한 표정과 노기로 이글거리는 눈빛을 보고 너무도 무서운 나머지 뒤로 두 걸음 물러섰다. 다시 두 걸음만 더 뒤로 물러나면 그녀는 천 길 낭떠러지 밑으로 떨어지고 말 상황이었다.

교봉이 강경한 목소리로 호통을 쳤다.

"잠깐! 움직이지 마시오!"

아주는 너무 놀라 눈물을 뚝뚝 흘리며 떨리는 목소리로 말했다.

"전… 당신 부모님을 죽이지 않았어요. 당… 당신 사부님도 죽이지 않았고요. 그렇게 굉… 굉장한 실력을 지닌 사부님을 제가 어찌 죽일 수 있겠어요?"

그녀의 마지막 두 마디 말은 매우 설득력이 있어서 교봉이 그 말을 듣고 순간 흠칫 놀랐다. 당장 자신이 괜한 오해를 했음을 알고 왼손을 전광석화처럼 뻗어내 그녀의 어깨를 감싸안아 석벽 쪽으로 끌어당겼다. 그녀가 실족이라도 해서 골짜기 아래로 떨어지는 사태를 방지하기 위해서였다.

"그렇소. 우리 사부님께서 당신한테 죽었을 리 없지."

그의 사부 현고대사는 현자, 현적, 현난 같은 여러 고승들의 사형제로 무공에 조예가 깊어 이미 당대 일류 경지에 이르러 있었다. 그가 목숨을 잃게 된 건 중독이 된 것도 아니고 무기나 암기에 의해 부상을 입은 건 더더욱 아니었다. 다름 아닌 무섭기 짝이 없는 장력에 의해 오장육부가 터졌던 것이다. 장력으로 현고대사에게 상해를 입힐 수 있는 사람은 당대에 손을 꼽을 정도였고 그중 절반은 소림사 내부에 있었으니 이 아주 같은 젊은 소녀가 어찌 그런 심후한 내력이 있다 할 수 있겠는가? 만일 아주의 내력이 현고대사를 죽음에 이르게 만들 정도가 됐다면 현자의 대금강권에 맞고 사경을 헤매는 지경에까지 이르지는 않았을 것이다.

아주는 눈물을 닦아내고 빙그레 웃으면서 가슴을 팍팍 쳤다.

"하마터면 놀라서 죽을 뻔했잖아요. 어쩌면 그렇게 이치에 맞지 않는 말씀을 하세요? 제가 대협 사부님을 죽일 실력이 있으면 취현장에서 대협을 도와 그 못된 놈들을 죽여버리지 않았을까요?"

교봉은 살짝 화를 내는 척하는 그녀를 보자 겸연쩍은 마음을 감출 수 없었다.

"요 며칠 동안 정신이 오락가락해서 헛소리까지 나올 정도였으니 너무 나무라지 마시오."

아주가 웃으며 말했다.

"누가 나무란대요? 나무랄 생각이 있었으면 말도 안 했을 거예요."

그녀는 웃음을 거두고 부드러운 목소리로 말했다.

"교 대협, 절 어찌 생각하시든 간에 전 평생, 영원히 대협을 나무라지 않을 거예요."

이 말을 하면서 천천히 그의 몸에 기댔다.

교봉이 고개를 가로저으며 담담하게 말했다.

"당신을 구한 적이 있긴 하지만 군이 마음에 담아놓을 것 없소."

이 말을 하고는 이맛살을 찌푸리며 넋을 잃은 채 멍하니 있다 대뜸 물었다.

"아주, 당신의 그 역용술은 누구한테 전수받은 거요? 당신 사부한테 다른 제자가 있소?"

아주가 고개를 가로저으며 말했다.

"가르쳐준 사람 없어요. 어릴 때부터 다른 사람 모습으로 분장하고 노는 걸 좋아했는데 놀면 놀수록 점점 비슷해졌을 뿐이에요. 근데 무슨 사부가 있겠어요? 노는 일에도 사부를 모셔야 하나요?"

그녀는 문득 교봉 품 안에 있었다는 사실을 느끼고 안 되겠다 싶었는지 천천히 뒤로 두 걸음 물러섰다.

교봉이 한숨을 내쉬며 말했다.

"정말 기이한 일이오. 세상에 내 사부님이 나로 오인하게 만들 정도로 나와 비슷하게 변장할 수 있는 사람이 또 있다니 말이오."

"그런 단서가 있다면 아주 간단해요. 우리가 그 사람을 잡아서 고문을 하면 되잖아요."

"그렇소. 하지만 이 넓은 세상에 그 사람을 찾는 건 쉽지 않은 일이오. 그 역시 당신처럼 역용술에 매우 능한 자일 것이오."

그는 석벽으로 접근해 석벽 위에 다듬어놓은 흔적을 주시하며 원래 바위 위에 어떤 글이 적혀 있었는지 살펴볼 생각에 이쪽저쪽 봤지만 단 한 글자도 알아볼 수 없었다.

"지광대사를 찾아가서 석벽 위에 도대체 뭐라고 적혀 있었는지 물어봐야겠소. 이 문제를 밝혀내지 못한다면 아무것도 할 수 없을 것 같소.”

“말해주지 않을까 걱정돼요.”

“물론 말해주려 하지 않겠지만 강요를 하든 부드럽게 물어보든 어쨌든 말을 끌어낼 수밖에 없소.”

아주가 곰곰이 생각하다 말했다.

“지광대사는 고집이 센 사람 같던데 강요를 하나 부드럽게 물어보나 전혀 신경 쓰지 않을 거예요. 아무래도….”

교봉이 고개를 끄덕였다.

“맞소. 아무래도 조전손한테 물어보는 게 좋겠소. 음. 조전손은 죽음을 두려워할 자가 아니긴 하지만 그자를 상대할 방법이 있소.”

그는 여기까지 말하고 옆에 있는 깊은 골짜기를 한번 바라봤다.

“일단 내려가봐야겠소.”

아주는 놀라 펄쩍 뛰면서 운무가 짙게 깔린 골짜기를 몇 번 쳐다보다 뒷걸음질쳤다. 조금만 실수를 해도 천 길 낭떠러지로 떨어져버릴 것처럼 보였다.

“아… 안 돼요! 절대 내려가지 마세요. 뭐 볼 게 있다고 내려가요?”

“내가 한인인지 거란인인지에 대한 문제가 시종 내 머리를 맴돌아 떨쳐버릴 수가 없소. 내려가서 정확히 조사해봐야겠소. 그 거란인 시신이 있는지도.”

“그 사람이 떨어진 건 30년 전 얘기예요. 뼈만 남았을 텐데 뭘 알아볼 수 있겠어요?”

“가서 뼈라도 찾아봐야겠소. 그 사람이 정말 내 부친이라면 유골들을 수습해 안장을 해줘야 한다는 생각이오.”

아주가 날카로운 목소리로 말했다.

"그럴 리 없어요! 절대 그럴 리 없어요! 대협같이 인자하고 의협심 넘치는 분이 어찌 잔학하고 악독한 거란인의 후예일 수가 있어요?"

"여기서 하루 밤낮만 기다리시오. 내일 이맘때까지도 오지 않는다면 기다릴 필요 없소."

아주가 다급한 마음에 왈칵 울음을 쏟아내며 소리쳤다.

"교 대협, 내려가지 마세요!"

교봉은 모질게 마음을 먹었던 터라 한 치의 동요도 없이 빙긋 미소를 지었다.

"취현장의 그 많은 영웅호한이 공격했는데도 난 죽지 않았소. 설마 이까짓 산골짜기가 내 목숨을 앗아갈 수 있겠소?"

아주는 무슨 말로 만류를 해야 할지 몰라 이 말만 할 뿐이었다.

"밑에 독사나 독충, 아니면 흉악한 괴물 같은 것들이 있을지 몰라요."

교봉이 껄껄대고 웃으며 그녀의 어깨를 툭툭 쳤다.

"괴물이 있다면 내가 잡아와 당신 노리개로 만들어주겠소."

그는 골짜기 입구 주변을 멀찌감치 바라보며 발을 디뎌 절벽 밑으로 내려갈 수 있는 곳을 찾아보려 했다.

바로 그때 갑자기 동북쪽에서 어렴풋이 말발굽 소리가 들려왔다. 남쪽을 향해 내달리는 듯한 그 소리는 20여 기 정도 되는 것으로 보였다. 교봉은 빠른 걸음으로 산비탈을 돌아가 말발굽 소리가 들려오는 곳을 바라봤다. 높은 곳에 올라서 보니 20여 기의 누런 옷에 누런 갑옷을 입은 송나라 관병들이 일렬로 줄을 맞추어 밑에 있는 높은 언덕의 산길을 따라 달려오고 있었다.

교봉은 자세히 살펴보고 대수롭지 않게 생각했지만 그와 아주가 있는 곳이 새외塞外에서 관문 안으로 진입하는 요로라는 사실이 생각났다. 그 당시 중원의 군웅이 이곳에서 거란 무사들을 습격할 때 선택한 곳도 바로 여기가 아니었던가! 이곳은 변경을 수비하는 험지이니 여기서 얼쩡거리는 낯선 사람들을 보면 보나마나 송나라 관병들이 검문을 하며 따져물을 것이 틀림없었기에 아무래도 피하는 게 상책이라 생각했다. 그래서 원래 있던 곳으로 돌아가 아주를 끌어당기며 큰 바위 뒤에 숨고는 나지막이 말했다.

"송나라 관병이오!"

얼마 지나지 않아 그 20여 기의 관병들이 고개 위로 올라왔다. 교봉은 바위 뒤에 숨어 앞장서서 오는 군관을 보자 감회에 젖지 않을 수 없었다.

'그 당시 왕 방주와 지광대사, 조전손 등도 바로 이 바위 뒤에 매복해 있으면서 이렇게 거란 무사들이 고개 위로 올라오는 걸 훔쳐봤을 것이다. 봉우리와 바위는 의구한데 그해의 대송과 요나라 양측 무사들은 모두 백골로 변해버리지 않았던가?'

이렇게 넋을 잃고 있을 때 갑자기 어린아이 울음소리가 두 번 들려왔다. 교봉은 마치 꿈을 꾸는 듯 깜짝 놀랐다.

'어찌 어린아이가 있는 거지?'

이어서 다시 몇 명인지 모르는 여인들의 날카로운 비명 소리가 들려왔다.

그는 고개를 밖으로 내밀어 쳐다봤다. 송나라 관병들이 각자 타고 있는 말 위에 여자 한 명씩을 묶어놓고 있었는데 여자들은 모두 거란 유목민 복장을 하고 있었다. 대부분의 송나라 관병들은 손을 뻗어 거란 여자들의 몸을 더듬고 주무르며 차마 눈 뜨고 보지 못할 추악한 짓을 해대고 있었다. 몇몇 여자들이 저항을 해보지만 관병들에게 욕설과 구타를 당하기만 할 따름이었다. 교봉은 뭔가 이상한 생각이 들었지만 이유를 알 수 없었다. 그때 그들이 바위 옆을 지나 안문관을 향해 달려가고 있는 모습이 보였다.

아주가 물었다.

"교 대협, 저 사람들이 뭘 하는 거죠?"

교봉이 고개를 가로저으며 생각했다.

'변경의 수비군들이 어찌 저렇게 터무니없는 짓을 하는 거지?'

아주가 다시 말했다.

"저 관병들은 무슨 도적 떼 같아요."

곧이어 고갯마루 위에서 다시 30여 명의 관병들이 다가왔다. 이들은 수백 마리의 소와 양 그리고 10여 명의 거란 여자들을 몰아가며 오고 있었다. 그때 한 군관 목소리가 들렸다.

"이번 타초곡打草穀²⁴은 수확이 별로인 것 같소. 장군께서 역정을 내시지 않을까 모르겠소?"

다른 군관이 말했다.

"요나라 개놈들이 기르는 소와 양을 충분히 뺏어오진 못했지만 오늘 끌고 온 계집들 중 두세 명 정도는 얼굴이 반반해서 장군께 갖다 바치면 아주 좋아하실 거요. 그럼 역정 내실 일도 없겠지."

첫 번째 군관이 말했다.

"계집 서른몇 명 가지고 다 같이 나누려면 부족할 게요. 내일 하루 더 고생해서 좀 더 잡아오는 게 좋겠소!"

병사 하나가 웃으며 말했다.

"요나라 개놈들은 소문을 듣고 벌써 모조리 도망갔습니다. 타초곡을 더 하시려면 두세 달은 있어야 합니다요."

교봉은 자기도 모르게 울화가 치밀었다. 관병들의 행동이 가장 흉악한 삼류 도적 떼보다 못하다고 생각했기 때문이다.

별안간 한 거란 여자 품에 안겨 있던 영아가 큰 소리로 울기 시작했다. 그 군관이 화를 벌컥 내며 그 아이를 뺏어 바닥에 내팽개쳐버렸다. 그러더니 말을 몰고 앞으로 달려나와 말발굽으로 아이의 몸을 밟아 터진 배 속에서 오장육부가 모조리 쏟아져 나왔다. 그 거란 여자는 놀라서 넋이 나가 울음소리조차 내지 못했다. 수많은 관병이 깔깔대고 큰 소리로 웃으며 벌 떼처럼 그 위를 지나갔다.

교봉은 평생 잔혹하고 흉악한 일들을 수없이 많이 봐왔지만 이렇게 공공연히 갓난아이를 잔혹하게 죽이며 즐거워하는 모습은 난생처음 봤다. 그는 분노가 극에 달해 당장이라도 폭발할 것 같았지만 일단은 상황을 지켜보기로 했다.

관병 무리들이 지나가자 다시 10여 명의 관병들이 그 뒤를 획획 지나갔다. 뒤따르는 송나라 관병들 역시 말을 탄 채 손에 장모를 높이 들고 있었는데 창끝에는 하나같이 피범벅이 된 수급들이 꽂혀 있었다. 말 뒤에는 긴 밧줄에 묶인 다섯 명의 거란 남자가 끌려가고 있었다. 교봉은 그 거란인들의 복장을 보고 그들이 평범한 목자牧者라는 것을 알 수 있었다. 나이가 든 두 사람은 백발이 성성했고 다른 세 사람은 15세에서 16세 정도 되는 소년들이었다. 그는 그제야 상황을 이해할 수 있었다. 송나라 관병들이 약탈을 나갔다가 장년의 거란 남자들이 모두 도망치고 없자 부녀자와 노약자를 잡아가는 길이었다.

한 군관의 웃는 목소리가 들렸다.

"수급 열네 구를 베고 요나라 개놈 다섯 명을 생포했으니 그 공이 크면 큰 것이지 적다고 할 수는 없지 않겠소? 일계급 특진에 은자 백 냥은 받을 수 있을 게요."

다른 군관이 말했다.

"고高 형, 여기서 서쪽으로 50리를 가면 거란인 마을이 있는데 타초곡을 하러 또 가보시겠소?"

고 형이라 불리는 군관이 말했다.

"못할 거 뭐 있겠소? 내가 신참이라고 무시하는 게요? 노부가 처음 왔으니 공을 많이 세워야 하지 않겠소?"

이 말을 하는 동안 일행은 이미 바위 왼쪽 근처까지 달려왔다.

한 거란 노한老漢이 바닥에 있는 영아 시신을 보고 돌연 비명을 질렀다. 그러고는 그 즉시 달려가 영아 시신을 꽉 껴안고 계속 입을 맞추다 뭐라고 큰 소리로 떠들며 대성통곡을 했다. 교봉은 무슨 말을 하는지 알아듣지는 못했지만 표정으로 봐서는 말에 짓밟혀 죽은 아이의 가족인 것 같았다. 그 노한을 끌고 가던 병사가 계속해서 밧줄을 잡아당기며 빨리 가라고 재촉하자 거란 노한은 미친 듯이 화를 내며 갑자기 그에게 달려들었다. 그 병사는 깜짝 놀라 그에게 칼을 휘둘러 잽싸게 그의 몸을 베려 하자 그 노한은 온 힘을 다해 밧줄을 잡아당겨 병사를 말에서 끌어내리고 입을 크게 벌려 그의 목을 물어뜯기 시작했다. 그때, 또 다른 송나라 군관 하나가 말 위에서 일도를 휘둘러 그 노한의 등을 매섭게 내려치고는 곧이어 몸을 구부려 그의 뒷덜미를 낚아채 잡아당겼다. 바닥에 떨어진 병사는 그제야 벌떡 일어났다. 그 병사는 화가 머리끝까지 나서 칼을 휘둘러 다시 그 거란 노한의 몸을 난도질했다. 노한의 몸이 몇 번 흔들거리기는 했지만 놀랍게도 그 자리에 쓰러지지는 않았다. 그러자 모든 관병이 장모와 군도를 들어 그의 몸을 겹겹이 에워쌌다.

그 노한은 몸을 북쪽을 향해 돌리고 윗옷을 벗어 몸을 똑바로 세우더니 갑자기 큰 소리로 부르짖기 시작했다. 그 목소리는 비통하기 그지없어 마치 이리의 울부짖음처럼 들렸다. 그 순간 모든 군관의 얼굴은 두려운 기색으로 가득했다.

교봉은 모골이 송연해지는 느낌이 드는 동시에 그 거란 노한과 왠지 마음이 통하는 느낌이 들었다. 이렇게 죽음을 앞두고 내뱉는 이리의 울부짖음 소리는 자신도 토해낸 적이 있었다. 바로 얼마 전 취현장에서 그가 칼과 창에 연이어 찔린 와중에 선정이 다시 칼을 곧추세워 찔러오는 것을 보자 이제 곧 죽는다는 생각에 비통한 마음을 억제하지 못하고 야수처럼 미친 듯이 울부짖지 않았던가!

이때, 몇 번의 울부짖음 소리가 들리자 속으로 왠지 모를 친근한 느낌이 절로 들었다. 그는 더 생각할 것도 없이 몸을 날려 바위 뒤에서 뛰쳐나가 송나라 관병들을 움켜잡고 하나하나 낭떠러지 밑으로 내동댕이쳐버렸다. 교봉이 탄력을 받아 그들이 타고 있던 말까지 한 손에 한 필씩 낭떠러지 밑으로 밀어내자 사람 비명 소리와 말 울음소리가 한꺼번에 울려퍼지다 이내 고요해졌다.

아주와 그 거란인 네 명은 그의 신비한 위력을 보고 멍하니 쳐다보기만 할 따름이었다.

교봉이 10여 명의 관병을 모두 죽이고 큰 소리로 울부짖자 그 소리는 산골짜기에 진동했다. 그는 몸에 난도질을 당한 거란 노한이 여전히 꼿꼿이 서서 넘어지지 않는 모습을 보고 진정한 호한인 그에게 존경스러운 마음을 표하며 그의 곁으로 걸어갔다. 그는 가슴을 풀어헤친 채 북쪽을 향해 있었는데 이미 숨이 끊어진 것으로 보였다. 교봉은 그의 가슴을 바라보고 헉 하는 경악의 일성과 함께 깜짝 놀라 뒤로 한 걸음 물러섰다. 몸이 비틀거려 하마터면 쓰러질 뻔할 정도였다.

아주가 깜짝 놀라 부르짖었다.

"교 대협! 무… 무… 무슨 일이에요?"

"찌익! 찌익! 찌익!"

그때 교봉이 느닷없이 자기 가슴의 옷자락을 찢어 긴 털이 숭숭한 가슴을 드러냈다. 아주가 보니 그의 가슴에는 짙푸른 색의 이리 머리가 입을 벌려 이빨을 드러낸 모습의 문신이 새겨져 있었는데 실로 흉악하기 이를 데 없었다. 눈을 돌려 거란 노한을 바라보자 그의 가슴에도 이리 머리가 새겨져 있고 그 형상과 자태가 교봉 가슴에 있는 문신과 완전히 똑같았다.

갑자기 그 거란인 네 명이 일제히 비명을 질렀다.

교봉은 처음 세상사를 인식할 무렵인 두세 살쯤에 자신의 가슴에 이런 푸른 이리 머리 문신이 새겨져 있는 걸 봤지만 아주 어릴 때부터 봤기 때문에 전혀 이상하게 생각하지 않았다. 후에 나이가 들어 부모님께 물었지만 교삼괴 부부는 모양이 보기 좋다고 칭찬만 늘어놨을 뿐 그 내력에 대해서는 아무 말도 하지 않았다. 북송 연간에는 사람들이 몸에 문신을 새기는 것이 극히 일반적이어서 심지어 목부터 발끝까지 전신에 문신을 하는 사람이 있을 정도였다. 송나라는 후주後周의 시柴씨로부터 강산을 물려받았는데 후주의 개국 황제인 곽위郭威는 목에 참새 한 마리를 새겨넣어 사람들로부터 곽작아郭雀兒란 이름으로 불리기도 했다. 당시에는 몸에 문신을 하는 풍조가 성행했고 개방의 여러 형제들 중에도 십중팔구는 몸에 문신을 하고 있었기에 교봉은 여태껏 일말의 의심도 하지 않았다. 그러나 지금 죽은 거란 노한의 가슴에 있는 푸른 이리가 뜻밖에도 자신의 문신과 똑같은 것을 보고 경악을 금치 못했던 것이다.

거란인 네 명이 자신의 몸을 에워싸고 뭐라고 주절주절 말을 하면서 끊임없이 자기 가슴에 있는 이리 머리를 가리켰다. 교봉은 그들이 하는 말을 알아듣지 못해 멍하니 바라만 볼 뿐이었다. 한 노한이 갑자기 자기 옷을 풀어헤치며 가슴을 드러내자 뜻밖에도 똑같은 이리 머리 문신이 새겨져 있었다. 소년 세 명이 각자 자신들의 옷을 벗자 그들 가슴에도 역시 이리 머리 문신이 새겨져 있었다.

삽시간에 교봉은 마침내 자신이 거란인이라는 사실을 확실히 알게 됐다. 이 가슴의 이리 머리는 필시 그들 부족의 기호임이 틀림없었다. 태어난 지 얼마 안 된 남자아이라면 누구에게나 새겨놓는 모양이었다. 그는 여태껏 거란인을 뼈에 사무치게 증오해오면서 그들이 잔학무도하고 비열하며 신의를 지키지 않는 것은 물론, 한인들을 밥 먹듯이 죽이는 악독하기 그지없는 자들이라고만 생각해왔는데 지금 그는 자신이 금수와도 같은 거란인임을 자인하지 않을 수 없었기에 속으로 고통스럽기 짝이 없었다.

그는 한동안 넋을 잃고 있다가 돌연 큰 소리로 울부짖으며 산야 사이를 미친 듯이 내달렸다.

아주가 소리쳤다.

"교 대협! 교 대협!"

그녀는 곧바로 그의 뒤를 쫓아갔다.

아주가 그 길로 10여 리를 쫓아가자 그제야 한 커다란 나무 밑에서 머리를 감싸쥐고 앉아 있는 교봉의 모습이 보였다. 그는 시퍼렇게 질린 얼굴을 한 채 이마에 굵고 시퍼런 힘줄 하나가 불거져 나와 있었다. 아주는 그의 옆으로 걸어가 그와 어깨를 나란히 하고 앉았다.

교봉은 몸을 웅크리며 말했다.

"난 개돼지만도 못한 거란 오랑캐요. 오늘부터 다시 날 볼 필요 없소."

아주 역시 모든 한인처럼 거란인들을 뼛속 깊이 증오해왔지만 교봉은 그녀의 마음속에서 천신과도 같은 인물이었다. 그가 거란인이 아닌 마귀나 맹수라 할지라도 그녀는 그의 곁을 떠나지 않겠다는 마음을 가지고 있었다.

그녀는 생각했다.

'교 대협은 지금 많이 괴로우실 거야. 위로를 해드려야 해.'

이런 생각을 하고는 부드러운 음성으로 말했다.

"한인 중에도 좋은 사람이 있고 나쁜 사람이 있는 것처럼 거란인 중에도 좋은 사람, 나쁜 사람이 있는 거예요. 교 대협, 이 문제는 마음에 두지 마세요. 아주의 목숨은 대협이 구했으니 대협이 한인이든 거란인이든 저한테는 상관없어요."

교봉이 냉랭한 어조로 말했다.

"그렇게 동정할 필요 없소. 속으로는 경멸하면서 진심인 척 좋은 말로 할 것도 없소. 내가 당신을 구한 건 본심이 아니라 일시적인 호기 때문이었소. 그건 없었던 일로 하고 이제 그만 가보시오!"

아주는 두렵고도 초조했다.

'자신이 거란 오랑캐라는 걸 확실히 알았으니 막북漠北으로 돌아가고 중원 땅에는 다시 한 발짝도 들여놓지 않을지도 모르겠구나.'

그녀는 순간 감정을 억제하기 힘들었다. 그러다 곧 몸을 일으키며 말했다.

"교 대협, 저를 버리고 가신다면 전 의지할 데 없는 외로운 처지가 되고 거들떠볼 사람조차 없을 테니 그냥 이 낭떠러지에 뛰어내릴 거예요. 저 아주는 한다면 하는 성격이에요. 교 대협은 거란의 영웅호한이니 저같이 비천한 시녀 따위는 안중에도 없으시겠죠. 그럴 바에는 차라리 죽어버리는 게 나아요."

교봉은 진심 어린 그녀의 말을 듣고 깊은 감동을 느꼈다. 자신이 거란 오랑캐라는 사실을 안 것만으로도 천하의 한인들은 자신을 벌레 취급하며 피하거나 힘들게 하는 사람들뿐이었건만 아주가 이토록 자신에게 평소와 다름없이 대해줄 줄은 몰랐던 것이다. 그는 손을 뻗어 그녀의 손을 잡아끌며 부드럽게 말했다.

"아주, 당신은 모용 공자의 시녀이지 내 시녀는 아니지 않소? 내…… 내가 어찌 당신을 도외시할 수 있겠소?"

"그렇게 동정하실 필요 없어요. 속으로는 경멸하면서 진심인 척 좋은 말로 할 것도 없어요."

그녀가 흉내를 내며 따라 한 교봉의 이 몇 마디 말은 억양이나 말투가 거의 똑같았다. 더구나 이 말을 하는 그녀의 눈빛 속에는 장난기가 가득 서려 있었다.

교봉은 껄껄대고 큰 소리로 웃었다. 낙심한 상태로 실의에 빠져 있을 때 이 영리하고 사랑스러운 소녀가 우스갯소리로 자신을 위로하자 모든 번뇌가 사라지는 듯한 기분이 들었던 것이다.

아주는 웃음을 거두고 정색을 하며 말했다.

"교 대협, 제가 모용 공자를 시중든다고 그분께 몸을 판 건 아니에요. 전 어릴 때부터 부모님이 안 계신 떠돌이 신세였는데 어느 날 제가 누군가에서 괴롭힘을 당하는 모습을 본 모용 어르신께서 절 구해 집으로 데려오셨어요. 의탁할 곳이 없는 고아였던 전 그 집의 시녀가 된 거고요. 사실 모용 공자 역시 절 시녀로 여기지 않으셨어요. 오히려 시녀 몇 명을 사서 제 시중을 들게 만들어주셨죠. 아벽도 마찬가지예요. 아벽은 아벽 부친께서 그 아이를 연자오 모용 어르신 집에 피란을 보낸 거였을 뿐이에요. 모용 어르신과 부인께서 전에 이런 말씀을 하셨어요. 언제든 저와 아벽이 연자오를 떠나고 싶다면 모용가에서는 아주 기쁜 마음으로 보내주겠다고 말이에요…."

여기까지 얘기하자 얼굴이 살짝 붉어졌다. 그때 모용 부인께서 하신 말씀은 사실 이것이었기 때문이다.

'언제든 너희 아주, 아벽 두 아이가 머물 곳이 생기면 우리 모용가에서는 모든 혼수를 준비해 꽃가마에 태우고 풍악을 울리며 우리 딸이나 마찬가지로 출가를 할 수 있도록 해줄 것이다.'

그는 잠시 머뭇거리다 다시 교봉을 향해 말했다.

20. 안문관 절벽의 흔적은 지워지고

"오늘 이후로 전 대협 시중만 드는 대협의 시녀가 되겠어요. 모용 공자도 절대 나무라지 않으실 거예요."

교봉은 두 손을 연신 가로저었다.

"아니, 아니오! 난 호인 오랑캐인데 무슨 시녀가 필요하단 말이오? 당신같이 강남의 부귀한 집안에서 편안한 생활을 해온 사람이 나랑 같이 힘들게 떠돌아다녀야 무슨 이득이 있겠소? 나처럼 이렇게 거친 사내가 당신한테 무슨 시중을 받을 자격이 있다 그러는 것이오?"

아주가 방긋 웃으며 말했다.

"이렇게 해요. 제가 대협한테 사로잡힌 노예인 셈 치세요. 대협이 기쁠 때는 절 보고 웃고 기분이 좋지 않을 때는 절 때리고 욕해주세요. 어때요?"

교봉이 미소를 지으며 말했다.

"내가 일권을 날리면 아마 당신은 그 자리에서 죽어버릴 것이오."

"당연히 살살 때리셔야죠. 너무 심하게 손을 쓰면 안 되죠."

교봉이 껄껄 웃었다.

"살살 때릴 바에야 차라리 안 때리고 말겠소. 그리고 노예 같은 건 원하지도 않소."

"거란의 대영웅이 한인 여자 몇 명쯤 잡아다 노예로 삼겠다는데 안 될 것 뭐 있어요? 아까 대송 관병들도 그 많은 거란인을 잡아갔잖아요?"

교봉은 묵묵히 아무 말도 하지 않았다. 아주는 그가 미간을 찌푸리며 암울한 표정을 짓는 것을 보고 자신이 말을 잘못해 그를 불쾌하게 만든 건 아닌지 염려됐다.

잠시 후 교봉이 천천히 입을 열었다.

"난 줄곧 거란인이 흉폭하고 잔인하며 한인들을 학대하는 줄로만 알았소. 한데 오늘 대송 관병들이 거란의 노약자와 부녀자를 잔혹하게 죽이는 걸 직접 보고 나… 난… 아주! 난 거란인이니 오늘 이후로 더 이상 거란인이라고 수치스러워하지 않고 대송도 영광스럽게 생각하지 않을 것이오."

아주는 그의 이 말을 듣고 그가 이미 가슴에 맺힌 응어리를 풀어헤쳤다는 생각이 들어 정말 기뻤다.

"호인 중에도 좋은 사람 나쁜 사람이 있고 한인 중에도 좋은 사람 나쁜 사람이 있다고 말씀드렸잖아요? 거란인은 한인처럼 그렇게 교활하지 않아요. 오히려 나쁜 사람이 더 적을 거예요."

교봉은 왼쪽에 있는 깊은 골짜기를 바라보며 그 당시 생각이 났는지 다시 말했다.

"아주, 우리 아버지 어머니께서 그 한인들에게 무고하게 희생됐으니 이 원수를 갚지 않을 수가 없겠소!"

아주는 고개를 끄덕였지만 속으로는 왠지 모를 두려움이 느껴졌다. 그녀는 그가 은연중에 '이 원수를 갚지 않을 수 없겠다'고 한 말 속에는 무수히 많은 악투, 피와 목숨이 포함되어 있다는 사실을 알았기 때문이었다.

교봉은 골짜기를 가리키며 말했다.

"그해 우리 어머니께서 그들에게 살해당했고, 우리 아버지께서는 원통한 마음에 저 바위 옆에서 깊은 골짜기 속으로 뛰어드셨소. 그분께서는 공중에서 날 데리고 죽는 것이 안타까워 다시 날 위로 던지셔서 나 교봉의 오늘이 있게 된 것이오. 아주, 우리 아버지께서는 날 극진히 사랑하신 것이오, 안 그렇소?"

아주는 눈물을 글썽거리며 대답했다.

"네."

교봉이 혼잣말로 중얼거렸다.

"우리 부모님의 피맺힌 원수를 어찌 갚지 않을 수 있을까? 여태까지 난 그것도 모르고 적을 벗으로 알았으니 이미 엄청난 불효를 저지른 것이나 마찬가지다. 오늘 우리 부모님을 살해한 주범을 없애지 않는다면 이 교봉이 어찌 얼굴을 들고 세상을 살아갈 수 있겠는가? 그들이 말한 그 선봉장 대형이란 도대체 누구일까? 그 왕 방주에게 보낸 서찰 속에 그의 서명이 있었지만 지광대사가 이름이 적힌 부분을 찢어 삼켜버렸지 않은가? 그 선봉장 대형이란 사람은 아직 이 세상에 살아 있을 것이다. 그렇지 않다면 그들이 그 사람을 위해 숨길 필요가 없겠지."

그는 자문자답을 해가며 대책을 고심했다. 아주가 자신의 원수를 찾는 데 도움을 줄 수 없다는 걸 알지만 옆에서 자신의 말을 들어줄 누군가가 있다는 사실만으로도 적지 않은 번뇌를 줄일 수 있었다. 그는 다시 말했다.

"그 선봉장 대형이 중원 호걸들을 인솔할 수 있었다는 건 무공이 매우 고강하고 명망이 높은 인물이라는 것이오. 서찰 속의 말투로 봐선 왕 방주와 교분이 매우 두터운 것 같았소. 그가 왕 방주를 형이라고 칭한다는 건 나이가 왕 방주에 비해 약간 적고 나보다는 아주 많다는 뜻이오. 그런 인물은 응당 찾기 어렵지 않을 것이오. 음… 그 서찰을 본 사람은 지광대사와 개방의 서 장로, 마 부인, 철면판관 선정 등이오. 그리고 조전손 그자도 그 사람이 누구인지 알고 있소. 조전손이 그 사매인 담파에게 고했다는 걸 보면 담파 역시 자기 남편에게 숨기지는 않았을 거요. 지광대사와 조전손 모두 우리 아버지를 죽인 방조범이니 당연히 죽여야 하오. 그 빌어먹을 선봉장 대형은… 흥! 난… 그놈 가족들을 모조리 죽여버리고 말 것이오. 남녀노소를 불문하고 개와 닭까지 하나도 남김없이!"

아주는 순간 몸서리를 치며 원래 이런 말을 할 생각이었다.

'그 선봉장 대형이라는 악인만 죽이면 그걸로 충분해요. 그의 가족들은 살려주세요.'

그녀는 이 말이 목구멍까지 올라왔지만 감히 입 밖으로 내뱉을 수가 없었다. 교봉의 위엄 어린 모습을 보고 그의 말을 거스르는 말을 할 수 없었기 때문이다.

교봉이 다시 말했다.

"지광대사는 천하를 방랑하고 조전손은 정처 없이 떠돌아다니는 까닭에 그 두 사람을 찾는 건 쉽지 않을 것이오. 다만 그 철면판관 선정은 우리 부모님을 죽이는 일에 가담하지 않았소. 더구나 내가 이미 그의 두 아들을 죽였고 그의 작은 아들 역시 나 때문에 죽었으니 다시 찾아갈 필요는 없소. 아주, 우리 개방의 서 장로를 찾아갑시다."

아주는 그가 '우리'란 표현을 하자 자기도 모르게 기쁨에 넘쳤다. 그 말은 그녀와 동행을 하자는 그녀의 청을 허락한 것이었기 때문이다. 그녀는 방긋 웃으며 생각했다.

'그곳이 천애해각天涯海角이라 해도 대협과 함께 가겠어요.'

〈5권에서 계속〉

미주

모든 주석은 옮긴이 주이다.

1 온〔全〕 장에 글을 적어 둘로 접은 쪽지나 서한.

2 중국 건국 신화에 나타나는 중원 지방 각 부족 공통의 시조로 성은 공손公孫, 이름
은 헌원軒轅이다.

3 중국의 다른 명칭으로 전국시대에 추연騶衍이라는 학자가 '적현신주赤縣神州'라고
칭한 데서 비롯되었다.

4 음력 9월 9일인 중국 명절 중 하나로, 양수陽數인 홀수가 겹쳐 중양이라 한다.

5 송宋 신종神宗 조욱趙頊의 두 번째 연호다.

6 무림인들이 불을 붙일 때 사용하기 위해 지니고 다니는 도구.

7 송나라의 명장인 양업楊業의 애칭.

8 불교에서 미혹한 세계에서 삶과 죽음을 되풀이하는 중생을 건져내 삶도 죽음도
없는 열반의 언덕에 이르게 해주는 것.

9 장례를 지내기 전에 집 밖에 차린 빈소殯所에 시신을 내어다놓는 것.

10 망자를 애도하기 위해 쓰는 대련對聯.

11 호걸 중의 호걸.

12 미워하는 사람과 만나는 것.

13 사랑하는 사람과 헤어지는 것.

14 구하는 바를 얻지 못하는 것.

15 오음이 불꽃처럼 무성한 것.

16 부처님의 뜻을 세상에 널리 펼치는 일.

17 상승上乘에 대비되는 말로 평범한 경지를 뜻한다.

18 불교에서 말하는, 인연에 따라 발생하고 형성하는 모든 현상.

19 전국시대 중산에서 조간자趙簡子 일행에 쫓기던 이리를 동곽東郭이 구해주자 이리
가 오히려 동곽을 잡아먹으려 했다는 고사.

20 중국 남부·서남부 지대의 축축하고 더운 땅에서 생기는 독한 기운으로 옛날에는
장려瘴疬의 원인으로 여겨왔다.

21 현縣의 행정을 맡아 처리하는 조정에서 파견된 관리.

22 매미가 허물을 벗는다는 뜻으로, 36계 중 제21계로 꾀를 써서 상대방이 눈치채지
못하게 도망가는 계책.

23 임종 시 어린 자식을 남에게 부탁하는 것.

24 당시 관병들이 민가의 양식과 재물을 약탈하던 방식.

天龍八部